DEGNO DI UNA REGINA

SCANDALI REALI: SAN RIMINI

NICOLE BURNHAM

Degno di una regina

Scandali Reali: San Rimini - Libro 1

Traduzione italiana: Ernesto Pavan

Titolo originale: Fit for a Queen

ISBN: 978-1-941828-60-1 (edición impresa)

ISBN: 978-1-941828-59-5 (libro electrónico)

Iscriviti qui alla newsletter in italiano di Nicole. Gli abbonati ricevono materiale bonus e informazioni sulle prossime uscite. Puoi annullare l'iscrizione in qualsiasi momento.

CAPITOLO 1

NEL COMPLESSO, fu un funerale bellissimo.

La State Coach del 1750, un veicolo talmente grande e carico di dorature da richiedere sei cavalli che la tirassero lungo le strade nel suo viaggio fino al Duomo, aveva brillato nonostante il cielo coperto. Il vescovo aveva fatto un gran discorso, che aveva dato all'intera faccenda un'atmosfera di reverenza e ottimismo al tempo stesso. I quattro figli adulti di re Eduardo – Antony, Federico, Isabella e Marco – avevano svolto alla perfezione i loro ruoli, esprimendo gratitudine per conto dell'intera famiglia diTalora a tutti coloro che avevano viaggiato per partecipare alla messa.

L'elogio funebre da parte di Antony era stato eloquente, persino per Antony, che aveva un talento naturale per affascinare chiunque volesse affascinare. Di certo, più tardi, l'elogio sarebbe stato trasmesso in televisione e probabilmente sarebbe stato inserito all'interno di innumerevoli documentari e servizi televisivi che sarebbero stati trasmessi negli anni a venire.

Folle enormi si erano allineate lungo la Strada il Teatro, le vie attorno al Duomo e l'elegante lungomare di San Rimini, prima, dopo e durante la cerimonia. Avevano persino circondato il palazzo, tutto per mostrare il loro amore nei confronti della famiglia reale.

Eduardo provava solo dolore. Aveva un buco gigantesco e dolorante dove prima c'era stata la sua anima.

Ora che era arrivato alla fine della processione e della parte religiosa della giornata, gli restava da sopportare soltanto il ricevimento privato a palazzo. Un raduno di parenti, amici intimi e l'élite politica culturale del Paese, era stato definito un evento "intimo" dall'ufficio relazioni pubbliche del palazzo e per quello si teneva nella sala della musica piuttosto che in una delle gallerie o delle sale da ballo usate normalmente per l'intrattenimento. Nonostante fosse stato descritto come una faccenda intima, Eduardo sapeva che ogni suo gesto avrebbe fornito munizioni per i suoi nemici sociali e politici. Persino i suoi tic facciali potevano essere segretamente registrati e divulgati, suscitando speculazioni tanto dai giornali scandalistici quanto dalla stampa comune. Per cui, tenne la testa alta e si comportò come un sovrano ligio al dovere piuttosto che un marito in lutto per la sua amata moglie Aletta. Si fece forza, offrendo parole di conforto tanto spesso quanto le accettava.

Non mancò di cogliere l'ironia del fatto che era stata Aletta a brillare in occasione di eventi del genere, quella che sapeva sempre la cosa giusta da dire e a chi dirla.

Il cancro che se l'era portata via era una creatura insidiosa. Non aveva avuto il diritto di farlo. E tuttavia, nonostante tutte le risorse a sua disposizione, Eduardo non aveva potuto farci nulla.

Il presidente del parlamento di San Rimini lo avvicinò per offrirgli le sue condoglianze. L'uomo era un buono statista e una persona influente. Eduardo era grato per il fatto che, in generale, loro due erano d'accordo su ciò che era meglio per il Paese e che erano in buoni rapporti. Lo scambio di battute fu seguito da conversazioni con il capo dell'ente per i trasporti della nazione, un consigliere militare di alto rango – non che le forze armate di San Rimini facessero granché, a parte partecipare all'occasionale missione di pace internazionale – e diversi esponenti della magistratura. I germani di Eduardo, che non avevano ereditato il trono ma che erano stati cresciuti sotto gli occhi del pubblico e che si trovavano perfettamente a loro agio negli eventi sociali, fecero sì che ciascuno dei dignitari si allontanasse dopo un tempo ragionevole, evitando a Eduardo di avere a che fare per troppo tempo con una sola persona.

Ciononostante, Eduardo sentì vacillare il sorriso che si era appiccicato al volto quando la direttrice dell'ospedale centrale di San Rimini lo avvicinò. Eduardo sperò che lei non se ne accorgesse, perché la ammirava e, in un'altra occasione, sarebbe stato lieto di avere la possibilità di conversare con lei.

Finalmente, la sorella maggiore di Aletta, Helena, emerse da un gruppetto di aristocratici per mettersi al suo fianco. La direttrice dell'ospedale porse le sue condoglianze a Helena e si congedò.

A bassa voce, Helena chiese: "Come ti senti?"

Per quanto semplice e prevedibile fosse quella domanda, il suo tono affettuoso lo fece quasi crollare, anche se Eduardo mantenne un'espressione cordiale. "Come ci si può aspettare. Da quanto tempo siamo qui?"

"Troppo. Fra meno di un'ora potrai ritirarti nella tua residenza e stare un po' in pace. Finirà tutto prima di quanto tu pensi."

Helena gli appoggiò una mano sul braccio per confortarlo. Prudente com'era, il primo pensiero di Eduardo fu che qualcuno nella stanza avrebbe scattato una foto e l'avrebbe passata alla stampa, che l'avrebbe usata come spunto per un intero articolo sul modo in cui Eduardo stava reagendo alla morte della moglie. Probabilmente, anche Helena lo sapeva, ma aveva sempre avuto il talento per ignorare le opinioni altrui in un modo che Eduardo non poteva permettersi.

Con l'eccezione dei tre anni in cui era stata sposata –

periodo che lei descriveva come disastroso – Helena viveva a palazzo da quando Aletta ed Eduardo si erano sposati. Aveva un appartamento privato due piani sotto al loro e aveva ricoperto il ruolo di assistente particolare della sorella minore. Nel corso degli anni, la stampa aveva speculato riguardo a quella situazione e alla possibilità che la vicinanza fra le due sorelle avesse avuto un ruolo nel fallimento del matrimonio di Helena. In verità, essa era stata del tutto ininfluente. L'incarico a palazzo si limitava a fornire uno scopo a Helena e una confidente di fiducia ad Aletta.

In generale, l'accordo aveva funzionato, anche se aveva causato degli attriti fra Aletta ed Eduardo in quelle occasioni in cui Eduardo aveva avuto la sensazione che Helena approfittasse della sua posizione per manipolare Aletta. Helena aveva potuto permettersi di dire ad Aletta cose che un'assistente qualsiasi non avrebbe mai potuto dire, tanto nel bene quanto nel male. E a differenza del comune personale di palazzo, Helena era anche un personaggio pubblico, il che significava che le sue apparizioni e quelle di Aletta avevano dovuto essere coordinate con cura. Per fortuna, quelle difficoltà erano state sempre appianate e qualunque indizio della loro esistenza era stato tenuto dietro porte chiuse.

Inoltre, Eduardo sapeva che Helena aveva adorato la sorella.

"Grazie," le disse. Quello non era il luogo per una conversazione del genere, ma dopo essersi assicurato che non ci fosse nessuno a portata di orecchi, lui angolò la testa per evitare che qualcuno capisse quello che stava dicendo e aggiunse: "So che è una giornata difficile, ma se posso rassicurarti su una cosa–"

"Sì?"

"Finché ci sarò io sul trono, questa sarà casa tua. Naturalmente, non hai alcun obbligo di restare. Ma voglio che tu abbia la possibilità di scegliere."

Le dita di Helena accentuarono la presa sul suo braccio. Ma

solo per un istante, poi la mano della donna tornò al fianco. "Lo apprezzo molto."

"Come io apprezzo la tua presenza qui. Hai fatto molto per Aletta nel corso degli anni e tuo nipote e tua nipote sono molto affezionati a te. Ora che hanno l'età per sposarsi e per avere dei figli, potresti offrire loro il punto di vista femminile di cui la scomparsa della madre li ha privati."

La donna sorrise a quelle parole. "Federico se l'è cavata benissimo da solo."

Il re lottò contro la tentazione di lanciare un'occhiata al suo secondogenito, che si era già sposato e che presto sarebbe diventato padre. Lui e Aletta avevano avuto i loro dubbi quando Federico aveva cominciato a frequentare Lucrezia, una ricca esponente dell'alta società. La donna era parsa loro troppo rigida persino per Federico, che era sempre stato ligio alle regole. Ma la loro relazione aveva superato la prova del tempo e la coppia sembrava felice.

"Sì," concordò, "ma è bello che abbiano qualcuno a cui esporre le loro difficoltà, qualcuno che capisce la vita sotto gli occhi del pubblico. Qualcuno di cui si possono fidare." Eduardo lanciò un'occhiata significativa alla cognata, un'occhiata che sperava le avrebbe fatto intravedere la luce in una giornata buia. "Che tu scelga o meno di restare a palazzo, spero che prenderai in considerazione di ricoprire quel ruolo, nel caso loro ne abbiano bisogno."

Helena abbassò il mento, prendendo atto tanto del complimento quanto della pace stabilita fra loro due. "Sarebbe un onore e un piacere."

La sofferenza nel petto di Eduardo si attenuò mentre Helena si allontanava per mescolarsi alla folla. Nelle settimane a venire lo attendevano incontri con dozzine di individui e organizzazioni, tanto per informarli della stima in cui li aveva tenuti Aletta quanto per rassicurarli che erano ancora in buoni rapporti con la famiglia reale. Helena era più importante di tutti. Eduardo era lieto di essersi lasciato alle spalle quella conversazione.

"Un minuto per volta, un giorno per volta," disse una voce gentile proveniente dalla sua sinistra. Eduardo si voltò e vide è regina Fabrizia, il cui marito, re Carlo, governava l'isola mediterranea di Sarcaccia.

"Si vede?"

"Assolutamente no."

Aveva incontrato brevemente la coppia al Duomo. I due erano seduti in prima fila, come si conveniva tanto al loro rango quanto alla loro lunga amicizia con la famiglia diTalora, ma Eduardo non aveva avuto la possibilità di parlare a lungo con loro da quando Aletta era morta.

Fabrizia e Carlo erano più anziani di Aletta ed Eduardo a sufficienza da far loro da mentori e al tempo stesso da buoni amici. La loro presenza gli dava ancora più sollievo dell'aver risolto la situazione con Helena.

Eduardo diede a Fabrizia un affettuoso bacio su ciascuna guancia. "È bello vederti, Fabrizia."

"Vorrei che le circostanze fossero diverse." La donna aveva le spalle dritte e la fronte alta, da perfetta reale in pubblico, ma il suo tono di voce era personale. "Il funerale sarebbe piaciuto ad Aletta. È stato di buon gusto e appropriato. Ma tutto quell'amore... Eduardo, l'avrebbe commossa profondamente. Essere testimone di tutta quella partecipazione in suo onore sarebbe stato più importante per lei di tutti i discorsi e delle fanfare."

"Sono d'accordo."

Eduardo attese mentre Fabrizia rifletteva sulle parole successive. Quando la donna riprese la parola, lo fece solo per le sue orecchie.

"Noi siamo dei leader, Eduardo. I nostri conterranei si aspettano che rimaniamo calmi e lucidi anche nei momenti peggiori. Soprattutto nei momenti peggiori. Possiamo esprimere il nostro dolore e il nostro disappunto, ma il modo in cui lo facciamo è importante. Lo ammetterò solo a te, ma ho dovuto evitare di guardare le persone lungo le strade per mantenere un comportamento appropriato, oggi." Fabrizia abbassò la voce fin quasi a un sussurro e aggiunse: "Elencavo mentalmente gusti di gelato per tenere sotto controllo le emozioni, questa mattina. Sono arrivata a trentotto prima di cominciare con i formati di pasta."

Un nodo si strinse nella gola di Eduardo. Mentre lui e i suoi figli camminavano verso il Duomo dietro la carrozza vuota – un accenno tradizionale e simbolico alla perdita di un membro della famiglia reale – lui aveva impiegato una tecnica simile per mantenere la dignità. Sentire Fabrizia che la descriveva riportava a galla le emozioni che lui aveva tenuto a freno da quando Aletta aveva esalato l'ultimo respiro.

"Lei sarebbe orgogliosa di te per come stai affrontando la cosa," proseguì Fabrizia, l'espressione un misto perfetto di compassione e pacata comprensione, nel caso qualcuno li stesse guardando – cosa che naturalmente era vera – sebbene la sua voce fosse ferma, come se volesse aiutarlo a mantenere la risolutezza per il resto dell'ora. "Quando gli aspetti pubblici saranno completi e le cerimonie e le commemorazioni delle settimane e dei mesi a venire rallenteranno, prenditi del tempo per te. Una volta, hai detto a Carlo che speravi di vedere i ghiacci dell'Antartide. Vai. Oppure vieni a Sarcaccia, se preferisci. Ci assicureremo che tu abbia del tempo da trascorrere come uomo, anziché come re. Potrai stare completamente da solo, se vorrai, oppure rilassarti in compagnia di amici."

Eduardo la ringraziò con sincerità. Fabrizia sapeva che, persino in privato, un monarca era raramente solo. Aveva le sue guardie del corpo, i consiglieri politici e un assistente che lo accompagnava in tutti i suoi viaggi e rimaneva a portata di mano persino quando lui e Aletta erano a palazzo. E poi c'erano Samuel Barden, lo chef di palazzo, che era orgoglioso di come faceva felice la coppia reale con le sue creazioni, e Olena e Tetyana Roscha, le sorelle ucraine responsabili della pulizia della loro residenza privata da più di un decennio. Aletta era stata solita parlare con loro tutti i giorni. Tutti loro avevano conosciuto e amato la moglie di Eduardo e il fatto di avere accesso alla coppia significava che erano stati a parte di molti dei momenti personali della regina e che ora guardavano a Eduardo come a un esempio di come si affrontava il dolore, anche se lo facevano in maniera inconscia.

No, a San Rimini gli era difficile essere un uomo. Eduardo era sempre re, tranne che in momenti rarissimi. L'offerta della regina Fabrizia bastò a fargli forza.

"Ti attenderanno parecchi compiti sgradevoli nei giorni a venire," proseguì la regina. "Tutti i consueti doveri che spettano ai parenti più prossimi. Non è mai facile, ma nel tuo caso la difficoltà sarà ancora maggiore. Ci saranno delle procedure di cui solo tu potrai occuparti, naturalmente, ed effetti personali da sistemare. Tua moglie patrocinava molte organizzazioni e quelle si aspetteranno che tu dia loro delle rassicurazioni. Non un assistente: tu. Ma tutto riguarda solo il futuro prossimo."

La regina esalò il fiato, anche se nessuno di coloro che assistevano al loro scambio di battute se ne sarebbe accorto. "Diventerà un'icona, Eduardo. Tanto per chi era in quanto individuo e perché la vostra relazione era vista da tutto il mondo come un perfetto esempio di vero amore. Gli avvoltoi ti gireranno attorno, nella speranza di approfittare di quello che lei ha lasciato. Sta' attento. E sappi che Carlo e io faremo tutto ciò che è in nostro potere per aiutarti, nel caso tu lo desideri. Devi solo chiedere."

Fabrizia e Carlo ci erano già passati, ricordò Eduardo. Quando il padre di Carlo era scomparso dopo aver trascorso decenni sul trono, molti personaggi dell'industria editoriale e dell'intrattenimento avevano distorto la vita del re defunto in un dramma che non era mai esistito. Altri avevano sfruttato la sua morte per attirare clientela verso le loro attività o i loro prodotti. Per loro, si trattava di strumenti per ottenere profitto. Ma Carlo e Fabrizia erano una faccenda personale.

Eduardo si chiese se alcuni degli avvoltoi da loro incontrati fossero venuti da sotto il tetto del loro stesso palazzo. Se avessero cercato di rubare più che delle storie.

"Posso affrontare gli opportunisti pubblici, ma ci sono stati altri incidenti. Violazioni che riguardavano proprietà personali." Eduardo detestava essere diretto, ma capitava di rado che loro avessero la possibilità di parlare in privato. In quella faccenda, lui stimava l'opinione della regina Fabrizia e di re Carlo più di tutte le altre.

Dopo un attimo di riflessione, la donna mormorò: "Capisco."

"Ora come ora, ho solo dei sospetti. Ho preso provvedimenti per migliorare la sicurezza della residenza privata e mantenere lo status quo fino a quando non sarò pronto ad affrontare la situazione." Abbassando la voce, Eduardo aggiunse: "Quando verrà il momento, ci sono dei compiti per i quali avrò bisogno di aiuto. Dovrò guardare al di fuori dal Paese."

Eduardo vide, dall'atteggiamento di Fabrizia, che lei aveva capito la sua richiesta. Ci voleva qualcuno che non avesse legami personali con la famiglia diTalora, ma che potesse gestire con efficacia questioni private ed evitare che diventassero pubbliche.

Re Carlo si staccò da un vicino gruppo di dignitari per raggiungere la moglie. Dopo che il re ebbe espresso il proprio dolore per la scomparsa di Aletta, disse a Eduardo: "Fabrizia e io non abbiamo potuto fare a meno di ammirare le vetrate del Duomo. Mi pare di capire che Aletta stesse promuovendo una campagna per restaurarle."

"Era uno dei suoi progetti personali," confermò Eduardo, lieto di discutere di un argomento che non fossero la morte e il lutto. "Sono meravigliose, persino nelle loro condizioni attuali, ma nel corso dei secoli, l'inquinamento e il salmastro hanno lasciato il segno. Restaurarle alla loro gloria originale richiederà il lavoro di artigiani di massimo livello, persone che capiscano tanto la storia della cattedrale quanto la fattura del vetro. Un professore dell'Università di San Rimini, specializzato nelle vetrate medievali, ha intenzione di studiarle una volta che saranno state rimosse. Ci sono molte cose da imparare dalle storie raffigurate, naturalmente, ma anche dei dettagli della manifattura. Le tecniche di stratificazione del vetro e persino il tipo di colori utilizzati potrebbero offrire indizi riguardo alla costruzione del Duomo. Sarebbe interessante sapere se il vetro è stato importato e se sì, da dove."

Quando Eduardo fu costretto a prendere fiato prima di proseguire, si rese conto che stava usando il vetro colorato come scusa per far passare il tempo e accelerare la sua fuga. Probabilmente, anche Carlo e Fabrizia se ne rendevano conto, perché sembravano più interessati di quanto fosse probabile. E ciò, concluse Eduardo, lo rendeva oggetto di compassione. C'era da aspettarselo, dopo un funerale, ma la cosa non gli piaceva.

Si concesse un sorrisetto. "È già stata raccolta più della metà dei fondi necessari. Prevedo che uno dei miei figli prenderà in mano il progetto, una volta che ci saremo lasciati alle spalle la crisi attuale."

Carlo lanciò un'occhiata a sua moglie, poi disse a Eduardo: "Fabrizia e io saremmo onorati di integrare i fondi attuali con una cifra equivalente."

Per un attimo, la lingua di Eduardo si rifiutò di funzionare. Era una somma fortissima, persino per la famiglia Barrali. "Carlo, non posso–"

"Consideralo un dono per il popolo di San Rimini, in memoria della loro regina."

"Sarebbe molto importante per noi vedere realizzati i desideri di Aletta," aggiunse Fabrizia, il cui tono di voce rese definitiva la decisione.

Eduardo non riusciva a immaginare un gesto più degno nel

ricordo di sua moglie. O più generoso. "È molto premuroso da parte vostra. Grazie."

Fabrizia sorrise. "L'assistente di Carlo contatterà il tuo per organizzare il trasferimento di denaro una volta che saremmo tornati a casa. Per quanto riguarda l'altra faccenda, tu saprai quando sarà il momento di procedere. Il mese prossimo, fra un anno, fra cinque anni. Io ci sarò quando tu sarai pronto. Sono sicura di poter trovare la persona giusta."

Qualcuno avrebbe potuto pensare che, essendo il sovrano ereditario, Carlo esercitasse tutto il potere a Sarcaccia. Crederlo avrebbe significato sottovalutare l'intelligenza e le risorse di Fabrizia. Carlo si era sposato per amore, ma aveva anche sposato una donna che prosperava nel suo ruolo di regina. Una donna che lo comprendeva tanto in pubblico quanto in privato. Una donna sul cui sostegno lui poteva contare in entrambi i ruoli.

Da quel punto di vista, anche Eduardo era stato fortunato. Sebbene un tempo avesse creduto che sarebbe invecchiato assieme ad Aletta, gli anni che avevano trascorso insieme erano stati meravigliosi. Sperava che i suoi figli – e forse anche la sorella di Aletta – avrebbero trovato un amore così profondo nelle loro vite.

"Ci vorrà del tempo," disse infine Eduardo a Fabrizia. "Ma quando sono pronto, accetterò la tua offerta."

La regina sorrise, ma nel suo sorriso c'era qualcosa di enigmatico. "Aspetterò."

CAPITOLO 2

DANIELA D'AMBROSIO AVEVA SPESO buona parte dei suoi risparmi per visitare un paese a lei nuovo in occasione della pausa primaverile, con l'idea di espandere i suoi orizzonti, ma il caldo, i lividi alle costole e l'odore soffocante di cocco, corpi sudati e alcol versato rischiavano di metterla in fuga dalla discoteca più popolare di Cancun ben prima dell'ultimo giro di bevute.

Aveva trascorso parecchio tempo in spiaggia durante la sua gioventù trascorsa nella nazione isolana di Sarcaccia. Aveva anche visitato le sue discoteche. Non c'era paragone. Il fascino da Vecchio Mondo di Sarcaccia e le sue tradizioni mediterranee pervadevano anche la vita notturna. Il vino, il brie e gli spessi cracker saporiti passavano di mano quanto i pettegolezzi fra un momento e l'altro sulla pista da ballo. Cancun, d'altra parte, era spudorata. Pulsava di gioventù come solo una città ricavata dalla giungla con il preciso intento di diventare un luogo turistico poteva fare. La novità infondeva ogni cosa, dai menu alla musica alle decorazioni di rospi e lucertole con tanto di sombrero dei suoi bar.

Daniela non riusciva a immaginare i principi e le principesse di Sarcaccia che socializzavano come facevano nei night club della sua terra natia. Di certo loro non avrebbero sfruttato le pause fra le canzoni per dondolarsi sulle sedie o stendersi sui tavoli per farsi versare la tequila in gola.

"Non puoi andartene adesso. Questo DJ è fantastico!" gridò Katja al di sopra della musica quando Daniela gesticolò per indicare che aveva bisogno di un po' d'aria. "E poi, non ti troveremmo più. Resta! Balla! Vedrai che ti riprenderai."

Per altri dieci minuti, Daniela fece uno sforzo, ma era stufa di ballare. Era stanca. Si sentiva soffocare. Da quando erano arrivate, due ore prima, aveva preso parecchie gomitate nella schiena e sui fianchi mentre la gente in pista sollevava i bicchieri di plastica per applaudire il DJ, salutare gli amici o gridare ordini ai baristi che avevano già troppo da fare.

All'inizio di una nuova canzone, Daniela toccò Katja sulla spalla, poi si avvicinò all'orecchio della sua amica e badò a scandire bene le parole, in modo che Katja capisse nonostante i bassi roboanti. "Prendo la navetta per tornare in albergo. Ci vediamo lì. Dillo a tutte, d'accordo?"

Katja controllò l'orologio, senza smettere di ancheggiare. "Gli autobus andranno ancora per quaranta minuti. Gli ultimi saranno pienissimi. Resta ancora un po' e prenderemo un taxi tutte insieme. Non costerà molto se ci dividiamo uno di quei furgoni."

"Devo risparmiare energia per domani sera. Voi ballate pure. Divertitevi. Io sono a posto."

Katja era dubbiosa, ma poi il suo sguardo si posò su un bel ragazzo con un berretto dei Red Sox e una maglietta della Auburn che se ne stava appoggiato al bancone e guardava nella loro direzione e Daniela capì di avere una via di fuga.

"Quello aspetta che io ti lasci sola," disse Daniela. "Approfittane."

"Ma–"

"Quand'è che ti ricapita? Goditi l'avventura e raccontami tutto domani. Siamo venute per questo, no?"

Daniela sapeva che Katja avrebbe avuto occasioni in abbondanza – gli uomini gravitavano attorno alla bellissima tedesca dagli occhi da cerbiatta come i bambini attorno al gelato – ma quelle erano proprio le parole che Katja aveva bisogno di sentirsi dire per alleviare il senso di colpa dovuto al rimanere in pista mentre Daniela tornava in albergo. Katja le sorrise, dopodiché la sua espressione si fece maliziosa prima di lanciare una lunga occhiata al bar. Era l'invito perfetto per il signor Auburn. L'uomo si fece strada attraverso i corpi che ondeggiavano, lo sguardo fisso su Katja.

Daniela attraversò la folla zigzagando, diretta verso la porta. Intravide due delle sue amiche mentre si chinava sotto le braccia sollevate e la folla festante di ubriachi, ma le due erano troppo prese dell'atmosfera per vederla allontanarsi. Gridare sarebbe stato inutile, visto il baccano. Non volendo fare la fatica di raggiungerle, Daniela confidò nel fatto che Katja avrebbe detto loro che lei era andata via.

Le otto studentesse dell'Università del Michigan erano andate a trascorrere la pausa primaverile in Messico. Erano tutte europee, all'estero per un semestre. Katja veniva dalla Germania, Daniela da Sarcaccia. Le altre sei erano olandesi e belghe. Nessuna di loro aveva mai avuto una pausa primaverile in passato, né era mai stata in Messico, per cui avevano fatto colletta, setacciato Internet in cerca di voli economici e si erano compresse come sardine in due stanze in uno degli enormi alberghi lungo la riviera di Cancun.

Sapevano che sarebbe stata un'avventura. Ma non avevano immaginato il genere di avventura.

La striscia di terra che dal centro della città si protendeva verso l'acqua nella forma di un sette rovesciato ospitava migliaia di ventenni festanti nella sua miriade di alberghi e appartamenti. L'idea che Daniela si era fatta della pausa primaverile veniva dalla televisione; la realtà era molto diversa. Si era goduta le giornate, durante le quali aveva trascorso la maggior parte delle ore a bordo piscina e a fare lunghe passeggiate in spiaggia per godersi il vento caldo e le onde mentre guardava la gente. Ma al terzo giorno, mentre le sue amiche dormivano fino a tardi, Daniela era saltata su un autobus turistico per vedere le rovine Maya di Chichen Itza. L'esperienza le aveva occupato la maggior parte della giornata, ma la gita le era piaciuta moltissimo. Aveva speso quel poco che le restava del suo budget per l'intrattenimento per godersi un'uscita di pesca tardo-pomeridiana al quarto giorno, piuttosto che raggiungere le sue amiche per un altro pomeriggio in piscina. Aveva pescato un barracuda, che era stata felice di passare ai pescatori proprietari della barca, e aveva chiacchierato con i pescatori e con le due coppie di coniugi texani che avevano condiviso l'escursione con lei. Le sue amiche avevano pensato che fosse impazzita e l'avevano accusata di avere "passatempi geriatrici," ma trascorrere qualche ora lontano dai fragorosi altoparlanti attorno alla piscina e dalle maratone di drink tropicali era stato un atto di autoconservazione.

Daniela aveva avuto bisogno di sollievo dall'eccesso di stimoli per affrontare le attività notturne.

E poi, era in Messico. Voleva vedere cosa c'era al di fuori della zona degli alberghi di Cancun. Per lei, quella era un'avventura migliore che sperimentare una movida che avrebbe potuto trovare anche vicino a casa, in posti come Ibiza o uno dei festival musicali della Croazia.

Daniela allungò il passo mentre oltrepassava la fila di studenti che attendevano di fronte alla porta che qualcuno controllasse loro i documenti. Il sollievo la attraversò quando l'aria notturna le colpì il viso. C'erano almeno quindici gradi in più che in Michigan, ma rispetto alla pioggia di sudore sulla pista da ballo, sembrava di stare al fresco.

Daniela trasse diversi respiri profondi, i polmoni liberi di espandersi ora che era sfuggita alla calca. Seguendo la linea del tendone del bar, trovò una panchina vuota vicino all'angolo dell'edificio. Vi si lasciò cadere sopra, stese le braccia sullo schienale e trascorse diversi minuti ad assaporare tanto la libertà concessale dallo spazio quanto la brezza che le sfiorava la pelle surriscaldata mentre guardava la corrente di studenti in vacanza percorrere il Boulevard Kukulkan. Fuori dal bar non c'era silenzio – la strada era stracolma di ristoranti, negozietti e discoteche – ma la differenza nel livello di rumore era drastica come la brusca fine di un allarme antincendio, rendendola consapevole del fischio nelle orecchie.

Chiuse gli occhi per un attimo, immaginando come avrebbe progettato l'interno del bar se fosse stata la proprietaria. Il locale guadagnava dall'affluenza più che dalla qualità di quello che offriva, il che spiegava il desiderio della direzione di attirare il massimo numero possibile di clienti. Il locale dei sogni di Daniela offriva lo stesso ammontare di ballo e di entusiasmo, ma metà della folla, in modo che la gente avesse spazio per muoversi, per godersi il cibo e le bevande senza rovesciarli e per sentire gli altri parlare. Daniela avrebbe allungato il bancone e lo avrebbe arrotondato alle estremità, in modo che i baristi potessero lavorare all'interno dello stesso spazio, ma con una maggiore scorrevolezza per i clienti quando si avvicinavano, compravano da bere e tornavano in pista o su uno degli alti tavolini che correvano lungo il perimetro.

Quando si sorprese a progettare mentalmente il menu, Daniela sospirò e si raddrizzò. Possedere un bar non era assolutamente parte dei suoi sogni. Ma quando lei vedeva un negozio o un ristorante lavorare a efficienza meno che massima – o peggio ancora, entrava in un luogo disordinato – era sua abitudine riorganizzarlo mentalmente.

Non ci voleva uno psicologo per capire che quel tratto era una reazione istintiva al suo essere cresciuta in una casa che era tutto, tranne che organizzata.

Il pensiero della sua casa d'infanzia fu penetrato da una profonda – e profondamente contrariata – voce maschile proveniente dalla sua destra. "Per l'ultima volta: si chiama anno *sabbatico* perché è una pausa nella mia carriera. Una pausa programmata. Ho tutto il resto della vita per lavorare, cosa che ho intenzione di mettermi a fare fra esattamente cinque mesi."

Daniela non ebbe il coraggio di guardare, ma il rumore di passi violenti sul marciapiedi indicava che l'uomo era diretto nella sua direzione, in fuga dal frastuono del bar proprio come lo era stata lei. "Se ti fa sentire meglio, vedila come una pausa di riflessione. In fondo, non è che sto qui a girarmi i pollici. Semplicemente, non sto facendo quello che volevi tu."

Seguì il silenzio, poi: "Ti ho risposto, no?" seguito da altro silenzio, uno sbuffo e "Cancun, in Messico. Io e alcuni amici siamo venuti qui per un fine settimana lungo. Torneremo in Guatemala domani sera. E sì, prima che tu lo chieda, sono perfettamente al sicuro. C'è rumore perché abbiamo cenato tardi e ora sono in mezzo a una strada piena di ristoranti e discoteche."

Daniela udì altri passi mentre l'uomo ascoltava chiunque ci fosse all'altro capo del telefono. Non aveva bisogno di vederlo per percepire la frustrazione che emanava. Avrebbe voluto svanire nella panchina e lasciargli un po' di privacy... non che fosse possibile avere privacy in quel distretto.

Qualche istante dopo, con voce più calma, l'uomo disse: "Sì. Ti prometto che non ho intenzione di fare nulla di cui potrei pentirmi." Vi fu una breve pausa prima che lo sconosciuto aggiungesse: "Di' alla mamma di non preoccuparsi. Chiamerò domani mattina prima di andare al lavoro. Avrai modo di rispondere?"

Daniela si perse la fine della conversazione quando un branco di almeno una dozzina di ragazze vestite con abitini succinti le passò di fronte. Diverse erano a braccetto. Tutte parlavano a volume più appropriato per gridare sopra la musica che a una passeggiata lungo una strada cittadina nelle prime ore del mattino. Un autobus si fermò nelle vicinanze e l'orda ridacchiò prima di correre a prenderlo, incuneandosi nel poco spazio rimasto quando le porte si aprirono.

Daniela aveva notato, qualche giorno prima, che gli autobus tendevano ad arrivare molto vicini l'uno all'altro, per cui guardò nella direzione da cui l'autobus era giunto per vedere se ce ne fosse un altro in vista. Quando apparvero solo taxi e una singola motocicletta con un fattorino della pizza sopra, Daniela si disse che andava bene anche così. Un altro paio di minuti per rinfrescarsi all'aria l'avrebbe aiutata a togliersi dalle narici i resti del sudore che aleggiava nel bar prima di salire a bordo dell'autobus per il soffocante tragitto fino all'albergo.

Con la spiaggia che distava meno di cinque minuti a piedi dalla discoteca, sembra un peccato non restare all'aperto a godersi la tiepida aria notturna e il profumo dell'oceano finché poteva.

Decise che avrebbe passeggiato fino alla fermata successiva o a quella dopo e sarebbe salita a bordo. Il suo albergo si trova dalla parte opposta della lunga striscia turistica. Se lei avesse oltrepassato il raggruppamento di bar e ristoranti, fino al primo degli alberghi più grandi, sarebbero dovute scendere abbastanza persone da farle spazio.

Daniela si alzò dalla panchina e schivò un gruppo di scalmanati per dare un'occhiata alla cartina appiccicata alla fermata e controllare dove si trovava quella successiva.

Un chilometro più a sud lungo il viale. Perfetto.

"Quello era l'ultimo."

La familiare voce maschile giunse dalle sue spalle, così vicina che lei colse un leggero aroma della sua colonia. O forse era l'ammorbidente. Di qualunque cosa si trattasse, non assalì i sensi di Daniela come aveva fatto il miscuglio di odori della discoteca.

Lentamente, Daniela si guardò alle spalle, quindi sollevò lo sguardo. Aveva la fronte all'altezza del centro del petto dell'uomo. Costui indossava una maglietta sportiva, ma che gli calzava a pennello. Il suo viso era perfettamente rasato, ma la parte superiore degli zigomi sembrava leggermente più scura del resto del viso, come se l'uomo avesse trascorso del tempo al sole indossando un cappello e portando una corta barba, e il sole avesse abbronzato la parte scoperta. Il colorito non era bordato di rosa, come quello della maggior parte degli uomini che gironzolava nei dintorni, il che suggeriva mesi trascorsi all'aperto, invece di qualche giorno.

"Non voglio disturbarti," disse l'uomo, passandosi una mano fra i capelli castani ondulati e baciati dal sole, "ma non voglio che tu resti ad aspettare un autobus inesistente."

"Sei gentile, ma stavo guardando le fermate, non gli orari." E poi, l'uomo si sbagliava. Un'occhiata all'orario indicò che c'erano almeno altri due autobus.

"C'è una fermata ogni mezzo chilometro, ma saperlo non ti servirà a niente, a meno che tu non stia andando verso il centro, nel qual caso devi attraversare la strada."

"Non vado in centro."

"Ottimo, perché dovresti correre per prendere quell'autobus." Gli occhi scuri dell'uomo spostarono lo sguardo sul lato opposto della strada, dove un autobus quasi vuoto rallentò fino a fermarsi. Gli unici passeggeri sembravano essere i dipendenti di alberghi e ristoranti diretti fuori dalla zona turistica dopo una lunga giornata di lavoro; la maggior parte aveva le cuffie nelle orecchie ed espressioni mezze addormentate. "Se vuoi dividere un taxi o un'auto a noleggio, ne chiamo uno. A quale chilometro è il tuo albergo? Io sto verso il fondo, per cui non è un problema accompagnarti fino al tuo."

Daniela deglutì. L'uomo non fece commenti, ma lei sapeva che aveva notato quel gesto involontario. "Grazie per l'offerta, ma fuori si sta bene. Credo che camminerò fino alla fermata al chilometro undici e prenderò un passaggio laggiù."

Un passaggio su un *autobus*.

Gli angoli della bocca dell'uomo si sollevarono come se lui le avesse letto nel pensiero. Lo sconosciuto aveva in mano un foglietto di carta, che sembrava uno scontrino del bar. Lo appallottolò, spostò lo sguardo su una pattumiera a tre panchine di distanza e fece canestro come se niente fosse.

"Io sono Royce. Royce Dekker."

L'uomo tese la mano ora vuota. Era una mano grande, mascolina, e attaccata a quello che ora Daniela si rese conto essere un braccio con un bicipite molto fermo, che ben si adattava al petto atletico.

Royce Dekker era decisamente in forma. Le stava sorridendo. E stava aspettando.

CAPITOLO 3

Lei ignorò il nervosismo e strinse la mano dell'uomo. "Daniela."

Lui la guardò con aria di attesa dopo averle lasciato la mano, il che la spinse ad aggiungere: "Daniela D'Ambrosio."

Daniela non sapeva perché, ma dare agli sconosciuti più informazioni personali del necessario la metteva a disagio. Katja aveva brontolato quando lei aveva accennato alla cosa qualche settimana prima, quando erano uscite a mangiare la pizza in Ann Arbor e un gruppo di studenti di legge si era unito al loro tavolo. Dopo qualche minuto di conversazione animata, Katja aveva condiviso il suo nome completo, il numero di telefono e il suo corso di studi con la stessa facilità con cui aveva condiviso i tovaglioli dal contenitore cromato ammaccato, mentre Daniela si era presentata con il solo nome.

"Si può sapere che ti è preso?" le aveva chiesto più tardi Katja. Quando Daniela le aveva spiegato che non amava rinunciare alla sua privacy, Katja aveva spalancato gli occhi incredula. "Cosa pensi che vogliono fare? Rubarti l'identità? Sono studenti di legge."

Daniela aveva fatto spallucce, incapace di dare una risposta più specifica.

"Ti dispiace se ti accompagno?" chiese Royce. Indicò il bar con il pollice. "Dopo un'ora là dentro, ho bisogno di una pausa dalla folla. Il volume è assurdo."

Daniela esitò; dentro di lei, una vita di prudenza si scontrava con l'istinto che le diceva che Royce Dekker era una brava persona.

Un sorriso ritroso mise in luce una devastante fossetta nella guancia dell'uomo. "Se preferisci non farlo, nessun problema. Mi conosci come conosci quelle sculture a forma di rospo. Pensavo solo che–"

"No. Andiamo." Daniela non sapeva esattamente perché avesse detto così. Magari stava ripensando alle critiche di Katja. O magari era perché aveva trascorso una settimana a fare cose che di solito non faceva, come visitare Chichen Itza da sola e fissare il tappeto della giungla dalla sommità di una delle rovine. In ogni caso, se voleva correre un rischio e fare qualcosa di avventuroso in vacanza, passeggiare con Royce sembrava un passo nella direzione giusta.

L'uomo inarcò le sopracciglia. "Va bene."

Lei lanciò un'occhiata alla pattumiera quando vi passarono accanto. "Bel tiro, a proposito. Giochi a basket?"

"Solo con la spazzatura." Royce si guardò alle spalle. "Non devi dire alle tue amiche che stai andando via?"

"L'ho già fatto." Daniela si accigliò. "Come facevi a sapere che ci sono delle mie amiche nella discoteca?"

"Nessuno va in pausa primaverile da solo." Royce sollevò una spalla, quindi aggiunse: "Ti ho vista ballare, prima. Sembravi contenta quanto me di quel posto."

Daniela mise da parte per dopo il fatto che l'uomo l'aveva notata. "Non ti piaceva?"

"La musica era fantastica. La folla era fantastica. Ma non

amo ballare. In posti come quelli, tutto quello che faccio è saltellare su e giù e fare la figura dell'idiota mentre cerco di non rovesciare la birra."

Daniela scoppiò a ridere. "Quella descrizione si applica alla maggior parte delle persone."

Passarono di fronte a un discount, poi aspettarono che un furgone bianco con il logo di una compagnia di bibite uscisse dal vicolo accanto prima di proseguire.

"Allora, dov'è che studi, Daniela D'Ambrosio?" chiese l'uomo. "Tu e le tue amiche non siete americane."

Daniela gli lanciò un'occhiata di sbieco. "Non credevo di parlare così male l'inglese."

"Lo parli benissimo. Ma hai una cadenza che mi fa capire che non sei americana. La ragazza con cui ballavi – quella alta – era accanto a me quando è venuta al bancone a ordinare. Sembrava tedesca, dall'accento. Ma il tuo è diverso."

Ciò spiegava la curiosità dell'uomo. Daniela sorrise a Royce e disse: "Katja viene da Dresda. Io sono di Sarcaccia, per cui studio in scuole bilingui da quando ho messo piede all'asilo. Se non parlassi bene l'inglese, sarei nei guai, dato che tutti i lavori lo richiedono." Spiegò che lei e le sue amiche studiavano da fuorisede all'Università del Michigan, quindi gli pose la stessa domanda che le aveva posto lui.

"Non mi hai sentito sbottare con mio padre?"

"Diciamo così." Daniela fece una smorfia, anche se, se quello che aveva sentito poteva definirsi sbottare, Royce controllava le sue emozioni meglio della maggior parte delle persone. "Mi ero sforzata di non origliare."

L'uomo scoppiò in una risata profonda. "E io mi sono sforzato di non arrabbiarmi. Per rispondere alla tua domanda, al momento vivo in Guatemala. I miei genitori stanno a San Rimini."

Daniela lo guardò con palese sorpresa; non si era aspettata

quella risposta. Sarcaccia si trovava al largo della costa occidentale dell'Italia, a un breve tragitto in traghetto da Napoli. La minuscola nazione di San Rimini si trovava dalla parte opposta rispetto all'Italia, a un tiro di sasso da Venezia, all'estremità settentrionale dell'Adriatico.

"Mia madre è americana, nata e cresciuta in Tennessee. Mio padre ha origini olandesi e britanniche. Possiede una compagnia di sicurezza privata che lavora con le ambasciate. Il che," proseguì Royce, "fa di me un meticcio che è cresciuto un po' in tutto il mondo."

"Immagino che questo faccia sì che tu sia a tuo agio in molte situazioni."

"Diciamo così." Royce le lanciò un'occhiata di sottecchi. "La prima cosa che la maggior parte delle persone dice quando scopre il mio passato è che deve essere stato difficile non avere una dimora fissa."

"Lo è stato?"

"No." Royce tracciò un cerchio di fronte al suo viso e si finse accigliato. "Lo dicono sempre con questa espressione e una voce colma di premura, come se trasferirmi ogni pochi anni avesse privato la mia infanzia di qualche elemento essenziale. Ma per me, è sempre stato così." La birbanteria gli accese una luce negli occhi. "A volte, sono tentato di chiedere se loro non si siano sentiti defraudati vivendo sempre nello stesso posto."

"Non credo che la gente reagirebbe bene."

"Probabilmente no, ma magari si metterebbe a pensare." Royce schivò il ramo di una palma che era caduto sul marciapiedi. Un attimo dopo, disse: "Il lavoro di mio padre richiede che lui comprenda culture diverse. Etichetta, storia, abitudine, religione, persino il cibo. Dice sempre che non si può mettere in sicurezza un luogo fino a quando non si capiscono le persone che lo occupano. Ogni volta, prima che ci trasferissimo, lui portava a casa dei libri o ci faceva vedere dei video sul posto in cui stavamo per andare. Io e mia madre non studiavamo approfonditamente come lui, ma quanto bastava perché fossimo entusiasti all'idea del trasferimento. Entrambi i miei genitori amano viaggiare, anche solo per espandere la loro visione del mondo. E mi hanno incoraggiato ad avere quello stesso atteggiamento."

"Hanno alimentato la tua curiosità. Direi che quello è uno degli elementi più essenziali dell'infanzia."

Royce sorrise mentre rifletteva sulle parole Daniela. "Tu ti sei spostata spesso?"

Daniela soppresse il brivido provocato da quell'idea. Sua madre non si sarebbe trasferita nemmeno a costo della vita. "No. Ma come hai detto tu, per me è sempre stato così."

Per deviare la conversazione lontano dalla sua infanzia, Daniela disse: "Quando sei uscito dalla discoteca, ho dato per scontato che fossi americano. Anche se ciò è probabilmente dovuto al fatto che tutti quelli che ho incontrato a Cancun sembravano esserlo, piuttosto che dal tuo aspetto o dal modo in cui parli."

"Ho una doppia cittadinanza: britannica e americana. Vedi tu."

"Un meticcio," dissero contemporaneamente. L'espressione divertita che si scambiarono le provocò un brivido di calore.

Royce – per quanto ignorante fosse degli orari degli autobus – era una persona interessante. Daniela era contenta di aver corso il rischio di accettare di passeggiare con lui, anche se, ripensandoci, non era poi un gran rischio. Fra gli studenti che camminavano verso il più vicino gruppo di alberghi e l'occasionale poliziotto o buttafuori che passava lo sguardo sulla folla, c'era parecchia gente in giro. Ogni tanto, una bicicletta li oltrepassava, diretta nella direzione opposta. Come per gli abitanti del posto che lei aveva visto a bordo dell'autobus, i ciclisti avevano l'aspetto di chi tornava a casa dopo il lavoro in albergo o in un ristorante.

Ciò la spinse a farsi delle domande riguardo alla famiglia di Royce. La telefonata che aveva sentito non si abbinava bene con la descrizione che lui aveva fatto dei suoi genitori amanti dei viaggi.

Si avvicinarono all'ingresso di un complesso condominiale sulla spiaggia. Una guardia era seduta in un gabbiotto accanto al cancello, con la porta aperta e i piedi appoggiati su una cassetta di latte rovesciata mentre leggeva il giornale. L'uomo sollevò la testa nell'udire i passi. Rendendosi conto che loro due non erano diretti nella sua direzione, riportò l'attenzione al giornale.

Daniela attese che fossero fuori dalla portata di orecchi della guardia prima di dire: "Dimmi un po', Royce Dekker, cosa ci fai in Guatemala?"

L'uomo le spiegò di essersi laureato a San Rimini nel maggio precedente, poi disse: "Volevo prendermi un anno sabbatico prima di cominciare l'università, ma i miei genitori erano assolutamente contrari, per cui ho deciso di prendermelo dopo, prima di cominciare a lavorare a tempo pieno. Ho trovato un'organizzazione che si occupa di progetti ambientali in tutto il mondo e mi sono candidato a lavorare per un anno nel programma in Guatemala. Il gruppo con cui collaboro lavora per migliorare il passaggio attraverso la foresta pluviale. La maggior parte delle strade ha più di cinquant'anni ed è stata progettata senza tenere minimamente in considerazione l'impatto ambientale. Alcune provocano fuoriuscite che affliggono le radici degli alberi e il resto della vegetazione, alcune sono costruite lungo percorsi che impediscono agli animali di spostarsi da una zona all'altra in sicurezza. Altre sono semplicemente pericolose, per cui la gente prende scorciatoie che disturbano la foresta."

Sembrava un lavoro duro. Necessario, ma duro. "A te piace?"

Royce sollevò il viso verso il cielo. Daniela cercò di non fissare il suo profilo. Royce aveva un volto interessante. Forte e attraente, ma non in maniera classica.

"Sì. Mi piace stare all'aperto. Soprattutto, mi piace il Guatemala di notte. Stiamo in una zona isolata, per cui l'inquinamento luminoso è minimo. Abbiamo una torretta di osservazione, vicino all'accampamento, che si erge al di sopra del livello degli alberi. Da laggiù posso vedere le stelle in un modo in cui non le posso vedere a casa. O qui." Royce esalò il fiato. "È la prima volta da mesi che vedo la civiltà. O almeno, una civiltà che includa alberghi e fast-food. Avrei lasciato la discoteca presto anche se mio padre non mi avesse chiamato. Dopo mesi di tranquillità, gli stimoli sono un po' troppi."

Daniela si ritrovò a sorridere a quelle parole. "Ieri sera, dopo cena, sono andata in spiaggia con le mie amiche. Abbiamo cercato di trovare un posto dove sederci a guardare le stelle prima di andare a ballare, ma era difficile, con le luci degli alberghi."

"Vai spesso a guardare le stelle in Michigan?"

Daniela scosse la testa. "Non ci sono molti posti dove farlo, al campus. E poi, in questo periodo dell'anno fa freddissimo."

Musica a tutto volume giunse da un taxi che passò loro accanto con i finestrini abbassati. Degli studenti si erano ammucchiati in tutti gli spazi disponibili, stringendosi l'uno in grembo all'altro. Daniela non riusciva a immaginare che fosse legale portare così tanti passeggeri. D'altra parte, era il periodo della pausa primaverile ed erano in Messico. Probabilmente, la gente non si faceva tante remore per andare dove doveva andare.

La qual cosa le ricordava che era da un pezzo che non vedeva un autobus.

Daniela si voltò a guardarsi alle spalle, ma non ne vide nessuno. Il viale non era più così trafficato, ora che avevano oltrepassato qualcuno degli alberghi più piccoli e il complesso di condomini. E se un autobus fosse passato loro accanto, Daniela lo avrebbe sentito. Accanto a loro, saracinesche metalliche coprivano le vetrate di diversi negozi di souvenir. In mezzo ai negozi c'era un ristorante con posti all'interno e all'aperto. I tavoli esterni erano stati sparecchiati e le lampade termiche erano spente. All'interno si vedeva un singolo dipendente, che girava le sedie e le posava sopra i tavoli in modo da spazzare per terra. Ancora un minuto di camminata e lei e Royce avrebbero raggiunto uno degli hotel più grandi del viale, che secondo la mappa aveva una fermata tutta sua.

"Siamo vicini alla fermata," disse Royce, come se le avesse letto nel pensiero. "Potrai controllare gli orari quando arriveremo."

"Pensavo avessi detto che non sarebbero passati altri autobus."

"Infatti. Ma così potrai controllare gli orari."

Il sorriso dell'uomo era smargiasso senza essere fastidioso. "Sei proprio sicuro."

"Vedremo chi ha ragione quando arriveremo."

Era vero. Daniela scese dal marciapiedi mentre attraversavano la strada. Quando furono arrivati dall'altra parte, chiese: "Cosa hai intenzione di fare dopo il tuo anno sabbatico? Vuoi tornare a San Rimini? Studiare le stelle?"

"Credo che mi arruolerò nelle forze armate. Magari nell'intelligence, se troverò posto."

"Britannica o americana?"

"Bella domanda. Ho delle decisioni da prendere."

Il modo in cui Royce lo disse la spinse a credere che c'era una questione più profonda della cittadinanza. Poi capì. "I tuoi genitori non approvano."

"Cosa te lo fa pensare?"

Daniela si strinse nelle spalle. "Ho solo tirato a indovinare."

Nonostante il tono di voce tranquillo, la bocca di Royce aveva avuto un guizzo mentre lui poneva la domanda. Daniela aveva toccato un nervo scoperto.

Dopo qualche altro passo in silenzio, l'uomo disse: "Beh, hai colto nel segno. Mia madre è preoccupata per me. Non era molto contenta che io lavorassi per un anno in America Centrale, ma sapeva che sarebbe stata una faccenda temporanea e che il programma opera in Guatemala da molto tempo senza incidenti, per cui non si è opposta. Mio padre, d'altra parte, avrebbe voluto che cominciassi a lavorare subito, magari nella sua agenzia. Arruolarmi significherebbe lasciarli entrambi scontenti."

"I genitori sono fatti per preoccuparsi," disse Daniela, evitando l'argomento del padre che voleva il figlio nella sua azienda. Aveva il sospetto che affrontare l'argomento sarebbe stato come mettere un piede su una mina. "Mia madre non era entusiasta quando le ho detto che volevo andare a Cancun per la pausa primaverile, anche se le ho assicurato che avrei viaggiato con delle amiche. Credo che sapesse meglio di me come vanno le cose qui."

"Non ti aspettavi le gare di bevute a testa in giù o la gente che fa sesso in pieno giorno nelle piscine degli alberghi?"

"Oh, me le aspettavo," ammise Daniela, "ma non così tanto. E avevo sopravvalutato il desiderio delle mie amiche di trascorrere una giornata a visitare le rovine maya. Sono quella strana del gruppo, che ama approfondire le culture antiche."

"Di solito, gli studenti in vacanza preferiscono andare in discoteca che acculturarsi."

"Non sanno cosa si perdono."

Daniela infuse le sue parole di autoironia, ma Royce le lanciò un'occhiata che diceva che aveva capito più di quanto lei avesse immaginato. "Sembrerebbe che arrampicarti su vecchi templi sia divertente per te quanto lo è per me fare escursioni o andare in teleferica. Non c'è nulla di male nel fare quello che ti piace."

"Basta essere disposti a farlo da soli. Per fortuna, più faccio quello che mi pare, più mi sento a mio agio." Daniela lanciò un'occhiata a Royce. "Un po' come lavorare nel bel mezzo della giungla guatemalteca."

"Esatto," disse l'uomo, e il calore nella sua voce fece spiccare un balzo al cuore di Daniela.

Passarono di fronte alla rampa di un albergo, con tanto di

sbarra e pannello che consentiva l'accesso ai furgoni dei fornitori. Un attimo dopo, raggiunsero l'ampio viale curvo che portava all'ingresso principale dell'albergo. I riflettori illuminavano le piante tropicali lussureggianti vicino alle porte, segnalando che l'albergo era aperto, ma non c'erano taxi sotto il portico dell'edificio, solo due furgoni vuoti con il logo dell'hotel. Un fattorino sostava nei paraggi, tastandosi le tasche come se stesse cercando un pacchetto di sigarette scomparso. Delle voci riecheggiavano dai balconi in alto e della musica giungeva dalla direzione della spiaggia, sul retro dell'albergo, anche se Daniela non riconobbe la canzone.

Royce si incamminò verso il marciapiedi, dove un palo sormontato da un'insegna metallica sfoggiava una tabella degli orari incorniciata. "Eccoci qua. Riesci a leggere?"

Daniela tirò fuori il telefono dalla tasca dei pantaloncini e puntò la torcia verso la carta di un bianco acceso. Dopo aver letto, controllò l'ora e tornò a guardare l'orario. "Ci sono ancora due autobus. Uno fra un minuto e uno fra dieci."

Royce mise la mano sulla sua. Il contatto la fece sussultare, ma l'uomo non parve accorgersene. Royce tenne lo sguardo fisso sul foglio incorniciato mentre guidava la luce fino a una sezione di testo incorniciata. "Quello è l'orario infrasettimanale. Oggi è sabato. Beh, tecnicamente è domenica mattina. Devi guardare qui."

Daniela aprì la bocca per obiettare, poi la richiuse. Tutti gli altri studenti in vacanza avevano lasciato il campus dopo la fine dell'ultima lezione di venerdì e avevano intenzione di tornare l'indomani. *Domenica.* Ma lei e le sue amiche avevano prenotato da lunedì a lunedì, per risparmiare.

Daniela aveva confuso i giorni. Ed era sicura che lo avesse fatto anche Katja. Royce aveva ragione. Il bus stracolmo su cui le ragazze che aveva visto Daniela si erano affrettate a salire era l'ultimo della serata. Ora avrebbe dovuto spendere soldi per un taxi dopo aver già pagato l'abbonamento settimanale all'autobus.

La sua consapevolezza di Royce si fece più acuta quando l'uomo le appoggiò le mani sui fianchi e la osservò. All'improvviso, Daniela si sentì al tempo stesso con le spalle al muro e molto sola. "Da bravo stronzo, ti direi 'Te l'avevo detto.' Ma mi farò perdonare chiamando un passaggio. Che ne dici?"

CAPITOLO 4

Daniela non disse nulla. Lo guardò stupita sbattendo le lunghe ciglia morbide – una, due volte – per poi osservare di nuovo gli orari, aggrottando la fronte come se potesse alterarli tramite la pura forza di volontà.

Royce imprecò mentalmente. Era proprio un cretino. Era molto più alto di Daniela e probabilmente la intimidiva, anche se lei non sembrava intimidita. La tensione nelle spalle della donna mentre fissava gli orari rifletteva un misto di cautela e sconfitta.

Royce le offrì un sorriso sbarazzino mentre toccava un punto ben al di sopra dell'incavo della schiena di Daniela, sfiorando il tessuto del top di pizzo bianco nel tentativo di alleviare l'apprensione. "Se il tuo albergo è in fondo al viale e preferisci non dividere un passaggio, sarò felice di accompagnarti a piedi. A quest'ora, c'è troppa gente ubriaca che cerca di ritrovare la stanza perché sia sicuro camminare da soli. Una volta che saremo arrivati al tuo albergo, chiamerò un taxi per farmi portare al mio."

Dei cartelli prominenti disposti lungo il Boulevard Kukulkan indicavano la distanza dal centro di Cancun. Era normale che gli indirizzi degli alberghi riportassero il numero del chilometro. Royce e i suoi colleghi avevano scelto una struttura all'estremità della zona degli alberghi, lontano dalla maggioranza dei ristoranti e dei bar di tendenza, tanto perché costava di meno quanto perché in quel modo sarebbero stati più vicini alle attività all'aperto che avevano sperato di fare.

Per Royce e i suoi amici, Cancun – e il tragitto in auto di andata e ritorno – sembrava una fuga buona tanto quanto uno dei loro rari fine settimana lunghi. La zona offriva pesca subacquea, snorkeling, teleferica e la possibilità di noleggiare fuoristrada per esplorare la giungla. La maggior parte dei membri del gruppo aveva finito l'università da qualche anno – Royce, che si era laureato la primavera precedente, era il più giovane – e aveva trascorso gli ultimi sette mesi nelle campagne del Guatemala, per cui, quando avevano preso la decisione di fare quel viaggio, non avevano pensato all'influsso di studenti in vacanza. Non che la presenza degli studenti fosse un male: aggiungeva vivacità alla città. Sebbene loro fossero venuti a Cancun con l'intento di trascorrere le giornate facendo attività all'aperto e le serate a recuperare il sonno perduto, l'occasione inaspettata di ascoltare musica moderna, visitare bar e in generale rivivere i tempi dell'università era stata bene accetta. La sera prima erano persino andati al karaoke. Non sarebbe stato divertente se ci fossero stati solo loro quattro e una manciata di turisti, ma con il locale stracolmo di universitari, era stata una serata fantastica.

Quella sera, dopo cena, Royce e i suoi colleghi si erano divisi per guardare le bancarelle ed esplorare. Probabilmente, i suoi amici erano ancora fuori, a dare un'occhiata ai bar o a imbucarsi a una delle feste in spiaggia. Royce non si era aspettato di finire in una discoteca, ma era stato attirato dalla musica vivace e dall'offerta due per uno sulla birra.

Da quando era arrivato in città, aveva imparato che gli studenti universitari tendevano a stare in quell'estremità della zona degli alberghi, in modo da avere facile accesso ai locali. La spiaggia in fondo al boulevard offriva inoltre onde più gentili rispetto a dove stava lui, rendendola più appetibile per coloro che volevano trascorrere la giornata fra le onde o camminando sul bagnasciuga. Considerato tutto ciò, Royce era pronto a scommettere che l'albergo di Daniela non era lontano. Non sarebbe stata una camminata così lunga.

L'espressione di Daniela cambiò, come se la donna avesse preso una decisione. "Sei gentile, ma io sto al chilometro venti, cioè proprio in fondo."

Era il turno di Ross di essere stupito. "Al Westin?"

"Al Sun Palace, subito prima del Westin." Un muscolo guizzò nella mascella di Daniela, facendo sì che Royce si rendesse conto che, oltre a essere stato fastidioso riguardo all'autobus, aveva ancora la mano sulla schiena della donna. Lentamente, la lasciò ricadere. Gli avevano insegnato a non toccare mai una donna senza permesso e temeva di aver messo Daniela a disagio, nonostante la conversazione spigliata che avevano avuto da quando avevano lasciato la discoteca. Se così era, dividere un taxi avrebbe peggiorato la situazione, costringendo la donna in uno spazio ristretto con uno sconosciuto.

Dalle loro spalle giunse una risata sguaiata. Royce si voltò e vide un gruppetto di otto o nove studenti che si facevano strada lungo il viale verso l'ingresso principale. Barcollavano, ma ciò non sembrava dovuto tanto all'alcol quanto a una serata trascorsa a ballare, seguita da una camminata inaspettata fino all'albergo. Il gruppo tacque quando raggiunsero la copertura del portico, ascoltando mentre un uomo magrissimo in fondo alla fila diceva qualcosa e gesticolava come per mimare il gesto di arrampicarsi su una scaletta; poi, tutti scoppiarono a ridere mentre entravano barcollando nell'albergo.

Royce colse una zaffata di sudore mescolato ad alcol e modificò la propria valutazione iniziale. A meno che qualcuno di loro non avesse fatto il bagno nella tequila, avevano bevuto più di quanto lui aveva immaginato.

"Se vuoi, posso chiamare io un passaggio," disse Daniela, seguendo il gruppo con lo sguardo. Poi stupì nuovamente Royce aggiungendo: "Posso lasciarti al tuo albergo lungo la strada. Non dovresti camminare da solo. È pericoloso, con tutti questi ubriachi in giro."

La nota di ironia nella voce della donna gli strappò un sorriso e l'imbarazzo fra di loro svanì come se non fosse mai esistito.

Quando Daniela controllò il cellulare e vide che tutti i servizi di auto a noleggio con conducente indicavano lunghi tempi di attesa, Royce tirò fuori un biglietto da visita e provò a chiamare l'autista che lui e i suoi amici avevano impiegato all'inizio della serata. L'uomo rispose al quarto squillo, dopodiché si scusò e disse che, dato che i bar stavano chiudendo, aveva delle altre corse e ci sarebbero voluti almeno quarantacinque minuti prima che potesse raggiungere Royce.

Royce lanciò un'occhiata interrogativa a Daniela, che scosse la testa. Ringraziò l'autista e mise giù.

"Conosci un'altra compagnia?" chiese.

"No, ma visto che tutti quelli che escono dalle discoteche sono diretti verso la zona degli alberghi, magari riusciremo a prendere un'auto al volo mentre fa scendere dei passeggeri." Daniela lanciò un'occhiata all'albergo di fronte a cui si trovavano. "Questo posto è troppo vicino ai locali. Tutti quelli che stanno qui andranno a piedi quando scopriranno che ci vogliono quarantacinque minuti per un passaggio. Dopo questo hotel c'è un altro complesso di condomìni, ma poi c'è un Le Blanc. Dopo, mi pare di aver visto un Gran Caribe e un Hyatt. Non ricordo la distanza, esattamente, ma di sicuro ci saranno dei taxi. I tassisti potrebbero essere più felici di portarci verso sud che di tornare verso i locali. Ci vedranno sobri e lucidi e capiranno che è meno probabile che diamo problemi."

"Ottima idea. Vale la pena provare." Di sicuro era meglio che aspettare tre quarti d'ora. E poi, a Royce piaceva camminare. Probabilmente, da vecchio, sarebbe stato uno di quegli uomini dai capelli grigi che gironzolavano per il quartiere dicendo a tutti che stava "prendendo una boccata d'aria" mentre la gente lo guardava preoccupata e si chiedeva se fosse il caso di chiamare un parente che venisse a prenderlo. Era uno dei motivi per cui il tempo trascorso in Guatemala gli era piaciuto. Aveva trascorso quasi tutte le ore di veglia in piedi.

Ma probabilmente, Daniela non era abituata a fare escursioni nella giungla, nemmeno se la giungla era di cemento. Royce le guardò apertamente le scarpe da ginnastica. Erano alla moda, di tela bianca, e i lacci immacolati indicavano che le aveva comprate apposta per la vacanza. "Sono comode?"

"Le ho tenute per tutta la settimana senza problemi. Posso affrontare ancora un chilometro o due. Anche di più, se necessario. A casa mia, a Sarcaccia, mi facevo tre chilometri all'andata e tre al ritorno per andare all'università, e con lo zaino pieno. Questa è roba da niente." Daniela mosse un braccio a indicare che era il caso di incamminarsi e insieme si misero al passo sull'ampio marciapiedi. "E poi, qui è tutta pianura. A Sarcaccia non è così."

"Sarcaccia è uno dei pochi Paesi europei che non ho visitato," ammise Royce. "Al massimo sono arrivato a Napoli. Ma sono affascinato dalla famiglia reale e dalle tradizioni dell'isola. Non restano molte vere monarchie al mondo, ma la famiglia Barrali è riuscita a far funzionare la cosa. Qualche settimana fa, ho visto un articolo che elencava Sarcaccia fra i Paesi più felici del mondo."

L'espressione della donna si illuminò. "La adoro. Il cibo è fantastico, il Paese è ricco di storia e il governo fa molte cose per incoraggiare la conservazione degli edifici antichi. La zona attorno all'Università di Cateri è il sogno di qualunque architetto. Fuori dalla città ci sono cantine, sentieri da escursionismo, laghetti isolati... l'acqua è di una sfumatura di blu stupefacente. È bellissima."

"Posso solo immaginarlo."

"Sei mai stato in Corsica? O in Sardegna?"

"In Corsica."

"Allora hai già una buona idea. L'entroterra di Sarcaccia è molto simile all'entroterra corso. In compenso, io non sono mai stata a San Rimini. Verrebbe da pensare che, vicina com'è, avrei dovuto arrivarci. Ma al massimo sono arrivata a Venezia. Immagino che siano posti molto diversi."

"Sei mai stata nel Principato di Monaco?"

Daniela rise. "Sì."

"Allora hai già una buona idea. Immagina Monaco, ma con l'italiano invece del francese come lingua principale, e avrai San Rimini. Casinò, boutique eleganti, la famiglia reale e tutto il resto. San Rimini ha persino un acquario fantastico. Se puoi permettertelo, è un posto meraviglioso in cui vivere."

"Ti manca?"

Royce sollevò una spalla, per poi lasciarla ricadere. "Non direi proprio che mi manca, ma ho la sensazione di avere ancora delle cose da fare. È un posto grandioso dove stare se vuoi esplorare il resto dell'Europa. San Rimini è dove i miei genitori hanno vissuto più che in qualunque altro luogo. Avevo sedici anni quando ci siamo trasferiti dall'Aia."

"Oh, wow. Hai vissuto all'Aia? Ti invidio," disse Daniela, schivando una infradito rotta che era stata abbandonata sul marciapiedi. "Mi interessa molto la cultura della bicicletta. Sarcaccia è troppo collinosa. Ma i Paesi Bassi, la Danimarca, il nord della Germania... Adoro vedere le biciclette quando ho l'occasione di andare da qualche parte. E all'Aia ci sono un sacco di cose da vedere e da fare, soprattutto con Leiden e Amsterdam appena fuoriporta."

"Mio padre adora Leiden."

"Anche il mio." La voce della donna si tinse di amarezza.

"Sono stata fortunata. Sono cresciuta vicino a un villaggio di campagna chiamato Lescailles. Si trova a poca distanza da Cateri, per cui, volendo, potevamo andare in città per il fine settimana. I miei genitori sono entrambi insegnanti di storia, per cui, in estate, se loro non erano impegnati a fare da tutor, prendevamo il traghetto per andare in Italia e cominciavamo a guidare. Andavamo dove ci portavano le strade. Quando ero piccola, lo detestavo – mi sembrava di perdere il tempo che avrei potuto trascorrere con i miei amici – ma crescendo ho imparato ad apprezzarlo. Quando i miei genitori hanno cominciato a chiedere la mia opinione su dove andare, ho cominciato ad aspettare con ansia quel momento."

Continuarono a chiacchierare per un'altra decina di minuti, raccontando dei loro viaggi, di quali Paesi e usanze preferissero, di quali luoghi non avevano desiderio di visitare ancora e della loro esperienza comune di figli unici di genitori con la mania dei viaggi. Era una conversazione sicura, ma affascinante. Il fatto che Royce avesse viaggiato così tanto non era un argomento di cui parlava con molte persone. Quelli che lo conoscevano non gli rivolgevano le occhiate compassionevoli di cui aveva parlato prima a Daniela, come se lui fosse un uomo privo di radici, ma lui non voleva dare l'impressione di essere privilegiato o saccente. Ma con Daniela, la discussione veniva naturale. Nessuno dei due si stava vantando; era più come se stessero confrontando degli appunti. Scoprire quello che si erano persi, ricordare dettagli che l'altro aveva dimenticato – come una statua particolarmente sinistra a Vienna o un bel posto dove guardare la gente a Parigi – e rivivere disastri di viaggio.

Mentre parlavano, Royce si scoprì sempre più attratto da lei. Daniela non era sgradevole a vedersi, naturalmente. Lui l'aveva vista in mezzo alla massa di gente che ballava in pista e aveva preso nota del suo sorriso smagliante e dell'attenzione con cui si era fermata i lunghi capelli biondi sopra la testa, in modo da stare più al fresco, quando quasi tutte le altre donne portavano uno chignon fatto alla bell'e meglio. Ma c'erano dozzine di donne bellissime nella discoteca. Lui ne aveva ammirata più di una mentre centellinava la birra e ascoltava il DJ che intratteneva la folla.

In Daniela c'era qualcosa di più dell'aspetto. L'apparenza, da sola, non avrebbe mai spinto Royce a rivolgerle la parola quando l'aveva notata seduta sulla panchina prima e poi intenta a osservare gli orari degli autobus. In lei c'era una qualità indefinibile che suscitava il suo interesse. Lui ci aveva pensato su anche dopo che lei aveva letto male gli orari e loro due avevano cominciato a camminare.

Una volta coperto qualche isolato, Royce finalmente capì.

L'indipendenza. Daniela era indipendente. Ma la sua non era un'indipendenza invadente, che diceva *Guardatemi! Sono diversa!* Era un'indipendenza che si manifestava in maniera più sottile.

Sebbene i suoi indumenti fossero carini e femminili, cosa tipica delle studentesse in vacanza fuori per la serata, Daniela aveva abbinato al top di pizzo dei pantaloncini e delle scarpe da ginnastica, invece che indossare gli onnipresenti abitini e sandali. Si era divertita al bar con le amiche, ma non si era fatta problemi ad andare via da sola.

Inoltre, sembrava genuinamente curiosa mentre parlava con lui, gli poneva domande profonde e ascoltava le sue risposte.

Era da molto tempo che Royce non si sentiva così rilassato in compagnia di una donna. Oh, aveva attaccato bottone così spesso che ormai avrebbe potuto farlo a occhi chiusi. Ma non si era mai sentito così coinvolto in una conversazione. Forse ciò spiegava il suo desiderio di camminare più vicino al fianco di Daniela, di sporgersi quando lei parlava, di desiderare che la distanza fra gli alberghi si allungasse.

"Hai studiato ecologia o ingegneria?" chiese la donna. "È questo che ti ha portato a riparare strade in Guatemala?"

"Nessuna delle due. Mi sono laureato in scienze politiche,

con un curriculum incentrato sulla sicurezza internazionale, mentre come diploma secondario ho scelto la fisica."

Daniela lo guardò stupita. "È una combinazione bizzarra. La carriera militare spiega la sicurezza internazionale, ma perché la fisica? Per le armi?"

"Bella idea, ma no. L'ho fatto per puro divertimento. Una volta finiti i corsi obbligatori, ho scelto tutti quelli legati all'astrofisica." Royce puntò l'indice verso il cielo. "Mi piace guardare le stelle."

"Un po' come Carl Sagan e Neil DeGrasse Tyson."

"Hai letto i loro libri?"

"No, ma li conosco." Daniela fece per aggiungere altro, ma le sue parole si persero quando un taxi si fermò bruscamente accanto al marciapiedi e ne scesero due studenti. Il primo cadde sulle ginocchia. Un amico gli si mise dietro, barcollando, e lo fece rialzare. "Dai, Kyle," biascicò il secondo studente mentre faceva cenno al tassista di aspettare. "Butta tutto fuori e ti sentirai meglio."

Daniela e Royce continuarono a camminare. Una volta fatta una dozzina di passi, il suono dei conati raggiunse le loro orecchie. Lei guardò Royce e fece una smorfia. "Il tassista non si sentirà meglio."

"Almeno sono riusciti a scendere. Non vorrei mai avere quella roba sul sedile posteriore."

"Non esiste tassista che guadagni abbastanza per quello."

Un altro taxi li oltrepassò in volata, per poi imboccare un ampio viale che si dipanava oltre una massa di palme e fiori tropicali. "Quello è l'ingresso del Le Blanc," disse Daniela. "Magari riusciremo a prendere quel taxi."

Allungarono il passo. Quando raggiunsero la struttura, tuttavia, il tassista disse loro che era già in ritardo per andare a prendere il passeggero successivo e non poteva farli salire. Suggerì loro di aspettare e sperare in un tassista che non avesse una corsa in sospeso – cosa che lui riteneva improbabile –

oppure di chiedere se l'albergo avesse un dipendente libero che potesse portarli con il furgone.

Daniela ringraziò il tassista, ma Royce capì dall'espressione della donna che anche lei condivideva il suo pessimismo. Entrambe le opzioni erano improbabili e chiedere un passaggio all'albergo sarebbe probabilmente costato quanto una navetta fino all'aeroporto. Non poco.

Si avvicinò un gruppo di studenti, ciascuno dei quali stringeva fra le mani una maglietta nuova, il che indicava che tornavano da un concerto che si era tenuto non lontano dalla discoteca in cui Daniela e Royce aveva trascorso la serata. Una piccola bruna con un prendisole floreale rosa chiese a Daniela: "Anche voi avete perso l'autobus?"

Quando Daniela annuì, uno dei ragazzi disse: "Abbiamo sbagliato a trattenerci, ma abbiamo fatto più in fretta a camminare che ad aspettare un taxi."

"Proviamo il prossimo albergo," suggerì Royce dopo che il gruppetto ebbe augurato loro la buona notte e fu entrato nella lobby. "Ti va?"

"Certo."

Sfortunatamente, ai due alberghi successivi trovarono una situazione simile. Arrivati al terzo, Daniela smise di camminare, si mise le mani sui fianchi e angolò la testa verso il lungo vialetto. "Tutte le volte che facciamo avanti e indietro, aggiungiamo altri chilometri."

Royce lo sapeva. Tirò fuori il cellulare e premette il pulsante di richiamata. "Tanto vale metterci in coda."

"Oppure potremmo farci forza e camminare."

"La strada è lunga."

"Anche l'attesa." Daniela lanciò un'occhiata alle calzature di Royce. "A meno che le scarpe non ti diano fastidio–"

Gli piaceva che Daniela si sentisse abbastanza a suo agio da prenderlo in giro. "Andiamo."

Una ventata di aria fresca giunse dal mare, dando loro una

scarica di energia mentre proseguivano. Royce si guardò per un attimo alle spalle, prendendo atto della lunghezza del viale dietro di loro. C'erano pochi pedoni in vista.

"Abbiamo parlato di quello che ho studiato io," disse. "E tu? A che anno sei?"

"All'ultimo. Doppia laurea in contabilità e studi organizzativi. È il mio ultimo semestre, ma devo concludere un progetto di ricerca prima di laurearmi. Lo farò quest'estate a Sarcaccia."

"Quali sono i tuoi progetti per dopo?"

Daniela scosse la testa. "Ho avuto un colloquio all'ufficio di collocamento dell'Università di Cateri prima di partire per il Michigan. Spero di trovare posto in uno dei principali studi commercialisti di Sarcaccia, anche se sono disposta anche a trasferirmi a Napoli. Dipende tutto dal lavoro. Sto cercando di concentrarmi su delle buone occasioni a lungo termine. Posizioni che abbiano una possibilità di carriera."

C'era una nota, nella voce di Daniela, che Royce non aveva sentito prima e che lo spinse a chiedere: "Ma?"

"Ma cosa?"

"Sembrerebbe che questo sia ciò che tu pensi di *dover* fare. Non necessariamente quello che vorresti fare."

La donna inclinò la testa. "Sono il genere di persona che vede naturalmente le inefficienze ed è in grado di sistemarle. Sono brava a portare ordine nel caos, che si tratti di finanze, programmi… quello che ti pare. L'anno scorso ho lavorato part-time come addetta all'accoglienza in un ristorante a conduzione familiare e alla fine ho aiutato il proprietario a riorganizzare gli ordini dai fornitori in modo da risparmiare denaro e rendere più efficienti le consegne. Lui era molto felice. A lungo andare, mi piacerebbe molto avere un lavoro che mi veda a capo dell'organizzazione di progetti complessi. Uno studio commercialista è un buon posto per cominciare."

"Quello che ti viene naturale e quello che ti interessa non sono necessariamente la stessa cosa. La contabilità ti interessa?"

Magari Daniela aveva una passione che non aveva perseguito. L'equivalente dell'astrofisica per Royce.

"Non ho mai pensato in termini di interessi. Non lo saprò prima di cominciare a lavorare a tempo pieno, ma credo che potrei essere contenta di fare quello per un po', se è questo ciò che intendi." Uno sguardo diabolico le entrò negli occhi. "È imbarazzante ammetterlo, ma provo un pizzico di orgoglio quando ottengo il voto più alto in un progetto o in un esame. Fuori sono calmissima, ma dentro esulto. Sono certa che proverei la stessa cosa sistemando una faccenda spinosa per un cliente. Cominciare dalla contabilità mi darebbe l'occasione di dimostrare quello che valgo e avrei un obiettivo più ampio verso cui lavorare."

"Allora perché esiti a lavorare per uno studio commercialista? E non dirmi che non è così."

Un'espressione accigliata attraversò il volto di Daniela, per poi svanire come se la brezza l'avesse portata via. Oltrepassarono l'ingresso di un altro albergo e un grosso cartello prima che la donna parlasse. "La settimana scorsa, ho ricevuto una telefonata dalla direttrice dell'ufficio di collocamento. Mi ha detto che il direttore del personale del palazzo li ha contattati con un elenco di criteri per un ruolo vacante e ha chiesto se ci fossero studenti prossimi alla laurea che corrispondessero ai requisiti. A quanto pare, l'elenco era molto specifico."

"Di che ruolo si tratta?"

"Non ne ho idea."

A quelle parole, Royce inarcò un sopracciglio. "Quali erano i criteri?"

"Non so nemmeno quello. A quanto pare, la direttrice dell'ufficio non aveva il permesso di rivelarli. Ma su tremila e cinquecento studenti che si sarebbero laureati entro la fine del semestre, solo quattro rispondevano ai requisiti."

"Quattro? Alla faccia." Royce le lanciò un'occhiata di sbieco. "E tu sei una di loro."

Piante lucide cariche di fiori rossi erano disposte lungo quella sezione di marciapiedi. Faretti puntati verso la parte inferiore delle foglie spesse proiettavano una luce sufficiente a far sì che Royce vedesse il viso di Daniela arrossire per un misto di orgoglio e imbarazzo. "Sono una di loro."

In quel momento, lui si innamorò un po'.

CAPITOLO 5

WHOA. Un nodo si formò nella gola di Royce e lui degluti dolorosamente. Da dove diavolo veniva quel sentimento?

Non era il tipo da infatuazioni. Se Daniela avesse conosciuto i suoi pensieri, sarebbe stato lui a sentirsi in imbarazzo. Non aveva bevuto così tanto.

"I criteri potrebbero essere qualunque cosa," disse Daniela, liquidando l'osservazione che Royce aveva fatto col tono della voce, se non con le parole: *se i candidati papabili sono solo quattro, tu devi essere eccezionale.* "Potrebbe trattarsi di una combinazione di corsi che abbiamo seguito, luoghi in cui abbiamo lavorato o fatto volontariato. Potrebbero averci scelti sulla base dell'altezza, del colore degli occhi o del segno zodiacale, per quello che ne so. Ma dei quattro, uno ha già un lavoro, per cui restiamo in tre."

"Hai buone probabilità."

Daniela annuì. "La direttrice dell'ufficio di collocamento è in contatto regolare con il palazzo, dato che è normale per loro assumere personale di servizio dall'università, ma non aveva mai ricevuto una richiesta come quella. Mi ha detto che poteva essere una buona opportunità e mi ha invitato a candidarmi."

Royce ci pensò su. "Magari si tratta di un ruolo contabile all'interno del personale di servizio alla casa reale? Spiegherebbe perché hanno fatto una ricerca così mirata e perché volevano una persona neolaureata. In questo modo, potrebbero formarti secondo qualunque sistema usino."

"Quello è stato il mio primo pensiero. Non ho mai lavorato per uno dei grandi studi di Sarcaccia o per il governo, per cui non avrei nessun conflitto di interesse, il che deve essere una preoccupazione frequente per loro." Daniela sollevò una mano, quindi la lasciò cadere. "Mi sono entusiasmata, pensando che doveva essere così. Lavorare alla contabilità per la famiglia reale sarebbe fantastico. Mi fornirebbe delle conoscenze che potrei sfruttare per fare carriera. Poi, ho scoperto che gli altri due studenti che rispondono ai requisiti non studiano contabilità. E nemmeno economia. È un mistero."

"Perché non fare un colloquio e scoprirlo?"

Daniela mise un piede in fallo dove il marciapiede era irregolare. Royce la afferrò per il gomito, ma la donna aveva già ritrovato l'equilibrio. Dopo avergli rivolto una breve occhiata di gratitudine, Daniela disse: "Per due motivi. In primo luogo, il colloquio si tiene a palazzo e lo stesso giorno in cui la NBS – la National Bank of Sarcaccia – fa i colloqui al campus agli studenti dell'ultimo anno. Non potrei partecipare a entrambi."

"La banca non fa colloqui in altri momenti?"

"Gli altri colloqui al campus si terranno quando io sarò ancora in Michigan. È un ambiente molto competitivo. Sono certa che potrei chiedere un colloquio fuori dal campus, ma anche se la banca accettasse, chiedere un favore speciale non è il modo migliore per fare buona impressione."

L'obiezione era sensata. "E gli altri potenziali datori di lavoro?"

"Ce ne sono molti che vengono al campus. Tornerò in tempo per fare colloqui con tutti. La maggior parte, però, non offre ruoli appetibili come quelli all'NBS. Il programma di formazione dell'NBS è uno dei migliori al mondo e ci sarebbero possibilità di carriera e di trasferirsi da una divisione all'altra nel caso i miei interessi dovessero cambiare. Inoltre, sarebbe il lavoro più sicuro che si potrebbe ottenere. Se facessi il colloquio per il lavoro a palazzo, probabilmente potrei dire addio all'opportunità all'NBS."

Le piaceva la sicurezza. La prevedibilità. Come la maggior parte delle persone. Royce non poteva biasimarla.

"D'accordo, quello è il primo motivo. E il secondo?"

"Il palazzo reale di Sarcaccia dà lavoro a molte persone, dai cuochi ai giardinieri fino agli addetti alla manutenzione. Persone il cui solo compito è mantenere le decorazioni stagionali–"

"Decorazioni stagionali?"

Daniela gli rivolse un sorriso sghembo. "Un cugino di una delle mie coinquiline lavora alle decorazioni stagionali. Per ogni festa c'è un evento a palazzo – probabilmente più di uno – e questo significa che è necessario decorare a tema. A ogni modo, sebbene la maggior parte dei lavori a palazzo sia fissa e offra dei buoni benefit, non c'è molto spazio per crescere e fare carriera. Io ho bisogno di una sfida. Di obiettivi. Di qualcosa a cui aspirare. Non sono molte le posizioni che offrano qualcosa di simile."

"Dubito che siano molte le posizioni specializzate al punto che solo quattro persone di un intero anno di laurea possono accedere al colloquio."

Royce avrebbe potuto giurare che Daniela fosse arrossita di nuovo, anche se si trovavano in un punto buio del marciapiede ed era difficile capirlo.

"Vero. Sono tentata di accettare. La curiosità basterebbe a farmi partecipare al colloquio, se non fosse per l'NBS. Lavorare a palazzo ed essere circondata quotidianamente da tutta quella storia sarebbe un privilegio. E ho un grande rispetto per la famiglia reale. Prendono il loro dovere sul serio, dedicano molto tempo e denaro alla beneficenza e lavorano – lavorano davvero – per assicurare che lo standard di vita sia alto in tutto il Paese. Prestano molta attenzione a migliorare l'economia della nazione, i trasporti, l'istruzione e persino l'ambiente. *Ci tengono.* È più di quanto possa dire della maggior parte dei potenti, soprattutto quelli che hanno ereditato il potere." Daniela esalò il fiato, come se l'intensità della sua passione per l'argomento la lasciasse priva di energie. "Ma è un grosso rischio."

"Che cosa hai intenzione di fare?"

La donna spalancò le braccia. "Non ne ho idea. Ho una settimana prima di dover decidere."

Oltrepassarono l'ingresso di un altro albergo in riva al mare. Dalla parte opposta della strada, sulla parte di boulevard che dava sulla laguna, si trovava il quartier generale di un grosso operatore turistico. I cartelloni pubblicizzavano a gran voce gite in siti archeologici come Chichen Itza ed Ek Balam, pass giornalieri e navette per i parchi di Xel-Hà e Xcaret, e dozzine di tour in teleferica, escursione di pesca, crociere alcoliche e uscite in catamarano.

"Siamo più che a metà strada," disse Daniela, spostando lo sguardo sull'operatore turistico. "Io ho preso l'autobus qui per partecipare al tour di Chichen Itza."

"È stato piacevole?"

Daniela annuì. "Siamo partiti all'alba per le rovine, ma la guida era allegra e ha tenuto tutti di buonumore durante il tragitto. Ed era anche esperto. Sono rimasta colpita." Scavalcò una crepa nel cemento e chiese: "E tu? Hai prenotato qualche escursione per il tuo fine settimana lungo?"

L'argomento del palazzo e della decisione imminente di Daniela fu dimenticato quando Royce le raccontò dell'uscita in fuoristrada che lui e suoi amici avevano fatto attraverso la giungla quella mattina, con tanto di nuotata in un cenote.

Daniela non aveva mai fatto nulla del genere e lo tempestò di domande.

Gli venne in mente che ai suoi genitori sarebbe piaciuta Daniela. O almeno che loro avrebbero apprezzato la sua mente curiosa. La donna sosteneva di avere la passione per l'ordine, ma sembrava voler sapere quanto più possibile del mondo che la circondava, persino di quelle parti che non aveva interesse a sperimentare, come quando aveva chiesto come Royce e i suoi amici avessero collaborato con l'operatore turistico per cambiare un copertone infangato sotto lo sguardo attento di diversi cani randagi. Da lì partì una discussione approfondita sul Guatemala e sul lavoro di Royce laggiù, sull'habitat della foresta pluviale, sui volatili e gli altri animali selvatici che lui aveva imparato a conoscere durante il tempo trascorso in America Centrale e sull'organizzazione che gestiva il progetto stradale.

Royce aveva sempre equiparato la curiosità all'esplorazione. Al brivido e al senso della novità. Magari, nel caso di Daniela, lei desiderava sapere tutto il possibile per rendere il mondo che la circondava più prevedibile. Più sicuro.

"Mi stupisce che tu sia in grado di distinguere i volatili," disse la donna. "In base ai richiami, intendo."

"Sono suoni che si sentono di continuo," spiegò lui. "È naturale chiedere informazioni alla gente del posto. Ma quando vedi quegli uccelli, ti chiedi com'è possibile che quel suono venga da quella creatura. L'aspetto di un uccello e il suo richiamo non corrispondono sempre all'immagine che ti sei fatto di lui."

Poi, Royce ammise che c'erano ancora molte cose che ignorava della giungla. "Sono certo che i guatemaltechi che vivono vicino al nostro accampamento mi considerino spaventosamente ignorante. Faccio un mucchio di domande."

"Ma hai imparato molte cose."

Royce ridacchiò. "Ho imparato soprattutto come lavare i

calzini sporchi di fango, quali insetti lasciano i pomfi più grossi e pruriginosi e quali piante non vanno toccate."

"Sono informazioni chiave. Hai fatto bene a privilegiarle."

Le enormi facciate del Sun Palace e poi del Westin apparvero fin troppo presto. Per quanto gli dolessero la schiena e i piedi – gli sforzi fatti quella mattina durante l'escursione nella giungla cominciavano a farsi sentire – Royce rallentò il passo al solo scopo di continuare a parlare con lei. Di godersi la brezza notturna e il modo in cui essa sollevava i capelli di Daniela al punto che lei era costretta ogni tanto a ravviarseli dietro le orecchie. Il bagliore delle stelle sopra le loro teste e il silenzio che calava gradualmente fra di loro quando si trovavano fra un albergo e l'altro, poi l'aumentare del volume e dell'inquinamento luminoso mentre si avvicinavano a un altro ancora. La loro conversazione aveva addirittura sviluppato un proprio ritmo. Prima seria, poi leggera, poi di nuovo seria... ma sempre interessante.

Daniela sollevò le braccia in un gesto vittorioso quando si avvicinarono all'enorme edificio bianco e l'insegna fortemente illuminata del Sun Palace apparve alla vista. Il sorriso che illuminò il viso della donna provocò una contrazione nel petto di Royce.

"Ce l'abbiamo fatta. Niente ubriachi e, speriamo, niente vesciche." Daniela inarcò un sopracciglio, quindi guardò le scarpe di Royce. "Sei sopravvissuto alla lunga camminata dal bar al tuo albergo in compagnia di una perfetta sconosciuta."

"Non dirò a mia madre di aver corso un rischio," rispose lui, anche se, quando la parola *madre* gli uscì di bocca, si rese conto che quello era un argomento di cui non avevano parlato. La famiglia di lei. Ciò gli fece rimpiangere che Daniela non stesse nell'ultimissimo albergo. In caso contrario, glielo avrebbe chiesto.

"E tuo padre?" chiese Daniela. "Non glielo dirai?"

"Assolutamente no. Brontola già abbastanza perché ho

lasciato il Guatemala senza informarlo prima. Se scoprisse che ho camminato per più di dieci chilometri da un bar all'albergo, darebbe di matto."

"È quello il motivo della telefonata?"

"Quella per cui sono uscito dalla discoteca e ti ho incontrata? Sì. A quanto pare, non importa che io sia un adulto. Si suppone che telefoni prima di lasciare un Paese per un altro."

Un'improvvisa folata di vento fece sventolare la grande bandiera messicana all'ingresso dell'albergo e lo schioccare del tessuto attirò la loro attenzione. Quando i loro sguardi si incrociarono nuovamente, fra loro due calò il silenzio. Nessuno dei due voleva separarsi dall'altro, nonostante il loro obiettivo fosse stato raggiungere quella destinazione in modo da fare proprio quello.

Era il primo momento di imbarazzo per loro, con l'eccezione di quello in cui Royce le aveva messo le mani sulla schiena alla fermata dell'autobus, temendo di averla messa a disagio.

Fu Daniela a parlare per prima, la voce un po' più bassa e più roca di quanto era stata per tutta la notte. "Non avrei mai pensato che avrei trascorso la serata così, ma mi è piaciuto."

"Lo stesso per me." Royce esitò, quindi aggiunse: "Grazie."

"Grazie? Non ho fatto niente."

"Hai perso un autobus. Ti sei fidata di me al punto da andare a piedi invece che aspettare un taxi." Royce fece un passo avanti, ma tenne le mani sui fianchi. "Dubito che ci rivedremo, considerato che tu andrai in Michigan e io in Guatemala e poi chissà dove, ma è stato importante per me. Non mi capita spesso di poter parlare così con qualcuno. Insomma–"

Dai, lo incoraggiò il suo cervello. *Chinati a baciarla. Forza!*

"–sono felice che tu abbia perso l'autobus."

Quelle parole le fecero spuntare un sorriso sul volto. Nello stesso tono che Royce aveva usato un attimo prima, Daniela rispose: "Per me è lo stesso. Grazie."

Royce voleva baciarla. Tanto. Gli vibravano le dita dalla

voglia di protendersi verso il suo bacino, di incastrare il corpo di lei al suo e di sfiorarle la bocca con la sua. Non in un bacio profondo, rapido, brusco, ma lento e gentile. Romantico. Un bacio che riconosceva la natura transitoria del loro incontro e la consapevolezza che lui avrebbe conservato quell'esperienza nei recessi della sua mente, per tirarla fuori quando avrebbe avuto bisogno di tirarsi un po' su in una delle ore più buie della vita.

Daniela esitò.

Nel procedere lungo il boulevard erano stati fianco a fianco, il che gli aveva impedito di osservare i lineamenti della donna come stava facendo ora. Per la prima volta, notò una briciola di mascara che si era posata accanto all'occhio destro. A parte quella, Daniela era la perfezione assoluta. Occhi grandi. Sopracciglia finemente arcuate. Delicati orecchini a cerchio d'argento. La pelle che luccicava per via della lunga camminata. Labbra piene, dolci, rosa.

Forse, la briciola di mascara la rendeva ancora più perfetta. La rendeva umana. Perché quella bocca—

Il labbro inferiore della donna guizzò e lui capì che l'aveva colto sul fatto e che lei sapeva esattamente cosa gli passava per la testa. Fece un passo indietro e poi udì quello che doveva aver udito lei mentre Royce era concentrato sulla sua bocca. Un furgone. Che si fermava di fronte all'albergo.

Il momento rovinato, entrambi si voltarono a guardare. Mentre una donna sul sedile passeggero cercava di aprire la portiera, Royce esalò un lungo respiro. Era abituato a essere il primo, in qualunque gruppo, a cogliere un movimento o un rumore fuori posto, come un veicolo in avvicinamento. Il fatto che era stata Daniela a sentire il furgone prima di lui indicava il suo livello di distrazione.

Alla fine, la donna abbassò il finestrino e fece un cenno di saluto mentre il guidatore girava attorno al veicolo per aiutarla.

"Daniela!" La voce della donna aveva un accento nordeuropeo, che l'alcol rendeva ancora più marcato.

Un coro di "Daniela!" ed "Ehi! Eccoti qui!" seguì mentre il conducente apriva la portiera posteriore scorrevole del taxi e le donne si riversavano fuori.

"Te ne sei andata senza di noi!" protestò una bruna minuta. Indicò con il pollice la donna alta che Royce aveva visto ordinare da bere al bar. "Katja ha detto che eri stanca e che avevi deciso di prendere l'autobus."

"I miei piedi si rifiutavano di continuare a ballare," disse Daniela, anche se Royce non ne aveva visto la minima prova mentre camminavano. Aveva il sospetto che fossero stati il rumore e il calore all'interno della discoteca ad allontanare Daniela, piuttosto che questioni fisiche. "State andando in stanza? O volevate ritentare con la spiaggia?"

Fu Katja a rispondere. "Stanza. Domani sera dovrebbe esserci sereno, comunque."

"Io salgo fra un poco. Così mi racconterete com'è andata la serata. Voglio sapere di Auburn."

Il furgone si allontanò e il resto del gruppo oltrepassò Royce e Daniela in un'onda, anche se Katja si soffermò per lanciare a Royce un'occhiata di sottecchi.

"Auburn?" chiese Royce una volta che furono di nuovo soli.

"Un tizio che ci ha provato con lei mentre io me ne stavo andando. Indossava una maglietta della Auburn."

"Ah."

Calò il silenzio e l'aria fra di loro cominciò a palpitare di tensione. Erano stati prossimi a baciarsi quando era arrivato il furgone. Lo sapevano entrambi. E ciascuno sapeva che l'altro sapeva. E nessuno dei due sapeva cosa fare.

Royce deglutì. Se avesse abbassato la testa per baciare Daniela, lei gli sarebbe venuta incontro, ne era sicuro. Ma il momento era sorto con tanta naturalezza che forzarlo ora sarebbe sembrato tradire l'intera camminata. La discussione, la fiducia, la sensazione di essere da soli insieme in una città affollata.

Considerata la distanza che avevano percorso, doveva essere passate quasi due ore dalla prima volta in cui si erano rivolti la parola fuori dalla discoteca. Royce aveva la sensazione di conoscerla molto più di quanto un periodo di due ore avrebbe dovuto permettere. E, al tempo stesso, quel periodo sembrava troppo breve.

"Mi sa che sono rimaste fino alla chiusura del locale," disse Daniela, come se anche lei avesse calcolato il tempo.

"E poi hanno dovuto aspettare un passaggio. Ma sembravano contente."

Daniela emise un suono di assenso prima di guardarlo nuovamente e sorridere. "Io ho vissuto l'avventura più entusiasmante e sono la persona meno ardita del gruppo."

"Candidati."

Non era quello che Royce avrebbe voluto dire, soprattutto non con quell'urgenza. Ma era sincero. "Corri il rischio. Sii ardita. Qual è il peggio che può succedere?"

La sorpresa comparve sul volto di Daniela. "Ehm... potrei perdere l'occasione di trovare un altro lavoro. Un buon lavoro."

"Ma è davvero così? Hai detto che c'è molta competizione per le posizioni alla banca. Sicuramente ci saranno più di tre candidati per ciascun ruolo vacante. Non hai alcuna garanzia di ottenere quel buon lavoro. E poi, la banca ci sarà sempre. L'opportunità a palazzo, no. Se dovessi trovare posto a palazzo e si rivelasse un incarico nella decorazione stagionale, potrai candidarti di nuovo alla banca. Potrebbe volerci più tempo per ottenere un lavoro che tramite un colloquio al campus, ma cosa importa? Nel frattempo, potrai continuare a svolgere quel lavoro senza sbocchi al palazzo. Non è diverso da quello che sto facendo io in Guatemala. Non è una carriera. Non mi sta aiutando a fare passi avanti. Ma è un'occasione che capita una volta nella vita." Royce non riuscì a trattenere il sorriso che gli spuntò sulle labbra. "Se non cogli l'opportunità di quel lavoro a palazzo, ti chiederai sempre che cosa ti sei persa. Considerala un'avventura."

"Un rischio che potrebbe pagare?"

"Esatto."

Lo sguardo di Daniela si ammorbidì. "Immagino che sia la serata dei rischi, almeno per me."

Royce le passò il dorso delle dita lungo la guancia. Quando lei sostenne il suo sguardo e non si staccò, lui allargò il palmo per cullarle il lato della testa. "Anche per me."

Poi, molto lentamente, abbassò la testa per baciarla. Dolcemente, delicatamente. Un bacio che si protrasse, che gli permise di godersi la morbidezza della pelle della donna sotto la mano, il suono del loro respiro, lo scorrere dell'aria salmastra sulla loro pelle. Le labbra di Daniela si schiusero leggermente e Royce approfondì piano il bacio. Assaporando il momento, assaporando Daniela.

Lei non gli era venuta incontro, ma solo perché non era abbastanza alta. Quando sorrise contro la sua bocca, anche lui sorrise.

"Molto rischioso, Royce Dekker," bisbigliò la donna.

"Ne è valsa la pena." Royce le diede un breve, ultimo bacio, per poi augurarle la buona notte.

Daniela indietreggiò verso l'ingresso dell'albergo, con un sorriso allettante sul viso che gli fece rimpiangere di averla lasciata andare.

"Attento agli ubriachi," gli disse.

"Certo. Buon viaggio di ritorno. Buona fortuna. Qualunque cosa sceglierai, so che finirai nel posto giusto."

Royce si era già incamminato verso il Westin quando la sentì dire: "E io so che lo stesso varrà per te."

CAPITOLO 6

Cinque anni dopo

Fu solo quando l'aria fresca della cattedrale la avvolse che Daniela si rese conto di quanto iperstimolata fosse diventata.

Forse *iperstimolata* non era la parola giusta per descrivere quello che aveva vissuto. In quanto assistente personale della regina Fabrizia, Daniela aveva accompagnato la sovrana e suo marito, re Carlo, nel corso della loro visita di Stato alla minuscola nazione di San Rimini. Lavorare per Fabrizia richiedeva di essere a proprio agio con la pompa e le circostanze, ma quella mattina Daniela si era stupita come una bambina alla sua prima visita a un parco divertimenti, con l'adrenalina che le scorreva prepotentemente nelle vene mentre assorbiva la miriade di suoni e i colori.

Non era mai stata in quel Paese, ma aveva sentito parlare per anni della sua bellezza ed era rimasta affascinata da quei frammenti che aveva visto in televisione. Si era aspettata di restare colpita. Ma l'esperienza aveva superato le sue aspettative.

Re Eduardo e i suoi quattro figli adulti avevano ospitato

Fabrizia e Carlo per colazione, poi i due re e la regina avevano passeggiato attraverso l'ampio cortile frontale del palazzo, salutando i soldati che per l'occasione avevano indossato l'uniforme di gala. In seguito, erano saliti a bordo di una carrozza aperta, che li aveva trasportati oltre i cancelli del palazzo e lungo la Strada il Teatro, l'elegante boulevard che correva parallelo alla Riviera di San Rimini, oltrepassando casinò, negozi e il famosissimo acquario del Paese. Masse di abitanti del posto e turisti erano venuti a vedere Eduardo che accompagnava gli ospiti alla riapertura del Duomo di San Rimini, che era rimasto chiuso per la maggior parte dei due anni precedenti mentre le vetrate venivano restaurate.

Da parte sua, Daniela aveva trascorso le prime ore del mattino sentendosi come una comparsa sul set di un film. Le era stata offerta una visita guidata del palazzo mentre i monarchi si godevano la colazione, dopodiché era stata accompagnata in una stanza che le aveva permesso di assistere alla parata militare in cortile. Splendeva il sole, ma non faceva caldo. Gli uccelli marini volavano in cerchio in alto, planando nella brezza. Acclamazioni e musica erano giunte dalla folla raccolta all'esterno dei cancelli del palazzo; la maggior parte delle persone aveva scattato fotografie e ripreso video mentre guardava. Un regista premio Oscar non avrebbe potuto dirigere in maniera più perfetta le festività della giornata. La carrozza scintillava, i servitori si ergevano alti e persino i cavalli profumavano di fiori invece che di... beh, cavalli.

Una volta che la regina Fabrizia ed entrambi i re avevano preso posto in carrozza ed erano usciti dal cortile del palazzo, Daniela e i tre membri del personale di re Eduardo erano stati trasportati con un'auto privata lungo una strada sicura che correva parallela al percorso della parata, il che aveva permesso loro di intravedere la folla e al tempo stesso di assicurarsi che arrivassero al Duomo prima del corteo reale. Erano stati fatti scendere a un isolato di distanza dalla cattedrale e si erano fatti strada zigzagando attraverso una massa di gente in festa prima di raggiungere l'area cordonata vicino alle porte del transetto meridionale, dove le guardie avevano controllato le loro credenziali e li avevano lasciati entrare.

Il rumore degli zoccoli e i fischi della folla avevano segnalato l'arrivo della carrozza; poi, re Eduardo e i suoi ospiti erano scesi sul marciapiedi di pietra che correva lungo l'enorme cattedrale. La regina Fabrizia aveva sollevato il mento, passando lo sguardo dai penetranti occhi verdi sulla facciata e le vetrate del Duomo. Aveva toccato il gomito di re Eduardo, quindi gli aveva rivolto un sorriso di apprezzamento. Daniela avrebbe potuto giurare che le pietre sotto i suoi piedi vibrassero quando la folla aveva lanciato un ruggito di approvazione.

Il progetto di restauro era noto per essere stato il sogno della defunta regina di San Rimini, Aletta, che era stata prima una protetta e poi un'amica di Fabrizia. Alla scomparsa di Aletta, Fabrizia e Carlo avevano donato denaro dalle loro finanze personali per assicurare che i restauri procedessero.

Daniela pensò che Fabrizia doveva provare molte emozioni in quel momento, pur sembrando perfettamente composta.

Daniela aveva mantenuto una discreta distanza mentre i sovrani si avvicinavano alla struttura medievale, assicurandosi di non comparire nelle fotografie. Aveva in mano la borsetta della regina, pronta ad assisterla se necessario, e si era crogiolata nell'atmosfera. Era una giornata di festa. Una giornata in cui un singolo palloncino azzurro che galleggiava nel cielo, probabilmente sfuggito alla mano di un bambino, le faceva cantare il cuore. Una giornata che le ricordava quanto amava il suo lavoro e quanto si sentiva fortunata ad averlo.

Tuttavia, ora che il corteo reale era entrato nel Duomo e che il pesante portone di legno era stato chiuso per escludere il rumore della città, Daniela si era resa conto che il tempo trascorso nel cortile del palazzo di fronte al Duomo le aveva lasciato un fischio nelle orecchie. Il suo cuore batteva abbastanza forte da pulsare sotto la sua mascella e aveva il respiro affannoso.

Il rumore e i festeggiamenti spensierati energizzavano la maggior parte delle persone, ma la rendevano nervosa. Lei bramava gli spazi aperti, il silenzio e la prevedibilità. Affrontare la folla era sempre stata la parte più difficile dei suoi doveri nei confronti della regina. Per fortuna, non le era richiesto spesso di attraversarla a piedi.

Si riempì i polmoni con l'aria gelida che sembrava tipica delle cattedrali secolari, quindi seguì il corteo reale lungo il transetto meridionale del Duomo. La consapevolezza del suo stato fisico si allontanò mentre lei assorbiva la sensazione di tranquillità – di ordine – che la circondava. Pietra grigia che era stata lisciata tempo prima dal passaggio di migliaia di piedi copriva il pavimento, guidandoli lungo il transetto sino a una navata centrale fiancheggiata da una fila dopo l'altra di banchi di legno lucido. All'incrocio, il suo sguardo si levò verso il cielo. Le nuove vetrate si stagliavano in alto, i colori splendenti con la luce del sole che le colpiva dall'esterno. La cerimonia di riapertura sarebbe cominciata nel giro di mezz'ora, dopo che re Eduardo e i suoi ospiti avessero fatto un giro privato, che avrebbe messo in evidenza la storia i miglioramenti apportati al Duomo. Pensò che i turisti e gli abitanti del posto che avevano fatto la fila per essere i primi a entrare nell'edificio avrebbero scoperto che era valsa la pena di attendere.

Daniela udì la regina prendere fiato quando i monarchi si fermarono ad ammirare le vetrate. "È meraviglioso, Eduardo," disse al re di San Rimini prima di rivolgere al vescovo un sorriso accattivante. "Il pannello che raffigura Cristo e il lebbroso è sempre stato uno dei miei preferiti. È ancora più affascinante ora che i colori originali sono stati ripristinati."

Il vescovo, che li aveva accolti all'ingresso e che ora guidava il tour, ricambiò il sorriso. "Vi ringrazio, Vostra Altezza. Molti dettagli erano nascosti sotto strati di fuliggine e polvere.

L'agnello sullo sfondo, per esempio, era completamente oscurato. Credevamo che fosse una parte scolorita della collina fino a quando non è stato scoperto l'anno scorso."

La postura reverente del vescovo e il suo sguardo affettuoso tradivano la sua adorazione nei confronti della regina straniera. E non c'era da stupirsene. Daniela aveva sempre sospettato che Fabrizia avrebbe attirato l'attenzione anche se non avesse avuto il suo titolo o la sua ricchezza. Pur avendo più di sessant'anni, la regina aveva il portamento di una donna molto più giovane. I suoi capelli dorati avevano un taglio moderno ed elegante e quel giorno indossava un abito verde smeraldo cucito su misura per il suo fisico, che anni di tapis roulant mattutino ed esercizi coi pesi avevano mantenuto snello e robusto. Le sue spalle erano dritte e rilassate. Un portamento regale e al tempo stesso accessibile. Daniela era sempre rimasta colpita dal modo in cui la regina riusciva a conversare con tutti, dai bambini piccoli ai capi di Stato. Sembrava a suo agio tanto in un pub di villaggio in Irlanda quanto in un ristorante stellato nel cuore di Parigi.

Fabrizia aveva lavorato sodo per coltivare quel tratto, soprattutto nei primi giorni di matrimonio con Carlo, quando ogni suo gesto era valso titoli in prima pagina in tutto il mondo e lei era stata categorizzata da molti giornalisti come troppo fredda e controllata. Anni dopo, nei mesi seguenti al fidanzamento di Aletta Masciaretti con Eduardo diTalora, il bel principe ereditario di San Rimini, Fabrizia si era impegnata a fare la conoscenza della giovane donna e a condividere la conoscenza conquistata a caro prezzo. Quando Eduardo era asceso al trono, Aletta era stata più che pronta a diventare regina.

Nel corso degli anni, il legame fra le due donne si era trasformato in una solida amicizia. Sebbene Daniela avesse cominciato a lavorare per Fabrizia poco dopo la morte di Aletta e non le avesse mai viste interagire, era arrivata a conoscere Fabrizia abbastanza bene da comprendere la profondità dei suoi sentimenti nei confronti della regina defunta.

"L'opera di restauro è squisita," disse Fabrizia al vescovo. "Le vetrate non solo attirano l'occhio per la loro pregevole fattura, ma invitano anche a riflettere sulle storie che rappresentano. Immagino che avrete difficoltà a mantenere l'attenzione della congregazione durante la messa, nelle prossime settimane."

"È un'osservazione interessante. Le prediche di questa settimana si riferiranno proprio alle lezioni insegnate dalle vetrate. Se qualcuno dovesse allungare il collo mentre parlo, darò per scontato che ciò sia dovuto alla riflessione sulle mie parole."

Quell'analisi strappò una risata di apprezzamento alla regina prima che il vescovo si concentrasse su re Carlo, conducendolo verso la camera che era la tappa successiva della visita guidata. Un attimo dopo, Fabrizia ed Eduardo seguirono i due.

Daniela seguì il gruppo da lontano. Quando entrarono nella camera, lei si mise contro una parete, osservando discretamente. L'assistente di re Eduardo e due guardie del corpo fecero la stessa cosa, dissolvendosi contro la parete di pietra dall'altra parte della stanza.

I preti usavano quello spazio per incontrarsi o per meditare in privato, disse il vescovo a re Carlo, anche se un tempo quello era stato l'alloggio del vescovo. La stanza era più o meno delle dimensioni dell'appartamento di Daniela a Sarcaccia, anche se i soffitti alti e le finestre ad arco facevano sembrare l'ambiente più ampio.

Re Carlo continuò a conversare con il vescovo, spostandosi verso l'estremità della stanza per ammirare una scultura della vergine Maria. Re Eduardo si avvicinò a portata di orecchi di Daniela, poi indicò alla regina Fabrizia una targa di marmo bianco. Sembrava nuova.

Daniela piegò leggermente la testa, dando alla coppia un'illusione di intimità.

"Ricordo molto bene quel giorno," disse la regina Fabrizia, la cui espressione si intenerì. "È stata una cerimonia bellissima. Romantica e intima, anche se eravate di fronte a milioni di persone. Solo in tempi recenti ho appreso che Aletta aveva usato questa stanza per prepararsi."

Lo sguardo di Eduardo rimase fisso sulla targa. I suoi polpastrelli accarezzarono le lettere dell'ultima riga prima che il re si allontanasse di un passo. "Aveva deciso di venire qui la notte prima e di dormire in una delle anticamere. Il suo abito e i suoi effetti personali furono tenuti qui e uno specchio fu approntato in quell'angolo, in modo che lei potesse acconciarsi e truccarsi da sola." Il sovrano gesticolò verso una zona non lontana da dove si trovava Daniela. "Non voleva che una carrozza o una limousine la portassero al Duomo di fronte a tutti gli spettatori e alle telecamere. Diceva che si sarebbe sentita come un oggetto all'asta, sottoposta a ispezioni e commenti prima dell'apertura delle offerte."

"È orribile." Fabrizia rise. "Sembra proprio una cosa che direbbe Aletta."

"Non ha avuto alcun problema da qui al palazzo dopo che ci siamo scambiati i voti," disse Eduardo, riferendosi a lungo tragitto che gli sposi novelli avevano percorso attraverso le strade di San Rimini dopo la cerimonia. Daniela aveva visto i filmati del matrimonio – la cerimonia solenne di fronte all'altare del Duomo, le strade stracolme mentre gli sposi salutavano da una carrozza tirata da cavalli – e i numeri erano enormemente più grandi della folla che si era presentata in giornata. Per una donna che non voleva essere sottoposta a ispezioni, come aveva detto il re, Aletta doveva essersi sentita mortificata.

Re Eduardo aggiunse: "In seguito, Aletta mi disse che vestirsi per la cerimonia in questa stanza le aveva dato l'occasione di schiarirsi la mente prima di diventare un membro della famiglia reale. Ho pensato che fosse un luogo appropriato per ricordare tanto il nostro matrimonio quanto il suo operato nei confronti del restauro."

"È stata una regina meravigliosa. San Rimini ha perso molto con la sua scomparsa." Fabrizia fece una pausa. "Mi manca."

La gola di Daniela si serrò nell'udire il tono di voce di Fabrizia. Aletta era stata un'amica, morta troppo giovane. Era un sentimento sentito.

"Anche a me." Il re giunse le mani dietro di sé, appoggiandole alla base della spina dorsale. Lanciò un'occhiata verso re Carlo, che era immerso nella conversazione con il vescovo, poi riportò lo sguardo su Fabrizia. A bassa voce, disse: "Apprezzo che tu e Carlo siate venuti per la riapertura del Duomo. Potrei chiederti consiglio riguardo a una faccenda personale?"

Daniela rimase immobile come la parete di pietra alle sue spalle. Era abituata a udire frammenti di conversazioni private fra Fabrizia e Carlo e anche qualche frase occasionale da parte dei loro figli. Non aveva mai violato la fiducia della famiglia reale, ma udire le parole "faccenda personale" la faceva sentire comunque un'intrusa. Soprattutto quando a pronunciarle era stato re Eduardo, che non la conosceva affatto.

Rallentò coscientemente il respiro. Se il vescovo avesse volto lo sguardo nella direzione di Eduardo e Fabrizia, non avrebbe capito che la conversazione aveva avuto una svolta. Entrambi erano nella stessa postura di prima, le schiene dritte, le spalle rilassate e le espressioni tranquille, con lo stesso aspetto che avevano sempre in pubblico. Ma Daniela avvertì il cambiamento nell'atmosfera ancor prima che Fabrizia dicesse: "Certo, Eduardo. Qualunque cosa."

Lo sguardo di Eduardo si posò su un'altra targa, come se fosse sul punto di descriverla. Invece, disse: "Sono trascorsi cinque anni dalla morte di Aletta. La nazione la piange ancora – la piangiamo tutti – ma è giunto il momento di affrontare la questione dei suoi effetti personali. Nelle sue ultime volontà, lei ha espresso il desiderio che diversi oggetti dal valore sentimentale andassero a coloro che la conoscevano meglio. I suoi figli, sua sorella maggiore, i suoi amici."

Le dita di Fabrizia sfiorarono la spilla a forma di calabrone che portava al bavero. Il re sorrise, a indicare che l'aveva già notata. Fabrizia l'aveva ricevuta da Aletta assieme a un lungo biglietto scritto a mano circa un mese prima della morte della donna più giovane. Sebbene Daniela non avesse letto il biglietto, aveva catalogato la spilla mentre completava un inventario della collezione di gioielli della regina Fabrizia. Quella era la prima occasione in cui Fabrizia indossava la spilla.

"Immagino che sarà un compito gravoso."

Il re annuì. "Ci sono vestiti, scarpe, borse, cappelli, gioielli da tutti i giorni… sai anche tu quante cose possiede una regina. Lei non ha avuto il tempo di organizzare tutto. Pensavo a un'asta di beneficenza, anche se alcuni degli oggetti più memorabili potrebbero essere conservati e messi in mostra. Il ricavato dovrebbe beneficare le organizzazioni che Aletta patrocinava."

"È una splendida idea." Fabrizia gli lanciò un'occhiata e Daniela riconobbe il lampo di preoccupazione nei suoi occhi. "E tuttavia, tu esiti."

"Ho bisogno che se ne occupi la persona giusta. Io preferirei lasciare il palazzo. Lasciare il Paese, se possibile. Come ti ho già detto, c'è di mezzo una faccenda personale."

"La stessa faccenda personale a cui avevi accennato il giorno del servizio funebre di Aletta?" Quando re Eduardo annuì in segno di conferma, la regina disse: "Avrai bisogno di qualcuno che non riponga interessi negli affari della famiglia, ma di cui ti possa fidare."

"Esattamente." La voce del sovrano si fece ancora più bassa, anche se i due erano così vicini a Daniela da permetterle di sentire comunque. "Il giorno dopo la morte di Aletta, Isabella era nell'appartamento con me, per discutere dei progetti per il funerale. Prima di tornare nelle sue stanze, si è recata nel camerino di Aletta per cercare una borsa di sua madre che sperava di portare al funerale. Non è riuscita a trovarla. E nemmeno io. Pensavamo che fosse stata riposta nel posto sbagliato. Non era particolarmente preziosa – a parte per il fatto che era di Aletta – e Isabella alla fine scelse una borsa diversa, per cui non vi dedicai molta attenzione. Tuttavia, fra allora e il giorno del funerale, scoprii che altri oggetti erano scomparsi."

"Mi avevi detto che c'erano state delle violazioni private, ma non eri stato più specifico."

"All'epoca, avevo troppe cose per la testa perché avessi la certezza per dire di più. Tuttavia, nessuno degli oggetti che cercai ricomparve. E non ho trovato alcuna prova del fatto che sarebbero stati donati."

Le labbra di Fabrizia formarono una linea sottile. Non era necessario che lei dicesse nulla perché Daniela si rendesse conto della verità: Eduardo temeva che fossero coinvolti dei membri del suo personale. Daniela sapeva come si sarebbe sentita Fabrizia nella stessa situazione: non solo violata, ma anche distrutta. I dipendenti del palazzo venivano selezionati molto rigidamente e ci si aspettava che si comportassero sempre con integrità. In cambio, Fabrizia trattava bene il personale e dava loro fiducia. Daniela pensava che Eduardo fosse molto simile.

"Solo i famigliari e pochi membri del personale hanno accesso al mio appartamento privato," proseguì il re. "Che io sappia, nulla è sparito dopo il funerale, ma ho fatto chiudere a chiave le stanze di Aletta e installare un pannello di accesso. Solo io posso entrare." Dopo un lungo respiro, aggiunse: "Lasciare quella zona così com'era nel momento in cui lei è mancata mi fa sentire come se non volessi voltare pagina. Non voglio essere visto come avido o spietato a separarmi da oggetti di valore affettivo, ma essi possono avere un ruolo più importante. È giunto il momento."

Era noto a tutti che Eduardo e Aletta avevano condiviso un amore profondo e fedele. Dopo la morte prematura di Aletta, re Eduardo era diventato un'icona romantica. I documentari su San Rimini sottolineavano regolarmente il loro rapporto e più di un film per la televisione raccontava la loro storia. Tutta quell'attenzione significava che gli oggetti legati ad Aletta erano ancor più desiderati di quanto lo erano stati al momento della sua morte. Sarebbe stato possibile raccogliere una somma sostanziosa.

"Sarei più che lieta di sostenere il progetto. In pubblico, naturalmente, per quanto riguarda l'asta, e in privato, come ho promesso il giorno del funerale." La regina sorrise, quindi sconvolse Daniela lanciando un'occhiata nella sua direzione prima di riportare l'attenzione su re Eduardo. "Anzi, ho la persona perfetta per questo compito. Hai già conosciuto la mia assistente personale, Daniela D'Ambrosio, questa mattina. Una volta che la cerimonia di riconsacrazione sarà conclusa e saremo tornati alle stanze private del palazzo, lei potrebbe raggiungerci per il tè. La tua famiglia potrebbe fare la sua conoscenza."

"Considera esteso l'invito." Il re sollevò il mento mentre passava lo sguardo sulla fila di finestrelle sopra la targa dedicata alla moglie. A voce ancora bassa, disse: "Hai accennato in più di un'occasione a quanto ella sia indispensabile. Devota a te e alla tua famiglia. E naturalmente, un'abitante di Sarcaccia. Non ha legami con San Rimini?"

"Nessuno, e non ha un compagno o dei figli da cui tornare la sera. Ho altri membri del personale che possono gestire temporaneamente i suoi doveri, per cui sarà felice di aiutarti per il tempo necessario a preparare le proprietà della regina per l'asta."

Daniela avvampò. Per fortuna, né Fabrizia né Eduardo guardarono nella sua direzione.

Quando il re riprese la parola, la sua voce era talmente bassa che Daniela riuscì a malapena a sentirlo. "Dimmi, da quanto Daniela D'Ambrosio è alle tue dipendenze?"

"Quasi cinque anni, guarda caso."

Daniela non mancò di notare il sorriso che arrivò a illuminare gli occhi di Eduardo. "Fabrizia, tu mi stupisci."

Fabrizia infilò la mano nell'incavo del braccio di Eduardo. "Vieni. Raggiungiamo Carlo e il vescovo. La cerimonia di oggi è stata pianificata con cura. Voglio che si svolga come avevi immaginato."

"Ne sono sicuro." I due si allontanarono da Daniela, ma non prima che lei udisse Eduardo aggiungere: "Anche se nessuno è bravo a organizzare come te."

CAPITOLO 7

PER LA TERZA volta da quando Royce aveva firmato le carte nell'ufficio della sicurezza della Rocca di Zaffiro – o semplicemente "la Rocca", come era noto ai locali il palazzo reale di San Rimini – la guardia in uniforme gli ricordò che doveva indossare per tutto il tempo il pass in un punto visibile. Non doveva lasciare gli appartamenti privati di re Eduardo per un tragitto che non fosse quello che stavano percorrendo in quel momento, che partiva dal parcheggio per i dipendenti, né gli era permesso fumare, fare uso di tabacco o di sigarette elettroniche, né di masticare gomma quando si trovava a palazzo. Doveva rimuovere, per quanto possibile, il suo materiale di lavoro dall'appartamento del re tutte le sere e farlo in maniera discreta. Doveva mettere in mostra il certificato appropriato sul cruscotto del suo furgone e tenere quest'ultimo chiuso a chiave mentre era parcheggiato nel punto designato. E, aggiunse la guardia, non sarebbe stato male se Royce avesse tenuto nel furgone un paio di scarpe pulite, nel caso le sue si fossero sporcate durante il lavoro. Oppure – e quella frase fu accompagnata da un'occhiata molto cattiva – nel caso in cui Royce avesse scoperto, al suo arrivo, di avere le scarpe già sporche.

Royce ascoltò educatamente mentre percorrevano un corridoio di servizio e salivano una rampa di scale che conduceva alla residenza privata di re Eduardo.

La guardia era il secondo in comando della sicurezza del palazzo. Pur essendosi presentato con un grugnito a malapena comprensibile, Royce sapeva che il suo nome era Miroslav Vulin. Serbo e con un atteggiamento formidabile quanto le sue spalle di roccia, Miroslav non era il genere d'uomo che Royce voleva contrariare. Per cui, per la terza volta, con il tono di voce più rispettoso che gli riuscì di usare, Royce assicurò a Miroslav di aver letto il protocollo per i collaboratori del palazzo e che lo avrebbe seguito alla lettera. Inoltre, fece notare che indossava dei copriscarpe e che aveva intenzione di usarli costantemente. L'enorme guardia sembrava dubbiosa, come se sapesse che Royce lo stava blandendo, ma evitò di ammonirlo per la quarta volta.

Royce prese la cosa come un buon segno.

Miroslav gli mostrò come utilizzare il pannello all'esterno della residenza privata del re, quindi gli chiese di fare un passo avanti e inserire un codice che gli avrebbe dato accesso per la durata dell'incarico.

Royce posò la cassetta degli attrezzi e fece come gli era stato detto. Mentre digitava sullo schermo, Miroslav disse che i codici erano unici per ciascun individuo e funzionavano soltanto sulle porte specifiche di cui questi aveva ricevuto l'accesso.

Royce colse l'antifona. I suoi movimenti sarebbero stati tracciati. Fece il finto tonto e disse: "È incredibile quello che si può fare con questi ammennicoli tecnologici. Deve essere divertente essere quello che li testa di mestiere."

La guardia ignorò il commento, come avrebbe fatto Royce nella sua posizione nel caso si fosse trovato ad ammettere un pittore in una zona ad alto livello di sicurezza.

Attraversarono un vestibolo ed entrarono nel salone del re.

Nonostante il soffitto alto, le pareti scure e il mobilio antico davano all'ambiente la sensazione gravosa di una cripta. C'erano solo due finestre, situate vicino al vestibolo. Oltre al salone, con le sue ampie finestre che davano sul retro del palazzo, si trovavano la camera da letto padronale, il camerino del re e il suo bagno privato. Le porte della camera da letto erano spalancate, permettendo alla luce di quelle finestre di entrare nel salone.

Era come aggiungere una goccia d'acqua a una pinta di Guinness: cambiava la composizione della bevanda, ma non in una maniera che la maggior parte delle persone era in grado di notare.

Sulla sinistra di Royce si trovava uno studio, accessibile attraverso una porta a vetri. Vicino all'ingresso dello studio si trovava un caminetto di discrete dimensioni, sormontato da un alto specchio. La guardia gesticolò a indicare quali stanze erano cosa, sottolineando il fatto che lo studio era un luogo tranquillo dove il re amava leggere, rispondere alla corrispondenza e ricevere le telefonate. Il re aveva intenzione di restare altrove, nel palazzo, mentre Royce lavorava. Tuttavia, se il monarca fosse mai entrato nella residenza, era probabile che si sarebbe ritirato nello studio. Qualunque attività potesse disturbare la pace del sovrano andava mantenuta a un livello minimo e Royce avrebbe dovuto allontanarsi immediatamente se gli fosse stato chiesto di farlo.

Invece che accigliarsi per quell'insulto alla sua intelligenza, Royce sfoderò un altro cordiale cenno del capo. Come se fosse il tipo da restare dov'era quando l'uomo che lo aveva ingaggiato – un re – chiedeva un momento di solitudine.

Dalla parte opposta del salone rispetto allo studio di re Eduardo, una doppia porta chiusa a chiave, con un pannello a parte, conduceva alle stanze della defunta regina.

Non fu la guardia a fornire quell'ultima informazione. Invece, l'uomo oltrepassò la porta come se non esistesse e indicò un angolo dove Royce avrebbe potuto riporre le scalette e il resto del materiale troppo pesante per portarlo avanti e indietro dal furgone. Royce aveva trascorso tempo sufficiente a studiare le piante e le fotografie per conoscere benissimo quello spazio. Se avesse oltrepassato la doppia porta, si sarebbe ritrovato nel salotto della regina. Se avesse poi svoltato a sinistra e si fosse incamminato verso la parte posteriore dell'appartamento, avrebbe trovato il camerino della sovrana e il suo bagno privato. Il camerino e il bagno erano a loro volta collegati alla camera padronale, ma alla scomparsa della regina Aletta, il re aveva fatto in modo che anche quella porta venisse messa in sicurezza.

Una volta rimasto finalmente, deliziosamente solo, Royce osservò il salone.

Quando aveva ottenuto quel lavoro a breve termine per re Eduardo, aveva mentalmente esultato. Non solo lavorare per un re era il sogno di una vita, per lui, ma lavorare sotto copertura era il suo punto di forza e farlo alla Rocca lo metteva molto più a suo agio di molte delle sue attività passate. Non doveva stare sotto la pioggia gelida mentre si fingeva un tecnico di rete in modo da tenere d'occhio un palazzo di uffici. Non si sarebbe ritrovato col posteriore addormentato o costretto a bere caffè stantio mentre monitorava una casa o un appartamento dal sedile della sua auto mentre era parcheggiato in un quartiere sinistro. Non gli sarebbe toccato scattare foto di persone che si aggiravano attorno ad ambasciate nella speranza di abbinare i loro volti ad agenti noti di potenze straniere. La prospettiva di trascorrere le settimane successive rimuovendo carta da parati e dipingendo non lo infastidiva minimamente. Aveva restaurato e ridipinto da solo il suo appartamento dopo aver lasciato le forze armate e aveva trovato la cosa rilassante. Al punto che aveva fondato la sua attività di pittore con l'idea di usarla come copertura per lavori freelance nell'ambito della sicurezza. Era stata una decisione saggia. Non solo gli aveva fornito una copertura perfetta in situazioni come quella, dove aveva bisogno di una scusa per lavorare in un ambiente chiuso, ma aveva avuto modo di accettare di tanto in tanto lavori regolari da pittore per arrotondare il suo reddito fra un contratto nella sicurezza e l'altro.

Ma ora che aveva dato una buona occhiata a quello spazio, *rilassante* non era la parola appropriata per descrivere il compito che lo attendeva. Avrebbe potuto far stare l'intero appartamento dei suoi genitori nel solo salone. Quando aveva imparato a memoria le dimensioni dell'appartamento e osservato il posizionamento dei pesanti mobili, delle finestre e delle porte al punto che avrebbe potuto orientarsi al buio, Royce non aveva riflettuto su quanti metri quadri di carta da parati da staccare corrispondevano a tutto ciò, soprattutto considerati gli alti soffitti della stanza. E poi c'erano gli spessi pannelli di legno, che andavano rimossi e sverniciati con delicatezza prima di applicare uno strato di pittura fresca. Inoltre, Royce avrebbe dovuto spostare i mobili da solo. Beh, con l'eccezione dello specchio. Per quello avrebbe avuto bisogno di una mano, il che avrebbe richiesto una telefonata a Miroslav.

I suoi muscoli non sarebbero arrivati a fine lavoro senza consumare una confezione nuova di ibuprofene.

Il secondogenito di re Eduardo, il principe Federico, era il referente di Royce per quell'incarico. Tutti e quattro i germani diTalora vivevano a palazzo, ma dato che Federico aveva dei figli piccoli, viaggiava fuori dal Paese meno spesso rispetto agli altri membri della famiglia e poteva garantire disponibilità nelle settimane a venire. Inoltre, il suo profilo era più basso di quello del re o del principe ereditario, il che aveva reso possibile a Federico allontanarsi di nascosto per un incontro faccia a faccia con Royce prima dell'inizio dell'incarico.

Una volta che il principe Federico gli aveva dato un'idea generale del compito che lo attendeva e avevano preso un accordo preliminare al telefono, si erano incontrati all'ufficio di Royce, dove Federico aveva fornito delle informazioni sulla pianta dell'appartamento e su tutto ciò che si sapeva riguardo ai furti che erano stati commessi all'interno.

Royce si mise le mani sui fianchi mentre ripercorreva mentalmente la conversazione. Nei giorni seguenti alla morte della regina Aletta, diversi effetti personali della sovrana erano scomparsi. Una borsetta che aveva comprato in un mercatino durante un tour dell'India. Due o tre dei gioielli che indossava quotidianamente. Piccoli accessori come cinture e sciarpe. Alcuni di quegli oggetti avevano un alto valore di mercato, ma la maggior parte no. Poiché solo i famigliari e un numero limitato di membri del personale avevano accesso alle stanze private della regina Aletta, il re era certo che il colpevole fosse uno dei loro. Chiunque avesse preso quegli oggetti aveva badato a non portare via quelli più vistosi. E gli oggetti che appartenevano alla Corona – in particolare i gioielli – venivano solitamente tenuti altrove, ma i pochi che Aletta aveva riposto nel suo camerino prima di morire non erano stati toccati. Federico aveva raccontato a Royce che, se la principessa Isabella non avesse cercato la borsetta del tour in India per portarla al funerale della loro madre, i furti sarebbero potuti restare inosservati per mesi.

Eduardo si era infuriato, non tanto per la perdita degli oggetti quanto per la violazione della fiducia. Aveva chiuso le stanze della regina e lasciato credere al personale che ciò fosse dovuto al dolore. Ora, tuttavia, desiderava mettere all'asta la maggior parte degli effetti personali rimasti e devolvere il ricavato in beneficenza. Ciò avrebbe reso necessario riaprire le stanze per un minimo di due settimane – probabilmente più a lungo – e ciò avrebbe significato, dato che il colpevole non era stato scoperto, rischiare ulteriori furti.

Compito di Royce era assicurare che ciò non accadesse e, si fosse presentata l'occasione, scoprire l'identità del ladro. Federico aveva chiesto a Royce se fosse in grado di affrontare il lavoro da solo, perché era convinto che meno persone si sarebbero trovate all'interno dell'appartamento e più il ladro si sarebbe sentito invogliato, se quella persona si trovava ancora a palazzo. Royce aveva dato un'occhiata alla pianta e alle fotografie e aveva assicurato al principe che poteva farcela. Anzi, era meglio così: una squadra di pittori avrebbe reso difficile prolungare il lavoro di copertura per più di due settimane.

"Una specialista proveniente dall'estero è stata assunta per organizzare e catalogare le proprietà di mia madre," aveva spiegato Federico, posando un dossier sul fascicolo che conteneva i progetti del piano e le informazioni sugli articoli scomparsi. "Mio padre è molto amico della famiglia Barrali e ha spiegato la situazione a re Carlo e alla regina Fabrizia. Loro hanno raccomandato quella donna senza la minima esitazione. Sono certo che seguirà la procedura adeguata a mantenere in sicurezza la zona mentre lavora, ma se lei dovesse notare degli aspetti dei nostri protocolli che potrebbero essere migliorati, me lo faccia sapere: mi assicurerò che i cambiamenti vengano effettuati e che le informazioni relative vengano trasmesse alla specialista. Costei riferirà direttamente a mio padre per la durata dell'incarico."

Royce aveva preso appunti mentre il principe parlava. A quel punto, aveva sollevato la mano. "Questa persona è a conoscenza dei furti?"

"Sì."

"Sa che lavorerò lì? Per quanto riguarda la sicurezza, intendo."

"Non ancora. Volevo discutere con lei dei dettagli prima che mio padre la informasse."

Royce ci aveva pensato su, quindi aveva detto: "A meno che il re non ritenga necessario dirglielo, non fatelo. Se sapesse perché sono qui, il suo comportamento potrebbe cambiare. Se lei crederà che io sia un pittore, la mia copertura con il personale ne verrà rafforzata."

Federico aveva riflettuto, quindi aveva annuito.

Alla fine, Royce aveva chiesto: "Immagino che abbia passato senza problemi le verifiche?"

"Sì." Il principe aveva gesticolato verso il dossier. "Lavora a stretto contatto con la regina Fabrizia e frequenta spesso la famiglia Barrali nei momenti privati. Non c'è mai stata una violazione della riservatezza. La regina si fida ciecamente di lei e, in sostanza, l'ha prestata a mio padre per questo compito."

Non era un segreto che le due famiglie reali fossero in ottimi rapporti. I Barrali avevano partecipato al matrimonio del principe Federico e al funerale della regina Aletta. Le fotografie di re Carlo e re Eduardo che cenavano insieme a San Rimini dopo un evento di Formula Uno l'anno precedente erano state pubblicate in tutto il mondo. Ciononostante, Royce dubitava che chiunque sapesse che le famiglie erano legate al punto che Eduardo si sentiva libero di discutere faccende personali con il re e la regina sarcacciani.

"A proposito di credenziali, è sicuro che le sue riusciranno a oltrepassare i controlli di sicurezza del palazzo senza suscitare sospetti?" aveva chiesto Federico. "Quando informerò il capo della sicurezza che ho assunto un pittore per lavorare nella residenza privata di mio padre, effettueranno un controllo completo sia su di lei che sulla sua attività."

Era una domanda che Royce aveva previsto. "Ho fondato la mia impresa subito dopo essere stato congedato dalle forze armate. È legittima. Tuttavia, negli ultimi sei mesi, ho accettato lavori solo quando era necessario farlo per avere una copertura. Il vostro personale troverà il mio stato di servizio militare e l'atto di fondazione della mia impresa." Fece una pausa, poi aggiunse: "Un'impresa con pochi clienti, ma una reputazione impeccabile e senza alcun collegamento con il mondo della sicurezza."

Federico aveva accettato la spiegazione. Royce aveva fatto qualche magheggio burocratico per nascondere la proprietà della sua agenzia di sicurezza dietro un altro nome. Chiunque avesse verificato gli atti ufficiali l'avrebbe trovata, naturalmente, ma avrebbero dovuto sapere cosa cercare.

Royce si era assicurato che nessuno sapesse cosa cercare.

Verso la fine della militanza nelle forze armate, il padre di Royce aveva cercato di convincerlo a venire a lavorare con lui. Pieter Dekker gestiva un'agenzia di sicurezza sua, che lavorava sotto contratto per diverse ambasciate e organizzazioni internazionali con sede a San Rimini. L'esperienza militare di Royce lo aveva preparato bene, così come crescere nella casa di suo padre. Per Royce non c'era nulla di strano nel visitare un museo, guardare la mostra e poi discutere nella sicurezza della struttura con suo padre mentre tornavano a casa. Pieter aveva fatto sì che suo figlio fosse consapevole dell'ambiente circostante in un modo che Royce immaginava essere comune fra i figli dei poliziotti, degli agenti federali e degli altri esperti nel settore della sicurezza. Ma quando era giunto il momento di rispondere di sì o di no a suo padre riguardo all'unirsi alla sua attività, Royce aveva scelto una terza opzione: fondare una sua agenzia con un singolo dipendente. Lui. Aveva sperato di cominciare con lavori di minore importanza e farsi le ossa da solo.

"Tu hai costruito un'attività solida," aveva detto suo padre. "Il lavoro nella sicurezza che ho fatto nell'Esercito mi è piaciuto, ma non so se voglio continuare per tutta la vita. Se venissi a lavorare per te, creerei delle false aspettative tanto in te quanto nei tuoi clienti e non ho intenzione di prendere un impegno che non sono certo di mantenere. Lavorare per conto mio per un po' mi darà la possibilità di farmi una reputazione e di essere certo del mio futuro."

Pieter Dekker aveva obiettato, ma non strenuamente quanto si era aspettato Royce. Si era poi offerto di passargli qualche lavoro, nel caso lo avesse ritenuto adatto a lui. Royce aveva trovato diversi clienti sfruttando le sue vecchie conoscenze militari, dopodiché aveva accettato alcuni incarichi sotto copertura che gli erano giunti tramite raccomandazioni. Tre settimane prima, Royce aveva persino catturato un uomo che stava cercando di piantare delle cimici nell'ambasciata canadese il giorno prima dell'arrivo previsto di un disertore nordcoreano di alto profilo diretto in Canada e, presumibilmente, negli Stati Uniti.

Poi, suo padre aveva ricevuto la telefonata del principe Federico, che chiedeva raccomandazioni per un incarico di sicurezza all'interno del palazzo. Il principe non aveva voluto dire molto sulla natura dell'incarico. Ma aveva offerto informazioni sufficienti perché Dekker padre gli fornisse il nome e le credenziali di Royce.

E ora, Royce si trovava in salopette nella sezione più riservata del palazzo reale di San Rimini, con una cassetta degli attrezzi in mano, a fissare i pannelli e i battiscopa di legno scuro coperti da decenni, se non secoli, di vernice pesante e cera, e una carta da parati così vecchia che Royce avrebbe scommesso gli stivali che era stata appiccicata prima della nascita dei suoi nonni.

Il principe Federico aveva fornito informazioni precisissime riguardo alla pianta di quel piano e agli addetti alla sicurezza del palazzo, compresi Miroslav e il capo di Miroslav, Chiara Ascardi, il capo della sicurezza del palazzo. Royce l'aveva riconosciuta immediatamente quando lei gli era passata accanto nel corridoio fuori dall'ufficio di Miroslav. Royce poteva solo dare per scontato che le informazioni di Federico fossero corrette anche per quanto riguardava la donna assunta per catalogare le proprietà della regina.

Quella donna sarebbe arrivata presto.

Royce esalò l'aria dai polmoni, quindi si chinò e si allacciò gli stivali. La rassegna dei suoi doveri e dei comportamenti da tenere che gli aveva elencato Miroslav gli aveva tenuto la mente occupata fino a quel momento. Ora che era solo, doveva rimanere fermamente concentrato sull'incarico e non pensare a ciò che aveva letto nel dossier della donna.

Per i trenta minuti successivi, Royce fece diverse corse fino al suo furgone, trasportando teli, secchi, bombolette e una scala fino agli appartamenti del re. Era appena arrivato con l'ultimo carico quando la voce familiare della Guardia giunse dall'altra parte delle porte che davano sull'appartamento, facendo le stesse raccomandazioni sull'indossare il pass che Royce aveva dovuto subire.

Il cuore di Royce accelerò i battiti quando una voce femminile rispose. Si calcò sulla testa un berretto da imbianchino, quindi voltò le spalle alla porta, muovendosi lentamente mentre si chinava per stendere il telo sulla parete più vicina al grandioso caminetto del salotto. Era un punto d'inizio naturale, ma gli permetteva anche di sentire quello che la guardia stava dicendo mentre accompagnava Daniela alle stanze private della regina.

Daniela D'Ambrosio.

Un nome che Royce non avrebbe mai dimenticato.

Mantenne una postura rilassata mentre la porta d'ingresso si apriva e un rumore di passi riecheggiava dal vestibolo.

"Mentre lei sarà al lavoro nelle stanze della regina, un pittore lavorerà nel salotto," disse Miroslav. "Il re ha ordinato di rimuovere la carta da parati, di ripassare il legno e di dipingere le pareti."

Daniela doveva aver risposto che era a conoscenza dei lavori, perché il tono di Miroslav cambiò. "Capisco. Beh, nel caso gli odori dovessero diventare un problema, me lo faccia sapere e io vedrò cosa si può fare per migliorare la ventilazione."

Le vecchie assi di legno del pavimento trasmisero l'impatto dei movimenti dei due, anche se la vibrazione si smorzò quando raggiunsero il tappeto all'estremità della zona salotto. Royce assunse un'espressione neutra e si alzò dalla posizione accovacciata.

"Signorina D'Ambrosio, mi permetta di presentarle–"

Royce si voltò di scatto per interrompere la presentazione della guardia. Si passò le mani sulla salopette come per spolverarsele e disse: "Io sono Roy. Piacere di conoscerla." Strinse la mano di Daniela e incrociò il suo sguardo per un brevissimo istante prima di mollare la presa e spostare lo sguardo su Miroslav.

Miroslav aggrottò la fronte, ma non disse nulla. Royce non aveva la certezza che Daniela D'Ambrosio si ricordasse di lui, dato che si erano conosciuti più di cinque anni prima, ma il suo non era un nome comune. Non poteva correre il rischio che la donna dicesse qualcosa che facesse saltare la sua copertura, non quando tutto il personale del palazzo era oggetto di sospetti.

"Il piacere è tutto mio." Il tono di voce della donna era professionale, ma caloroso. "Per favore, diamoci del tu."

"Lei lavorerà su un progetto nelle stanze adiacenti." Il tono di voce fermo di Miroslav implicava che non spettava a Roy fare domande e che qualunque altra informazione doveva essere comunicata quando la guardia lo avrebbe ritenuto opportuno. "I vostri compiti sono separati. La signorina D'Ambrosio ha un suo codice di accesso e non interferirà con il suo lavoro."

Royce annuì, tenendo il mento basso per nascondere la parte superiore del viso sotto il berretto da imbianchino. "Nei prossimi giorni rimuoverò la carta da parati, per cui non ci saranno fumi. Quando dovrò sverniciare il legno, te lo farò sapere."

"Sono certa che non sarà un problema." Daniela passò lo sguardo sul salone. "Ti attende un compito gravoso."

"Ci sono luoghi peggiori in cui lavorare."

Con il berretto abbassato, Royce avvertì più che vederlo il sorriso di Daniela. "Farò del mio meglio per non intralciarti."

"Non dovrebbe essere un problema," disse Miroslav alla donna, in tono brusco. "Lui rimarrà in questa stanza. Mi pare di capire che re Eduardo le abbia dato piena disponibilità delle stanze della regina Aletta, compreso il permesso di usare il salotto di Sua Maestà come sua area di lavoro."

L'attenzione di Daniela si spostò da Royce alla guardia. "Sì. Avrò bisogno dello spazio per svuotare il camerino e fotografarne i contenuti. Re Eduardo aveva accennato anche alla disponibilità di una scrivania."

"Si trova in salotto, sotto la finestra centrale. Da questa parte." La guardia si voltò verso la doppia porta. "Prima, deve inserire il suo codice di accesso nel pannello. Io non ne ho uno e lo stesso vale per tutti gli altri membri dello staff. Solo i parenti stretti ce l'hanno. Il re ha ordinato che nessun altro entri in quello spazio, a meno che non sia lei a chiedere assistenza, e anche in quel caso dovremo rimanere per la minima quantità di tempo necessaria a esaudire la sua richiesta."

"Sua Maestà è stato così gentile da spiegarmi tutto in occasione del nostro incontro. La ringrazio, Miroslav."

Royce nascose la sorpresa di fronte alla gentilezza nella voce di Daniela e alla familiarità con cui lei si era rivolta alla guardia. Quando l'uomo si era presentato a Royce, aveva messo in chiaro di non essere interessato a fare conversazione. E di sicuro non si era presentato con il nome di battesimo.

Una volta che Daniela e la guardia si furono spostati nelle stanze private della regina, Royce riuscì a udire frammenti della loro conversazione, ma nulla di dettagliato. Quello che bastava per sapere che aveva abbandonato il ruolo della severissima guardia di palazzo.

Beh. Daniela era una donna dai molti talenti.

Royce si chinò per finire di posizionare il telo. Aveva trovato Daniela attraente la notte in cui avevano percorso a piedi il Boulevard Kukulkan. Lei aveva attirato la sua attenzione nel momento in cui Royce l'aveva vista ballare con le sue amiche e poi di nuovo fuori. *Indipendente,* aveva pensato allora Royce. Mentre passeggiavano, aveva ammirato l'intelletto e la natura curiosa della donna. Il modo in cui lei trasudava buonumore e innocenza. L'agio che provava lui in sua presenza.

E, per quanto Royce detestasse ammetterlo, quella pelle brillante e abbronzata. Quella risata. E quel bacio.

Durante tutti quegli anni, aveva dato per scontato che la sua memoria avesse abbellito l'aspetto della donna, come capitava per tutti i cari ricordi. Ma nonostante avesse tenuto lo sguardo il più possibile altrove durante la loro breve interazione, sapeva senza ombra di dubbio che Daniela D'Ambrosio era più bella di quanto la ricordava.

Una volta piazzato il telo, Royce raccolse gli strumenti di cui avrebbe avuto bisogno per rimuovere la carta da parati, tenendo un occhio puntato verso le stanze della regina. Avrebbe dovuto essere un sollievo il fatto che Daniela non si ricordasse di lui, ma Royce era abbastanza onesto con se stesso da riconoscere la delusione quando essa gli scorreva nelle vene.

Il bacio che avevano condiviso poteva anche risalire a cinque anni prima, ma era stato un bacio dannatamente piacevole.

Ed era davvero un peccato che non ce ne sarebbe stato un altro.

CAPITOLO 8

FINALMENTE, con grande sollievo di Daniela, Miroslav se ne andò. Se le avesse ricordato ancora una volta la procedura da seguire, lei avrebbe rischiato di scattare. L'uomo stava solo facendo il suo lavoro, ma Daniela aveva passato i controlli di routine, letto e firmato una serie di documenti in cui dichiarava di conoscere le regole del palazzo, e l'uomo sapeva che lei era l'aiutante personale della regina Fabrizia. Il re l'aveva incontrata di persona, il che non era consueto in occasione dell'assunzione di qualcuno a palazzo.

Daniela rabbrividì al pensiero di quante volte Miroslav doveva aver ricordato al pittore di tenere il badge bene in mostra e l'utilizzo dei pannelli, considerato quanto era stato puntiglioso con lei. L'uomo era intenso come il capo della sicurezza della regina Fabrizia, Umberto Niro, e anche di più.

D'altra parte, nell'istante in cui aveva oltrepassato la soglia del salotto della regina, Miroslav si era ammorbidito considerevolmente. Quella mattina, durante l'incontro a colazione fra Daniela e re Eduardo, il monarca aveva detto che solo lui, la principessa Isabella e il principe Federico erano stati in quelle stanze dopo la morte di Aletta. "Troverà della polvere," l'aveva messa in guardia. "Non tanto sui mobili, quanto sulle tende. L'altro ieri, siamo stati noi tre a pulire. Avevamo poco tempo, perché non volevamo che nessuno sapesse che avevamo aperto le stanze della regina, e ciò ci ha richiesto di portare l'aspirapolvere nella residenza senza che gli addetti alla pulizia o gli addetti sicurezza ci vedessero. Temo che siamo riusciti soltanto a dare un'aspirata e una spolverata rapide."

"I vostri addetti alla sicurezza sanno che io sarò laggiù," si era sentita in obbligo di osservare Daniela, scacciando l'immagine di quel dignitoso sovrano che passava l'aspirapolvere. "Non si aspettavano che le stanze venissero pulite prima?"

Il sorriso birbantesco del monarca l'aveva stupita. "Credo che gli addetti alla sicurezza siano rimasti talmente sconvolti quando io li ho informati che avevo intenzione di aprire le stanze da non aver pensato alla pulizia. Ho pensato agli addetti alla pulizia regolare ordinando loro di evitare la residenza fintanto che ci sarà il pittore."

Miroslav era rimasto vicino alla porta mentre Daniela osservava il salotto della regina. Tre grandi finestre percorrevano l'intero spazio, con la scrivania menzionata da re Eduardo che si trovava sotto il davanzale centrale. Le tende erano di velluto pesante, ma il loro colore blu pervinca dava alla stanza una vitalità che lei non si era aspettata sulla base dell'aspetto severo del salone. Il resto dello spazio era semplice. Sui pavimenti di legno massello era steso un tappeto grigio sul quale si fronteggiavano un divano blu sorprendentemente moderno e due poltrone di cuoio color panna, con una bassa ottomana in cuoio che ancorava lo spazio. I cuscini del divano avevano un lieve incavo vicino a ciascuna estremità, nel punto esatto in cui una persona si sarebbe seduta se avesse voluto sfruttare l'ampio bracciolo per appoggiare una tazzina o un libro, o per allungarsi verso l'interruttore dell'alta lampada da lettura di nichel lucido che si trova nelle vicinanze. Quando Daniela si era avvicinata per dare un'occhiata alla foto incorniciata del matrimonio di Eduardo e

Aletta posata sul tavolino di vetro fra le due poltrone, aveva notato che il cuoio dell'ottomana era ammorbidito dall'uso e che c'erano degli avvallamenti lungo il bordo.

A quanto pareva, la regina aveva apprezzato sollevare i piedi dopo una giornata lunga.

Daniela si era sentita addosso lo sguardo di Miroslav mentre si orientava. Si era voltata verso di lui e aveva gesticolato verso un'ampia soglia in fondo alla stanza. "Re Eduardo mi ha detto che il camerino si trova laggiù. Ha bisogno di ispezionarlo prima che io cominci?"

La guardia era rimasta come di stucco. "Ah, no, signorina D'ambrosio. A meno che lei non ne abbia bisogno."

"Credo che sia tutto a posto. La ringrazio, Miroslav. E mi piacerebbe che ci dessimo del tu."

L'uomo aveva annuito, le aveva ripetuto che era a sua disposizione nel caso lei avesse bisogno di aiuto ed era uscito dalla stanza.

Per quanto fosse lieta di essere rimasta sola, Daniela aveva avvertito una punta di tristezza mentre lo guardava allontanarsi.

A colazione, re Eduardo le aveva spiegato che Miroslav era il secondo membro più importante della sua squadra di addetti alla sicurezza. "Ha un aspetto e un modo di parlare minacciosi, ma il suo cuore è grande quanto lui. È da quasi un decennio che mi accompagna durante i miei viaggi e io lo rispetto. Lo vedrà spesso, finché sarà qui. E vedrà anche Chiara Ascardi, il mio capo della sicurezza. Non è altrettanto fisicamente minacciosa, ma è stata comandante della polizia militare ed è uno dei migliori acquisti che io abbia mai fatto. Miroslav e Chiara sono entrambi persone di fiducia, fedeli alla mia famiglia. Tuttavia, non li ho mai informati degli articoli scomparsi dal camerino. Ci ho pensato, ma dato che a palazzo non si sono verificati furti da quando le stanze di mia moglie sono state chiuse, non ne vedevo la necessità."

"Non dirò nulla," aveva promesso Daniela.

Il re l'aveva ringraziata, poi Miroslav era comparso per accompagnarla dalla sala della colazione alla residenza e il colloquio si era concluso.

Ora, mentre stava in piedi nel salotto della regina, Daniela pensò che, se Miroslav aveva viaggiato per così tanti anni assieme al re, doveva conoscere bene Aletta. Di certo, i due avevano condiviso ambienti molto ristretti, su aeroplani e a bordo di altri veicoli. Entrare nelle stanze della regina per la prima volta dalla sua morte era stata probabilmente un'esperienza emotivamente forte per lui. Lei avrebbe subito un effetto simile se avesse mai perso la regina Fabrizia.

Daniela si tolse la giacca del completo e la appoggiò allo schienale della sedia della scrivania, quindi tirò fuori il portatile dalla borsa e lo appoggiò sul piano. Passò una mano sul legno lucido, prendendo nota dell'intarsio che formava un motivo di viticci contorti. Aveva visitato una bottega di mobili a conduzione famigliare nei pressi di Sorrento, in Italia, con la regina Fabrizia, l'anno prima. La regina aveva osservato gli artigiani sovrapporre sottili strati di diversi legni esotici e fermarli agli angoli. Una volta che gli strati erano stati assicurati, gli artigiani avevano usato una sega per tagliare un disegno che era stato disegnato su della carta posata sul legno. Il risultato era stato una serie di impiallacciature delicate e dal disegno identico. Il proprietario della bottega aveva poi accompagnato la regina a una zona diversa per guardare un artigiano che riassemblava gli strati, alternandoli in modo che fossero visibili diversi colori. Uno speciale processo di incollamento aveva sigillato il disegno multicolore, che poi sarebbe stato possibile piazzare sopra vassoi da servizio, tavoli o altri oggetti. Alla fine del giro, alla regina Fabrizia era stata offerto un portagioie a scomparti. Con stupore di Daniela, anche a lei era stato offerto un dono: un set di sottobicchieri di noce intarsiati con uno splendido motivo floreale. Li teneva su un tavolino nel suo appartamento, dove le servivano quotidianamente da promemoria del tour. Continuava a dirsi che avrebbe dovuto usarli, ma inorridiva al pensiero della condensa che penetrava nel legno, nonostante i sottobicchieri fossero impermeabilizzati.

Incuriosita, Daniela aprì il cassetto della scrivania, notando la stipetteria a incastro. Il cassetto conteneva soltanto una penna e una pila ordinata di carta avorio con buste abbinate. Daniela si fermò quando notò l'intestazione di ciascun foglio.

Quella era la cancelleria personale della regina Aletta. La sua Montblanc d'argento. La sua scrivania.

L'emozione serrò la gola di Daniela, che si sentì sciocca, considerato che non aveva conosciuto la defunta regina; ma era commossa dal fatto che re Eduardo le aveva offerto l'uso della scrivania dove sua moglie si era un tempo seduta per sbrigare la corrispondenza personale. Aletta aveva usato quella stessa penna e quella stessa cancelleria per scrivere ai suoi più cari amici. Probabilmente, si era seduta lì qualche settimana prima della sua morte, quando aveva scritto la lettera di accompagnamento alla spilla a forma di calabrone che aveva mandato alla regina Fabrizia... la spilla che Fabrizia aveva indossato in occasione della riapertura del Duomo di San Rimini.

Daniela chiuse il cassetto ed esalò rapidamente il fiato per tornare al presente, quindi si chinò a collegare il portatile alla corrente. Mentre lo faceva, lanciò un'occhiata alla parte inferiore della scrivania. Il marchio sul lato sinistro la fece sorridere. Il mobile era stato realizzato dalla stessa bottega di Sorrento che lei e la regina Fabrizia avevano visitato, un'attività che esisteva da quasi quattrocento anni.

Del tessuto fruscò alle sue spalle, spaventandola al punto che per poco non batté la testa contro la scrivania mentre si alzava. Aveva detto a Miroslav di lasciare la porta aperta, nella speranza di rinfrescare l'aria nelle stanze della regina Aletta, ma il suo cervello impiegò un attimo a registrare il suono come quello di un telo che veniva steso nel salone.

Doveva smetterla di struggersi su quella scrivania e cominciare a lavorare.

Dopo aver preso posto, avviò il computer e aprì il modello di base di dati che aveva intenzione di usare per quel progetto.

Nel corso dell'incontro mattutino con re Eduardo, il sovrano era stato diretto riguardo alla catalogazione delle proprietà della sua defunta moglie, dichiarando che il salotto, il camerino e il bagno privato della regina erano rimasti chiusi da poco dopo la sua morte e il perché. Il sovrano aveva fornito a Daniela un elenco degli oggetti scomparsi, nell'improbabile caso che lei ne trovasse qualcuno nel corso del progetto.

"Ho frugato attentamente nel camerino e lo stesso ha fatto mia figlia, la principessa Isabella," aveva detto il re. "Dubito che troverà qualcuno di questi oggetti, ma se dovesse farlo, me lo faccia sapere. Per tutto il resto, tutto ciò che si trova nella stanza è esattamente com'era il giorno della morte di mia moglie. Gli oggetti che lei voleva lasciare ad amici e parenti sono già stati spediti alle persone interessate. Quando mia moglie apprese che il suo male era terminale, trasse un po' di conforto svolgendo lei stessa quel compito."

Il re aveva fatto una pausa, aveva piegato il tovagliolo in grembo e l'aveva guardata strizzando gli occhi. "La regina Fabrizia mi riferisce che, quando ha cominciato a lavorare per lei, ha documentato ogni singolo articolo del suo guardaroba e che tiene un diario di ciò che indossa quotidianamente."

Daniela aveva annuito. "Il diario mi è utile quando progetto l'abbigliamento della regina per le sue apparizioni in pubblico. Scongiura che lei indossi lo stesso vestito al galà della biblioteca nazionale o all'apertura della stagione lirica un anno dopo l'altro. E naturalmente, l'inventario è d'aiuto con l'assicurazione."

"Per gli uomini è più facile," aveva detto il re, inarcando un sopracciglio mentre la conversazione prendeva una piega più leggera. "Aletta si lamentava sempre che io potevo indossare lo stesso completo tre o quattro giorni alla settimana senza che nessuno se ne accorgesse, ma se lei riutilizzava un outfit, finiva su tutti i giornali. Lei e sua sorella avevano sperato di cominciare a tenere un diario simile, ma non l'hanno mai fatto."

Per il resto dell'incontro, Daniela e re Eduardo avevano discusso di alcuni specifici elementi delle proprietà della regina. Il re aveva mantenuto un atteggiamento fermo, senza quella traccia di emozione che si era fatta largo nella sua voce il giorno in cui aveva parlato con la regina Fabrizia al Duomo. Daniela aveva preso attentamente appunti e in quel momento li tirò fuori dalla borsa e gli appoggiò accanto al computer.

Notò che la batteria del portatile non era in carica e si alzò dalla scrivania, per poi inginocchiarsi a sistemare la spina. Mentre sollevava la testa per assicurarsi che il computer fosse in carica, un suono proveniente dal salone attirò la sua attenzione. Si guardò alle spalle, ma nulla si mosse. Le formicolava la spina dorsale per la sensazione che il pittore l'avesse osservata, per poi allontanarsi dalla sua linea di vista un attimo prima che lei si voltasse.

L'uomo era curioso? Oppure le aveva fissato il posteriore quando lei si era chinata a guardare sotto la scrivania?

Daniela fece una smorfia al suo stesso pensiero. Roy le sarebbe passato di fronte dozzine di volte mentre rimuoveva la carta da parati. Sebbene l'uomo avesse evitato il suo sguardo al momento della presentazione, ciò non significava che ci fosse qualcosa di sospetto. Più probabilmente, il suo atteggiamento bizzarro era dovuto alla presenza sinistra di Miroslav.

Meglio prendere esempio da Roy e mettersi a lavorare.

Dopo essersi collegata a Internet tramite la connessione sicura che le aveva fornito Miroslav, Daniela prese il telefono e si recò al camerino per vedere esattamente che cosa avrebbe organizzato nel corso dei giorni e delle settimane a venire.

Un senso di dejà vu si diffuse in lei quando aprì la porta scorrevole e accese l'interruttore. La luce e l'arredamento erano diversi, ma aveva avuto la stessa reazione la prima volta in cui era entrata nel camerino della regina Fabrizia. Quel giorno era rimasta meravigliata e nonostante gli anni che aveva avuto per abituarsi a visioni del genere, ora era di nuovo sbalordita.

Il camerino di Aletta era grande più o meno quanto il salotto di Daniela. Invece del pavimento di legno antico che si trovava nel resto della residenza reale, la pavimentazione era coperta da una bassa moquette moderna. In alto, lampadari oblunghi fornivano luce in abbondanza. Gli abiti erano divisi per stile e organizzati come i libri di una biblioteca. Al posto dei volumi, un singolo appendino era posto all'interno di ciascuna cornice di quercia, permettendo l'accesso da entrambi i lati. Gli articoli erano disposti per tipologia – vestiti da ballo, abiti da giorno, completi e così via – e per colore, dal più scuro al più chiaro. Cappelli e borse occupavano scaffali aperti in cima a ciascuna cornice.

Fra le due file centrali c'era uno spazio per un paio di poltroncine e a una bassa piattaforma circolare come quella che si trovava nei negozi di abiti da sposa. Un grande specchio a paravento correva lungo metà della piattaforma, avvolgendosi attorno a essa come una mano attorno a una tazzina. Daniela pensò che la regina doveva essersi fermata spesso lì per un'ultima ispezione prima di uscire per apparire in pubblico.

Daniela percorse la stanza per la sua lunghezza, acquisendo familiarità con i contenuti. Solo una regina avrebbe definito uno spazio del genere "camerino." Somigliava più a una boutique di alta moda. Pur non essendo catalogati, i contenuti erano ordinati in una maniera che fece spiccare i salti di gioia al cuore di Daniela. Chiunque avesse progettato lo spazio lo aveva fatto con grande previdenza. Rilevatori di presenza inseriti in ciascuna cornice si illuminarono al suo passaggio. Le sbarre erano basse abbastanza perché Aletta potesse raggiungerle facilmente, ma alte a sufficienza da mettere in mostra le scarpe poste sotto ai vestiti. Paia di scarpe dagli accenti di cristallo e metallo erano poste sotto gli abiti da cocktail e i tacchi da tutti i giorni erano riposti sotto gli abiti da giorno, le gonne e pantaloni. Daniela si chinò a raccogliere una ballerina écru e soffiò via un sottile velo di polvere dalla superficie, prendendo nota del consumo in corrispondenza dell'avampiede e dei piccoli segni sul cuoio del tallone. Lei conosceva alcuni dei modelli nella collezione di Aletta – classici prodotti dagli stessi marchi preferiti di Fabrizia – ma non conosceva quella ballerina. Strano, perché era uno stile che sicuramente Fabrizia avrebbe utilizzato spesso, considerato il colore discreto, l'altezza comoda e la punta arrotondata. Daniela impiegò un istante a rendersi conto del perché.

Persino la più nuova delle scarpe in quel camerino doveva avere più di cinque anni. Risalivano a prima che Daniela entrasse al servizio di Fabrizia, cioè a prima del periodo in cui lei aveva cominciato a conoscere gli stilisti, a imparare a riconoscere il loro lavoro e quali stili erano più adatti alle necessità di Fabrizia. Considerati i segni dell'uso sulla ballerina écru, era probabile che essa avesse quasi un decennio.

Daniela rimise a posto la scarpa. Una cosa era certa: quell'incarico avrebbe ampliato la sua conoscenza in fatto di moda. Le borse, da sole, l'avrebbero istruita molto. Erano per la maggior parte modelli classici, anche se alcuni erano più vistosi, pensati per l'utilizzo serale. Una borsetta attirò la sua attenzione e lei la voltò, ispezionandola. Era bellissima, ma c'era qualcosa che non andava. Il cuoio? Le cuciture? Lei non avrebbe saputo dire perché, ma le sembrava contraffatta, cosa che pareva impossibile. Daniela si prese l'appunto mentale di controllare quella borsa più tardi. Prima il grosso, poi i dettagli.

Usò il cellulare per scattare foto di ciascuna fila, documentandole nelle loro condizioni originali, per poi raggiungere la parete opposta alla porta. Tendine di seta dello stesso color carta da zucchero delle tende del salotto erano tirate di fronte a ciascuna delle tre finestre che partivano dall'altezza del bacino e arrivavano fino al soffitto. Cassetti dello stesso legno chiaro di ciliegio degli scaffali erano incassati nello spazio sotto alle fine-stre. Le tendine dovevano essere state tenute scostate quando la regina era in vita, perché il sole aveva scurito il ciliegio. Forme più chiare e irregolari apparivano a intervalli sopra i cassetti, indicando i punti un tempo occupati da vasi, fotografie e altri soprammobili.

Daniela cominciò da sinistra, passando metodicamente in rassegna il contenuto dei cassetti e fotografando tutto prima di toccare qualunque cosa. Nel primo c'erano calzini e intimo. Sebbene ciascun cassetto avesse dei divisori, l'organizzazione era minima. Il gruppo di cassetti successivo conteneva i gioielli. C'erano divisori anche in quei cassetti. Ancora una volta, il livello di organizzazione non era pari a quello degli indumenti appesi. La maggior parte degli articoli era mescolata alla rinfusa, con collane posate sopra anelli e braccialetti. Gli orec-chini da soli occupavano tre cassetti. Disposti su cuscini di velluto che permettevano loro di essere riposti in file, erano più in ordine dal resto dei gioielli, anche se parecchi erano spaiati.

Dopo aver preso una collana da uno dei mucchietti, Daniela si incamminò verso uno degli appendiabiti, cosa che attivò la luce all'interno della cornice, e diede un'occhiata migliore. Il pendente aveva un piccolo ankh, stampigliato sul dorso. Daniela avrebbe avuto bisogno di una lente di ingrandimento per verifi-care, ma sembrava oro a quattordici o diciotto carati, con una catenella dello stesso materiale.

Posò la collana sopra i cassetti. Avrebbe dovuto fare delle ricerche su ciascun articolo, per determinarne tanto il valore quanto l'importanza storica. Non l'avrebbe stupita se avesse scoperto che Aletta aveva acquistato o ricevuto quella collana in Egitto. La madre di Daniela ne aveva una simile, comprata al mercato di Khan al Khalili al Cairo quando Daniela era ragaz-zina e dopo un tour di due settimane del Paese. Quella collana era una delle preferite di sua madre. Era un gioiello gradevole, ma non paragonabile, per esempio, alla collana di zaffiri e diamanti che Aletta indossava nelle foto del matrimonio.

Dopo aver controllato i cassetti rimasti, Daniela continuò a camminare lungo il perimetro della stanza. A un'estremità, una porta scorrevole rivelò un bagno piccolo, ma lussuoso, di un classico bianco e nero. Il re aveva detto a Daniela che avrebbe potuto usarlo mentre lavorava. Era fornito di asciugamani freschi e carta igienica. L'inutilizzo aveva lasciato un leggero alone nel lavandino – Daniela non riusciva a immaginare il re che lo puliva quando lui e i suoi figli erano venuti a spolverare – ma per il resto era immacolato. A un'estremità si trovava una cabina doccia con impianto di nichel, mentre sul mobile da toeletta di marmo bianco c'erano solo sapone liquido e salviette per le mani. Qualunque articolo appartenesse alla regina era stato rimosso. Un'altra porta si apriva dal bagno, opposta rispetto a quella da cui lei era entrata. Il re le aveva spiegato che essa si collegava al suo bagno e alla stanza padronale ed era chiusa a chiave su entrambi i lati. Un pannello sul suo lato forniva una sicurezza addizionale.

Daniela si recò all'estremità opposta del camerino, dove un'altra porta scorrevole rivelò un guardaroba incorporato, poco più grande di quello nel suo appartamento. C'erano solo tre indumenti al suo interno, tutti facilmente riconoscibili: l'abito da sposa di seta bianca di Aletta, il vestito ricamato e il mantello da lei indossati all'incoronazione del marito e l'abito azzurro cielo che aveva indossato in occasione del matrimonio del figlio Federico l'anno prima della morte. Daniela non riuscì a trattenersi dal far scorrere le dita sul fine tessuto del vestito azzurro.

Il rapido passaggio dai festeggiamenti al lutto aveva lasciato sconvolto il mondo.

Nell'udire un suono di passi, Daniela ritrasse la mano e si sentì subito ridicola. Toccare gli abiti faceva parte del suo lavoro.

"*Signorina*[1] D'Ambrosio?"

L'appellativo la scosse, ma non quanto l'uomo che vide quando si voltò. Il principe Federico Costantin diTalora era noto per il suo carattere pacato, gli zigomi da modello e la bellezza mediterranea. Si adattava perfettamente al soprannome che gli avevano dato i media: "il Principe Perfetto." Il suo completo di sartoria aveva un taglio eccezionale, le sue scarpe nere brillavano come se fossero state lucidate quella mattina stessa e, se Daniela non fosse stata sola e completamente immobile nel camerino, dubitava che lo avrebbe sentito entrare. L'uomo scivolava sul pavimento piuttosto che camminare. Prima che lei potesse rispondergli, il principe attraversò la distanza che li separava e tese la mano.

"Sono il principe Federico. È un piacere conoscerla."

Stringere la mano dell'uomo aveva un che di surreale. Dopo gli anni trascorsi con la famiglia Barrali, Daniela avrebbe dovuto essere abituata alle celebrità, ma incontrare di persona qualcuno che aveva visto soltanto in televisione e sulle riviste era comunque un'esperienza extracorporea.

"È un piacere conoscere voi, Vostra Altezza. So che qui a San Rimini si usa ancora l'appellativo *signorina*, ma per favore, chiamatemi pure Daniela."

Se la pelle olivastra dell'uomo avesse potuto arrossire, Daniela aveva il sospetto che lo avrebbe fatto. "Temo di essere il più tradizionalista della famiglia. Quell'appellativo suona sicuramente bizzarro alle sue orecchie e sto cercando di smettere di utilizzarlo. Chiedo scusa se l'ho offesa."

Ora era il suo turno di arrossire e Daniela era sicura che il suo rossore fosse ben visibile. Fabrizia l'aveva avvertita che Federico tendeva ad avere un modo di pensare un po' antiquato. Inoltre, della famiglia diTalora era quello che si trovava meno a suo agio con l'inglese, nonostante avesse studiato quella lingua da quando aveva iniziato gli studi. "Non che il suo inglese sia scadente," aveva detto Fabrizia. "È ottimo. Ma Federico si impone uno standard molto alto e, se si convince di aver commesso un errore, ne rimane molto infastidito."

Daniela offrì al principe quello che sperava essere un sorriso di rassicurazione. "Assolutamente no. La fiducia che la vostra famiglia ripone in me mi onora."

"La regina Fabrizia parla molto bene di lei. Non riesco a pensare a una raccomandazione migliore." Lo sguardo del principe si spostò alle spalle di Daniela, verso la porta aperta e gli indumenti di sua madre. "Ha indossato quel vestito al mio matrimonio."

"Lo stavo giusto ammirando," ammise Daniela. "È squisito."

"Uno dei suoi preferiti. Mi aveva detto che avrebbe voluto poterlo indossare più di una volta."

Con stupore di Daniela, il principe allungò un braccio per sfiorare il pizzo alle sue spalle. "In origine, aveva delle maniche dello stesso tessuto. Durante l'ultimo aggiustamento, qualche giorno prima del matrimonio, eravamo nel bel mezzo di un'ondata di calore da record. Mia zia Helena era seduta su una di quelle sedie," disse Federico, accennando con il capo nella direzione dello specchio a paravento al centro del camerino, "e mia madre le disse che sperava che il giorno del mio matrimonio sarebbe stato più fresco, in modo da non doversi preoccupare delle macchie di sudore. Lo stilista si offrì di passare al pizzo, così che mia madre potesse indossare le tradizionali maniche lunghe, ma essere al tempo stesso a suo agio."

La bocca del principe si curvò in un sorriso amareggiato mentre faceva un passo indietro. "Quel look ebbe un successo straordinario. Entro pochi giorni, copie di quel vestito cominciarono ad apparire ovunque."

"Me lo ricordo. Non avevo idea che le maniche non facessero parte del disegno originale."

"Dettaglio che andrà sicuramente incluso, nel caso l'abito dovesse andare all'asta. Mia madre sarebbe felicissima al pensiero che i suoi vestiti vengano usati per raccogliere denaro per una delle sue buone cause, anche se sarà triste vedere quest'abito svanire in una collezione privata."

"È iconico. Tutti e tre gli articoli in questo armadio lo sono. Chiederò conferma a vostro padre, naturalmente, ma credo che starebbero meglio in una mostra."

"Il che mi rende lieto del fatto che sia lei a mettere ordine fra tutte queste cose. Io sono sentimentale al punto che vorrei conservare tutto; un sentimentalismo per cui mia madre mi rimprovererebbe."

L'uomo cambiò leggermente posizione, poi disse: "Sono passato a presentarmi e a ringraziare lei e il pittore per il lavoro che state facendo. Queste stanze avrebbero dovuto essere ammodernate da tempo e la famiglia è ansiosa di vedere la fine dei lavori. Immagino che Miroslav le abbia detto di chiamarlo, nel caso avesse bisogno di aiuto."

"Sì."

"Più volte, sospetto." Il tono perplesso del principe rendeva palese che trovava Miroslav eccessivamente zelante quanto lo trovava Daniela. "L'ha anche informata di dove pranzare?"

"No, anche se io non ho pensato di chiederglielo. Per precauzione, mi sono portata il pranzo al sacco."

"Miroslav è molto più preoccupato da chi si trova nel palazzo che dal pensiero di sfamare tutti." Federico tirò fuori un foglietto di carta dalla tasca interna della giacca e lo porse a Daniela. "Il mio assistente ha preparato un elenco dei ristoranti nelle vicinanze e ha preso nota di quali consegnano all'ingresso di servizio. Ha evidenziato alcuni dei suoi preferiti."

"Grazie."

"Beh, la lascio lavorare. Ha già conosciuto il pittore?"

"Roy. Sì."

"Ah. Bene." Un'espressione bizzarra attraversò il volto del principe, che tuttavia svanì prima che Daniela potesse farsi delle domande al riguardo. "Lavora da solo, per cui spero che il rumore da lui prodotto non la distragga. Non l'ho visto mentre entravo. Immagino che anche lui avrà bisogno di sapere dove pranzare."

Il principe promise che si sarebbe fatto vivo di tanto in tanto, quindi svanì. Daniela non mancò di notare l'esitazione nei suoi passi mentre passava lo sguardo lungo una fila di vestiti e si dirigeva verso la porta.

Daniela riportò l'attenzione sul vestito blu. Federico aveva amato molto sua madre.

Scattò delle fotografie dell'interno del guardaroba, poi chiuse le ante e tornò nel salotto a recuperare il taccuino. Avrebbe cominciato dagli abiti informali della defunta regina, molti dei quali sarebbero stati donati anonimamente a rifugi e altre organizzazioni. Una volta sgomberati quelli, avrebbe avuto più spazio per valutare i pezzi degni di essere messi all'asta o preparati per una mostra.

Appoggiò sulla scrivania l'elenco dei ristoranti che le aveva dato il principe Federico, quindi prese il taccuino. Dalla stanza accanto non giunse il volo di una mosca, il che la spinse a chiedersi se il principe non avesse mancato nuovamente il pittore. Daniela fece qualche passo di lato per sbirciare fuori dalla porta.

Federico e Roy erano vicini l'uno all'altro e le davano le spalle. Daniela non poteva sentirli, ma il movimento della testa di Roy le fece capire che il principe stava parlando. L'atteggiamento di Federico sembrava più intenso rispetto a quando aveva parlato con Daniela un attimo prima.

Che strano.

Daniela si accigliò, chiedendosi di cosa stessero discutendo quei due, quindi tornò al camerino.

CAPITOLO 9

ROYCE SI AVVICINÒ a tre pioli dalla cima della scaletta, infilò una mano in un secchio fissato al ripiano pieghevole sul lato opposto e prese la spugna che aveva attaccato al bordo con una molletta. Osservò la parete, quindi immerse la spugna nell'acqua fumante e la strizzò per rimuovere l'umidità in eccesso.

Era al quarto giorno di lavoro, ma le braccia, le spalle e il collo gli facevano male come se avesse lavorato per settimane sulle pareti. Alcune sezioni di carta da parati si erano staccate facilmente, soprattutto nella parte più bassa, dove anni di consumo e l'umidità prodotta dagli esseri umani aveva ridotto l'adesione. Lì, tuttavia, vicino al soffitto, la carta da parati era fortemente incollata. Royce si raddrizzò, tenendo una mano in cima alla scala per mantenere l'equilibrio, e inserì con delicatezza l'acqua calda nei minuscoli fori che aveva praticato nella carta da parati.

Era stato costretto a lavorare a piccole sezioni mentre seguiva la routine di segnare, applicare il vapore, staccare, ripetere. Soprattutto ripetere. E in alcune parti della stanza, come quella su cui stava lavorando ora, vicino al vestibolo, il vapore non era sufficiente ad allentare la carta. Aveva bisogno di usare l'acqua calda per ammorbidire manualmente l'adesivo, lavorando piano per assicurarsi di saturare la carta senza inzuppare la parete.

Non aveva visto molto Daniela da lunedì, quando avevano iniziato a lavorare. La donna era arrivata e uscita a orari prevedibili e aveva pranzato alla scrivania del salotto tutti i giorni a mezzogiorno. Con l'eccezione di quando lo salutava la mattina, gli augurava la buona notte, e delle poche telefonate che aveva fatto mentre lavorava, la donna era stata silenziosa, come era giusto che fosse.

Anzi, a parte la visita iniziale del principe Federico e una visita quel pomeriggio stesso dall'assistente di re Eduardo, che era entrato nella residenza per preparare le valigie del re in previsione di una visita di Stato in Francia, non era accaduto nulla di particolare. Nessuno era entrato né uscito, con l'eccezione di Miroslav, che sembrava sentirsi in obbligo di ispezionare quotidianamente la stanza. Persino gli addetti alle pulizie mantenevano le distanze, essendo stato loro chiesto di saltare la routine quotidiana fino a quando il lavoro di Royce fosse stato completato. Re Eduardo e il figlio maggiore, Antony, sarebbero dovuti tornare a San Rimini in tarda serata, dopo aver cenato al palazzo dell'Eliseo con la presidentessa francese e suo marito. Royce non si aspettava di vedere il monarca l'indomani.

Sciacquò la spugna e la premette ancora una volta contro la parete, dicendosi che avrebbe dovuto essere grato perché gli avrebbero pagato una somma esorbitante per quello che, di fatto, era un lavoro di babysitteraggio e restauro.

Royce aveva appena afferrato uno straccio per tamponare un rivoletto di acqua che gli era sfuggito quando lo scatto della serratura del vestibolo attirò la sua attenzione. Si fermò, poi udì un caratteristico rumore di tacchi alti su legno massello. Un attimo dopo, una donna elegante e della corporatura minuta entrò nel salone. I suoi capelli scuri erano acconciati in un nodo sulla nuca. Indossava un completo rosa fenicottero, con una camicetta bianca, orecchini di perla e una collana di perle molto grandi. I suoi grandi occhi marroni osservarono Royce mentre questi riponeva la spugna e abbassava gli occhiali protettivi.

"Buongiorno. Lei deve essere Royce."

"Roy, per favore," disse lui, conscio del fatto che Daniela si era mossa in salotto appena qualche minuto prima. L'aveva sentita battere al computer, poi tornare al camerino, ma c'erano stati dei momenti in cui il suo lavoro aveva coperto il rumore dei passi della donna.

Dopo aver letto il dossier che Federico gli aveva fornito in occasione del loro primo incontro – e dopo essersi preso un momento per superare l'incredulità – Royce aveva informato il principe che lui conosceva Daniela D'Ambrosio. Aveva detto a Federico che dubitava che la donna lo avrebbe riconosciuto, considerato che si erano incontrati solo una volta e oltre cinque anni prima, e che se anche non fosse stato così, la donna non aveva motivo di pensare che lui fosse altro che un pittore. E tuttavia, Royce si era offerto di rinunciare all'incarico, nel caso Federico avesse preferito assumere una persona completamente estranea al palazzo. Federico gli aveva detto che era disposto a correre il rischio. A sua volta, il primo giorno di lavoro di Royce, lui aveva detto a Federico di essersi presentato a Daniela come Roy. Federico aveva promesso di rivolgersi a lui con quel nome e di informare la famiglia.

A quanto pareva quella donna – che Royce riconobbe come un membro della famiglia reale – non era stata informata.

Royce scese dalla scaletta e si tolse i guanti quando la donna tese la mano.

"Roy, dunque," disse mentre lui accettava la sua stretta di mano. "Io sono Helena Masciaretti, la cognata del re."

"È un piacere conoscervi. Cosa posso fare per voi?"

La donna diede un colpetto alla piccola borsetta beige che portava all'avambraccio. Era di cuoio stampato con un motivo ad alligatore – perdiana, probabilmente era alligatore vero – e aveva una fibbia di argento lucido. Le maniglie sembravano lucidate di fresco. "Nel corso degli anni, mia sorella mi ha regalato parecchi gioielli. Pensavo di contribuire all'asta con alcuni articoli che non uso più." Lanciò un'occhiata verso la suite della regina. "La signorina D'Ambrosio lavora oggi?"

"Sì."

"Magnifico. Allora vado a cercarla e la lascio in pace." La donna spostò lo sguardo per passare in rassegna la lunga parete sul lato della stanza dove si apriva la porta dello studio di re Eduardo. La superficie lasciava molto a desiderare, soprattutto attorno al caminetto. Era venuto fuori che quella zona aveva un altro strato di carta da parati, sotto, che Royce aveva impiegato un giorno e mezzo a rimuovere dopo che la storica di palazzo era arrivata a fotografarla. Una volta finito con la zona vicino al vestibolo, avrebbe dato un'altra passata alla parete lunga per rimuovere i residui.

"Una stanza come questa ha sempre un brutto aspetto prima di averne uno bello," assicurò alla donna.

L'espressione di Helena era affabile quando spostò lo sguardo nella sua direzione. "Stavo solo pensando che dovrei aggiornare le pareti del mio appartamento. Non sono scure come queste, ma sono datate. Sono ansiosa di vedere il prodotto finito. E sono certa che lo sia anche re Eduardo."

"Grazie."

La donna abbassò lo sguardo sul resto della stanza mentre si incamminava verso la porta aperta della suite di Aletta. Royce la guardò allontanarsi, quindi risalì sulla scaletta. Tuttavia, invece che segnare e rimuovere la carta che aveva inzuppato un attimo prima, ascoltò la cadenza dei passi di Helena fino a quando non ebbe la certezza che la donna avesse oltrepassato il salotto e fosse diretta verso il camerino.

Federico non accennato alla possibilità che sua zia entrasse nelle stanze di Aletta per parlare con Daniela. D'altra parte, Helena Masciaretti viveva a palazzo ed era stata l'assistente personale di Aletta. Non sarebbe potuta entrare nella residenza senza il codice, il che significava che era una persona di fiducia per Eduardo.

Royce pensò a Helena mentre riprendeva a lavorare. Sapeva ben poco di lei, a parte il fatto che era più anziana di Aletta e che le due non avevano altri germani. Elena aveva avuto un breve matrimonio con un famoso uomo d'affari italiano la cui famiglia aveva fatto fortuna con l'industria automobilistica e che aveva interessi personali nel mondo dello sport. Royce non sapeva esattamente perché i due avessero divorziato, anche se era a conoscenza del fatto che Helena era stata assistente personale di Aletta prima e dopo il matrimonio. Non sapeva se la donna avesse avuto altre relazioni, anche se poco prima del matrimonio fra Aletta ed Eduardo era venuto fuori che Helena aveva frequentato brevemente Eduardo quando i due erano adolescenti e frequentavano la stessa scuola. Interrogata, Helena aveva detto a un giornalista piuttosto insistente che "abbiamo partecipato insieme a qualche evento organizzato dalla scuola – balli e cose del genere – quando eravamo giovani. Lui è un uomo notevole e io sono molto felice per mia sorella." Eduardo aveva osservato che le loro famiglie si conoscevano da generazioni e che il suo legame con Helena non avrebbe goduto delle attenzioni della stampa se più tardi lui non si fosse fidanzato con Aletta.

Quel dettaglio era tornato in mente a Royce solo perché, l'ultima volta che aveva cenato con i suoi genitori, sua madre stava guardando un documentario sul principe Charles di Gran Bretagna. Alla televisione avevano mostrato delle foto di lui da giovane e avevano accennato al fatto che, un tempo, aveva frequentato la sorella maggiore della principessa Diana, per poi fare il paragone con Eduardo ed Helena.

A Royce, il paragone non sembrava molto azzeccato. Charles era un adulto quando aveva frequentato la sorella di Diana, molto più anziano di quando Eduardo aveva frequentato

Helena. E già allora, accompagnare una compagna di classe a un evento scolastico non era esattamente "frequentarsi."

Royce si tolse i guanti per verificare l'umidità della carta da parati, quindi scese dalla scaletta. Se Helena voleva solo consegnare dei gioielli, la sua visita avrebbe dovuto essere breve.

Royce teneva agli attrezzi vicino alla porta della suite della regina, nel caso avesse bisogno di una scusa per origliare, per cui attraversò la stanza, si inginocchiò sopra la cassetta e tese le orecchie. Per diversi minuti, udì soltanto voci attutite provenienti dalla direzione del camerino. Finalmente, le donne entrarono nel salotto e lui le udì chiaramente. La loro conversazione era piuttosto pratica. Helena rispose a una domanda su uno dei tailleur della regina, poi accennò al fatto di avere delle foto della regina con un abbigliamento diverso, nel caso Daniela volesse averle per l'asta.

Daniela ringraziò per l'offerta, dicendo che le foto sarebbero state di grande aiuto nel suscitare interesse nei confronti di alcuni pezzi particolari, poi Helena lasciò la suite della regina e spostò lo sguardo verso la zona in cui Royce aveva lavorato al suo ingresso. Quando la donna si rese conto che lui non era sulla scaletta, si guardò alle spalle, lo vide in ginocchio vicino agli attrezzi e gli rivolse un cenno. Royce sollevò una mano in risposta, ma non disse nulla e riportò l'attenzione sulla cassetta. Attese, le orecchie dritte, fino a quando non udì lo scatto della serratura.

Si alzò, si stiracchiò e si incamminò verso la parete parzialmente denudata. Doveva cambiare l'acqua prima di proseguire il lavoro. Stava per recuperare il secchio dal ripiano della scaletta quando sentì Daniela avvicinarsi.

"Roy?"

Royce si voltò per vedere cosa volesse la donna, poi si immobilizzò.

Dopo il primo giorno di lavoro, Daniela aveva iniziato a vestirsi in maniera più informale, passando dal completo a pantaloni e camicetta, presumibilmente per lavorare in maniera più comoda. Quel giorno indossava un paio di pantaloni neri aderenti che terminavano sopra le caviglie e una camicetta bianca inamidata. Aveva i capelli raccolti in un semplice chignon e non portava gioielli, se non un paio di piccoli orecchini.

Ma la sua bocca. La sua bocca lo paralizzò. Royce non le aveva guardato bene il viso quando lei era entrata quella mattina, per cui non aveva notato che le sue labbra erano di un rosso ricco e perfetto. Di solito, lui non amava il rossetto, ma a vederlo su Daniela, quel giorno, non riusciva a pensare ad altro che *wow*.

La donna inarcò un sopracciglio.

"Salve," disse Royce, rendendosi conto che probabilmente la donna era venuta a chiedergli della visita che aveva ricevuto. "Ehm, spero che non sia stato un problema."

La donna aggrottò la fronte, poi la comprensione le spuntò sul volto. "Helena Masciaretti?"

"Non ero sicuro che la stessi aspettando."

"Oh." Daniela si portò le mani ai fianchi mentre lo osservava. "No, non l'aspettavo, ma non è stato un problema. Mi chiedevo se volessi pranzare. Hai mangiato?"

Colto alla sprovvista, Royce borbottò goffamente "Ehm, no?"

La fronte della donna si increspò al suo tono di voce. "Nel senso che non hai mangiato o nel senso che non vuoi pranzare?"

"No, non ho mangiato." Loro due non erano andati oltre un cortese scambio di saluti quando la donna attraversava il salone tutte le mattine e tutte le sere. Poi, il cervello di Royce notò la nota di trepidazione nella voce di Daniela quando lei gli aveva fatto la domanda, che la donna cercava di nascondere coraggiosamente dietro l'espressione composta.

"Di solito mi porto il pranzo da casa, ma questa mattina ero distratta e ho fatto tardi. Ho notato che di solito tu te lo fai portare. Se non hai già ordinato, ordina e ritirerò io. Offro io."

La donna gesticolò alle sue spalle, verso le finestre della suite. "Il tempo è bellissimo. Mi piacerebbe avere una scusa per uscire per un po'."

"Se ritiri tu, offro io," disse Royce, quindi si rese conto che le stava fissando nuovamente le labbra e si costrinse a guardarla negli occhi. "È giusto così."

Daniela ci pensò su; sembrava che volesse discutere, ma lasciò perdere e chiese: "C'è un posto che ti piace?"

Lui annuì. "A qualche isolato di distanza c'è un posto che si chiama Parioli. Fanno take away, se hai voglia di camminare, ma anche consegne a domicilio all'ingresso di servizio."

"Il principe Federico me lo ha raccomandato, ma io non l'ho ancora provato."

"Se ti piace il prosciutto spagnolo, il loro è eccellente. E fanno anche il pane in casa. Credo che prenderò del pane di segale con senape piccante, lattuga e pomodoro."

"Adoro il pane di segale fatto in casa. Telefono per ordinare."

La donna rientrò nella suite e il suo sorriso smagliante rimandò Royce a Cancun e a un'immagine mentale di lei che entrava in albergo camminando all'indietro dopo averlo baciato, quando gli aveva rivolto quello scherzoso ammonimento di stare attento agli ubriachi.

Quando la sentì ordinare i panini, Royce risalì a scaletta per prendere il secchio. Declinare l'invito non sarebbe stato facile, non senza suscitare domande, ma il suo cervello gli inviò comunque un allarme.

CAPITOLO 10

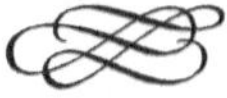

DANIELA MOSTRÒ il pass alla guardia all'ingresso di servizio, attese che la donna in uniforme scansionasse il codice e attraversò il cancello con il sacchetto dei panini in mano. Aveva preso due bottiglie d'acqua, una naturale e una frizzante, perché aveva dimenticato quale preferiva Roy.

La paninoteca si era offerta di consegnare il cibo all'ingresso quando Daniela aveva detto che veniva dal palazzo, ma la passeggiata era esattamente ciò di cui la sua mente e il suo corpo avevano un grande bisogno. Sebbene avesse scostato le tendine del camerino per illuminare la stanza, il primo giorno, aveva iniziato a lavorare dall'estremità vicino al bagno, dove non c'era così tanta luce. Dopo quasi quattro giorni trascorsi al chiuso, curva sui vestiti, a studiare cuciture, marchi e misure, bramava la luce del sole, l'aria fresca e la possibilità di fare movimento.

Aveva fatto discreti progressi. Tutti gli indumenti informali della regina, compresi i vestiti da attività fisica e le poche magliette, camicette informali e jeans che Aletta aveva indossato in occasione delle sue rare uscite lontane dallo sguardo del pubblico, erano stati organizzati. Gli articoli in buone condizioni erano stati puliti, inscatolati e spostati in salotto. Prima dell'annuncio dell'asta, gli scatoloni sarebbero stati donati in forma anonima ai rifugi per le donne e ai programmi di assistenza, assieme ad alcuni indumenti intimi e pigiami che avevano ancora le etichette attaccate e a diverse paia di scarpe da ginnastica mai utilizzate nelle scatole originali. Miroslav si era messo d'accordo con il fratello minore per trasportare il resto dei vestiti informali e dell'intimo a una struttura che riciclava tessuti, assicurandosi che la loro provenienza non fosse tracciata.

Il mucchio crescente di scatoloni diede a Daniela la sensazione di un lavoro ben fatto.

Tutte le sere, dopo il lavoro, era tornata in albergo, facendo una sosta a qualunque ristorante le piacesse per prendere qualcosa da mangiare. Le avevano dato una stanza in un albergo di lusso a qualche isolato dal palazzo. Sebbene la facciata risalisse al Diciottesimo secolo, l'interno era stato modernizzato e la stanza vantava un balcone che offriva una splendida visuale sul centro della città. Se Daniela si sedeva nel punto giusto, riusciva a vedere la baia di San Rimini e l'Adriatico. Una volta accomodatasi, si toglieva le scarpe, si versava un bicchiere di vino e si rilassava nella zona salotto della stanza o sul balcone per godersi il cibo e leggere tutto ciò che riusciva a trovare sulle scarpe di marca, le borse e gli abiti di Aletta. Come Daniela aveva immaginato, le ballerine che aveva ispezionato durante la prima occhiata al camerino avevano più di un decennio. Lo stilista non ne aveva prodotte molte paia e considerato che la regina era stata fotografata con quelle scarpe addosso in diverse occasioni, probabilmente si sarebbero rivelate preziose per l'asta. Tuttavia, più Daniela si informava sugli stilisti preferiti della regina e più imparava modi di identificare prodotti contraffatti. Fino a quel momento, aveva trovato una sciarpa e tre borse sospette. Se anche erano fasulle, erano falsi di qualità, realizzati con materiali e cuciture di alto livello. Si era appuntata di studiarli con più attenzione. Gli articoli contraffatti, sebbene onnipresenti, di solito non entravano nelle case reali.

Daniela raggiunse la porta esterna del palazzo, digitò la combinazione sul pannello e aprì la porta con l'anca.

Ora che aveva concluso la parte mondana del suo compito, poteva finalmente passare al succo del progetto: l'organizzazione di tutto ciò che la regina aveva indossato in occasione degli eventi pubblici. Sarebbe stata quella la parte divertente. Daniela avrebbe controllato ciascun articolo, si sarebbe occupata di ordinare eventuali pulizie e riparazioni necessarie, lo avrebbe fotografato e avrebbe raccolto le informazioni sulle occasioni in cui la regina lo aveva indossato. Alla fine, avrebbe scritto una descrizione e una nota storica sull'articolo. Poi, le voci da lei compilate sarebbero state raccolte in un libro illustrato commissionato dal re apposta per l'evento, che sarebbe stato incluso nel prezzo del biglietto di ingresso all'asta. Altre copie sarebbero state vendute nelle librerie e nei negozi di articoli da regalo del Paese come oggetti da collezione.

L'entusiasmo pulsò dentro di lei al pensiero del libro. Se fatto bene, avrebbe potuto fruttare tanto denaro quanto l'asta.

Daniela imboccò un corridoio stretto dopo l'altro prima di raggiungere le scale che conducevano alla residenza privata del re. Spostò il sacchetto di Parioli nella mano sinistra, digitò il codice ed entrò una volta che la serratura fu scattata.

Dei sensori di movimento accesero le luci del vano scale mentre saliva. Da sola nello spazio ristretto, Daniela colse l'aroma del profumo di pane di segale fresco che usciva dal sacchetto e il suo stomaco brontolò. Per quanto avrebbe voluto tuffarsi nel lavoro, il pranzo rivendicava per primo la sua attenzione. Probabilmente, anche Roy aveva fame, adesso.

L'uomo sembrava aver fatto progressi quanto lei. Nonostante avesse dovuto affrontare un foglio dopo l'altro di carta da parati scura che Daniela aveva il sospetto risalisse a prima dell'utilizzo delle colle moderne, Roy era riuscito a ripulire le due pareti più lunghe e aveva cominciato con la terza. La parete opposta rispetto alle stanze della regina aveva richiesto passaggi multipli quando si era scoperto che un altro, molto più antico strato di carta da parati si trovava sotto quello presente. La storica di palazzo aveva perso la testa quando era venuta a fotografare la carta nascosta, lanciando esclamazioni di fronte al motivo, che sosteneva fosse stato dipinto a mano nel tardo Diciottesimo o primo Diciannovesimo secolo. Daniela era impegnata a battere alla scrivania della regina mentre la storica, una donna che si era presentata con nome di Annabella Pennati, aveva cominciato a cantare le lodi della carta, descrivendo il modo in cui quella carta da parati era utilizzata all'epoca in ambienti diversi, come le sale da pranzo e gli spazi familiari, per poi dichiarare che era meraviglioso avere un esemplare del genere, anche se troppo danneggiato per poter essere restaurato. Daniela aveva sentito Roy spiegare ad Annabella che non era sicuro che fosse possibile rimuovere ciò che rimaneva in grandi sezioni, per via dell'età e della composizione del materiale, ma che se fosse riuscito a salvare dei frammenti di qualunque dimensione, li avrebbe mandati al suo ufficio.

Daniela aveva il sospetto che Roy non fosse innamorato della carta da parati quanto lo era la storica, ma apprezzava che il pittore avesse ascoltato attentamente e avesse lasciato ad Annabella tutto il tempo necessario a fotografare la scoperta.

Daniela aveva ritenuto inusuale che il compito di restaurare il salone fosse stato assegnato a un singolo individuo invece che a una squadra, soprattutto visto che l'individuo in questione non lavorava a palazzo. Proprio come il palazzo reale di Sarcaccia, la Rocca aveva un suo personale addetto alla manutenzione che si occupava di tutto, dai problemi idraulici ai fusibili saltati e alla sostituzione delle assi dei pavimenti. Tuttavia, considerato che Roy lavorava nelle stanze private del re, proprio come lei, aveva senso limitare l'accesso. Ma quando Roy aveva offerto i campioni alla storica senza che gli venisse chiesto – un'offerta che avrebbe richiesto lavoro addizionale, considerata la cura con cui l'uomo avrebbe dovuto rimuovere la carta da parati antica – Daniela si rese conto del perché il re avesse scelto Roy per quell'incarico prestigioso. Pochi pittori sarebbero stati così coscienziosi.

Continuò a pensare al terzista mentre saliva le scale. L'uomo sembrava di un'età vicina alla sua, magari di qualche anno più vecchio. Se ne stava sulle sue e lavorava senza musica, nemmeno nelle cuffie. Quando lei arrivava la mattina o se ne andava la sera, lui scambiava piacevolezze con lei, ma teneva il berretto basso, il che rendeva difficile incrociare il suo sguardo e creare qualunque genere di connessione. Tranne quando l'uomo salutava Miroslav tutte le mattine quando la guardia faceva il suo giro, Daniela aveva intravisto la personalità di Roy solo quando aveva udito la sua conversazione con la storica.

Una strana sensazione si insinuò dentro di lei, provocandole un formicolio alla nuca mentre saliva le scale. C'era stato un momento, nel corso di quella discussione, in cui lei aveva avvertito un lampo di riconoscimento, come se avesse già sentito un frammento di quella stessa conversazione con quello stesso uomo che parlava di storia. O di architettura. Daniela si era spostata dalla scrivania della regina al divano, dove aveva lasciato il taccuino. Stava scribacchiando un promemoria per prendere delle pinzette in modo da districare alcune collane dal cassetto quando Roy aveva riso, attirando la sua attenzione. Daniela aveva smesso di scrivere, sconcertata da quel suono.

Poi l'uomo aveva parlato e un senso di familiarità l'aveva travolta. Cosa aveva detto?

Daniela fece una smorfia quando raggiunse il pianerottolo in cima alle scale, frustrata dal fatto che non riusciva a ricordare. Era un commento riguardo al disegno della carta da parati, che raffigurava una scena montuosa. No, non montuosa. Il paesaggio era una giungla. *Gli uccelli.* Ecco. Annabella Pennati aveva spiegato che gli uccelli della giungla erano motivo popolare in quel periodo e Roy aveva risposto che la cosa aveva senso, considerato che gli europei avevano intensificato le esplorazioni nell'America centrale e meridionale, per poi tornare a casa con disegni raffiguranti ciò che avevano visto. Alcuni uccelli erano addirittura stati catturati e portati in Europa per essere studiati.

Daniela era stata in tutta l'Europa e in parti del Nordafrica, e aveva visto buona parte degli Stati Uniti centro-occidentali quando aveva studiato per un semestre in Michigan, ma non aveva mai trascorso del tempo in una giungla. Non aveva idea del perché trovasse familiari gli uccelli della giungla. Ma c'era stata una nota, nel discorso di Roy, che le aveva dato la forte impressione di aver già sentito quella voce parlare di uccelli della giungla in passato.

Non aveva senso. Daniela aveva liquidato quella sensazione, al momento, ma ora essa le rodeva.

Accentuò la presa sul sacchetto e sulle bottigliette, quindi digitò il suo codice un'ultima volta, alla porta della residenza di re Eduardo. Oltrepassò l'ingresso ed entrò nel salone. Non si vedevano tracce di Roy. Il suo sguardo corse alle doppie porte della suite della regina, ma erano chiuse, proprio come le aveva lasciate lei. Se il pittore fosse andato al furgone, lei lo avrebbe incrociato, sulle scale o nel parcheggio dei dipendenti dopo essere entrata dal cancello.

"Il pranzo è servito," esclamò Daniela.

Per diversi secondi, vi fu il silenzio. Daniela osservò la portafinestra dello studio del re, quindi rivolse l'attenzione alla camera da letto del re proprio mentre Roy ne usciva con un secchio in mano.

L'uomo si fermò. "Sei tornata."

"Sono appena arrivata."

"Ah, perfetto. Temevo di averti fatta aspettare." L'uomo indicò alle proprie spalle con il pollice. "Non si sente granché, là dietro. Mi sento a disagio a usare il bagno personale del re per svuotare e riempire il secchio, ma l'alternativa sarebbe andare fino in fondo al corridoio e fare dentro e fuori dalla porta tutto il giorno, usando il pannello. E Miroslav non era contento all'idea che io percorressi il corridoio con un secchio in mano."

Era il discorso più lungo che Daniela avesse sentito pronunciare a Roy, compresa quella volta in cui l'uomo aveva parlato con la storica. Come se avesse percepito la sua meraviglia, Roy abbassò leggermente il mento, schermandosi gli occhi con l'orlo del cappello. Daniela aveva l'impressione che fossero marroni, ma non poteva metterci la mano sul fuoco. Erano infossati. Intelligenti. Fin lì c'era arrivata senza doverlo studiare consciamente.

Strano. Roy non le sembrava un tipo timido. D'altra parte, il suo lavoro significava che lavorava da solo per ore e giorni. Daniela aveva conosciuto, in vita sua, persone che lavoravano in condizioni del genere. Alcune sceglievano quella carriera perché traevano gioia dal prodotto del loro lavoro, che per un pittore era la graduale trasformazione di una stanza. Altri erano attratti dalla solitudine che quel lavoro forniva. Forse era vera l'ultima alternativa e Roy non era tanto timido, quanto il genere di persona che si sentiva più a proprio agio in compagnia di se stesso.

"Io ho accesso al bagno della regina," gli disse Daniela, sperando di alleviare il disagio del momento. "È collegato al bagno del re attraverso una porta chiusa a chiave. Sono entrata dal camerino della regina. Come hai detto anche tu, è più facile che andare fino in fondo al corridoio, ma mi sembrava una violazione. Come se mi stessi intrufolando in una stanza proibita."

"Immaginavo che la porta misteriosa nella camera del re conducesse laggiù. Ho sentito, ehm, l'acqua che scorreva."

L'uomo non riuscì a nascondere l'imbarazzo nella voce. Ora era *lei* a sentirsi a disagio. Roy l'aveva sentita andare in bagno?

No, non voleva pensarci. Invece, si voltò verso il divano, che l'uomo aveva spinto dalla parte opposta della stanza e coperto con un telo. Il tavolino era coperto e spinto contro il divano, ma non sarebbe stato difficile spostarlo e creare uno spazio per sedersi. "Lì va bene per pranzare?"

"Ah, certo."

L'uomo sembrava sorpreso. Credeva che, quando lei gli aveva offerto di pranzare, avesse in mente di abbandonare il sacchetto accanto alla cassetta degli attrezzi e andare a mangiare da sola nella suite?

D'altra parte, Roy non sembrava turbato dalla prospettiva e la seguì mentre lei si recava al divano. Prima che Daniela potesse posare il sacchetto, l'uomo disse: "Ci penso io" e si chinò a spostare il tavolino.

"Grazie." Una volta che Roy ebbe finito, Daniela mise il sacchetto in un punto pulito, tirò fuori i tovaglioli e ne mise uno di fronte a ciascuno, impilando gli altri al centro del tavolo. Girò le bottigliette d'acqua in modo che l'uomo vedesse le etichette. "Una è naturale e l'altra frizzante. Quale preferisci?"

"Non importa."

"Nemmeno a me."

"Vada per la naturale, allora."

Daniela gli diede la bottiglia, mise dell'acqua frizzante accanto al suo tovagliolo e tirò fuori i panini mentre l'uomo girava attorno al tavolino e si parcheggiava sopra il telo bianco all'altra estremità del divano.

"Spero che non ti dispiaccia sederti qui sopra," disse Roy. "Ho dato una scrollata e passato l'aspirapolvere prima di andarmene, ieri sera, perciò non dovrebbe esserci molta polvere, ma non posso garantire nulla."

"Al massimo, mi basterà pulirmi." Daniela gli mise di fronte il panino, quindi si passò una mano sui pantaloni. "Ho indossato il tailleur solo il primo giorno, perché avevo un colloquio con re Eduardo. Non posso gattonare per un camerino con la gonna."

La mano di Roy scivolò sull'incarto mentre scartava il suo panino, rischiando di farlo cadere. "No, immagino di no."

Sebbene la sua voce fosse perfettamente piatta, la sua gola si mosse in una deglutizione forzata e suoi occhi rimasero fissi sul panino. Poteva anche piacergli lavorare da solo, ma apprezzava anche la compagnia femminile. Daniela non aveva il minimo dubbio che gli fosse venuta in mente l'immagine di lei che gattonava con la gonna.

Daniela mise da parte quella consapevolezza e disse: "Avevi ragione riguardo alla segale. Ho sentito il profumo non appena sono entrata nella panineria. La donna al bancone ne stava affettando una pagnotta per il vassoio degli assaggi. Quando l'ho provato, non sono riuscita a resistere."

"Che cosa hai preso?"

"Il prosciutto spagnolo. Non è quello che ordino di solito, ma dopo aver provato il pane, ho deciso che potevo fidarmi del tuo parere."

Royce dispiegò l'incarto per usarlo come piatto, mise il panino al centro, dopodiché stappò l'acqua e la mise da parte prima di mettersi il tovagliolo sulle ginocchia come se stesse mangiando in un ristorante e fosse vestito di tutto punto, invece che indossare una salopette in un angolo di un cantiere.

Mentre Daniela finiva di scartare il panino e appiattiva l'incarto sul tavolino, l'uomo sollevò la parte superiore del panino, controllò il contenuto e le lanciò un'occhiata, aspettando che lei cominciasse a mangiare prima di dare il primo morso. Daniela per poco non inarcò un sopracciglio, come per chiedergli se stesse mettendo in discussione la sua capacità di ordinare un panino, controllandolo prima di avere il coraggio di portarselo alla bocca. Ma poi lei colse il pieno sapore del prosciutto, del formaggio svizzero e del pane appena sfornato.

Chiuse gli occhi. Deglutì.

"È accettabile?"

"Accettabile" era un forte eufemismo. "Questo è il panino migliore che mangio da tempo."

"Il cibo più semplice è il migliore, quando è fatto bene."

Daniela diede un altro morso e annuì. La regina Fabrizia lavorava molto, il che significava che lei lavorava ancora di più. Le capitava spesso di mangiare alla scrivania. Sebbene appetitoso, persino il più semplice dei panini che uscivano dalla cucina reale di Sarcaccia era preparato con quegli accorgimenti extra che gli ospiti di palazzo si aspettavano. Ingredienti particolari, erbe fresche, una spruzzata di salsa che sembrava aver richiesto un'ora per essere preparata. Ogni tanto, persino la regina si lamentava che era troppo.

All'estremo opposto, nei giorni in cui aveva più lavoro, Daniela tirava avanti grazie agli snack che buttava in borsa prima di lasciare il suo appartamento. Barrette, mele, cracker. Quando si prendeva la briga di preparare un panino, era una semplice combinazione di tacchino e lattuga in grado di sopravvivere dopo essere stata ficcata nella sua borsetta fra il portafogli e gli occhiali da sole. Lì a San Rimini, lei aveva preparato un pranzo simile componendolo con ciò che comprava al negozietto accanto all'albergo.

Non era il paradiso fra la segale.

"Adesso lo vorrò tutti i giorni," disse lei, fingendo di lamentarsi.

"Non c'è nulla di male."

"Costa più che prepararlo a casa. E richiede più tempo: devo passare dalla sicurezza e mostrare a tutti il pass."

"Farlo consegnare risparmierebbe il tempo, ma non il costo." Roy bevve un lungo sorso della sua acqua. Un lato della sua bocca si sollevò mentre rimetteva la bottiglia sul tavolino. "D'altra parte, con un tempo come quello di oggi, probabilmente è stato bello uscire a fare una passeggiata."

"Sì. La luce del sole mi è penetrata fino alle ossa. È stato fantastico."

Roy lanciò un'occhiata alle finestre, che non fornivano luce sufficiente a compensare le dimensioni del salone o la sua cupa carta da parati. Daniela sperava che re Eduardo avesse scelto un colore chiaro per dipingere le pareti. Avrebbe fatto una grande differenza.

"La strada fra qui e la paninoteca è molto carina, soprattutto quando si vede il porto," disse Roy mentre usava il pollice per togliere una macchia di senape dal panino. "La brezza arriva dall'acqua e risale la collina. È fantastico per schiarirsi la testa, soprattutto dopo essere stati qui per tutto il giorno."

Daniela prese un pezzetto di pane prima che potesse cadere sul tavolino e lo mise in bocca. Mentre lo faceva, qualcosa nelle parole dell'uomo le provocò un'altra fitta di riconoscimento. La sensazione che aveva provato quando lo aveva sentito parlare degli uccelli. Come se avesse già avuto quella conversazione, o una simile, con lui.

Osservò discretamente Roy mentre mangiava. I pochi capelli che spuntavano da sotto il berretto da imbianchino erano di un castano scuri tagliati molto corti, cosa che non la aiutava a riconoscerlo, e lei non poteva dare una buona occhiata alla fronte e agli occhi senza che la sua curiosità diventasse palese. Non che ciò le sarebbe stato d'aiuto. Non conosceva nessuno a San Rimini, se non le persone che aveva incontrato dal suo arrivo a palazzo durante la cerimonia di riconsacrazione del Duomo.

Era sicura di non aver conosciuto Roy al Duomo. Anche se l'uomo fosse stato presente, la sensazione di familiarità non era la stessa. Era qualcosa di più distante, come avere notizie di un vicino di infanzia o di un vecchio compagno di classe.

Il suo sguardo si spostò dall'ordinata camicia da lavoro blu dell'uomo alle bretelle della sua salopette grigia. Il badge non era visibile. Conoscere il suo cognome avrebbe potuto rinfrescarle la memoria o convincerla che era tutto frutto della sua immaginazione.

"Non indossi il pass," disse Daniela, cercando di usare un tono di voce noncurante. "Miroslav si lamenterà."

"Il suo giro di pattuglia non lo porta mai qui prima delle due."

"Dici 'mai' sulla base di un'esperienza di meno di una settimana. È ardito."

"Il pass si impiglia nella scaletta. Lo tengo in tasca, in modo da poterlo attaccare quando vado al furgone o a prendere il pranzo. Miroslav fa abbastanza baccano quando entra da permettermi di metterlo prima che lui si accorga che non c'è. Anche se arriva prima delle due."

"Molto rischioso, Roy." Daniela sorrise mentre lo diceva. La frase le uscì in tono civettuolo, cosa che non era stata sua intenzione. Ma a turbarla era soprattutto il fatto che, ancora una volta, era stata colpita da un forte senso di dejà vu. Questa volta, esso era dovuto alle sue parole. Qualcosa che riguardava il rischio.

"Preferisco chiedere scusa a Miroslav che strappare il pass sulla scaletta." L'uomo gesticolò verso il pass di Daniela con il panino. "Miroslav mi ha ripetuto che i codici delle porte sono personalizzati, in modo che la sicurezza sappia chi usa ciascuna porta e quando. Lo stesso vale per la banda magnetica del pass. Quando le guardie all'ingresso lo scansionano, la nostra foto e i nostri dati appaiono sullo schermo. Qualunque cosa sia tanto personalizzata è probabilmente faticosa da rimpiazzare."

Daniela doveva ammetterlo. La sicurezza non era molto diversa a Sarcaccia. "In tal caso, non ti biasimo perché lo tieni in tasca. Doverne chiedere uno nuovo a Miroslav mi farebbe venire gli incubi."

"Andrebbe tutto bene. Tu gli piaci. Io non tanto," disse Roy mentre finiva il panino. Mangiava con gusto, come se avesse saltato la colazione e le lunghe ore trascorse a rimuovere la carta da parati avessero esaurito le sue riserve di energia.

"Ho fatto di tutto per assicurarmi che si senta a mio agio con me. Credo che funzioni, ma non direi che gli piaccio. E non direi che tu non gli piaci. A non piacergli è il disordine, anche se solo percepito." Daniela mosse una mano per indicare la stanza. "Si scongelerà quando il lavoro comincerà a essere in dirittura d'arrivo. Nel frattempo, le pareti mezzo spogliate e i mobili fuori posto lo innervosiscono."

Roy angolò la testa e quasi – quasi – sollevò lo sguardo per incrociare il suo. Invece si fermò, poi appallottolò l'incarto del panino e lo lanciò nel sacchetto. "Sai una cosa? Forse hai ragione. Sei perspicace."

Lo stomaco di Daniela fece un triplo salto mortale, la stessa identica sensazione che aveva sperimentato da bambina a Sarcaccia quando si arrampicava sulla ripida collina rocciosa vicino a casa sua e arrivava vicino alla vetta. I muscoli delle gambe tremavano sempre per lo sforzo, ma lei sapeva che, se fosse riuscita a stringere i denti e fare quegli ultimi passi, il Mediterraneo avrebbe colmato il suo campo visivo con il suo magico, scintillante azzurro. La pregustazione – quel salto mortale dello stomaco – l'aveva sempre spinta a superare quell'ultima, difficilissima sezione.

In quel momento, la sensazione fu sconvolgente.

Lei conosceva quell'uomo. Lo aveva già visto, aveva già parlato con lui. Se solo fosse riuscita a ricordare quando. Non pensava di conoscere una persona di nome Roy. Non un abitante di Sarcaccia, perlomeno. Magari lo aveva conosciuto all'università o durante uno dei viaggi che aveva fatto in estate con i suoi genitori, quando aveva conosciuto persone da tutto il mondo nei bed and breakfast e aveva scambiato con loro storie di viaggi. Poteva averlo conosciuto a un evento con la regina Fabrizia, anche se le sembrava improbabile. Considerati tutti i preparativi che faceva per quegli eventi, se avesse preso appunti riguardanti una persona di nome Roy se lo sarebbe ricordato.

Ma Daniela si fidava del suo istinto. Era vicino alla vetta, a pochi passi da quel paesaggio. Con un po' di insistenza, ci sarebbe arrivata.

"Non sono così perspicace," disse infine. "Alcune persone prosperano nel caos e nel frastuono. Nell'essere circondate da attività. Altre hanno bisogno di ordine e silenzio. Di prevedibilità. Ha senso che una persona che lavora nella sicurezza ami la prevedibilità. Rende il suo mondo più sicuro. Qualunque cosa sia fuori dall'ordinario viene interpretata come un segnale di pericolo."

Le labbra di Roy ebbero un guizzo, come se lui volesse dire qualcosa, ma non lo fece. Invece, bevve un ultimo, lungo sorso di acqua mentre lei spazzolava il panino, per poi aggiungere il suo incarto al sacchetto.

"Lo butto io," disse l'uomo, alzandosi e lanciando un'occhiata a una grossa pattumiera di plastica che aveva piazzato vicino alla scaletta. Daniela aveva notato che la svuotava tutte le sere, anche quando non era piena. La zona di lavoro di quell'uomo era impeccabile. Nonostante ciò che lui le aveva detto quando lei si era seduta sul divano coperto dal telo, nemmeno un granello di polvere le era rimasto appiccicato ai pantaloni.

Però era difficile da inquadrare. Le sue abitudini di lavoro indicavano una persona che apprezzava l'organizzazione, ma il suo atteggiamento era più rilassato. Lo si vedeva nel modo in cui si comportava quando saliva la scaletta o trasportava i suoi onnipresenti secchi e attrezzi. Si muoveva con serenità. Quando aveva scoperto la vecchia carta da parati ed era stato obbligato a smettere di lavorare a causa della storica, cosa che gli aveva scombussolato il programma, non era sembrato minimamente turbato.

Era un enigma.

Daniela si alzò dal divano, prese i fazzoletti usati e li mise nel sacchetto che lui le tenne aperto. L'uomo aveva fatto due passi verso la pattumiera quando lei decise di correre il rischio e chiedere: "Dove sei cresciuto, Roy? Qui a San Rimini?"

CAPITOLO 11

ROYCE ACCARTOCCIÒ il sacchetto e si incamminò verso la
pattumiera senza batter ciglio, anche se aveva la sensazione che
qualcuno gli avesse ficcato un chiodo nello stomaco e lo avesse
lasciato lì, con la ferita aperta.

Daniela era troppo intelligente.

Quando era tornata alla residenza e aveva allestito il pranzo
sul tavolino da caffè, Royce si era posizionato quanto più
lontano da lei era possibile senza creare imbarazzo. Aveva
tenuto il berretto. Aveva deviato la conversazione verso argomenti sicuri, come la camminata fino alla paninoteca o i
semplici piaceri del prosciutto e del pane di segale.

Lanciò il sacchetto nella pattumiera e si maledisse da solo.

Era stato un idiota a parlare del tempo. Della brezza proveniente dall'acqua. Delle *passeggiate*. Con lei, quello era un argomento tutt'altro che sicuro. D'altra parte, di cosa avrebbe potuto
parlare con Daniela? Un pittore non le avrebbe certo chiesto
degli abiti e dei gioielli della regina. Né l'avrebbe interrogata
sull'apparizione a sorpresa di Helena e su quello che avevano
fatto o detto Daniela e la cognata del re nelle stanze della regina.

Avrebbe dovuto cogliere l'antifona quando Daniela aveva

trascorso il pasto a osservarlo ogni qualvolta pensava che lui non stesse guardando. Royce aveva tenuto la testa bassa e lo sguardo fisso sul panino, ma si era sentito osservato. La domanda riguardo alla sua infanzia non era un semplice parlare del più e del meno, né una dimostrazione di interesse per una nuova conoscenza. Royce aveva detto o fatto qualcosa che aveva suscitato la curiosità della donna.

Daniela non lo collegava a Cancun – Royce ci avrebbe scommesso la barca – ma aveva il sospetto che lui fosse qualcosa di più di quello che le avevano detto. C'era uno sguardo di familiarità nei suoi occhi, come se lui fosse un venditore ambulante che lei aveva incontrato in un mercato, ma Daniela non avrebbe saputo dire quando lo aveva incontrato per strada in abiti civili. Se avessero trascorso troppo tempo insieme, avrebbe capito.

Disse "Stephen Curry, mangiati il fegato," a voce abbastanza alta da far sì che Daniela lo sentisse prima di voltare le spalle alla pattumiera e tornare al tavolino, per spingerlo nella sua posizione originale. La maggior parte delle persone avrebbe colto l'occasione per complimentarsi per il tiro, considerato che Royce aveva lanciato il sacchetto da una distanza pari al triplo della lunghezza del divano. Daniela non lo fece e non perché non sapesse chi era Stephen Curry. Stava aspettando che lui rispondesse.

Royce si era chiesto se non avesse ecceduto nella cautela quando si era messo il pass in tasca piuttosto che indossarlo. Come aveva fatto notare Daniela, tenerlo lì rischiava di suscitare domande da parte di Miroslav se il massiccio serbo fosse riuscito ad avvicinarsi senza farsi notare. Ora, Royce sapeva di aver fatto bene.

Se Daniela avesse visto il suo cognome e la foto senza berretto su cui la sicurezza aveva insistito quando gli avevano rilasciato il pass, si sarebbe ricordata del loro incontro o sarebbe andata a cercare il suo nome al computer.

Royce le lanciò un'occhiata di sbieco mentre sistemava il

tavolino in modo che fosse parallelo al divano coperto. "Mi sono trasferito diverse volte. Ma è da un po' che sono a San Rimini. E tu?"

Ecco fatto. Nessuna vera risposta e ora la palla era passata a lei.

"Io sono di Sarcaccia. Ero stata qui una sola volta, in occasione di una visita ufficiale della regina Fabrizia. Sono la sua assistente personale."

Royce inarcò le sopracciglia, come se quella fosse una novità per lui, quindi si concesse di mostrarsi colpito per un istante prima di dire: "Detesto dirtelo, ma sei nelle stanze della regina sbagliata."

Lei sorrise e accennò con il capo alla suite di Aletta. "È un incarico temporaneo. Tornerò a Sarcaccia quando avrò finito qui. Non ho avuto molto tempo per esplorare, ma quello che ho visto del Paese è bellissimo. Ho notato che non hai l'accento della maggior parte dei sanriminesi, per cui ho pensato che fossi cresciuto altrove."

Non sfuggì all'attenzione di Royce il fatto che Daniela aveva deviato la conversazione da se stessa – e da quello che stava facendo nel camerino di Aletta – e l'aveva riportata su di lui. Royce non ci cascò. Fece spallucce e disse: "A parte il palazzo e i giardini botanici, il duomo e i casinò tendono a essere le attrazioni turistiche più frequentate. E l'acquario, naturalmente. La ricerca che fanno lì attira scienziati da tutto il mondo. Se non hai ancora avuto modo di vederlo, dovresti andarci. Visitalo la sera, dopo il lavoro. È molto meno affollato che nei fine settimana. Il mercoledì e il giovedì è aperto fino a tardi, per cui potrai avvicinarti alle vasche e leggere informazioni sugli animali e sui progetti di ricerca."

"Grazie. Farò così."

Royce raddrizzò il telo bianco che copriva il divano. "Spero che non ti sia impolverata troppo."

Daniela si passò le mani sui pantaloni, quindi gli mostrò i

palmi. "No. Sono abbastanza pulita per trascorrere la giornata a districare collane nella suite della regina."

"È quello che stai facendo laggiù?"

L'incantevole guizzo delle labbra della donna gli annodò la gola. "Anche."

Daniela aveva il dono di guardarlo nel modo giusto, di fargli venire voglia di avvicinarsi più di quanto fosse saggio. Royce rimase immobile. "Quando sei entrata con Miroslav, il primo giorno, ti ho sentito dire che avevi intenzione di svuotare il camerino e fare delle foto, ma non volevo intromettermi. Non mi ero reso conto che ciò significasse districare collane. E tu che pensavi che il lavoro faticoso fosse il mio. Ci vuole pazienza per quella roba."

"Ti è capitato spesso di districare collane da donna?"

Per una frazione di secondo, Royce si stupì della capacità di Daniela di rivoltare la conversazione ancora una volta in un modo che le avrebbe permesso di scoprire qualcosa sul suo passato. Poi notò un guizzo negli occhi della donna e si rese conto che era decisamente possibile che lei stesse civettando. Aveva posto la domanda in maniera pacata, ma… no, meglio evitare di immaginare che ci fosse un secondo fine.

"No, ma lavorare con qualunque cosa sia piccola richiede pazienza." Royce gesticolò verso la parete mezzo spogliata dove aveva trascorso la mattinata. "Io lavoro su scala più ampia. È più facile vedere i progressi, il che rende più semplice essere pazienti."

Daniela ci pensò su per un istante. "Sospetto che tu ne abbia parecchia, di pazienza, o non ti avrebbero assunto per fare questo lavoro da solo."

"Magari sono asociale."

Royce lo disse in un modo che invitava a sorridere. Lei sorrise, ma c'era dell'altro, una perspicace strizzata d'occhi e un lento scrollare di testa. "No, non credo, o avresti evitato il pranzo. Mi avresti detto che dovevi continuare a lavorare."

La donna si portò le mani ai fianchi, agganciando i pollici nelle minuscole tasche dei pantaloni. L'arricciarsi verso l'interno del labbro inferiore indicava che era arrivato il momento imbarazzante in cui dovevano decidere se continuare a parlare dei loro lavori o tornare a svolgerli. Piuttosto che scusarsi per tornare nella suite o insistere a chiedergli perché lavorasse da solo, Daniela lo osservò per un istante, quindi disse: "Mi hanno chiamata a catalogare i contenuti del camerino della regina Aletta. Il re vuole un inventario dei suoi effetti personali. Abiti, scarpe, accessori, anche le collane. Ha intenzione di metterne all'asta la maggior parte per beneficare le cause preferite dalla regina. Anche se ciò non è ancora di pubblico dominio."

Royce si disegnò una croce sul petto.

Daniela scosse la testa di fronte al suo gesto ridicolo e lui vide un'apertura nel suo buonumore. In tono più serio, aggiunse: "Per quanto mi piacerebbe pensare di essere stato assunto solo per il mio talento, sono qui anche perché la famiglia reale ha fiducia che io manterrò il silenzio riguardo a qualunque cosa veda o senta mentre lavoro nella residenza privata del re. Se non lo facessi, Miroslav farebbe ben peggio che punirmi per aver danneggiato il mio pass. E hai visto come lo tratto bene. I tuoi segreti sono al sicuro."

Più semi di fiducia Royce avesse piantato dentro di lei, meglio sarebbe stato. Se Daniela avesse sentito di potersi confidare con lui, ciò avrebbe reso il suo lavoro – il suo vero lavoro – molto più facile.

Il ringraziamento della donna fu sincero.

Daniela ondeggiò sui talloni, sul punto di voltarsi verso la suite, ma Royce decise di tentare la sorte con un'ultima domanda prima che lei sparisse. "Spero di non intromettermi se te lo chiedo, ma mi avevano detto di non lasciar entrare nessuno nella residenza. Helena Masciaretti aveva il codice della porta e fa parte della famiglia reale, per cui non ho detto niente quando è entrata. Quando tu sei uscita dalla suite della regina e ti sei offerta di andare a prendere il pranzo, immaginavo che volessi parlarmi di lei. Sei sicura che non sia stato un problema che io l'abbia fatta entrare?"

Daniela esalò un lungo respiro. "Per poco non ho fatto cadere un paio di scarpe quando mi è arrivata alle spalle, ma no, non è un problema. Mi aveva portato alcuni oggetti che pensava avrei dovuto avere per l'asta. Si è anche offerta di mostrarmi le sue foto personali della regina con outfit diversi e mi ha dato il permesso di usarle per la guida all'asta, per cui è stata utile."

"Buono a sapersi. Temevo di aver commesso un errore."

"Assolutamente no. Anzi, sono felice che tu lo abbia chiesto. Non sapevo quali istruzioni ti avesse dato Miroslav." Dopo una breve pausa, la donna aggiunse: "Il re non vuole che nessuno entri nelle stanze della regina mentre io faccio l'inventario."

"Immagino. Sono certo che ci sono persone che sarebbero felicissime di fare delle foto di nascosto per venderle ai tabloid. O peggio."

La bocca di Daniela ebbe un guizzo. Il suo rossetto rosso non era acceso come prima – il panino aveva fatto dei danni – ma lui si ritrovò comunque ammaliato. Sollevò lo sguardo negli occhi della donna. "Ti aspetti che Helena ritorni? O che arrivi qualcuno di cui dovrei sapere?"

Daniela scosse la testa, ma poi la sua espressione si fece pensierosa. "Beh… può darsi. Non posso garantire che non tornerà. Dubito che sia mai stata nella suite da quando la regina è scomparsa. Ho la sensazione che volesse avere una scusa per dare un'occhiata in giro tanto quanto voleva aiutare." Daniela gli rivolse un'occhiata sarcastica prima di aggiungere: "Non ha fatto foto da vendere o mettere online. Siamo salvi."

"Certo che è strano." Royce lasciò la frase in sospeso, sperando che Daniela avrebbe aggiunto qualcosa.

La donna si strinse nelle spalle. "Helena era l'assistente della regina. Trascorrevano più tempo insieme della maggior parte delle sorelle adulte e buona parte devono averlo trascorso dietro quelle porte. Il ruolo di un assistente è al tempo stesso professionale e personale, per quanto si possa cercare di stare attenti. E per due sorelle dev'essere ancora più intimo. È umano che Helena voglio sapere che ne sarà delle cose di Aletta."

Lo sguardo di Daniela si intenerì leggermente mentre parlava e Royce si chiese se stesse pensando al rapporto che aveva con la regina Fabrizia. Era sollevato che Daniela gliene avesse parlato. Lui lo sapeva già, naturalmente, ma in quel modo non avrebbe dovuto preoccuparsi di non lasciarselo sfuggire.

La donna gesticolò verso le stanze di Aletta. "Devo rimettermi al lavoro. Grazie per il pranzo. È stato un bel cambio di ritmo."

"Sei stata tu a proporlo e ad andare a prendere i panini, per cui devo ringraziarti io. Mi è piaciuta la compagnia."

"Anche se sei asociale?"

"Anche se."

Gli angoli della bocca della donna si sollevarono in un sorriso gentile, ma il suo sguardo mostrava un apprezzamento più profondo. Era vivace, caloroso, elettrico. Accidenti, era bellissima quando lo guardava così. Gli faceva venire voglia di fissarla, di crogiolarsi nel suo sguardo, di *reagire*, ma la donna lo salvò dalla sua stessa idiozia augurandogli buona fortuna con la carta da parati e sparendo nella suite.

Royce si voltò verso la scaletta, afferrò il secchio e lo portò al bagno del re. Mentre girava il rubinetto e aspettava che l'acqua si scaldasse, scacciò i pensieri di Daniela e rifletté su quanto erano state legate le sorelle Masciaretti. Aveva il sospetto che Daniela ci avesse visto giusto e che l'offerta di aiuto da parte di Helena fosse stata almeno in parte un pretesto per entrare nelle stanze della sorella.

Infilò un dito sotto l'acqua che scorreva per controllare la temperatura. Chiunque invidiasse la vita dei reali non aveva mai preso in considerazione l'impianto idraulico antiquato dei palazzi in cui vivevano. Quando l'acqua, finalmente, si scaldò,

Royce attaccò una canna al rubinetto e cominciò a riempire il secchio.

Doveva aggiornare il principe Federico sabato sera. Avevano in programma un incontro nell'ufficio di Royce, che si trovava a breve distanza dal palazzo, in una struttura al centro di una stretta strada secondaria. Non c'era molto parcheggio, anche se un varco fra gli edifici forniva a Royce un posto riservato dove piazzare il furgone. Un sarto all'estremità della strada lavorava molto di giorno, così come un negozio di riparazioni di scarpe e valigie di proprietà del fratello del sarto. Le altre porte che si aprivano sulla strada fungevano da ingressi posteriori per i negozi di una più ampia via parallela.

Quel luogo era adatto all'attività di Royce. Era facile da trovare, vicino a tutto ma al tempo stesso poco trafficato, sia dai pedoni che dalle auto. Chi percorreva quella strada aveva già una destinazione in mente. L'affitto era ragionevole, c'era l'aria condizionata e una scala antincendio che serviva i piani sopra l'ufficio di Royce forniva un luogo discreto dove nascondere una telecamera di sicurezza. La sera non c'era anima viva in giro.

Il principe non avrebbe avuto alcun problema a entrare senza essere visto.

Royce inarcò la schiena, stiracchiandosi mentre il secchio si riempiva. Considerata tutta la furtività che richiedeva quel lavoro – gli incontri segreti con il principe Federico, il dover giustificare la sua presenza e il suo ruolo personale, persino le sue attente interazioni con Daniela – Royce avrebbe voluto avere qualche risultato in più da mostrare. Ma come per la maggior parte dei lavori nella sicurezza, il novanta per cento era noia.

Se non fosse stato per la presenza di Daniela, il tedio avrebbe sfiorato il novantanove per cento.

I tubi sferragliarono in segno di protesta quando lui chiuse l'acqua calda. Royce staccò la canna e la posò delicatamente all'interno del lavandino di ceramica. Tutte le volte che lo faceva, temeva di crepare la superficie antica. Fino a quel momento, essa si era dimostrata robusta come il ferro.

Si chiese quante generazioni di sovrani avessero usato quel lavandino. Tre? Quattro? Percorrere i corridoi del palazzo negli ultimi giorni, lavorare sulle sue pareti e scoprire i dettagli unici di quell'edificio storico gli dava un senso di meraviglia. Per quanto noioso potesse essere il suo lavoro, lui apprezzava il significato dell'ambiente circostante e l'accesso che gli era stato concesso alla famiglia diTalora.

Sollevato il secchio pieno d'acqua, rientrò nel salone. Le porte della suite di Aletta erano semiaperte, come dal primo giorno durante l'orario di lavoro di Daniela. La donna passò di fronte alla soglia, usando i fianchi per tenere in equilibrio un cassetto che portava fra le braccia. Qualche istante dopo la sua scomparsa, Royce udì il tonfo leggero del cassetto che veniva posato sull'ottomana.

Nell'istante preciso in cui distolse lo sguardo dalla suite di Aletta, un rumore di passi e un grugnito di insoddisfazione proveniente dalla direzione del vestibolo attirarono la sua attenzione. Due donne dall'altezza identica, ciascuna con la pelle molto chiara, il naso largo e i capelli del colore del caffè forte avevano fatto diversi passi all'interno della stanza. Le due indossavano la semplice uniforme grigia e bianca degli addetti alla pulizia del palazzo, ma avevano le braccia incrociate e i menti sollevati mentre osservavano le pareti come se avessero trovato dei graffiti nel bel mezzo di un museo, la pittura che gocciolava e l'artista in fuga. Una delle donne indicò la zona dove Royce aveva lavorato prima di pranzare, borbottò qualcosa e lasciò ricadere il braccio lungo il fianco mentre l'altra emetteva un grugnito disgustato.

Quelle dovevano essere le sorelle Roscha. Stando alle informazioni fornite da Federico, le due donne non erano gemelle, anche se Royce immaginava che avrebbero potuto passare per tali. Più vicino ai sessanta che ai cinquanta, lavoravano a palazzo da quando erano adolescenti, dopo essere emigrate dall'Ucraina con i loro genitori, due chef che avevano trovato lavoro fra gli addetti ai banchetti del palazzo e che ora erano in pensione. Le sorelle Roscha pulivano la residenza privata del re da oltre quindici anni.

Federico aveva detto – a titolo strettamente riservato – che le due donne non erano molto facili da inquadrare. Pur non essendo brusche, non erano nemmeno amichevoli. Evitavano la sala ricreativa dei dipendenti e gli spogliatoi e declinavano gli inviti agli happy hour serali organizzati dal resto del personale. Tutti gli anni, lasciavano la festa natalizia del palazzo subito dopo l'arrivo della famiglia reale. Per via della loro freddezza, il resto dello staff tendeva a mantenere le distanze. Tuttavia, Federico aveva spiegato che suo padre si fidava di loro.

"Lavorano sodo e sono orgogliose di quello che fanno. I tappeti, la pietra attorno al caminetto, persino le viti delle maniglie dei cassetti… tutto ciò che si trova nella residenza privata di mio padre è in condizioni immacolate perché Olena e Tetyana Roscha fanno in modo che lo sia. Conoscono ogni centimetro di questo edificio, soprattutto della residenza, e la loro attenzione ai dettagli non ha paragoni. L'unica volta in cui ho visto una di loro sorridere è stato in presenza dei miei genitori. Tuttavia, per quanto possano aver amato mia madre, non possiamo ignorare che avevano accesso regolare al suo camerino. Helena teneva in ordine i vestiti di mia madre, ma erano Olena e Tetyana a lucidare il legno, passare l'aspirapolvere e pulire gli specchi nel camerino. Non sarebbe stato difficile, per una di loro, uscire dalla suite con qualcosa nascosto fra i prodotti per la pulizia."

Royce attese che le donne finissero di osservare le pareti. Quando le due non parvero prendere atto della sua presenza, lui si avvicinò, per poi appoggiare il secchio alla base della scaletta.

"Posso aiutarvi?"

Le donne si scambiarono un'occhiata, con gli occhi che

parvero trasmettere in un lampo intere frasi, quindi una delle due fece un passo avanti. Sebbene la sommità del capo di costei arrivasse a malapena al centro del petto di Royce, la donna angolò il mento per guardarlo storto. La sua voce era abbastanza ruvida da rimuovere la ruggine dal ferro. "Sono Tetyana Roscha. Questa è mia sorella Olena. Lei come si chiama? E dov'è il suo badge?"

CAPITOLO 12

Tetyana non attese la risposta di Royce. Le sue labbra si strinsero mentre lo osservava. "Il badge va tenuto all'occhiello per tutto il tempo. Chiunque abbia la fortuna di lavorare a palazzo è abbastanza intelligente da saperlo. Qualcuno potrebbe farle rapporto."

Royce sbottonò la tasca della salopette e sollevò il pass quanto bastava perché Tetyana lo vedesse, ma lo ripose prima che potesse leggerlo. "A meno che il lavoro di una persona non rischi di danneggiare il badge, nel qual caso la cosa intelligente da fare è tenerlo a portata di mano, ma al sicuro. E io mi chiamo Roy."

"Roy." Quella singola parola aveva il peso del rappresentante della giuria che rivolgeva la parola *colpevole* all'aula silenziosa di un tribunale. "È nostro dovere tenere in ordine la residenza di re Eduardo. Siamo qui per ispezionare i progressi del suo lavoro e verificare le condizioni della stanza."

Considerato il tono in cui quella donna gli aveva detto "qualcuno potrebbe farle rapporto," costei era abituata a vedere le persone farsi piccole di fronte alle sue minacce. Per quanto lei si aspettasse di vederlo scostarsi, non gli avrebbe portato rispetto a meno che lui non la trattasse di conseguenza. Royce la fissò per un istante, lasciandola cuocere nel suo brodo, quindi gesticolò con una mano a indicare le quattro pareti. "Ecco qui. I mobili e i pavimenti sono ben protetti."

Tetyana sbuffò. Nello stesso istante, lo sguardo di Olena corse alla porta delle stanze di Aletta. Royce non mancò di notare il rapido aggrottamento di sopracciglia prima che la donna riportasse di scatto l'attenzione su di lui. Né mancò di notare l'orologio costoso che ella portava al polso. Sembrava fuori luogo, considerata l'uniforme che la donna indossava e quello che presumibilmente era il suo stipendio.

"La rimozione della carta da parati richiede l'utilizzo di vapore o di acqua calda." Tetyana indicò il vapore che si sollevava dal secchio. "L'acqua può versarsi. Gocciolare. Vogliamo controllare i pavimenti per assicurarci che nulla sia penetrato attraverso i suoi teli o sia rimasto lungo i bordi."

Royce si chinò, afferrò il secchio per la maniglia e salì sulla scaletta, come a dire che il suo compito era più importante che non accontentare la donna. "Mi hanno detto che nessuno deve entrare nella residenza. Il principe Federico ha detto esplicitamente che voi non mi avreste interrotto mentre lavoravo. Considerato che il re non si aspetta che voi prestiate servizio in questa stanza, ho preso delle precauzioni in più. Tutte le volte che sposto un telo, verifico la presenza di umidità sui pavimenti. Vi assicuro che il legno è in condizioni perfette." Arrivò in cima alla scaletta, agganciò il secchio e abbassò lo sguardo sulle donne, trovando l'espressione sconvolta di Tetyana. "Potrete effettuare un'ispezione completa dei pavimenti quando avrò finito. Stimo che ci vorranno oltre due settimane, ma tutto dipende dalle condizioni delle pareti e delle finiture. Se gradite, sarò felice di farvi aggiornare da Miroslav dopo che avrò rimosso quello che resta della carta da parati e del legno. Lui viene a controllare di frequente."

Ciò detto, Royce indossò i guanti, che aveva lasciato sul

ripiano pieghevole in cima alla scaletta, intinse la spugna nell'acqua calda e la premette contro la parete con cura esagerata, sperando che sentir menzionare Miroslav avrebbe fatto sì che le donne ripensassero alla loro presenza.

Finalmente, Olena prese la parola. "Oggi faremo soltanto un'ispezione veloce. Quando lei avrà concluso i restauri, ci informi subito, in modo che possiamo fare il nostro dovere." Fece una pausa prima di aggiungere: "Come re Eduardo si aspetta da noi."

Ciò detto, Olena si voltò e si recò alla zona dove lui aveva posto le sue scalette e le sue cassette degli attrezzi e cominciò a frugare come se la sua attrezzatura bene organizzata fosse l'equivalente di un mucchio di spazzatura rovesciata sulla sua aiuola di fiori personali.

Tetyana sporse il mento come a dire *Vedi? Noi facciamo quello che vogliamo.* Raggiunse la sorella, ma rimase a distanza, il che permise a Royce di dare un'occhiata nella suite di Aletta.

Dentro di sé, Royce gemette. Siccome le aveva sfidate, quelle due sarebbero rimaste fino a quando non avrebbero dato mostra di aver controllato fino all'ultima asse del pavimento di quell'enorme stanza. Se non altro, ora sapevano che lui non era il tipo da farsi mettere i piedi in testa.

Per fortuna aveva riempito il secchio con l'acqua più calda possibile. Avrebbe potuto lavorare a lungo prima di aver bisogno di riempirlo e si rifiutava di dare loro la soddisfazione di lasciarle sole.

Dieci minuti dopo, Daniela attraversò la stanza, indossando un paio di occhiali da sole mentre si avvicinava alla zona in cui lavorava Royce. "Cercherò di tornare prima che Miroslav faccia la sua comparsa. Venti minuti al massimo. Ti serve qualcosa in farmacia?"

Royce scosse la testa, poi diede un'occhiata per verificare se la donna avesse chiuso la doppia porta della suite di Aletta. La porta sembrava chiusa da dove lui si trovava, ma un sottile raggio di luce colpiva il pavimento vicino alla cassetta degli attrezzi, indicando che un'anta era rimasta socchiusa. Fece per chiedere a Daniela se non fosse il caso di chiudere a chiave, ma la donna aveva già raggiunto il vestibolo. Royce dubitava che avesse notato le sorelle Roscha, che erano accovacciate vicino ai divani coperti e stavano passando le mani sul pavimento di legno massello, con il pretesto di controllare che lui non avesse lasciato dai graffi quando aveva spostato i mobili.

Con un po' di fortuna, avevano sentito il commento di Daniela riguardo all'imminente arrivo di Miroslav.

Royce intinse la spugna nel secchio, quindi strizzò via l'acqua in eccesso, tenendo il capo chino in modo che sembrasse che stesse guardando nel secchio mentre osservava le sorelle. Olena si alzò, si allontanò di qualche passo da Tetyana e si inginocchiò di nuovo, sollevando uno dei teli di Royce per osservare il pavimento sottostante. Il suo sguardo corse rapidamente alla porta della regina mentre lasciava cadere il tessuto.

Fantastico. Royce si avvicinò leggermente alla porta, ma non voleva che le sorelle si chiedessero come mai era così protettivo.

Premette la spugna contro la parete, lavorando su un lembo che aveva cominciato a staccarsi mentre teneva l'orecchio teso per ascoltare i movimenti delle sorelle. Ogni tanto, lanciava un'occhiata nella loro direzione.

Avrebbe installato una telecamera temporanea nella stanza, se avesse saputo che ci sarebbe stato traffico. E se avesse potuto farlo senza allertare Miroslav o altri addetti alla sicurezza. Federico non aveva voluto revocare l'accesso a coloro che già lo avevano, convinto che ciò avrebbe suscitato sospetti, ma aveva sbagliato a credere che persone come Helena Masciaretti e le sorelle Roscha sarebbero rimaste lontane durante i lavori. Se anche quella gente non aveva motivo per entrare nella residenza, poteva benissimo inventarselo.

Persino Miroslav veniva più spesso di quanto fosse necessario.

Non potevano essere tutti ladri. Magari non lo era nessuno. Forse era come aveva detto Daniela e le persone che erano state più vicina al monarca e alla sua defunta moglie volevano semplicemente dare un'occhiata nelle stanze di Aletta dopo che erano passati tanti anni.

Alla fine, l'acqua di Royce si raffreddò al punto da essere inutile, per cui lui finse di fare progressi, nell'attesa che le sorelle se ne andassero. Quando, finalmente, lo fecero – sfoggiando espressioni di superiorità mentre passavano accanto la sua scaletta – lui attese un minuto buono prima di allontanarsi per riempire il secchio.

Si stiracchiò le dita mentre aspettava che l'acqua si scaldasse. Il pomeriggio era meglio della mattina per estorcere acqua calda a quelle tubature antiche, ma ci voleva comunque più di quanto lui avrebbe voluto. Alla fine, chiuse il rubinetto e asciugò il lavandino. A metà strada attraverso la stanza del re, mise un piede in fallo e batté il ginocchio contro il secchio, versando un po' di acqua sul pavimento. Posò il secchio e prese alcuni stracci dal bagno per affrettarsi da asciugare.

Le Roscha si sarebbero fatte venire un colpo.

Una volta asciugato il pavimento, Royce tornò nel salone. Notò che la porta della suite di Aletta era spalancata e rallentò il passo per assicurarsi che Daniela fosse tornata. La donna era seduta alla scrivania e gli dava le spalle, china in avanti con i gomiti allargati mentre lavorava.

Royce aveva sulla punta della lingua l'offerta di aiutarla a districare le collane, ma sapeva che non era il caso.

Il rumore di una scarpa trascinata sul pavimento distolse il suo sguardo dalla suite della regina. Royce voltò la testa e vide Tetyana inginocchiata su un lato del divano.

"Cosa sta facendo?"

La domanda gli uscì più brusca di quanto avrebbe voluto. Un terzista non sarebbe stato così diretto. Ma il suo allarme interno era scattato come se qualcuno lo avesse preso a martellate. Cosa ci faceva quella donna lì?

"Ho perso un bottone dell'uniforme," rispose lei, in tono energico quanto il suo.

"Qui?"

Le narici della donna fremettero, quindi lei tornò al suo compito, passando le mani sul pavimento. "Se lo sapessi, non lo avrei perso. Mi sono chinata sul pavimento mentre ispezionavo i suoi teli, per cui è probabile che sia qui."

"Spero che lo troverà, allora." Ecco fatto. Magari, la donna avrebbe interpretato il suo tono di voce brusco come la conseguenza naturale dello stupore per averla rivista in quella stanza.

"Anch'io. Questa è un'uniforme vecchia e non sono sicura che potrei trovare un bottone uguale."

Royce posò il secchio alla base della scaletta e si guardò attorno per assicurarsi che non ci fosse anche Olena in giro. "Sua sorella non si è offerta di aiutarla?"

"Basta una persona sola. I caloriferi fuori dalla cucina del palazzo sono luridi. Mia sorella è andata a parlare con il personale responsabile." Tetyana si sollevò sulle ginocchia, un'espressione trionfante sul viso e un minuscolo bottone bianco premuto fra il pollice e l'indice. Royce notò che la donna portava lo stesso orologio – o un orologio simile – della sorella. Un orologio che sembrava troppo costoso per un'addetta alle pulizie, per quanto di alto livello. "Visto? Eccolo. Non serviva insospettirsi tanto."

Royce avrebbe voluto obiettare, ma sapeva che era proprio quello che voleva la donna. "Spero che sia facile da riparare."

Tetyana si alzò appoggiandosi al bracciolo del divano coperto. "Il sarto del re e io ci scambiamo servizi. Non sarà un problema."

Royce fece due passi verso la scaletta, poi disse: "Do per scontato che non abbiate trovato danni provocati dall'acqua nel corso della vostra ispezione."

La donna infilò il bottone in tasca mentre gli passava accanto. "No. Ma la poltrona non era coperta a dovere. Ho aggiustato il telo." Disse sottovoce qualcosa che somigliava a "Prego," quindi uscì dalla residenza, chiudendosi la porta alle spalle in modo da far scattare la serratura.

Royce attese in silenzio, l'orecchio teso. Una volta certo che la donna non sarebbe tornata, scese dalla scaletta e raggiunse la porta della suite di Aletta. Per la prima volta da quando aveva cominciato a lavorare sulle pareti, bussò e fece due passi all'interno. "Daniela?"

"Sì?" Concentrata com'era sul suo compito, la donna non sollevò la testa e non si voltò.

"Da quanto sei tornata?"

"Un paio di minuti. Perché?"

"C'era qualcuno nel salone quando sei arrivata?"

La donna fece una pausa, quindi si voltò a guardarlo. Portava un paio di occhiali che prima non aveva. "No. Ho sentito la tua voce e ho dato per scontato che Miroslav fosse entrato dopo di me. Perché?"

Royce scosse la testa. "Non era Miroslav. Una delle donne che solitamente pulisce la residenza è entrata a cercare una cosa mentre io riempivo il secchio. Volevo essere sicuro che non ti avesse disturbata."

Daniela aggrottò la fronte. "Non l'ho vista né sentita quando sono tornata e la porta delle stanze della regina era esattamente come l'avevo lasciata. Deve essere arrivata dopo di me. Sono abbastanza sicura che me ne sarei accorta se fosse stata nel salone."

"D'accordo. Volevo solo essere sicuro." Royce accennò al mucchio di collane ingarbugliate. "Vai pure avanti."

Royce imprecò sottovoce mentre saliva sulla scaletta. Era rassicurante che fra lui e Daniela fosse nata la fiducia. La donna aveva capito per cosa lui era preoccupato quando le aveva chiesto del disturbo e gli aveva fornito esattamente le informazioni di cui aveva bisogno. Sfortunatamente, quelle informazioni lasciavano intendere che Tetyana avesse avuto il tempo di entrare nella suite della regina mentre lui si occupava dell'acqua calda.

All'incontro successivo con il principe Federico, Royce avrebbe chiesto di installare una telecamera.

GLI OCCHIALI a elevato ingrandimento erano stati un colpo di genio.

Daniela si allungò verso la lampada da lavoro che aveva appoggiato nell'angolo della scrivania della regina Aletta e la sistemò per illuminare meglio la delicata collana d'oro che aveva di fronte. Si aggiustò gli occhiali da vista che aveva comprato in farmacia, quindi usò un paio di pinzette per sollevare un singolo anello dal complesso intrico d'oro vicino alla fibbia della collana. Una volta afferrato l'anello, prese un secondo paio di pinzette e cominciò a districare il nodo.

Era un processo molto delicato, ma le dava qualcosa su cui concentrarsi che non fosse Roy. Quell'uomo la lasciava perplessa. Prima o poi lo avrebbe inquadrato, ma probabilmente sarebbe successo come per il testo di una canzone dimenticata, quando la sua mente era impegnata a fare altro.

Rimasta bloccata, posò la collana, la voltò e usò le pinzette per separare gli anelli sul retro del nodo. Il pendente, un disco d'oro delle dimensioni dell'unghia del mignolo di Daniela, tintinnava contro la scrivania mentre lei lavorava.

Quella era la sua quinta collana. Le prime due si erano districate senza problemi. La terza e la quarta si erano tanto annodate quanto agganciate, ma una volta separate lei aveva avuto la certezza che, con un po' di pazienza, sarebbe riuscita a dipanare ciascuna catenella. Aveva temuto che quella collana in particolare sarebbe stata la sua fine. Sebbene lei ci vedesse bene, gli anelli erano terribilmente piccoli e delicati. Poi le era tornata in mente la farmacia davanti a cui era passata a pranzo e si era chiesta se avessero degli occhiali da lettura. Come previsto, aveva trovato un paio di occhiali economici che erano serviti allo scopo.

Qualche istante dopo, la collana fu districata.

Daniela sorrise per quella piccola vittoria e portò la collana al vassoio che aveva appoggiato sull'ottomana della regina, stendendola in lunghezza accanto alle altre.

Probabilmente, il pubblico pensava che i gioielli di una regina fossero trattati con riverenza, riposti con amore in astucci di velluto e lucidati alla perfezione fra un evento all'altro. Sebbene ciò fosse vero per i gioielli della Corona, i pezzi da tutti i giorni e la bigiotteria venivano spesso trattati esattamente come nelle case della classe media. Quando una donna era esausta dopo una giornata lunga e si toglieva una collana in fretta e furia o ne lasciava cadere una di troppo in un cassetto, i gioielli si impigliavano o si rompevano. Le fibbie dei braccialetti si spezzavano, un dente si piegava e la parte inferiore degli anelli mostrava segni di impatti accidentali contro lavandini o tavoli da cucina.

Dato che quei pezzi appartenevano ad Aletta, tuttavia, Daniela aveva la sensazione che valesse la pena perdere tempo a ripararli. Oggetti tanto personali sarebbero stati molto richiesti all'asta, anche se non fossero stati carichi di pietre preziose.

Daniela si spostò sul divano. Aveva tirato fuori il cassetto dei gioielli dall'armadio incorporato nel camerino e lo aveva portato fino al salotto in modo da lavorare alla scrivania. Mentre osservava il mucchio di catenelle, anelli e braccialetti, decise di affrontare altri due o tre pezzi, per poi dedicare il resto del pomeriggio al primo espositore dei tailleur della regina prima di andarsene a casa. Avrebbe aggredito nuovamente il cassetto dei gioielli l'indomani, con gli occhi riposati.

Aveva appena scelto un orecchino a lampadario con una

collana impigliata fra le gocce quando una suoneria particolarmente distintiva giunse dalla sua borsetta.

Il suo cuore accelerò i battiti a quel suono. Lanciò un'occhiata verso la porta mentre si spostava alla scrivania e si chinava a recuperare la borsetta. Una ventina di minuti prima, Roy aveva preso uno strumento dalla sua cassetta. Altrimenti, per quanto ne sapeva Daniela, l'uomo era al lavoro sulla parete più vicina all'ingresso. Non era facile sentire da laggiù.

"Mamma[1]?" Fece una pausa. Aspettò. "Mamma? Sono Daniela. Volevi chiamarmi? Va tutto bene?"

"Sì[2], Daniela." Si udì un fruscio sospetto. "No, no. Mi dispiace tanto."

Daniela si voltò in modo da dare le spalle alla porta. Sua madre sapeva che non doveva chiamarla durante le ore di lavoro. Quando lo faceva, era sempre la stessa storia. Daniela trasse un lungo respiro calmante, sapendo che avrebbe dovuto evitare di usare un tono giudicante, e chiese cos'era successo. C'era già passata dozzine di volte. Il modo migliore per risolvere la situazione era usare un tono di voce tranquillizzante e trattenersi il più possibile. Se avesse mostrato anche solo una traccia di rabbia di frustrazione, sua madre sarebbe esplosa, avrebbe messo giù o avrebbe fatto entrambe le cose e la situazione a casa sarebbe peggiorata ulteriormente.

"Questa mattina è venuta Gaetana Carrini. Mi ha bussato alla porta fino a farmi credere che l'avrebbe sfondata a mani nude. Come una pazza che cerca il marito a letto con un'altra."

Daniela scacciò quel pensiero. Era da anni che non c'erano uomini nel letto di sua madre, da quando suo padre se n'era andato. Nessun marito sarebbe andato a letto con *quella* donna.

"Immagino che tu le abbia aperto."

"Le ho parlato da dietro la porta. Mi rifiuto di correre rischi."

O di mettere a rischio la vicina, pensò Daniela. Gaetana Carrini non aveva idea di cosa fosse in agguato dietro a quella porta di legno, o sarebbe rimasta a casa e avrebbe chiamato le autorità.

"E?" chiese Daniela, infondendo la voce di una gentile premura che non provava. "Cos'è successo, mamma?"

Sua madre si lamentò del comportamento della vicina per un minuto buono prima di arrivare al culmine. "Gaetana dice che ci sono dei topi nella mia proprietà e insiste che io assuma uno sterminatore prima che arrivino a casa sua. Sostiene che i suoi gatti li uccidono e glieli lasciano davanti alla porta e che lei è stanca."

Daniela attese. Quando ottenne solo uno sbuffo di indignazione da parte di sua madre, chiese: "Ci sono davvero?"

"Che cosa?"

Daniela serrò la mascella. Si costrinse a rilassarsi, quindi disse: "I topi. Ci sono i topi?"

"Siamo in campagna, Daniela. Certo che ci sono i topi. Ci sono dappertutto. Se a lei non piace che i gatti glieli mettano davanti alla porta, deve trasferirsi in città o liberarsi dei gatti. È normale che i gatti caccino i topi! Le ho detto che, quando un gatto lascia un animale morto a un essere umano, è un'espressione d'amore. Che i gatti considerano i topi morti trofei conquistati a caro prezzo."

"Che cosa ha risposto?"

"Meglio non ripetere." Sua madre si produsse in un grugnito furibondo. "Le ho fatto un complimento dicendole che i suoi gatti devono volerle bene. Gaetana era molto più carina quando tu eri piccola. Ora è una pessima vicina. Spaventosa. Certa gente cambia quando invecchia, sai? Lei è cambiata in peggio. È *acida*."

Daniela fissò fuori dalla finestra, nella speranza di assorbire la tranquillità dei curatissimi giardini del palazzo. Distava un'infinità di chilometri da casa, ma non riusciva a sfuggire al senso di sporcizia che le dava l'impulso di sollevarsi la camicetta per grattarsi la schiena e il ventre. "Va bene. L'hai ascoltata, le hai fatto un complimento a porte chiuse e lei si è arrabbiata. Cos'è successo poi? Se n'è andata?"

"Minacciava di andare in Comune a denunciarmi. Io le ho detto che, se si fosse lamentata che ci sono dei topi in campagna, le avrebbero riso in faccia. Lei mi ha detto: 'Se non fai venire lo sterminatore entro la fine del mese, vediamo chi riderà.' Ma ti pare?"

Le ultime parole di sua madre furono attutite da un tonfo violento. Daniela sussultò a quel suono. Lo aveva già sentito. Un mese prima, quando aveva trascorso un fine settimana lungo a casa.

"Mamma," disse prudentemente, "va tutto bene?"

"Certo–"

"Erano le tue riviste, quelle?"

Riusciva a immaginare le labbra contratte di sua madre. L'espressione difensiva sul volto di lei mentre cercava una scusa. Ci mise solo qualche istante per trovarla.

"Daniela, so che volevi che le buttassi, ma sono numeri da collezione. Un giorno, sarai felice che io le abbia tenute. Sapevi che ne ho una con Alberto Boldrini in copertina?"

Tutti, a Sarcaccia, avevano una rivista con Alberto Boldrini in copertina. Quell'uomo era civettuolo, gradevole a vedersi e – vent'anni prima – aveva fatto guadagnare a Sarcaccia la sua prima medaglia d'oro olimpica. Aveva ricavato più denaro come oratore, con le sue parole ispiratrici spesso riciclate, di quanto ne avesse mai guadagnato come atleta.

"Mamma, anche la tua vita è preziosa. Preferisco decisamente avere te che una rivista con Boldrini."

Sua madre sbuffò e stava per obiettare, per dirle che doveva solo riparare lo scaffale o che aveva intenzione di catalogare le riviste e che presto avrebbe iniziato a farlo, oppure per accusare Daniela di esagerare, ma Daniela aveva bisogno di chiudere la telefonata. "Sono al lavoro, mamma. So che hai bisogno di aiuto, o non mi avresti chiamato."

"Sto benissimo. Ti ho chiamato solo perché pensavo che fosse importante che tu sapessi della visita di Gaetana, per stare sicuri."

"Sicuri di cosa? Pensi che verranno di nuovo le autorità?" Di fronte al silenzio di sua madre, Daniela accentuò la presa sul telefono. "Vedrò se ci sono voli disponibili e cercherò di venire a casa per il fine settimana."

"Non devi farlo, ma puoi venire a trovarmi, se vuoi. Magari anche darmi una mano a spostare alcune cose. Ma non voglio–"

"Farò solo ciò che è assolutamente necessario."

Sua madre tacque. Stava riflettendo. "Sei una brava figlia."

Era il modo di sua madre di avvisare Daniela che avrebbe dovuto comportarsi secondo i suoi desideri per restare nelle sue grazie. Daniela chiuse gli occhi. Non le importava più nulla dell'opinione di sua madre, non al punto da permetterle di influenzare le sue azioni. Tuttavia, le importava del benessere della donna.

Se Daniela non fosse intervenuta, lo avrebbero fatto le autorità locali. A volte, Daniela pensava che avrebbe dovuto lasciare che lo facessero. La famiglia Carrini ne sarebbe stata entusiasta. Il padre di Daniela avrebbe detto che era ora. Era la soluzione definitiva al problema di sua madre.

Ma ogni volta che le veniva in mente quell'idea, ogni volta che Daniela immaginava la polizia locale e la commissione edilizia che bussavano alla porta di sua madre con più forza di quanta avrebbe mai potuto usarne Gaetana Carrini, Daniela temeva che ciò che sarebbe inevitabilmente seguito sarebbe stato disastroso per la salute mentale di sua madre.

Daniela usò il pollice e l'indice per stringersi il ponte del naso. Poteva farcela. *Doveva* farcela. Tutte le volte che sarebbe stato necessario. Anche se ciò avrebbe significato correre a casa nel suo primissimo fine settimana a San Rimini.

"Ti chiamerò quando avrò prenotato il volo."

"Posso venire a prenderti."

"No. Sarà più facile se andrò al mio appartamento dall'aeroporto e prenderò la mia macchina. Dovrei arrivare venerdì prima di sera."

"Preparerò la tua stanza."

Daniela riuscì a evitare di fare commenti sul diverso concetto che loro avevano di "preparazione." Invece, salutò, dopodiché posò il telefono sulla superficie immacolata della scrivania di Aletta.

Non sarebbe stato un fine settimana piacevole.

IL BUSSARE alla porta dell'ufficio di Royce giunse prima del previsto.

Dopo cinque intere giornate trascorse a rimuovere carta da parati, aveva previsto un fine settimana tranquillo. Il venerdì era stato privo di eventi interessanti, soprattutto rispetto al traffico inaspettato di giovedì. Daniela aveva fatto capolino nel salone prima di mezzogiorno e gli aveva detto che avrebbe lavorato durante la pausa pranzo, perché doveva uscire prima, ma che si chiedeva se lui avrebbe voluto prendere di nuovo il pranzo da Parioli, lunedì. Quando Royce aveva risposto di sì, Daniela aveva sorriso e gli aveva detto che attendeva con ansia. Poi, aveva prontamente fatto scoppiare la bolla di gioia che gli si era gonfiata nel petto aggiungendo che non vedeva l'ora di assaporare di nuovo il pane di segale della paninoteca.

Daniela era uscita un'ora prima del solito, chiudendo a chiave la porta delle stanze della regina e salutandolo allegramente mentre usciva. Royce era rimasto fino a quando non aveva finito di staccare la carta da parati e aveva portato via i rimasugli. Era un buon punto per concludere la settimana lavorativa.

Com'era sua abitudine tutte le sere, era sceso diverse volte di sotto a caricare il furgone, dando un'occhiata già che c'era nel parcheggio dei dipendenti. Grazie alle informazioni fornite dal principe Federico, Royce conosceva i veicoli di coloro che avevano accesso alla residenza del re e che erano stati a servizio a palazzo all'epoca della morte della regina Aletta.

La Volvo di proprietà di Chiara Ascardi, il capo della sicurezza, era sparita poco dopo le cinque. Gli altri dipendenti che lavoravano in settimana se n'erano andati poco dopo, compreso Samuel Barden, lo chef che serviva personalmente il re tutte le volte che il monarca sceglieva di cenare nella sua residenza. Per quanto ne sapeva Royce, Barden non era entrato nella suite da quando era arrivata Daniela, ma considerato che l'uomo vi aveva libero accesso, Royce non aveva intenzione di lasciare il palazzo per il fine settimana prima che lo facesse Barden.

Le sorelle Roscha usavano i mezzi pubblici, ma Royce le aveva viste uscire dalla porta di servizio mentre caricava una scatola di sacchi per la plastica sul retro del furgone. Quando era rientrato, le aveva osservate da una finestra del primo piano mentre prendevano l'autobus dalla parte opposta della strada.

Orologi costosi. Autobus. La combinazione lo spinse a chiedersi se le due fossero parsimoniose e gli orologi fossero qualcosa di speciale, che avevano comprato con i loro risparmi, o se ci fosse un'altra spiegazione. Magari erano un dono ricevuto dalla famiglia reale. Avrebbe dovuto chiederlo a Federico.

Alla fine, un'ora dopo l'arrivo della squadra di sicurezza che lavorava nel fine settimana, Miroslav se n'era andato; il suo vecchio catorcio di una Citroën aveva tossicchiato due volte prima di uscire dal cancello.

Il vento aveva spintonato il furgone di Royce mentre lo guidava per le strade della città. Quando era arrivato in ufficio, le nuvole oscuravano le montagne e l'aria aveva l'odore umido di un temporale imminente. Invece di lasciare il furgone nel suo parcheggio personale e camminare fino alla barca, come faceva di solito, Royce scelse di restare in ufficio e di attendere che il temporale passasse. In origine, aveva progettato di incontrare un suo amico dai tempi dell'università, per cenare sul tardi e bere qualcosa, ma nel primo pomeriggio aveva ricevuto un messaggio in cui il suo amico gli chiedeva di rinviare l'appuntamento.

Non che lui non avesse nulla da fare. Il commercialista gli aveva chiesto alcuni chiarimenti sui documenti fiscali che gli aveva inviato e Royce aveva degli aggiornamenti da leggere riguardo al caso dell'ambasciata canadese che aveva gestito il mese prima. L'uomo che Royce aveva colto sul fatto nel tentativo di installare delle cimici nell'edificio ne aveva inavvertitamente implicati altri due, entrambi scomparsi. Le autorità canadesi e quelle sanriminesi erano alla ricerca dei due uomini, ma tenevano Royce informato per cortesia.

Se avesse finito di sbrigare quell'incombenza, gli restava ancora una lezione da guardare sulle nuove tecnologie di sorveglianza. Meglio farlo in ufficio, dove la connessione era affidabile. Aveva scoperto poco dopo essere salito a bordo della sua barca che il porticciolo non aveva un buon servizio durante i temporali.

Dopo essersi tolto gli stivali e aver creato una playlist di rap classico e hip-hop, Royce aveva calato il suo corpo stanco sul divano, accanto a una pila di fascicoli, e si era messo a leggere.

Era a metà di una birra duramente guadagnata ed era quasi arrivato in fondo agli aggiornamenti sul caso dell'ambasciata canadese quando ricevette un messaggio dal principe Federico. Il principe aveva concluso un impegno prima del previsto e si trovava a soli tre isolati di distanza. Se Royce era disponibile, avrebbero potuto incontrarsi senza suscitare sospetti.

Royce disse al principe che era disponibile. Aveva messo da parte la birra, aveva acceso la luce all'esterno e aveva appena finito di levare i documenti dal divano e dalla poltrona dell'ufficio quando era arrivato il principe Federico, che nell'entrare aveva tenuto un braccio fuori dalla porta per scuotere la pioggia da un ombrello. Era elegante come sempre, senza alcuna traccia di barba, ogni capello al suo posto e le scarpe immacolate. Invece del solito completo, indossava dei pantaloni grigi di sartoria e una camicia gessata con i primi due bottoni aperti.

Il principe non si presentava mai in pubblico vestito in maniera più sportiva.

Federico lanciò un'occhiata alla birra, che Royce aveva lasciato su un angolo della scrivania, ma non fece commenti mentre Royce spegneva la musica. Di solito, Royce riusciva a determinare la direzione dei pensieri di una persona dal suo linguaggio del corpo, anche quando la persona in questione si sforzava di mantenere un atteggiamento noncurante, ma era impossibile capire se Federico considerasse la birra poco professionale o se volesse qualcosa da bere lui stesso.

Royce azzardò la seconda ipotesi. "Ne volete una anche voi? Temo di non avere bicchieri, ma la birra è fresca."

"Sono tentato, ma credo che mia moglie si chiederebbe dove ho trovato degli alcolici a una festa della pizza per bambini. È laggiù che ho trascorso l'ultima ora e mezza."

Royce non era sicuro di quale domanda fare per prima: come avrebbe fatto la moglie di Federico a sapere che lui aveva bevuto una birra o cosa succedeva a una festa della pizza per bambini. Il principe gli risparmiò l'imbarazzo chiedendogli se avesse dell'acqua. Royce prese una bottiglia, offrì un posto a sedere al principe e sedette dietro la scrivania.

"Temo di non avere molto da riferire. Sono accadute solo due cose al di fuori dall'ordinario. La prima è stata una visita di Helena Masciaretti ieri mattina. Lei aveva il codice di accesso alla residenza, per cui non ho messo in discussione la sua presenza." Riassunse brevemente al principe la sua interazione con Helena, quindi disse: "È rimasta nel camerino con Daniela per circa dieci minuti prima che si spostassero in salotto, dove io ho potuto ascoltare la loro conversazione. Non era nulla di particolare. Vostra zia ha confermato che la regina aveva indossato un certo completo in occasione di un battesimo e un abito blu navy a una cerimonia di commemorazione della Seconda guerra mondiale in Belgio. Ha detto a Daniela che anche lei aveva partecipato a quegli eventi e si è offerta di condividere alcune delle sue fotografie private, nel caso potessero essere utili per l'asta. Quando se n'è andata, mi ha rivolto un cenno, ma non ha detto nulla."

Federico ascoltò attentamente. Quando Royce concluse, il principe esitò, come se stesse cercando un sottobicchiere inesistente, per poi posare la bottiglietta d'acqua sul bordo della scrivania. "Non mi aspettavo che mia zia venisse, o l'avrei avvisata. Tuttavia, la cosa non mi stupisce. Mio padre pensava che avrebbe voluto essere lei a gestire l'inventario del camerino, considerato il suo ruolo di assistente di mia madre, ma le circostanze lo hanno portato a preferire la soluzione attuale. Quando ha parlato dell'asta con mia zia, aveva già assunto la signorina D'Ambrosio."

"Vostra zia è a conoscenza dei furti?"

Federico serrò la mascella, quindi scosse la testa. "Isabella aveva chiesto a Helena della borsetta scomparsa, quella proveniente dall'India che lei avrebbe voluto portare al funerale di mia madre. Stando a mia sorella, la conversazione è consistita in: 'Hai visto la borsetta che mia madre aveva comprato in India? Quella che aveva durante il tour del Taj Mahal? Pensavo di portarla alla cerimonia,' con Helena che le ha risposto in quale scaffale avrebbe dovuto essere, pur ammettendo di non vederla da un po'. Quando Isabella non l'ha trovata, non ha più sollevato l'argomento. Mio padre non ha mai detto a zia Helena che la borsetta non è mai stata trovata, né le ha parlato degli altri oggetti."

"Perché no?"

"Questioni di tempistiche, più che altro. Nei giorni immediatamente successivi alla morte di mia madre, Helena era comprensibilmente sconvolta. Mio padre non voleva recarle disturbo quando pensava che la borsetta fosse stata solo malriposta. Con i preparativi del funerale in corso, sembrava una faccenda di poco conto. Quando si è reso conto che altri oggetti erano scomparsi, temeva che accennarlo a Helena avrebbe provocato risentimento. Non voleva che lei credesse che lui la ritenesse responsabile, dato che era stata lei a occuparsi del guardaroba di mia madre."

"Ha senso." Probabilmente, Royce avrebbe fatto lo stesso se fosse stato al posto del re. Bevve un lungo sorso dalla sua bottiglia, anche se la birra si era scaldata.

Federico si appoggiò allo schienale della sedia e osservò Royce. "Di solito, la gente si rivolge con ossequio ai membri della famiglia reale. Tuttavia, in questo caso, apprezzerei che lei fosse sincero. Cosa la preoccupa riguardo a mia zia?"

Federico – come Daniela – era perspicace. Ogni volta che si parlavano, Royce lo trovava più simpatico. "Non è tanto preoccupazione, quanto voglia di saperne di più," disse Royce. "Mi piacerebbe comprendere vostra zia, nel caso tornasse alla suite. La necessità di sincerità è reciproca."

"Possiamo parlare liberamente?"

Considerato che Federico viveva praticamente sotto un microscopio, Royce comprendeva la sua esitazione. Mosse una mano per accennare all'ufficio. "Nulla viene registrato, qui. Le informazioni sono solo per il mio uso personale."

Dopo una breve pausa, Federico disse: "Non sono contento che sia entrata nella residenza di mio padre senza parlarne prima con lui. Ma non è nulla di eccezionale. Lei fa sempre quello che vuole e agisce sempre a modo suo."

"Per esempio?"

Federico fece spallucce. "Ignora l'opinione pubblica e si associa con chiunque desideri, quando lo desidera. In occasione del festival di Cannes, sette o otto anni fa, ha deliberatamente intrattenuto una conversazione amichevole di fronte ai paparazzi con un attore che era stato accusato il mese prima di aver truffato il suo manager per diversi milioni. E l'anno scorso è stata fotografata con una nota esponente dell'alta società il cui marito aveva chiesto il divorzio dopo averla accusata di averlo tradito con il fratello."

"Me lo ricordo," disse Royce. "Il padre della moglie è un miliardario, giusto? Si occupa di container?"

La bocca di Federico ebbe un guizzo. "Esatto. Helena la conosce a malapena, ma quando il reporter di un tabloid glielo chiese, lei rispose semplicemente che la donna era una sua conoscente e che con i conoscenti si parla."

Royce non seguiva i tabloid, ma ricordava di aver letto dell'altro riguardo a quella storia. Non su Helena, ma sull'altra donna. "Non era venuto fuori che il marito e il fratello di lui si erano inventati tutto?"

"L'uomo confessò qualche mese dopo. Aveva mentito per via del mantenimento. A quanto pareva, si era indebitato facendo degli acquisti costosi senza informare la moglie ed era arrivato il momento di pagare. Con l'attore, la situazione era simile. Il manager aveva perso denaro giocando d'azzardo, ma aveva dichiarato di non essere stato pagato dal commercialista dell'attore per ricevere un doppio stipendio."

Royce fece una smorfia. Era sconvolto al pensiero che tanta gente avesse un ego tale da credere di poter commettere crimini tanto stupidi e passarla liscia.

"Come può immaginare, la tendenza di mia zia di difendere i suoi amici l'ha resa molto amata fra le liste di San Rimini e – ironia della sorte – le è valsa commenti positivi da quella stessa stampa di cui ha ignorato le opinioni. Certo, l'ha aiutata molto il fatto che le accuse in quei due casi prominenti si sono rivelate false."

"Ma voi non approvate comunque le sue scelte?" Royce doveva procedere con cautela, ma voleva anche comprendere meglio il rapporto di Helena con i parenti acquisiti.

"Non spetta a me approvare o disapprovare. Anzi, la rispetto perché fa quello che ritiene giusto." Il principe giunse le dita sopra il ginocchio. "Zia Helena fa parte della famiglia. Ma non è una diTalora. Portare quel nome significa rappresentare la nazione. Agli occhi di molti, le nostre azioni in pubblico e in privato sono la stessa cosa. Da quel punto di vista, zia Helena è una privata cittadina. Non deve alcun servigio ai cittadini del nostro Paese. Tuttavia, ha un legame particolare con il nome diTalora e ha vissuto a palazzo per la maggior parte della sua vita da adulta. È una situazione difficile."

Royce annuì. In quanto membro della famiglia reale, Federico non avrebbe mai detto o fatto determinate cose. Una delle quali era dire che avrebbe voluto che sua zia Helena si comportasse con l'attenzione e il decoro che ci si aspettava da una diTalora, anche se il suo cognome era Masciaretti.

"Le apparenze contano, anche quando non dovrebbero," proseguì Federico, prendendo in mano la bottiglia dell'acqua. "Anche se conosciamo la verità riguardo a una certa situazione e abbiamo buone intenzioni, quando ci ritroviamo oggetto di attenzioni negative da parte della stampa, dobbiamo impiegare del tempo per risolvere la situazione. Di conseguenza, le faccende davvero importanti si perdono. Il giorno dopo che Helena apparve con quell'attore a Cannes, a mia madre fu chiesto di renderne conto. Stava aprendo una nuova ala di oncologia all'ospedale; i lavori erano durati quasi un decennio. Tutte le raccolte di fondi, tutto il lavoro dei ricercatori, tutte le nuove strutture disponibili ai nostri cittadini... tutto fu messo da parte in favore di una domanda su quell'attore. Si sono verificate altre situazioni simili, in cui Helena ha attirato l'attenzione della stampa e miei genitori hanno dovuto risponderne. Ancora una volta, parlo in via non ufficiale, ma quella particolare situazione ha lasciato mio padre frustrato."

"Hanno discusso?"

"Non che io sappia, anche se fra loro c'è sempre stato un

certo attrito." Federico fece una pausa, quindi scosse la testa. "No, attrito è forse una parola troppo forte. Conoscendo mio padre, al massimo avrà chiesto a zia Helena di pensare alle conseguenze del suo comportamento."

Lo sguardo di Federico si spostò sul calendario del Real San Rimini appeso alla parete accanto alla scrivania di Royce. L'immagine raffigurava il portiere della squadra che si tuffava per parare un gol durante una partita di Champions League.

"Il calcio è una buona analogia per il loro rapporto," disse Federico, osservando l'immagine. "Mio padre considera l'intera famiglia reale come una squadra, unita per raggiungere un obiettivo comune. Quando un membro attira attenzioni negative, costituisce una distrazione. Tuttavia, rimproverare quel giocatore, che è una persona adulta e indipendente con un ego suo, non aiuta il capitano della squadra. L'approccio migliore è chiedere al giocatore di riflettere sugli effetti che il suo comportamento ha sulla squadra, tanto quelli positivi quanto quelli negativi. Si spera che quel giocatore arrivi da solo alla conclusione che agire a sostegno di una vittoria condivisa porti anche una vittoria personale."

Ciò si sposava perfettamente con ciò che Royce aveva osservato riguardo al re. "E vostra madre?"

"Sospetto che si sia trovata fra due fuochi." Federico si rotolò la bottiglia dell'acqua fra le mani. Un'espressione di rammarico attraversò per un attimo il suo sguardo, per poi svanire. "Lei conosceva Helena meglio di tutti. Credeva che chiedere a Helena di cambiare sarebbe stato come chiedere al vento di smettere di soffiare. Inoltre, comprendeva tanto il suo ruolo quanto quello di mio padre come rappresentanti della nazione. Una volta, l'ho sentita ricordare a mio padre che gli screzi con Helena erano sempre temporanei. E, a differenza dei reali cognati di tutto il resto del mondo, le azioni di Helena non erano immorali o illegali, semplicemente cibo per pettegoli. Helena era un'ottima assistente ed è tuttora una zia meravigliosa per me e per i miei germani. Non ha mai avuto figli e ci ha trattati come se fossimo suoi. Mio padre lo riconosce e lo apprezza. È per questo che ha invitato Helena a continuare a vivere a palazzo dopo che mia madre è venuta a mancare."

"E lei non è più l'assistente di vostra madre, per cui non riveste più alcun ruolo formale. Questo, probabilmente, rende più facile il loro rapporto."

Federico inarcò un sopracciglio scuro. "Senza dubbio. Zia Helena fa ancora delle apparizioni in pubblico e fa parte del consiglio di amministrazione di alcune attività di beneficenza qui a San Rimini, soprattutto quelle sostenute da mia madre, ma lo fa a titolo personale, piuttosto che come rappresentante della famiglia reale. Spesso, la stampa la descrive come una reale, ma lei insiste a precisare di essere una privata cittadina."

"Voi non la considerate una sospettata."

"No," disse Federico in tono sicuro. "Il modo in cui si è comportata oggi è perfettamente coerente con la sua personalità."

"Sono lieto di saperne di più." Federico, forse, non sospettava della zia, ma a meno che il ladro non venisse catturato, Helena Masciaretti restava nell'elenco mentale di Royce.

Federico bevve un sorso d'acqua, dopodiché aggiustò la sua posizione sulla sedia. "Avevate accennato a un secondo evento inusuale."

"Le sorelle Roscha sono entrate nella residenza ieri pomeriggio. Ero andato nel bagno di vostro padre per riempire un secchio e al mio ritorno loro erano lì, che mi davano le spalle, e guardavano la zona vicino al vestibolo dove stavo rimuovendo la carta da parati."

Quelle parole strapparono un'espressione preoccupata al principe. "Mio padre verrà informato da Miroslav, allora. Sono pochi ad avere un codice di accesso per la residenza. Se qualcuno che non sia un membro della famiglia, voi o la signorina D'Ambrosio ne utilizza uno, lui sa di dover fare rapporto." Federico si sporse in avanti, la mano sospesa sopra la ciotola di noccioline ricoperte di cioccolato sul bordo della scrivania di Royce.

"Sono lì da qualche giorno, ma servitevi pure."

"Sopravviverò," disse Federico, prendendo qualche nocciolina. "La festa della pizza prevedeva di assaggiare il lavoro dei bambini, non di sedersi a mangiare. Cosa volevano Olena e Tetyana?"

"Sostenevano di essere venute a controllare i pavimenti e assicurarsi che non facessi gocciolare acqua durante la rimozione della carta da parati. Erano preoccupate per il legno."

"Come per il comportamento di mia zia, anche questo non è inusuale. Le sorelle Roscha considerano le condizioni delle stanze di mio padre una questione di orgoglio. Tuttavia, a essere inusuale è il fatto che abbiano contravvenuto all'ordine diretto di non entrare nella residenza. Quanto a lungo sono rimaste sole?"

"Al massimo due o tre minuti."

Raccontò al principe della visita delle donne, per poi parlargli del secondo ingresso di Tetyana mentre lui era, ancora una volta, nel bagno del re.

"Il tempismo mi preoccupa," disse Royce. "Daniela era uscita per andare in farmacia dieci o quindici minuti prima che io andassi a riempire il secchio. C'è una farmacia a un isolato dal palazzo, lungo la strada che lei aveva preso quel pomeriggio per andare a ritirare il pranzo, per cui immagino che si sia recata laggiù. Era seduta alla scrivania nella suite della regina quando sono tornato nel salone con il secchio, ma non so se Tetyana sia arrivata prima o dopo di lei. Ho il sospetto che Tetyana sia arrivata per prima, considerata la distanza della farmacia, anche se Daniela sostiene di non averla vista al suo ingresso."

"Gliel'ha chiesto?"

"Con discrezione. Inoltre, Daniela mi ha detto che, al suo

ritorno dalla farmacia, tutto era esattamente come lei lo aveva lasciato."

"Eppure, lei non si sente ancora tranquillo."

"Se Tetyana è arrivata prima di Daniela, è possibile che sia entrata nella suite della regina, anche se non avrebbe avuto molto tempo. Avrebbe sicuramente immaginato che stavo riempiendo il secchio e che non sarei rimasto lontano a lungo."

Federico non si curò di nascondere lo scetticismo. "Sarebbe stato difficile per Daniela attraversare il salone senza notare la presenza di un'altra persona."

"Tetyana era carponi sul pavimento vicino al divano. Sosteneva di aver perso un bottone mentre ispezionava i pavimenti con la sorella e di essere tornata a recuperarlo. Ha trovato un bottone – o almeno, sosteneva di averlo fatto – e me lo ha mostrato prima di andarsene, ma io non ho ispezionato la sua uniforme per assicurarmi che combaciasse."

Royce lasciò che fosse Federico a unire i puntini. Se Tetyana era abbastanza infida da mentire sulla ricerca di un bottone, lo era abbastanza da staccarsene uno dall'uniforme per coprirsi. E considerata la meticolosità con cui puliva la residenza, era possibile che avesse lasciato la porta della suite di Aletta nella stessa identica posizione dopo essersi intrufolata all'interno.

La fronte aggrottata di Federico rivelava che il flusso dei suoi pensieri seguiva quello di Royce. Tetyana poteva aver detto la verità… o no. Ma Tetyana Roscha lavorava da troppo tempo e troppo duramente per la famiglia reale perché Federico potesse esprimere quei pensieri ad alta voce, persino a Royce.

"Mentre ci penso su, sapete per caso se i vostri genitori abbiano regalato degli orologi alle sorelle? Non sono un esperto e non li ho guardati da vicino, ma gli orologi che portavano sembravano più preziosi di quanto ci si potrebbe aspettare."

A quelle parole, Federico sorrise. "Mia madre regalò a ciascuna delle due un orologio di Cartier il Natale prima della sua scomparsa. Disse loro che era per tutti gli anni di servizio, ma a quel punto sapeva di essere terminale. Aveva pensato di lasciare loro qualcosa nel testamento, ma voleva che ricevessero qualcosa di speciale finché era ancora viva, in modo da poter vedere la loro gioia."

"Capisco," disse Royce. Ciò dissolveva uno dei suoi sospetti, ma a lui continuava a non piacere il fatto che quelle due si aggirassero per la residenza. "Se siete in grado di ottenere l'informazione senza attirare attenzione, gradirei conoscere l'orario dell'ingresso di Daniela e Tetyana," disse Royce.

Il principe annuì. "Quando mio padre riceverà il rapporto settimanale da Miroslav, farò in modo che chieda un elenco completo degli ingressi della giornata, con tanto di orari precisi. Glielo passerò il prima possibile. È probabile che Miroslav fornirà comunque quell'informazione, anche senza una richiesta esplicita. È molto puntiglioso."

"Questo è vero."

A Royce venne in mente che, se il colpevole era Miroslav, fornire regolarmente informazioni del genere su altre persone sarebbe stato un modo facile per sviare i sospetti. Lui dubitava che Miroslav fosse coinvolto, ma aveva imparato che le persone non erano sempre oneste come sembravano.

Federico prese un'altra manciata di noccioline coperte di cioccolato. "Daniela si è incuriosita quando le ha chiesto di Tetyana?"

"Comprende la necessità di mantenere la sicurezza, anche se non conosce il mio vero ruolo." Royce esalò un lungo respiro. "Daniela è un altro argomento di cui dovremmo discutere. Ieri mi ha portato il pranzo e abbiamo mangiato insieme nel salone. Non si ricorda di me. Non ancora."

"Mi chiedevo come facesse a sapere che è passata di fronte alla farmacia mentre andava a prendere il pranzo." Il principe gli rivolse un sorrisetto. "È attenta ai dettagli, o non sarebbe al servizio della regina Fabrizia. È lei a organizzare il programma della regina e ad aiutarla a prepararsi per gli eventi. È un compito molto gravoso. Immagino che abbia una buona memoria."

"Mi ha invitato a pranzare insieme lunedì. Rifiutare sarebbe stato sospetto."

Federico liquidò la preoccupazione con un gesto. "Pensa che sarebbe un problema se scoprisse che lei è l'uomo che aveva conosciuto in vacanza?"

"Potrebbe, se ricordasse la nostra conversazione. Avevamo parlato della mia intenzione di entrare nelle forze armate dopo aver lasciato il Guatemala. Potrebbe chiedersi come mai sono diventato un pittore."

"Un pittore considerato molto affidabile, o non avrebbe accesso alle stanze private del re. Il suo passato nelle forze armate la rende un candidato naturale." Federico prese un'altra manciata di noccioline e il suo sguardo si illuminò di pregustazione prima che se ne mettesse una in bocca. Non dovevano essere stantie come aveva temuto Royce.

Dopo aver inghiottito, Federico disse: "Se la signorina D'Ambrosio dovesse indovinare il vero motivo della sua presenza qui, è necessario che sappia che deve mantenere la sua copertura."

Royce annuì, anche se non condivideva la sicurezza di Federico. Anche se una parte di lui voleva che Daniela conoscesse la sua identità e poter parlare liberamente con lei, Royce aveva buone ragioni per tenere segreta la sorveglianza che stava svolgendo. Per quanto affidabile fosse, se Daniela non avesse conosciuto il suo vero ruolo, non avrebbe dovuto nasconderlo agli altri. Un'occhiata sospetta, una parola di troppo, e lui avrebbe potuto essere scoperto. Miroslav, in particolare, era addestrato a cogliere simili indizi.

Nel corso degli anni, Royce aveva imparato che meno persone sapevano che lui non era ciò che sembrava durante un'operazione sotto copertura, meglio era.

Federico controllò l'orologio. "Devo tornare a palazzo prima che la mia assenza venga notata. C'è altro che dovrei sapere?"

"Non a questo punto, anche se, considerati gli eventi di ieri, potrebbe essere prudente installare una telecamera nel salone. Credo di poterlo fare senza attirare l'attenzione di Miroslav, ma potrebbero volerci un paio di giorni per nasconderne una in maniera efficace, se lui è abile quanto credo nel suo lavoro."

"Ne discuterò con mio padre."

"Vi ringrazio." Mentre Federico si alzava, Royce si sentì in obbligo di aggiungere: "Sapete, è possibile che il ladro o i ladri non si trovino più a palazzo."

"Considerato che nessun furto è stato segnalato negli anni successivi alla scomparsa di mia madre, ciò è più probabile che no. Tuttavia, mi rassicura sapere che le stanze di mia madre sono monitorate mentre sono aperte, e da un professionista esterno al palazzo."

Era un lavoro relativamente facile e lo sapevano entrambi. Non c'era alcuna sfida. D'altra parte, Roy non voleva che il principe si facesse aspettative irrealistiche, soprattutto considerata la paga che il re aveva offerto per i servigi di Royce.

"Erano deliziose," disse Federico, gesticolando verso la ciotola. "Lucrezia cerca di farmi seguire una dieta salutare, ma forse potrei convincerla che queste, in quantità moderata, potrebbero farmi bene. Sono al cioccolato fondente? Ricche di antiossidanti e di altre sostanze benefiche?"

"Temo di no. Beh… magari le noccioline contengono un po' di vitamina E."

Federico sorrise mestamente nella direzione della ciotola. "Peccato."

Royce controllò la telecamera all'esterno per assicurarsi che la strada fosse vuota prima che Federico si allontanasse. "Non saprei. Stavo pensando che dovrei tenerne una confezione nella cassetta degli attrezzi a palazzo, nel caso avessi bisogno di uno spuntino di emergenza."

"È un'ottima idea. Il lavoro stimola l'appetito," disse Federico mentre usava il telefono per inviare un messaggio all'autista. Prima di uscire dalla porta, il principe aggiunse: "Sono ansioso di verificare i progressi che ha fatto sulle pareti. Passerò in settimana."

CAPITOLO 14

Lisa D'Ambrosio era al lavandino della cucina, con una mano appoggiata sul fianco. Con l'altra, teneva scostata una tendina di pizzo bianco per osservare l'attività nella casa della vicina, che si trovava leggermente

Ora Daniela sapeva perché il tessuto della tendina cadeva diversamente da un lato.

"Mamma, smettila di spiare i Carrini." Era un'affermazione più aggressiva di quanto lei avrebbe voluto, ma dopo cinque ore di lavoro in casa di sua madre, Daniela era quasi al culmine della pazienza. Il suo aereo era atterrato a Cateri, la capitale, qualche ora dopo il tramonto della sera prima. Era passata dal suo appartamento per assicurarsi che andasse tutto bene, aveva bevuto qualcosa di veloce con un'amica che viveva nello stesso palazzo e aveva poi guidato per novanta minuti fino al villaggio di Lescailles, dove era cresciuta. Dopo aver fatto il pieno e aver comprato una confezione di acqua minerale, aveva guidato fino alla casa di sua madre.

Il viale e il cortile erano puliti, cosa che aveva dato speranza a Daniela. Aveva sbirciato nel finestrino del passeggero del furgone di sua madre, che la donna usava per il suo attuale lavoro di guida turistica privata. Come sempre, il veicolo aveva un aspetto immacolato, dentro e fuori. Poi Daniela aveva osservato la casa. Le pareti di pietra, il tetto di tegole e le fioriere di ferro battuto sotto le finestre avevano un aspetto solido, perlomeno alla luce delle pallide lampade da esterni. Le tradizionali tendine di pizzo bloccavano la vista sull'interno, ma avevano un aspetto pulito.

Dopo aver esalato il fiato, aveva bussato. Sua madre l'aveva salutata allegramente, con una promessa di pane fresco e stufato per cena e di lenzuola pulite sul letto.

Al suo ingresso, tuttavia, Daniela si era resa conto che le tende erano state tirate per nascondere il fatto che scatoloni e spazzatura varia – Daniela non riusciva a definirla altrimenti – erano state impilate al punto da bloccare le finestre del salotto. Persino la luce sul soffitto era smorzata dal puro e semplice volume di oggetti che ingombravano la stanza.

Entrare nella casa le aveva dato la sensazione di entrare in una grotta sinistra.

Daniela si era tagliata il dorso di un piede su un cavalluccio a dondolo trenta secondi dopo essere entrata. Quando si era chinata per ispezionare il taglio, sua madre l'aveva rimproverata per aver potenzialmente danneggiato il cavalluccio nello stesso istante in cui le aveva offerto un tovagliolo di carta per fermare l'emorragia.

Era la prima di molte imprecazioni che Daniela aveva trattenuto, anche se aveva detto a sua madre che un ringraziamento per essere venuta con un preavviso minimo sarebbe stato preferibile alla difesa dei diritti di un giocattolo di legno con un occhio solo, che sua madre non aveva motivo di possedere e che probabilmente aveva trovato in mezzo a un mucchio di spazzatura a bordo strada.

Sua madre si era offesa, cosa che non prometteva bene. Daniela si era fatta perdonare lodando tanto le fioriere quanto lo stufato.

Ma sapeva che avrebbe dovuto attenuare il tono della voce se voleva che sua madre smettesse davvero di spiare la famiglia Carrini. In tono leggero, disse: "Per favore, mamma. So che sei preoccupata, ma è sabato. Gli uffici pubblici sono chiusi. Probabilmente andranno a Lescailles a trovare i loro nipoti."

Sua madre brontolò. "Gaetana continua a guardare da questa parte."

"Tu continui a guardare lei."

"Lei non lo sa. Non mi vede."

"Spero proprio di no."

Sua madre si voltò di scatto. "Mi rendo conto che casa mia non è degna di una regina–"

"Casa tua – la tua vita – è quello che tu ne fai, mamma. Quello che tu decidi di farne. Devi solo fare quella scelta e avere la forza di volontà per portarla avanti. Che si tratti di una regina, di te o di me non fa differenza."

L'espressione di sua madre si contrasse di fronte a quel rimprovero gentile, ma la donna non disse nulla.

Daniela prese una confezione di cereali dal piano della cucina, notò che era ancora sigillata e controllò la scadenza. La data "da consumarsi preferibilmente entro" risaliva a due anni prima. Daniela aprì la scatola, tirò fuori il sacchetto con i cereali e lo lasciò cadere nel sacchetto per la spazzatura che aveva agganciato alla maniglia di un armadietto vicino. Appiattì la scatola e la aggiunse a una pila di altre che avrebbe portato al bidone non appena l'auto dei Carrini se ne sarebbe andata. Per quanto Gaetana Carrini sarebbe stata felice di sapere che Daniela era venuta a pulire, Daniela non voleva che i vicini vedessero la quantità di spazzatura che sarebbe uscita di casa.

Prese un'altra scatola di cereali. Stessa marca, stessa data di scadenza, stessa fine.

Il bidone fuori dalla casa era già stracolmo, il che significava che Daniela avrebbe dovuto usare il furgone di sua madre per trasportare tutto all'isola ecologica sul limitare del villaggio nel tardo pomeriggio, prima che chiudesse. La sua auto non era grande abbastanza.

Daniela sollevò la testa di fronte al silenzio di sua madre. Lo sguardo della donna più matura era fisso sul sacchetto della spazzatura. "Perché hai buttato via i cereali? Volevo mangiarli!"

Daniela indicò la data su una delle scatole appiattite, ma sua madre allargò le mani. "Sono *cereali*, Daniela. Non vanno a male. Sei una sprecona."

"Quella scatola è rimasta sul piano per almeno due anni. Era tutta impolverata. Non è uno spreco buttare qualcosa di vecchio e stantio. È stato uno spreco comperarlo."

"Era in saldo." Sua madre batté una mano sul bordo del lavandino. "Io lavoro sodo, Daniela. Rispetto il mio budget. Non compro cose che non ho intenzione di usare."

Come no, pensò Daniela. Con la voce più tranquillizzante che riuscì a tirare fuori, disse: "Se il budget è importante per te, non comprare altro cibo da dispensa prima di aver finito quello che hai già."

"Ma-"

"Anche se è in offerta. Quello che costa di meno in assoluto è il cibo che hai già, che hai già comprato e che aspetta di essere mangiato. Giusto?"

Negli occhi di sua madre brillava la tristezza quando spostò lo sguardo sul sacchetto dello sporco. "Capisco."

"Magari a te non sembra, ma se butto via il cibo vecchio in modo che tu possa vedere quello che hai di fresco, risparmierai denaro. Guarda questo." Daniela mostrò un'altra scatola di cereali, la cui scadenza distava solo un mese. "Mangia questi. Sono ancora buoni, ma nascosti com'erano dietro le altre scatole, non li avresti visti. Quando tutte le scatole che hai adesso saranno finite, *allora* potrai cercare delle offerte e comprare una confezione per volta."

"Fortunata come sono, quando avrà finito le scatole che ho

adesso, non ci saranno offerte." La madre di Daniela strinse il laccio del grembiule, quindi si voltò di nuovo verso la finestra.

Daniela resistette all'impulso di levare gli occhi al cielo o di sottolineare che le scatole che sua madre aveva non sarebbero mai finite. Invece, guardò oltre le spalle di sua madre per vedere Gaetana Carrini salire sul sedile del passeggero della vecchia utilitaria nera di famiglia, tenendo fra le braccia quella che sembrava una grossa scatola con un fiocco sopra. Il marito della donna era sulla porta, che dava le spalle all'auto. Sembrava intento a chiudere casa.

"Visto?" disse Daniela. "Stanno andando a una festa, non in comune."

Sua madre grugnì. "Spero che il gatto lasci un altro topo sulla soglia mentre loro sono via. Una dozzina di topi."

Daniela fece per farle notare il difetto nella logica di quel ragionamento, ma poi si trattenne. Qualunque cosa fosse percepita come una critica avrebbe fatto più male che bene.

Buttò due buste di cracker nella spazzatura e ricordò a se stessa che la cucina era la parte più facile. Per quanto il frigorifero di sua madre fosse stato pieno di formaggio ammuffito e avanzi irriconoscibili quando Daniela lo aveva aperto quella mattina, e per quanto pieni di cibo scaduto fossero stati la dispensa e i piani, era il salotto a farle rivoltare davvero lo stomaco. Percorrere quelle specie di sentieri incorniciati dai mucchi di spazzatura di sua madre la faceva sentire come la principessa Leia intrappolata nell'enorme compattatore di rifiuti della Morte Nera, le cui pareti si stringevano lentamente per stritolarla.

Pulire il salotto – o meglio, pulirne *una parte*, perché nessuno avrebbe potuto ripulirlo in un singolo fine settimana senza usare un lanciafiamme o un bulldozer – era un compito spaventoso. Peggio ancora, sua madre era molto più protettiva del bottino che teneva in salotto di quanto non lo fosse del cibo. Daniela sapeva che avrebbe trascorso tanto tempo a discutere, giustificarsi e cercare di convincerla quanto ne avrebbe passato a strappare mucchi di scontrini vecchi di vent'anni o a buttare via "pezzi da collezione" che non era mai valsa la pena di collezionare. Se Daniela avesse razionalizzato il commento che aveva fatto sua madre, avrebbe esaurito il numero di razionalizzazioni a lei concesso prima di poter anche solo intaccare l'orrore che era il salotto.

Mentre sua madre si sporgeva sopra il lavandino per osservare la partenza dei vicini, Daniela aprì l'armadietto vicino alle sue ginocchia e tirò fuori quattro pentole ammaccate. Muovendosi il più velocemente e il più silenziosamente possibile, le infilò nel sacchetto dello sporco e le nascose sotto i cereali. Con un occhio su sua madre, aggiunse una placca da forno così vecchia da aver perso lo smalto, poi contenitori di dimensioni industriali di cannella, aglio e cipolla in polvere, tutti con le etichette consumate e i coperchi appiccicosi e crepati. Allacciò il sacchetto e lo mise da parte un istante prima che sua madre voltasse le spalle alla finestra.

"È meglio che lo porti fuori," disse Daniela. "Non è ancora pieno, ma non voglio che si rompa. Il furgone della spazzatura passa ancora di lunedì, vero?"

Sua madre passò lo sguardo sul piano, cercando di capire cosa potesse essere scomparso. "Sì."

"Perfetto. Te lo metterò fuori prima di partire, domani sera."

E si sarebbe assicurata che fosse ben chiuso per evitare che gli animali vi avessero accesso. La spazzatura di quella settimana sarebbe stato un banchetto per loro.

"Grazie. Ho il terrore di trascinarlo fuori tutte le settimane." Sua madre sospirò, quindi guardò alle spalle di Daniela. "Il frigorifero e la dispensa hanno un aspetto fantastico."

Daniela avrebbe usato un'altra espressione, ma se non altro i contenuti non avrebbero mandato nessuno in ospedale. Inoltre, lei le aveva riorganizzato creativamente il tutto in modo che gli spazi sembrassero pieni. Prima che sua madre scendesse a fare colazione, Daniela era riuscita a riempire due sacchi della spazzatura e a portarli fuori di nascosto dalla porta sul retro. Non voleva che sua madre scoprisse quanto aveva davvero buttato.

Se lo avesse fatto, prima avrebbe avuto un crollo nervoso, poi avrebbe comprato il doppio di quello che c'era stato prima. Era quello che sua madre aveva fatto tre anni prima, quando Daniela aveva insistito per svuotare l'intera dispensa dopo che aveva aperto un contenitore di riso e l'aveva trovato infestato.

Daniela si levò dalla testa quell'immagine e sorrise a sua madre. "C'è pasta in abbondanza e hai una buona selezione di pomodori pelati. Magari potremmo prepararne un po' per cena?"

Con stupore di Daniela, sua madre si illuminò. "Che bella idea. Nel frattempo, che ne diresti di uscire a pranzo? Sono anni che non andiamo a Gavoli insieme."

Poco più di un crocevia con qualche edificio in pietra e una fontana costruita per commemorare un toro fuggiasco che aveva salvato la vita a un bambino, il minuscolo villaggio di Gavoli distava un breve tragitto in macchina. Si trovava nella direzione opposta rispetto al villaggio dove sua madre insegnava un tempo e dove Daniela immaginava fossero andati i Carrini. Sarebbero potute uscire, godersi il pranzo e tornare indietro in poco più di un'ora. Tempo più che sufficiente per accrescere il mucchio della spazzatura e portare tutto all'isola ecologica.

"Il bistrò è ancora aperto?" chiese Daniela.

"Adesso lo gestisce il figlio di Giancarlo. Coltiva personalmente i pomodori e le erbe. Potremmo sederci di fuori e goderci una bottiglia di vino."

"Un bicchiere di vino."

"Se preferisci. Tu guida e io bevo il resto della bottiglia."

Il che, pensò Daniela, avrebbe potuto essere sufficiente perché sua madre avesse bisogno di fare un pisolino pomeridiano.

Concordarono di partire entro un'ora. Sua madre andò a fare la doccia mentre Daniela portava la spazzatura fuori dalla porta sul retro e giù per i gradini di pietra che portavano alla grande pattumiera. Ci volle un certo sforzo per far sembrare che il sacco fosse più leggero di quello che era, ma se Lisa D'Ambrosio avesse guardato fuori dalla finestra e sospettato anche solo per un istante che esso conteneva alcune delle sue pentole e delle sue padelle, gliel'avrebbe fatta pagare cara. Quella sera, mentre preparava la cena, Daniela avrebbe risistemato l'armadietto. C'erano almeno tre set completi di pentole lì dentro, e lei aveva intravisto una scatola che conteneva un altro set – nuovo di zecca – in salotto.

"Scommetto che era in offerta," borbottò fra sé mentre inseriva il sacco nella pattumiera. Avrebbe dovuto compattare il tutto per farci stare anche il resto di ciò che aveva in mente di buttare durante quel fine settimana.

Il richiamo di un uccello dalla vicina macchia d'alberi attirò la sua attenzione. Le ci volle un momento per individuare la creatura, che la osservava da un ramo contorto. L'uccello saltellò di lato, quindi prese il volo, planando sopra l'erba prima di svanire dall'altra parte della strada.

Daniela chiuse gli occhi per qualche istante, ascoltando i suoni familiari che circondavano la casa di sua madre.

Quasi tutti i suoi compagni di classe avevano lasciato la zona di Lescailles anni prima. La maggior parte si era trasferita a Cateri in cerca di lavoro e di uno stile di vita più metropolitano. Alcuni avevano seguito le loro carriere o i loro partner all'estero, in Italia, Svizzera o Francia. Daniela e i suoi amici avevano spesso espresso il desiderio di lasciare la vita prevedibile e noiosa del villaggio. Ora, tuttavia, con la brezza che smuoveva delicatamente le strette foglie degli olivi e la promessa di una caprese fatta con formaggio locale e basilico raccolto quella mattina, Daniela non la trovava per nulla noiosa. La campagna di Sarcaccia era il luogo dove godersi del buon vino, i cieli soleggiati e la tradizione. Come in un poster turistico, gli abitanti del posto trascorrevano la pausa pranzo raccontandosi storie e giocando a backgammon su cassette per il latte rovesciate nei portoni lungo le strade lastricate. La sera, si scambiavano le loro ricette preferite per il pescato del giorno portato a Lescailles dai pescatori che vivevano lungo la costa.

Fuori dal villaggio, si potevano fare lunghe passeggiate fra alberi e campi che erano cambiati ben poco dai tempi dell'antica Roma, o, nel caso di Daniela, risalire le colline rocciose per godersi la vista panoramica sullo scintillante mediterraneo.

Daniela aprì gli occhi, se li schermò con una mano e guardò attraverso i campi verso la collina.

Alle sue spalle, una finestra aperta del bagno le permetteva di udire lo stridere dei tubi, seguito dall'acqua che batteva sulle mattonelle della doccia di sua madre. Daniela sospirò. Avrebbe dovuto correre dentro e buttare via il buttabile mentre sua madre era occupata, ma un attimo di respiro le avrebbe rinfrancato l'anima.

Si recò al tavolino e alle sedie di vimini che si trovavano sotto il pergolato accanto alla casa. Lì, al riparo dal sole, faceva più fresco, ma non freddo. Quando Daniela era bambina, i suoi genitori trascorrevano la maggior parte delle serate a quel tavolo, mano nella mano, parlando degli eventi della giornata. Almeno una volta la settimana, i vicini o un gruppo di loro studenti veniva a trovarli. Suo padre tirava fuori delle sedie in più e metteva delle candele dentro alcune lanterne. Le risate e la conversazione scorrevano libere e il suono si riversava sul patio di pietra e attraverso l'uliveto. Sua madre serviva delle bruschette e suo padre disponeva con orgoglio un tagliere pieno di olive, carote, formaggi, salumi e fette di cetrioli, e il tutto svaniva gradualmente.

Per anni l'uomo aveva tenuto a bada gli istinti peggiori della moglie, rimuovendo articoli dal carrello della spesa, incoraggiandola a controllare quello che già c'era in casa prima di fare acquisti. Lei era un'accumulatrice, che raccoglieva cose dal bordo della strada quando la gente metteva fuori la spazzatura, che perlustrava i mercati alla ricerca di offerte di cui avrebbe potuto avere bisogno in futuro e che poi nascondeva tutto in armadi e armadietti. Il padre di Daniela le aveva raccontato che ciò era stato carino all'epoca in cui loro due si erano appena sposati e possedevano poche cose. I loro primi mobili erano arrivati da una famiglia del villaggio che stava ristrutturando la casa ed era stato felice di risparmiare il costo della rimozione del vecchio salotto.

Col passare degli anni, la situazione si era fatta meno carina. Il padre di Daniela non riusciva a tenere il passo della moglie. Secondo Lisa, tutto era collezionabile. Sosteneva di poter guadagnare denaro rivendendo le cose che raccoglieva, anche se non lo faceva mai. E poi c'erano le carte che lei rifiutava di buttare via. Grida di "Potrebbe servirci!" risuonavano tutte le volte che suo marito osava buttare via una ricevuta vecchia o quello che restava di uno scontrino. Più di una volta Daniela aveva udito suo padre lamentarsi che lo scanner era l'unica cosa che impediva che casa loro venisse dichiarata a rischio incendio.

L'ultima goccia era arrivata mentre Daniela era a studiare all'estero. Quando era tornata dall'Università del Michigan, suo padre le aveva detto di non tornare a casa da Cateri. "Il tuo progetto di ricerca e i colloqui dovrebbero essere la tua priorità, quest'estate," le aveva detto quando era venuto a prenderla in aeroporto e l'aveva riportata all'appartamento vicino all'università. "L'ultima cosa di cui hai bisogno è sprecare tempo facendo avanti e indietro da Lescailles. Io e tua madre possiamo venire a trovarti, per i prossimi mesi."

Solo ad agosto, dopo che Daniela aveva completato il progetto di ricerca e cominciato a lavorare per la regina Fabrizia, aveva scoperto che suo padre era andato via di casa.

Suo padre l'aveva chiamata per dirle che era a Cateri per partecipare a un seminario e che voleva portarla fuori a cena per festeggiare il suo nuovo lavoro presso la famiglia reale. Nonostante la palese gioia nel vederla, l'uomo era stato stranamente distratto mentre lei gli descriveva le prime settimane di lavoro. Quando Daniela aveva spostato la conversazione sulla famiglia e gli aveva chiesto se sua madre stesse aspettando con ansia l'inizio del nuovo anno scolastico, il disagio dell'uomo era diventato impossibile da ignorare.

"Cosa c'è?" aveva chiesto Daniela mentre mangiava un boccone di salmone. "Non avrà problemi a scuola, vero?"

Era una domanda stupida. Nel profondo di sé, Daniela sapeva già quello che avrebbe sentito.

"No. Il suo problema sono io. Ho comprato un trita-documenti," aveva risposto suo padre con un sospiro pesante. "Le ho detto che era un regalo e che avrebbe potuto usarlo per distruggere quello che voleva distruggere e proteggere i nostri dati personali e finanziari."

Daniela aveva fatto una smorfia. "Lo hai comprato per liberarti delle sue carte."

"Certo. Ma le ho raccontato la storia del regalo e l'ho lasciato in salotto, nella speranza che ci si abituasse. Due settimane dopo, lei lo ha buttato via."

Daniela si era portata un boccone di salmone alla bocca, poi aveva posato la forchetta alla vista dell'espressione cupa di suo padre. "Non ti sarai sorpreso."

L'uomo aveva scosso la testa e le aveva versato un secondo bicchiere di vino. Quando aveva svuotato il resto della bottiglia nel suo bicchiere, aveva fatto il sorriso più triste che Daniela avesse mai visto. "Sosteneva di aver cercato di usarlo e che era difettoso. Dato che non trovava lo scontrino, lo ha dato a uno dei conducenti del camion dei rifiuti e gli ha detto che poteva averlo se riusciva a farlo funzionare."

Daniela si era lasciata andare sulla sedia quando suo padre aveva aggiunto: "L'unica cosa che gli abbia mai dato volontariamente."

Suo padre se n'era andato la settimana dopo, trasferendosi nella stanza per gli ospiti di suo fratello a Lescailles.

"Da quando tu hai cominciato l'università, la situazione è peggiorata al punto che non potevamo nemmeno avere ospiti in casa. Niente più studenti, niente più incontri con gli amici o i vicini," le aveva detto suo padre dopo che il cameriere aveva portato via i loro piatti e aveva chiesto se volessero il dolce, cosa che entrambi avevano rifiutato. "Tua madre dice che insegnare non le piace più e che potrebbe andare in pensione dopo quest'anno scolastico, ma non è questo il punto. Non vuole affrontare la discussione degli studenti a casa."

Frastornata dalla quantità di cambiamenti nella vita dei loro genitori, Daniela non aveva potuto far altro che fissare suo padre. Dopo aver tratto un respiro profondo, l'uomo aveva detto: "Amo tua madre, ma lei ha bisogno di aiuto. Aiuto professionale. Non lo cercherà finché ci sarò io. Francamente, ho bisogno anch'io di un po' di spazio. Ho deciso di prendermi un anno sabbatico e fare ricerca qui a Cateri. Ho affittato un appartamento a breve termine e mi trasferirò la settimana prossima."

Daniela aveva bevuto un sorso di vino, quindi aveva fissato nel bicchiere per un lungo, doloroso momento mentre assorbiva la notizia. "Vuoi divorziare?"

"Non lo so. Non ancora. Forse mai. Se lei riuscisse a sconfiggere la sua malattia, io... beh, sarebbe un sogno. La risposta è che non lo so." Suo padre aveva aspettato che Daniela incrociasse il suo sguardo prima di dire: "Temo che chiedere il divorzio non farebbe che peggiorare la situazione di tua madre. D'altra parte, finora nulla di quello che ho fatto l'ha migliorata."

Daniela aveva la gola così serrata che riusciva a malapena a parlare. "Per tutta l'estate, tutte le volte che lei mi chiamava, diceva che tu eri fuori. Non ci avevo pensato."

"Speravo che sarebbe migliorata quando si sarebbe resa conto che dicevo sul serio. Lei sperava che la mia frustrazione fosse temporanea e che sarei tornato a casa. Avevamo torto entrambi."

L'uomo aveva appoggiato le mani sul tavolo, poi ne aveva tesa una verso di lei col palmo rivolto verso l'alto. Daniela aveva preso la mano, ma il contatto l'aveva fatta piangere.

"Mi dispiace, Daniela."

"Anche a me. Le parlerò. Magari ascolterà una voce diversa."

Suo padre le aveva strizzato la mano, quindi l'aveva lasciata andare. "Sei una persona adulta e mi fido del tuo giudizio, ma lascia che ti dia un consiglio da padre. Se non riesci a fare progressi, lascia perdere. Continua a volerle bene, parlale, ma non incoraggiare la sua abitudine e non incolparti per quello che è. Cercare aiuto o meno è una sua scelta. Tu hai un nuovo lavoro – un lavoro favoloso – e molte cose davanti a te. Voglio che tu viva la tua vita, che trovi il tuo scopo. Che viaggi e ami e magari ti faccia anche una famiglia tua. Ti rimarremo entrambi vicino, qualunque cosa succeda, ma non puoi lasciare che i problemi di tua madre diventino i tuoi e ti trascinino di nuovo a Lescailles, o non andrai da nessuna parte."

Alle spalle di Daniela, le vecchie tubazioni sferragliarono, segnalando che sua madre aveva finito di fare la doccia. D'istinto, lei si alzò in piedi e corse verso la porta sul retro. Si era soffermata più a lungo di quello che avrebbe voluto. Se si fosse sbrigata, avrebbe potuto riempire un sacco con alcune delle cose che c'erano in salotto, buttarlo e correre in camera sua a prepararsi per il pranzo prima che sua madre uscisse dal bagno.

Dando per scontato, naturalmente, che Daniela riuscisse a trovare oggetti facili da rimuovere. Il salotto era come un gigantesco Jenga: rimuovere il pezzo sbagliato avrebbe fatto crollare l'intera torre, portando alla sua disfatta.

Dieci minuti dopo, sudata per lo sforzo di trasportare non uno, ma due sacchi fino alla pattumiera all'aperto, Daniela entrò nel bagno della sua infanzia per premersi un asciugamano fresco sul viso. Guardandosi allo specchio, immaginò cosa avrebbe detto suo padre riguardo al modo in cui stava trascorrendo il fine settimana.

Qualunque cosa avrebbe detto, avrebbe avuto ragione.

Alla fine dell'anno sabbatico, suo padre aveva accettato un lavoro di insegnamento permanente a Cateri. Sebbene avesse continuato a visitare Lescailles e avesse controllato periodicamente le condizioni di Lisa negli ultimi cinque anni, aveva voltato pagina.

Daniela strizzò l'asciugamano e lo appese alla sbarra. Avrebbe provato a parlare a sua madre durante il pranzo. Gentilmente, razionalmente. La mamma aveva bisogno di aiuto. Di aiuto professionale. Il fatto di averle permesso di svuotare la dispensa e i piani senza mettersi a piangere e senza frugare nella spazzatura ogni pochi minuti per recuperare delle cose – come aveva fatto l'ultima volta in cui Daniela aveva pulito – significava che lo sapeva anche lei.

La discussione sarebbe stata delicata, ma per una volta, Daniela aveva delle speranze.

Rinfrescata, si allungò verso la trousse. Non avrebbe fatto grandi sforzi, ma una passata veloce di mascara e un pizzico di fondotinta l'avrebbero fatta sentire meglio. Tirò la cerniera, ma fu distratta da un rumorino che giunse dalle sue spalle, come il suono di un ramoscello trascinato sulla pietra. Dopo essersi fatta forza, si voltò lentamente e passò lo sguardo sul pavimento. Come previsto, un piccolo topo se ne stava accovacciato accanto alla vasca, le zampine rosa avvolte attorno a un boccone non meglio identificato, a guardarla mentre mordicchiava.

Essendo cresciuta in campagna, i topi non la spaventavano. Li aveva incontrati ogni tanto, quando correva per i campi, e quelli erano sempre corsi via, più spaventati da lei di quanto lei lo fosse da loro. Vederne uno in casa era un'altra faccenda, soprattutto quando il topo sembrava perfettamente a suo agio in presenza di Daniela. Il naso dell'animale ebbe un guizzo e la sua testa si voltò leggermente. Un altro topo era accovacciato sotto la vasca. Era più scuro dell'altro, più grasso. Puntava il boccone che il primo topo aveva fra le zampe.

"Mamma!" esclamò Daniela, posando la trousse sulla parte posteriore del lavandino e aprendo lentamente la porta del bagno. "Vieni. Qui."

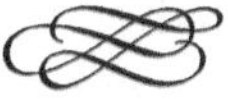

CAPITOLO 15

LA RISATA di Lisa D'Ambrosio si diffuse nel cortile mentre Giancarlo raccontava loro del matrimonio di suo nipote, descrivendo il momento in cui un tovagliolo aveva preso fuoco dopo che un invitato lo aveva inavvertitamente fatto sbattere contro una candela. Come solo Giancarlo era in grado di fare, raccontò la storia con entusiasmo e ampi gesti. Proseguì con un aneddoto sulla luna di miele della coppia, poi rimosse il cestino vuoto del pane, promettendo che suo figlio avrebbe presto servito loro il pranzo.

La madre di Daniela era rossa in viso e i suoi occhi brillavano quando guardò Daniela dall'altra parte del tavolo e sfiorò con un dito il singolo fiore che decorava il loro tavolo. "Sono davvero felice che abbiamo deciso di mangiare fuori. Non è piacevole?"

Daniela rivolse a sua madre un'occhiata eloquente. "Immagina se potessi fare lo stesso in veranda."

"Lo faccio. Spesso."

Il tono di voce di Daniela si ammorbidì. "Mamma. Con degli amici."

L'anziana liquidò quel commento con un gesto, ma non

prima che Daniela vedesse la sofferenza nei suoi occhi. Sua madre era sola. Lei sapeva che se l'era andata a cercare. E sapeva, senza ombra di dubbio, che la donna non poteva invitare nessuno a casa. Né avrebbe accettato un invito da parte di altri, perché a Lescailles, andare a far visita a casa di qualcuno significava dover ricambiare l'invito, prima o poi.

Una delicata domanda riguardo a ciò che sua madre stimava di più – le sue cose o i suoi amici – provocò un rapido cambio di argomento, ma Daniela vide che sua madre stava pensando anche mentre le raccontava di una famiglia che aveva accompagnato in un giro delle cantine di Sarcaccia la settimana precedente.

Daniela sentiva stringersi il cuore al pensiero che dopo che lei era partita per l'università, le attenzioni di suo padre non erano bastate a far sì che i suoi genitori rimanessero insieme. Tutti gli sforzi che lui aveva fatto per Lisa – cercando di evitare gli orrori in quella casa portandola a fare delle gite il più spesso possibile, pulendo quello che poteva, *amandola* – non erano bastati. Il bisogno irrazionale di sua madre di possedere e accumulare cose la appesantiva – letteralmente – al punto che lei aveva evitato di vivere.

Quando Giancarlo aveva ammiccato a Lisa e aveva chiesto se Daniela avesse un uomo speciale nella sua vita, Daniela si rese conto che l'abitudine di sua madre aveva appesantito anche lei.

Aveva sorriso allo scambio di battute quando sua madre aveva riso e risposto: "Daniela lavora così tanto per la regina Fabrizia che rischio di non diventare mai nonna. Forse dovrei parlare con la regina." Ma una sensazione di disagio aveva preso possesso del suo stomaco.

Daniela lavorava molto, ma non al punto da non poter frequentare qualcuno. Aveva scelto di non farlo. Era più facile trascorrere il tempo libero con gruppi di amici, facendo sì che qualunque uscita con i membri del sesso opposto fosse al tempo stesso occasionale e leggera. Il pensiero di dover parlare dei suoi genitori la terrorizzava al punto che aveva evitato di mettersi in qualunque situazione in cui ciò potesse essere possibile.

Nelle rare occasioni in cui era capitato, lei era riuscita a evitare l'argomento. Ma chiunque avesse frequentato romanticamente avrebbe prima o poi scoperto la verità. Tutta la verità. Sarebbe stato impossibile nasconderlo se una relazione si fosse fatta seria al punto da portare un partner a Lescailles.

Il figlio di Giancarlo uscì dalla cucina con le loro insalate e i piatti di pasta guarnita con erbe fresche, interrompendo la conversazione. Il profumo, le voci di una giovane coppia che parlava di politica a un tavolo vicino e gli spruzzi della fontana dall'altra estremità del cortile si mescolarono per trasformare la sensazione di disagio allo stomaco in un blocco di piombo.

Per la prima volta, Daniela capì che cosa aveva sacrificato. Sua madre aveva vissuto ingannando se stessa, sostenendo di aver cambiato lavoro per noia piuttosto che per evitare di avere persone in casa, e ora viveva nel terrore dei suoi stessi vicini. Ma Daniela aveva vissuto a sua volta una menzogna, evitando le relazioni sentimentali. Dicendosi che non si perdeva nulla.

Mangiò un boccone di pasta mentre sua madre si contorceva sulla sedia per scambiare piacevolezze con un gruppo di anziani che erano entrati nel cortile, uno dei quali, a quanto pareva, lavorava un tempo nel negozio di sua cugina a Lescailles.

In quel momento, Daniela capì di voler trascorrere le preziose ore lontano dal palazzo – i pomeriggi liberi come quello – con una persona speciale. Un partner che guardasse con lei le sue serie preferite o si unisse a lei nelle sue ricerche fine settimanali delle verdure perfette al mercato. Che parlasse di attualità con lei mentre camminavano da soli lungo uno dei sentieri escursionisti di Sarcaccia o facesse lunghe passeggiate lungo la riviera mediterranea di Cateri, respirando l'aria di mare. Una persona che avrebbe apprezzato una rilassante passeggiata attraverso la romantica città vecchia di Cateri a tarda sera, quando i turisti si erano già ritirati nelle loro stanze d'albergo e nei loro appartamenti presi in affitto, con un braccio avvolto protettivamente attorno alla sua vita mentre sollevavano entrambi lo sguardo verso le stelle.

E sesso. Voleva del sesso selvaggio, felice, romantico.

Era giunto il momento.

Sorrise attraverso il tavolo mentre formulava un piano. Quel pomeriggio, avrebbe fatto in modo che sua madre vedesse quello che si era persa. Daniela avrebbe suggerito di fare una passeggiata per Gavoli. Avrebbero salutato le persone che non vedevano da parecchio, parlato degli ultimi fiori nei loro giardini o dei libri che stavano leggendo, e lei avrebbe lasciato che quella piacevole sensazione facesse presa su sua madre. Socializzare con persone amichevoli e familiari che non erano vicini o vecchi studenti che lei si sarebbe sentita in obbligo di invitare a casa avrebbe potuto fare di più per cambiare l'atteggiamento di sua madre – e, alla fine, il suo comportamento – che avere Daniela che puliva casa che si lamentava dei topi. Si sarebbe concentrata sugli aspetti positivi: la vita di sua madre poteva essere qualunque cosa lei volesse. Doveva semplicemente fare una scelta, per poi fare appello alla forza di volontà per attenersi a essa, sapendo che ne sarebbe valsa la pena.

Poi, quando Daniela avrebbe finito il lavoro a San Rimini e sarebbe tornata a Sarcaccia, avrebbe preso provvedimenti per migliorare la sua vita sociale. Ciò avrebbe significato correre un grosso rischio riguardo alla sua vita familiare, ma l'avventura ne sarebbe valsa la pena.

La pasta di Daniela le si bloccò quasi in gola quando un nome e un ricordo la colpirono a piena forza.

Royce Dekker. L'uomo che l'aveva accompagnata al suo albergo in quella calda notte di primavera a Cancun. L'uomo dal carattere alla mano che aveva viaggiato molto, ma era affascinato dalle sue esperienze. L'uomo che le aveva dato un bacio sconvolgente prima di sparire verso il proprio albergo… il bacio più romantico della sua vita. L'uomo che l'aveva incoraggiata a cogliere l'occasione presso la famiglia reale, anche se ciò avrebbe significato correre un rischio.

L'uomo che aveva detto che i suoi genitori vivevano a San Rimini.

L'uomo che era in grado di lanciare un pezzo di carta appallottolato in una pattumiera da una distanza stupefacente come se fosse roba da nulla.

Roy.

ROYCE SI COPRÌ NASO e bocca con la mascherina, aggiustò le ginocchiere e si inginocchiò per ricominciare il faticoso compito di scartavetrare la parete nel punto in cui aveva trovato la carta da parati antica. La sua delicata rimozione aveva prolungato il tempo necessario a completare la stanza, dandogli la flessibilità di restare fino a quando Daniela non aveva concluso il suo compito senza che Miroslav o altri si facessero domande. Ciononostante, Royce era grato per il fatto che la colla grezza fosse stata limitata a una singola parete. Scartavetrare non era visivamente gradevole come rimuovere la carta da parati o applicare della pittura fresca. Creava una gran confusione. Ogni passata di carta vetrata riempiva la stanza di polvere, che alla fine si posava sui teli sotto forma di strati sottili e forieri di tosse che avrebbero fatto venire le palpitazioni alle sorelle Roscha.

Inoltre, scartavetrare era una tortura per le spalle. L'allenamento regolare aveva irrobustito quelle di Royce, ma il lavoro ripetitivo e intenso di quella mattinata aveva spinto i suoi muscoli fino al limite. Mentre passava il blocco da levigatura su ciascuna sezione, cercò di convincersi che la sofferenza di quella giornata avrebbe reso molto più semplice trasportare l'attrezzatura o battere il suo personale record di piegamenti. Inoltre, lo avrebbe ripagato sotto forma di attenzioni femminili dalle barche vicine la prossima volta in cui si sarebbe spaparanzato a torso nudo sul ponte.

Quell'immagine mentale fece sì che i suoi pensieri si spostassero su Daniela.

Royce era arrivato di prima mattina, per assicurarsi di entrare nella residenza prima che Daniela aprisse la suite della regina. Dopo aver avuto conferma di essere solo, aveva controllato gli attrezzi e i teli. Aveva badato a lasciare dei segni – un pezzetto di filo vicino alla chiusura della cassetta, delle minuscole pieghe nel tessuto dei teli e delle coperture per i mobili – per verificare se qualcuno avesse toccato qualcosa. Dopo aver controllato che tutto era rimasto intonso, aveva posato una grossa confezione di noccioline ricoperte di cioccolato in un punto visibile vicino agli attrezzi e si era preso un momento per pensare a dove avrebbe potuto piazzare una telecamera.

Quando il rumore dei passi di Daniela era riecheggiato nel vestibolo venti minuti prima del solito, lui era accovacciato accanto a uno dei vetusti caloriferi, a misurare lo spazio fra le serpentine. Muovendosi rapidamente, si era spostato di lato per inginocchiarsi accanto ai suoi attrezzi e alle scalette, per poi fingere di allacciarsi uno stivale.

Daniela era parsa stupita nel vederlo, nonostante lui arrivasse sempre prima di lei. Quando Royce l'aveva salutata, lei aveva risposto con la consueta allegria, ma lui aveva percepito qualcosa di fuori posto.

"Questo fine settimana sei uscita a goderti il bel tempo?" aveva chiesto Royce. Era stato spettacolare. Soleggiato, non troppo caldo, e il tramonto di sabato sera era stato mozzafiato. Royce aveva messo da parte un fascicolo e si era messo una bottiglia di birra sul ginocchio per guardare gli ultimi momenti da una delle poltrone della sua barca. Aveva pensato a Daniela, chiedendosi se fosse su una veranda o una panchina da qualche parte, a fissare le splendide sfumature di rosa e viola mentre il sole svaniva dietro le montagne che formavano il confine occidentale di San Rimini.

Si era chiesto dove soggiornasse la donna mentre lavorava palazzo. Sperava che la famiglia diTalora avesse investito in un albergo con un balcone e una bella vista.

"Sono andata a casa."

Royce l'aveva guardata stupefatto. Non c'era da stupirsi che fosse uscita di corsa, venerdì. "Sei andata a Sarcaccia per il fine settimana?"

"Mia madre aveva bisogno di una mano." Il sorriso di Daniela si era illuminato, anche se nei suoi occhi mancava la consueta scintilla. Poi, come se fosse consapevole del fatto che Royce la stava osservando, aveva aggiunto: "Ma il tempo era bello. Abbiamo pensato all'aperto, sabato. Abbiamo bevuto un bel vinello locale e ci siamo crogiolate sotto il sole in un piccolo bistro. Poi, ieri mattina dopo colazione, abbiamo fatto una bella passeggiata. Tu hai passato un bel fine settimana?"

Dopo che Royce le aveva dato una risposta generica, la donna si era recata alla porta della regina e aveva inserito il codice. Royce non se l'era immaginato: c'era qualcosa che non andava nel suo comportamento, anche se Daniela si era molto sforzata di nasconderlo. Era il modo in cui aveva usato più volte la parola *bello* e i suoi sinonimi nel descrivere il fine settimana. Era come se si fosse sforzata.

Royce abbassò la mascherina, si tolse un guanto con i denti e passò la mano sulla zona che aveva smerigliato. La vecchia colla se n'era andata di buon grado, senza recare danno alla superficie sottostante. Se fosse andata così con il resto della parete, Royce avrebbe potuto mettersi a spolverare prima di pranzo, dare una passata di mocio dopo mangiato e cominciare a rimuovere gli zoccoletti.

Se fosse arrivato a tre quarti del lavoro senza che capitassero inconvenienti, avrebbe parlato a Daniela dei suoi progetti. Avrebbe fatto del proprio meglio per tenere a bada l'odore dei prodotti chimici usando dei ventilatori, ma la scarsità di finestre nel salone significava che non poteva far molto per areare il locale. Se fosse stato al posto di Daniela, avrebbe chiuso la porta e aperto le finestre della suite per assicurarsi che l'aria nelle stanze della regina rimanesse fresca.

Si dondolò sui talloni e rifletté sulle tempistiche. Se avesse parlato con Daniela prima di pranzo, magari lei avrebbe voluto mangiare di nuovo insieme. E in tal caso, magari lui avrebbe scoperto perché era andata a casa. Magari si era impegnata ad aiutare sua madre prima di sapere del lavoro a San Rimini. D'altra parte, poteva trattarsi di qualcosa di più serio, come una questione di salute. Sebbene i capelli e il rossetto della donna avessero avuto lo stesso aspetto di sempre, Royce aveva notato delle borse sotto ai suoi occhi. Se era tornata quella mattina, piuttosto che la sera prima, ed era venuta al lavoro direttamente dall'aeroporto, ciò avrebbe spiegato tanto il suo atteggiamento quanto l'essere arrivata presto.

Royce si maledisse, tanto per quei castelli in aria quanto per aver notato il trucco di Daniela. Notare le cose era il suo lavoro, ma quando c'era di mezzo Daniela, la curiosità non era sua amica. Brontolando fra sé, sistemò la carta vetrata sul blocco da levigatura e stava per rimettersi il guanto e la mascherina quando la voce di Daniela lo raggiunse alle spalle.

"Royce?"

Lui si voltò, rendendosi conto dell'errore nello stesso istante in cui lo commise. Non sapeva quanto bene fosse riuscito a nascondere il disagio e lo stupore, perché nell'istante in cui i suoi occhi incrociarono lo sguardo di Daniela, quelli della donna si strinsero. "L'avevo immaginato. Ti chiami Royce, non Roy, vero? Royce Dekker."

"È vero." La risposta di Royce suonava rilassata, come se lui stesse rispondendo al portiere di un albergo che gli aveva chiesto la conferma del nome, ma dentro di sé sapeva che era troppo tardi. Nulla di ciò che avrebbe potuto dire o fare lo avrebbe cavato d'impiccio. Daniela aveva l'occhio per i dettagli e un'ottima memoria e *sapeva*. Non solo sapeva, ma era anche insospettita.

La donna fece un passo avanti, poi incrociò le braccia. Indossava una camicetta nera e un paio di pantaloni aderenti grigi con delle scarpe basse nere. Minuscoli orecchini di diamante le scintillavano alle orecchie e i suoi capelli erano acconciati in uno chignon a conchiglia sulla nuca. Non aveva un aspetto minaccioso, ma il suo linguaggio corporeo irradiava quel genere di autorità che ci si aspettava da un sergente veterano intento a ispezionare un nuovo gruppo di reclute e a soppesare il modo migliore per torturarle.

"Noi ci siamo già incontrati. A Cancun, in Messico. Quando ho scoperto chi sei, ho pensato che tu non ti ricordassi di me. Ma poi mi sono resa conto che Miroslav mi ha presentata a te con nome e cognome. E ti ha detto che lavoravo per la regina Fabrizia. La sera in cui ci siamo conosciuti, ti ho detto che mi era stato offerto un colloquio di lavoro al palazzo di Sarcaccia. Ne avevamo parlato a lungo. Non riesco a immaginare che tu non abbia già fatto il collegamento, ormai."

"L'ho fatto."

Lo sguardo di Daniela corse a quello di Royce di fronte a quell'ammissione inaspettata. "Davvero? Quando?"

Una risposta ben precisa gli attraversò il cervello. Messo sulle spine, Royce non riusciva a pensare a una risposta che non gli facesse fare la figura del cretino.

Daniela riempì il vuoto lasciato dalla sua esitazione, ma il suo tono di voce era fattuale piuttosto che arrabbiato. "È stato quando Miroslav mi ha presentata? Tu lo hai interrotto e ti sei chiamato 'Roy' prima che lui potesse pronunciare il tuo nome. E non ho mai sentito il tuo cognome." Daniela si passò una mano di fronte agli occhi. "Indossavi il berretto con l'orlo abbassato. Lo porti ancora così per la maggior parte del tempo, il che mi fa pensare che tu non voglia che io ti riconosca. È quello il vero motivo per cui tieni il tesserino in tasca?"

La polvere bianca della colla cominciava a depositarsi sulla camicetta della donna, ma lui non riuscì a farglielo notare. Invece, posò il blocco da levigatura e si alzò in piedi.

"Sono colpevolissimo. Ma avevo un buon motivo."

"Stai per dirmi 'Non sei tu, sono io'?"

"Non è così."

"Ti fai chiamare Roy dagli amici, almeno?"

"È complicato."

Era la risposta sbagliata. Le labbra di Daniela ebbero un guizzo, come se avesse *Non è complicato: sì o no*, sulla punta della lingua. Invece, la donna sollevò una mano a indicare che ne aveva abbastanza. "Sono affari tuoi. Chiedo scusa se ho cercato di intromettermi nella tua vita privata."

La donna si voltò, ma Royce disse: "Aspetta. Daniela. Per favore."

Daniela si fermò, poi si voltò. Il suo linguaggio corporeo rimase controllato, ma lui riconobbe l'emozione nel suo sguardo prima che lei riuscisse a nasconderla.

Accidenti. L'aveva fatta sentire stupida. Peggio ancora, lo aveva fatto in un ambiente di lavoro, un luogo dove lei era stimata per la sua chiarezza di pensiero e la sua capacità di rendere in circostanze stressanti. Un luogo di orgoglio.

Esalando lungamente il fiato, Royce disse: "Sono io che dovrei scusarmi, non tu."

Allungò una mano verso la mascherina che gli penzolava dal collo e se la sfilò, togliendola assieme al berretto e buttando entrambi sopra un secchio rovesciato che usava come tavolo improvvisato. Sollevò il mento per farsi vedere bene in viso.

La sorpresa spalancò gli occhi di Daniela, dopodiché la sua espressione si trasformò in riconoscimento mentre catalogava le differenze fra l'uomo che aveva conosciuto a Cancun e l'aspetto che aveva adesso. A Royce si mozzò il fiato mentre lei lo osservava. Non aveva avuto l'opportunità di guardarla – di guardarla davvero – da quella sera, sotto le luci dell'albergo di Cancun. Le sopracciglia scure, inarcate, e il misto di sfumature di verde e ambra nei suoi occhi intelligenti gli fecero quasi dimenticare quello che doveva dire.

Royce si riprese, quindi allargò le mani in un'offerta di pace. Miroslav sarebbe passato presto a fare il suo giro. Anche se a Royce non fosse importato dei sentimenti di Daniela – e così non era – doveva sistemare la situazione prima che la guardia li sorprendesse. "Quello che ho detto è vero. Avevo buone ragioni per fingere di non conoscerti, ma non per qualcosa che tu abbia fatto. La nostra passeggiata a Cancun è uno dei miei ricordi più cari. Poco dopo che ci siamo incontrati, ho vissuto dei momenti difficili. Pensare a quella serata con te – alla passeggiata vicino alla spiaggia, al bacio fuori dall'albergo – mi ha tenuto in piedi quando avevo bisogno di un motivo per sperare."

Daniela strinse gli occhi. "Cos'è successo?"

Lei lo aveva incoraggiato a sognare, pensò Royce, ma non era quella la domanda che gli stava facendo. Fece per dirle dove era andato nei mesi seguiti al Guatemala, ma si fermò bruscamente nell'udire la porta che si apriva e un'eco di passi multipli nel vestibolo.

Daniela gli rivolse una domanda silenziosa. Quando lui scosse leggermente la testa, la donna giunse le mani di fronte a sé e adottò un atteggiamento professionale, come se fosse entrata nel salone dalla suite della regina per discutere di una faccenda di lavoro.

"Ne parleremo più tardi," bisbigliò Royce, per poi rimettersi il berretto quando Chiara Ascardi entrò assieme a un uomo magro e con un principio di calvizie, che dimostrava all'incirca cinquantacinque anni. Costui aveva la corporatura snella di un ciclista professionista e portava con sé un vassoio coperto di argento scintillante. Anche senza il vassoio, Royce lo avrebbe riconosciuto dalle foto che gli aveva dato Federico.

"Buongiorno," disse Chiara. "Roy, Daniela, questo è Samuel Barden, lo chef personale del re."

Dopo i convenevoli, Samuel disse a Roy che era ansioso di vedere il salone "più colorato e più luminoso," quindi disse a entrambi: "Se avete guardato il telegiornale, questa mattina, saprete che oggi è il compleanno della defunta regina."

Daniela rispose cortesemente: "Mi pare di aver capito che re Eduardo e sua cognata abbiano intenzione di far visita a un parco battezzato in suo onore."

"È laggiù che sono ora. Miroslav è con loro, il che è la ragione per cui accompagno io Samuel," rispose Chiara.

"Sono autorizzato," disse loro Samuel, accennando con la testa nella direzione della porta e del suo pannello. "Ma con i lavori in corso, ho ritenuto opportuno confrontarmi con la sicurezza prima di entrare nella residenza. Spero di non disturbare."

Royce pensò che era palese che l'uomo disturbava, ma disse: "Certo che no. Come possiamo aiutarla?"

Lo sguardo dello chef corse verso le porte aperte della suite della regina, poi l'uomo guardò Chiara come per dire *Visto?* Chiara si limitò a gesticolare verso Royce, invitando Samuel a rispondere alla domanda. Samuel esitò, quindi sollevò il vassoio. "Tutti gli anni, il giorno del compleanno della regina Aletta, preparavo le sue crostatine alle mele preferite. Solo una piccola quantità, perché lei e il re ne godessero durante una pausa. Alla scomparsa della regina, il re mi ha chiesto di proseguire. Ho lasciato un vassoio nelle stanze dove soggiorna questa settimana, ma ho pensato di prepararne il doppio e di lasciare un vassoio anche qui. Per sicurezza."

"Il re non viene qui da quando sono iniziati i lavori e non mi aspetto che venga oggi," disse Daniela prima di guardare nella direzione di Royce. "Roy?"

Una fitta di senso di colpa lo attraversò nell'udire il nome falso, ma lui scosse la testa.

Samuel lanciò un'occhiata chiara, quindi fece spallucce. "Allora queste sono vostre. Ma vedo che c'è molta polvere qui. Le lascerò nel salotto della regina."

Prima che chiunque potesse obiettare, l'uomo si recò alla suite di Aletta. Daniela lo seguì, così come fecero Royce e Chiara, anche se questi ultimi si fermarono sulla soglia mentre lo chef depositava il vassoio sull'ottomana di cuoio. L'uomo si voltò sorridendo. "Se le tenete coperte, rimarranno fresche per tutta la giornata."

"È molto gentile," disse Daniela, anche se Samuel non parve sentirla. Invece, lo chef emise un sibilo sommesso mentre si voltava a osservare la stanza.

"Non entro qui da quando ho incontrato la regina per pianificare il banchetto nuziale del principe Federico. È tutto come prima."

Gli occhi dello chef luccicarono e lui sbatté le palpebre per schiarirsi la vista. Rivolto a Daniela, disse: "Voi lavorate qui? Pensavo che i restauri fossero solo–"

"Sì," lo interruppe Chiara.

Royce recepì il messaggio: il lavoro di Daniela non andava discusso e la suite andava lasciata libera. Anche Samuel doveva aver capito, perché aprì la bocca per dire qualcosa, si fermò e disse a Daniela: "Beh, allora la lascio in pace. Godetevi le crostate."

"Certo."

Chiara Ascardi si allontanò leggermente dalla porta, sospingendo sottilmente Samuel Barden verso l'uscita. Mentre i due attraversavano il salone, Chiara chiese se lo chef usasse mai i mirtilli nelle sue crostatine, perché i mirtilli erano la frutta preferita di suo padre.

"Mai, quando preparo qualcosa per il palazzo." L'uomo gesticolò verso la propria bocca. "I mirtilli macchiano i denti, il che è indesiderabile nelle occasioni formali."

"Ah, non ci avevo pensato."

"Questo non significa che non si possano usare. È tutta una questione di tempi di cottura. Se gradisce avere la ricetta, sarò felice di condividerla con lei. È una preparazione piuttosto lunga, ma molto semplice."

Sebbene i due dessero le spalle a Royce mentre camminavano, lui sentì Chiara dire: "Dubito che renderei loro giustizia."

I due continuarono a parlare mentre uscivano dalla stanza. La porta si chiuse con un rumore rassicurante quando la serratura scattò.

Chiara Ascardi aveva avuto accesso alla suite quando Aletta era ancora in vita, ma il suo modo di fare e l'esperienza con cui aveva guidato Samuel fuori dalla stanza senza farlo sentire di troppo spinsero Royce a credere che non fosse coinvolta nei furti. Aveva trascorso abbastanza tempo con militari e addetti alla sicurezza da riconoscere coloro che avevano la vocazione.

Suo padre era una di quelle persone. Chiara Ascardi era una di quelle persone.

"Allora. Qual era la buona ragione?"

Royce spostò lo sguardo su Daniela e si accigliò. "Come?"

"Prima che entrassero quei due, stavi per spiegarmi perché non volevi essere riconosciuto. Avevi detto di avere una buona ragione."

Come nel momento in cui Daniela aveva avuto conferma del fatto che lui era Royce Dekker, la sua voce era carica di sospetto. La visita dello chef le aveva dato tempo per riflettere e il suo cervello non aveva preso una strada che promettesse bene per lui.

Sperando di rassicurarla, Royce disse: "Non hai nulla di sinistro."

"Davvero? Perché l'ultima volta che ti ho visto tu lavoravi in Guatemala e stavi per arruolarti. Non mi sembra che tu mi avessi detto di voler diventare pittore. Quello che ricordo è–"

"Esci a cena con me."

Daniela si interruppe. Lo fissò incredula. "Come?"

Royce lanciò un'occhiata verso la suite della regina, quindi riportò lo sguardo su di lei. "Questo potrebbe non essere il luogo migliore per parlare apertamente."

Daniela rifletté, quindi annuì. Ottimo.

"Quanto bene conosci il centro di San Rimini?" chiese lui.

"Non molto. La mia conoscenza si limita alla zona attorno al palazzo."

"Conosci la Strada il Teatro?"

"Sì." L'ampia strada parallela al porticciolo era celebre perché veniva usata per le parate e fungeva da pista per il Grand Prix di San Rimini.

"Vai al casinò principale, quello con le guglie bianche al centro della via. Dando le spalle all'ingresso, guarda verso l'acqua. Attraversa la strada. Vedrai un'ampia scalinata che scende fino a un'altra strada. È divisa in due da un filare di alberi al centro."

"La conosco."

"La strada più in basso si chiama via Vespri. Scendi le scale fino a via Vespri e gira a sinistra. Rimani su quel lato della strada. Due isolati più in là c'è un ristorantino chiamato Trattoria Safina. Non c'è insegna, ma il nome è scritto sulla vetrina. Se puoi venire questa sera, mi assicurerò che ci diano un tavolo tranquillo. Va bene alle sette?"

"Si può fare alle otto? Ho in programma una telefonata con la regina Fabrizia."

"Vada per le otto."

"Ci sarò." Daniela puntò un dito contro il petto di Royce. "Offri tu e io voglio la verità."

"La avrai."

CAPITOLO 16

DANDO LE SPALLE AL CASINÒ, Daniela si avvicinò all'ampia scalinata che scendeva fino a via Vespri. In alto, le palme frusciavano nella brezza serale e i lampioni dallo stile classico che caratterizzavano il distretto del casinò e dello shopping si accesero. In cima alle scale, una famiglia se ne stava radunata attorno a una panchina a mangiare il gelato. Una goccia di gelato sciolto pendeva dal mento del bambino più piccolo, che sedeva a un'estremità della panchina. Il padre cercò di pulirlo con un tovagliolo prima che raggiungesse la maglietta, ma il ragazzino non voleva saperne e indietreggiò protestando mentre continuava a leccare il suo cono. Gli altri tre bambini erano in piedi dietro la panchina, ignorando i capricci del fratello, e guardavano verso il porto, dove una grande nave da crociera percorreva l'orizzonte diretta verso ovest, probabilmente a Venezia.

La madre era seduta dalla parte opposta della panchina rispetto al figlio in difficoltà, con dei tovaglioli di riserva stretti nella mano. Portava i capelli scuri in un nodo sopra la testa e le si erano chiusi gli occhi. Li spalancò al grido di uno dei bambini più grandi, che aveva visto uno scoiattolo sotto la panchina.

Quando la madre si rese conto del motivo dell'allarme, scosse la testa all'indirizzo della ragazza, che Daniela stimò avere attorno agli otto anni.

Tanti saluti al momento di riposo della madre.

Dal lato opposto della scalinata divisa a metà, un gruppo di ragazzi poco meno che ventenni correva su e giù, i telefoni sollevati mentre si registravano a vicenda nel fare acrobazie sugli skateboard sul basso muretto di granito che correva accanto alle scale. Un ragazzo, le cui gambe muscolose facevano capolino da sotto i pantaloncini, se ne stava spaparanzato vicino al primo gradino e osservò l'avvicinarsi di Daniela, per poi spostare lo sguardo sulla Strada il Teatro alla ricerca di eventuali poliziotti. Alle sue spalle, un piccolo cartello fissato alla parete vietava di usare lo skateboard.

Daniela sorrise fra sé mentre scendeva. Certe cose erano le stesse dappertutto, soprattutto il modo in cui si comportavano gli adolescenti energici e i bambini stanchi.

Un'occhiata all'orologio le mostrò che aveva nove minuti di tempo.

La telefonata con Fabrizia si era concentrata sul lavoro. Il calendario nel telefono della regina non era stato aggiornato a dovere per riflettere il cambio di orario del discorso di inaugurazione di una nuova mostra al museo. Inoltre, la regina aveva delle domande riguardo agli ospiti inaspettati di un pranzo imminente. Fino a quel momento, l'assistente che aveva sostituito Daniela aveva svolto un lavoro discreto, ma come Fabrizia aveva gentilmente sottolineato, "Nessuno è bravo quanto te, Daniela. Pensi a cose come aggiornare il calendario nel mio telefono, oltre a tenere l'agenda quotidiana e settimanale."

La regina aveva concluso la telefonata con un elenco delle questioni che avevano bisogno di essere valutate. Daniela avrebbe dovuto svegliarsi prima del solito, l'indomani mattina, per occuparsene, ma era motivante sapere che la regina la stimava.

Arrivata all'ultimo gradino, imboccò via Vespri. Un palo disegnato nello stesso stile dei lampioni dava indicazioni multilingue per i luoghi di interesse. Dall'altra parte della strada, un cambiavalute e un centro di informazioni per turisti stavano chiudendo, gli ingressi coperti a metà da saracinesche metalliche mentre gli ultimi clienti uscivano. Daniela passò di fronte a una boutique di abbigliamento, un ristorante indiano stracolmo di clienti e un ristorante tradizionale sanriminese, che profumava di aglio e limone. Un uomo e una donna erano in piedi vicino all'ingresso del ristorante, intenti a tradurre in francese il menu per i loro due figli e a incoraggiarli a entrare. Una scena simile si verificò dall'altra parte della strada di fronte a un ristorante greco, dove una coppia vicina all'età di Daniela osservava il menu e discuteva delle opzioni. Delle panchine punteggiavano il marciapiedi a intervalli regolari per evitare che i turisti chiamassero dei taxi quando avevano i piedi e le gambe doloranti. Era una mossa intelligente da parte dei negozi e dei ristoranti, perché più di una panchina era occupata da stranieri che approfittavano del momento di riposo per leggere le recensioni dei ristoranti sui telefoni.

Nonostante stesse controllando ciascuna porta, Daniela per poco non mancò la Trattoria Safina, che era incuneata fra una gioielleria e un'altra boutique. L'ingresso era stretto, con una singola vetrina sulla destra della porta. A differenza delle altre attività, il locale non aveva un'insegna ed era identificato da un'acquaforte sulla porta a vetri, proprio come aveva descritto Roy.

Correzione: proprio come aveva descritto *Royce*. Il fastidio la punzecchiò mentre passava lo sguardo sulle panchine vicine, per poi lanciare un'occhiata all'orologio. Quattro minuti alle otto.

Aveva rimuginato su Royce Dekker da quando aveva scoperto la sua identità. All'inizio se l'era presa con se stessa per non averlo riconosciuto prima, poi se l'era presa con lui per averle mentito. O almeno, se non proprio mentito, per essere stato disonesto. Ma quando aveva salutato sua madre e preso l'aereo per tornare a San Rimini, aveva mentalmente fatto un passo indietro e si era chiesta se Royce, piuttosto che essere disonesto, non si fosse proprio dimenticato di lei. Una serata e un bacio, tanti anni prima, non erano probabilmente il genere di evento che rimaneva impresso nella memoria di un uomo, anche se ammetterlo era un colpo per l'ego di Daniela.

Ma una volta che l'aereo era atterrato, lei aveva già messo da parte quel ragionamento. Non aveva senso. Se Royce si era dimenticato di lei, perché dire un nome diverso nome? Perché nascondersi dietro il berretto?

Alla fine, a metà mattina, Daniela non ce l'aveva fatta più. Era uscita dal salotto della regina Aletta senza avere un piano che non fosse chiamarlo Royce e attendere la sua reazione.

Con suo stupore, l'uomo non solo si ricordava di lei, ma lo aveva anche ammesso. Ancor più sconvolgente, quando lui aveva detto di avere una buona ragione per essersi comportato così, lei aveva voluto credergli, anche se non riusciva a immaginare quale potesse essere quella ragione. La voce di Royce, il suo atteggiamento, la sua scelta di parole – persino quella battuta stupida – l'avevano colpita.

D'altra parte, forse ciò era dovuto al fatto che si era tolto il berretto e l'aveva guardata negli occhi mentre parlava. Royce Dekker non aveva una bellezza tradizionale, da modello. Il suo naso sembrava una lama e i suoi lineamenti non erano del tutto simmetrici. Inoltre, sul lato destro della fronte aveva una cicatrice che si curvava come una C rovesciata, a metà fra il sopracciglio e l'attaccatura dei capelli, dall'aspetto troppo recente perché potesse essere già esistita a Cancun. Mentre lo guardava, Daniela aveva notato altri cambiamenti. I suoi capelli erano molto corti, le ondulazioni sostituite da un taglio quasi militare, e c'era in lui una durezza che parlava di sfide passate. Ma Royce era comunque un uomo attraente – incredibile, in realtà – con le sopracciglia scure, la mascella compatta e le spalle coperte di muscoli. Solido. Il genere d'uomo che volevi avere accanto in una rissa o quando avevi voglia di una serata bollente. Ma erano stati i suoi espressivi, intelligenti occhi marroni a suscitare in lei l'istinto di fidarsi di lui, proprio come quando lei aveva accettato di camminare con lui anni prima. Royce sembrava guardarle dentro, catalogare i suoi pensieri e le sue emozioni più intime nello stesso istante in cui l'aveva presa in confidenza.

Daniela aveva attinto generosamente alle sue riserve di forza di volontà per concentrarsi, quel pomeriggio, e non permettere che i suoi pensieri corressero al pittore nella stanza accanto, ma quella determinazione aveva pagato. La moda non era il suo forte quanto l'organizzazione, per cui c'era voluta un'ora buona di ricerche e qualche telefonata per essere sicura, ma una scossa di soddisfazione l'aveva attraversata quando aveva concluso l'ultima telefonata, per poi nascondere la borsetta nell'armadio che conteneva gli abiti più preziosi della regina, appoggiandola sul fondo dove era oscurata dal tessuto.

Il lavoro con Fabrizia le aveva insegnato che a volte i datori di lavoro non stimavano i risultati pubblici quanto la capacità dei dipendenti di evitare i disastri. La conferma che aveva ottenuto quel pomeriggio rientrava nella seconda categoria.

Una coppia di tedeschi emerse dalla trattoria, i volti arrossati da una lunga giornata trascorsa sotto il sole e le palpebre appesantite dalla fatica dei viaggiatori vicino alla fine di una lunga vacanza. I due rimasero sul marciapiedi, a discutere se andare a piedi o chiamare un passaggio. Quando scelsero di camminare e si allontanarono a braccetto, Daniela controllò di nuovo l'orologio. Non essendoci tracce di Royce all'esterno, decise di aprire la pesante porta del ristorante. Una donna bassa, dai capelli neri appuntiti, stava dietro a un bancone pieno di contenitori per l'asporto. In italiano, la donna chiese a Daniela se fosse venuta a ritirare un'ordinazione.

Daniela lanciò un'occhiata nella stanza ombrosa. Era stretta e profonda, con un pavimento di mattonelle che sembrava appartenere all'edificio originale. Specchi dalle montature robuste erano disposti lungo la parete, inframmezzati da foto in bianco e nero del porticciolo di San Rimini com'era stato cento anni prima. Sul soffitto, un lampadario scintillava nonostante la luce soffusa, i cristalli e il ferro battuto liberi da ragnatele o polvere.

Per quanto pulito fosse il locale, la schiena di Daniela si irrigidì. Quello era il genere di spazio buio e ristretto che lei cercava di evitare. Dove le altre persone vedevano intimità, lei aveva la sensazione che le pareti si chiudessero per strizzarle l'aria fuori dai polmoni. Guardò di nuovo il lampadario, attingendo mentalmente alla sua luce. Se si fosse concentrata sul fatto che il locale era immacolato, che non c'erano mucchi di spazzatura che potessero pioverle sulla testa, il suo senso di terrore avrebbe dovuto essere alleviato.

Alla fine, Daniela rispose alla donna al bancone. "Ho appuntamento con una persona, ma sono un po' in anticipo."

Un'espressione di familiarità sollevò le sopracciglia della donna, che fece segno a Daniela di seguirla. Oltrepassarono quattro tavoli vuoti, poi due che stavano venendo sparecchiati da un garzone. Più in là, Royce sedeva con le spalle al muro a un tavolo di legno talmente segnato dal tempo da essere quasi nero. Le stoviglie, due menu e due bicchieri d'acqua coperti di condensa erano posati sul tavolo. Royce si alzò al suo avvicinarsi, quindi girò attorno al tavolo e le tirò indietro la sedia di fronte a lui. Il che significava che Daniela avrebbe dato le spalle alla porta del ristorante e che il grande specchio montato sulla parete dietro la sedia di Royce avrebbe dato l'illusione di uno spazio più grande.

"*Grazie*[1], Basia," disse Royce alla donna del bancone.

La donna annuì, quindi si allontanò mentre la porta si apriva all'ingresso di un uomo che era venuto a ritirare un'ordinazione.

"Fanno molto asporto, soprattutto in settimana," disse Royce mentre prendeva posto, lanciando un'occhiata alla porta. "I posti a sedere sono soprattutto per i turisti."

"Conosci la donna al bancone?"

"La Safina che dà il nome alla trattoria è andata in pensione tempo fa, ma ogni tanto passa di qui a cena e, immagino, per tenere d'occhio il locale. Basia è sua nipote; la chef è una sua cugina. Ma ci ho messo qualche anno per scoprirlo. Questo è il primo ristorante in cui sono venuti i miei genitori quando si sono trasferiti a San Rimini. Da allora, ordiniamo sempre da qui."

"È stato quando eri ragazzo, vero?"

Daniela si pentì di quella domanda prima ancora di aver finito di formularla. Fare domande personali agli altri era una sua abitudine, un modo cortese di interagire che le permetteva di imparare cose sull'altra persona e di impedirle al tempo stesso di fare troppe domande a lei. Ma in quel caso, la domanda rivelava troppo, lasciando capire a Royce che lei ricordava dei piccoli dettagli della loro serata assieme, cosa che significava attribuirvi un'importanza maggiore di quella che avrebbe dovuto avere.

L'uomo passò l'indice sulla base del bicchiere dell'acqua. "La tua memoria mi stupisce. Quand'è che te l'ho detto? A Cancun?"

"Avevi detto di aver vissuto all'Aia, per poi trasferirti a San Rimini un paio d'anni prima di cominciare l'università. O almeno, mi pare che tu abbia detto così. È passato un po' di tempo."

Gli angoli della bocca di Royce si sollevarono in un sorriso quando lui si accorse che Daniela stava facendo rapidamente marcia indietro. "Avevo sedici anni quando ci siamo trasferiti qui."

"E avete deciso di restare."

Un'espressione bizzarra attraversò il volto di Royce prima che lui annuisse, dandole la sensazione che non fosse d'accordo sulla sua scelta di parole, anche se Daniela non sapeva se il problema fosse "deciso" o "restare." L'uomo stava per dire qualcosa quando il cameriere si avvicinò per offrire loro del pane con olio d'oliva e prendere le ordinazioni. Quando il cameriere li informò che il piatto speciale della serata erano lasagne agli spinaci con contorno di fagiolini coltivati nella fattoria di famiglia e funghi selvatici locali, lo ordinarono entrambi. Dopo aver chiesto a Daniela che tipo di vino preferisse, Royce aggiunse all'ordine una caraffa di pinot noir della casa.

Una volta che il cameriere si fu allontanato, seguito dal garzone, Royce giunse le mani sul tavolo. Tenne la voce bassa per farsi sentire solo da Daniela, nonostante l'unica altra persona presente in sala fosse Basia dai capelli puntuti al bancone. "Allora, la spiegazione che ti devo. Tanto vale levare il dente."

Daniela aspettò. L'uomo impiegò dieci secondi buoni e un respiro profondo prima di proseguire. "Quando ci siamo conosciuti a Cancun, io lavoravo in Guatemala. Te lo ricordi?"

Lei annuì.

"Alla fine del progetto, mi sono arruolato nell'Esercito britannico. Ho completato l'addestramento in Inghilterra e sono entrato nell'intelligence. Mi piaceva ed ero bravo. Pensavo di aver trovato il mio posto. Un sacco di stimoli mentali. Abbastanza tempo all'aperto da impedirmi di impazzire. Paga e benefit decenti, l'opportunità di vedere il mondo."

Royce spezzò un pezzo di pane e lo intinse nell'olio d'oliva, ma col modo di fare distratto di una persona che aveva bisogno di tenersi le mani occupate piuttosto che di placare i morsi della fame. L'uomo tenne il pane sospeso sopra il piatto mentre parlava.

"Prima sono andato in Groenlandia. Non c'ero mai stato e mi è piaciuta moltissimo. Poi ho avuto delle assegnazioni in Galles e a Cipro. Da lì in poi, mi hanno mandato in Turchia per quattro settimane in occasione di un esercizio di addestramento multinazionale. Otto Paesi hanno svolto simulazioni di raid, lanci di munizioni, esercitazioni a fuoco vivo, quel genere di cose. Era una faccenda grossa. Al termine dell'addestramento, alcune unità sono rimaste a causa dell'intensificarsi delle violenze in Siria, compresa la mia."

Royce prese fiato e tamburellò con il pane sul lato del piatto, ma senza distogliere lo sguardo dagli occhi di Daniela.

"Una sera, circa un mese dopo l'inizio dell'assegnazione, sono andato a cena in un villaggio con due soldati di un'altra unità. Li avevo conosciuti durante le esercitazioni e sarebbero ripartiti nel giro di qualche giorno. Avevo scelto un ristorantino dove ero già stato, in Turchia, a dieci minuti dal confine con la Siria. Si mangiava bene. Costava poco. Era gestito da una famiglia allargata. Avevamo trascorso il pomeriggio esercitandoci ed eravamo carichi di adrenalina quando siamo entrati nel ristorante. Abbiamo mangiato da re, abbiamo pagato e abbiamo lasciato una bella mancia. Quella sera ci sentivamo bene, perché avevamo arricchito quella famiglia e rafforzato la nostra amicizia. Ci eravamo persino ripromessi di informarci a vicenda delle assegnazioni future, nel caso avessimo l'occasione di incontrarci di nuovo."

Royce contrasse le spalle come se si stesse preparando inconsciamente per ricevere un pugno e lo stomaco di Daniela precipitò.

"Io e gli altri vedemmo quel tizio nello stesso momento. Era seduto al posto di guida di un vecchio furgone parcheggiato dall'altra parte della strada sterrata, lo sguardo fisso sulla porta mentre noi uscivamo. Sembrava spaventato come un ragazzino che qualcuno aveva costretto a salire sulle montagne russe: deciso ad arrivare fino in fondo, ma terrorizzato all'idea di vomitare o di mettersi a piangere. Sapevo cosa significava quello sguardo, cosa ci faceva quell'uomo lì. Ci buttammo a terra e gridammo alla gente nel ristorante di mettersi al riparo."

Royce sollevò il mento quando il cameriere apparve con la

caraffa verso il vino. Royce lo ringraziò e attese che l'anziano tornasse in cucina prima di proseguire il racconto. "Siamo stati fortunati. Solo l'attentatore è morto. Uno dei miei amici si è preso una scheggia nel collo e l'altro si è ritrovato con dei chiodi conficcati nel polpaccio. Due donne che stavano camminando lungo la strada hanno subito lesioni ai timpani e ferite varie, ma nulla di letale. Le finestre del ristorante scoppiarono, ma nessuno all'interno rimase ferito, a parte qualche taglio e qualche livido."

"E tu?"

"Non avevo ancora finito di buttarmi a terra quando si verificò l'esplosione, per cui fu quella a sbattermi al suolo. Ho subito un trauma cranico e mi sono ritrovato con dei vetri rotti e della ghiaia negli avambracci e nelle mani. Qualcuno anche nella fronte. Niente che una sciacquata e un po' di ibuprofene non potessero risolvere."

Daniela bevve un sorso di vino e osservò Royce. Nella maggior parte dei ristoranti, il vino della casa era discreto, ma niente di che. Quello era squisito. Ciononostante, la sua attenzione rimase concentrata sull'uomo che aveva di fronte. "E poi?"

Royce fece spallucce. "Poi è arrivato il brutto. Ho cominciato a mettere in discussione me stesso e le mie capacità. Non ricordavo se il furgone fosse parcheggiato di fronte al ristorante quando eravamo entrati. Anche in quel caso, noi saremmo arrivati da dietro, per cui non avremmo visto il conducente. Ma se avessi prestato attenzione, avrei notato che il furgone non aveva la targa e che toccava quasi terra, perché era pieno di esplosivi e di chiodi. Cose che sono addestrato a notare."

Mentre parlava, Royce spostò lo sguardo su Basia, per assicurarsi che nessuno stesse ascoltando. Esalando il fiato, disse a Daniela: "La mia distrazione rallentò le indagini. Non fui in grado di rispondere a semplici domande riguardo alla serata. Solo poche persone sapevano dove saremmo andati, il che è normale. Ma dato che non si possono interrogare i morti, non potevamo sapere se l'attentatore avesse ottenuto l'informazione da qualcuno della nostra unità o se avesse semplicemente saputo che eravamo già stati in quel ristorante e avesse deciso di scommettere sul fatto che saremmo tornati. Era fondamentale determinare se facesse parte di un gruppo o se avesse progettato l'attentato da solo."

Daniela passò il pollice lungo il bordo del bicchiere. Era palese che gli eventi di quella serata continuavano a frustrare Royce. "Non so nulla di operazioni militari, ma da come mi descrivi la cosa, è probabile che tu non abbia sbagliato nulla. Può darsi che il furgone sia arrivato dopo di voi. Può darsi che si sia trattato di una coincidenza: quel tizio voleva far saltare qualcosa e aveva i mezzi per farlo. Quando tu e i tuoi amici siete arrivati, lui ha avuto la sua occasione."

Royce diede un morso al pane, quindi lo mise accigliato nel piatto, rendendosi conto di averlo inzuppato di olio. "Forse sì e forse no. Il fatto è che eravamo così elettrizzati dalle esercitazioni di quel pomeriggio che io sono stato incauto. Ci sono voluti mesi di indagini per scoprire che quell'uomo era un lupo solitario, ispirato dagli estremisti che aveva visto online. Aveva indagato nel vicinato, aveva scoperto che dei soldati avevano visitato quel ristorante in altre occasioni e aveva preparato personalmente il furgone. Se avesse avuto dei complici, avrebbero potuto verificarsi degli altri attentati e altre vite avrebbero rischiato di andare perse prima che noi ci capissimo qualcosa. Non ho più voluto essere responsabile di un ritardo del genere. E non abbiamo mai scoperto quando lui fosse arrivato al ristorante... se fosse già lì o se avesse scoperto che c'erano dei soldati e avesse deciso di agire."

Un movimento nello specchio alle spalle di Royce attirò l'attenzione di Daniela. Un altro cliente entrò a ritirare un ordine. A giudicare dal modo in cui salutò Basia, doveva essere un cliente fisso. Daniela abbassò lo sguardo dallo specchio su Royce, che a sua volta aveva osservato lo scambio al bancone.

"Cosa c'entra tutto questo col fatto che tu mi hai tenuto nascosta la tua identità?"

Royce sorrise, ma fra sé, non a Daniela. "Quella sera mi ha insegnato a prestare più attenzione all'ambiente circostante e a restare sul chi vive, anche quando mi sento al sicuro."

"Hai cominciato a prendere costantemente delle precauzioni."

"Esatto."

In un certo senso, lei lo capiva. Sotto molti aspetti, la sua vita era un libro aperto; altri, tuttavia, lei li teneva strettamente nascosti, per proteggere la sua famiglia e il suo cuore. D'altra parte, non aveva senso. Quali orrori credeva di poter prevenire Royce tenendola all'oscuro della sua identità?

Prima che lei potesse chiederglielo, il cameriere uscì dalle porte della cucina con un piatto di lasagne in ciascuna mano. Li avvisò che i piatti erano caldi, rabboccò loro i bicchieri di vino e si offrì di portare una seconda caraffa. Daniela lanciò un'occhiata al bicchiere mentre il cameriere versava, stupendosi nel rendersi conto di aver già consumato più della metà del suo vino. Royce annuì e il cameriere se ne andò. Rimasero in silenzio fino a quando l'uomo non tornò, mise la nuova caraffa sul tavolo e chiese se avessero bisogno di altro. Una volta rimasti di nuovo da soli, Royce spostò lo sguardo sul piatto di Daniela – invitandola silenziosamente a cominciare a mangiare – e poi sull'ingresso della trattoria, dove un'altra cliente era venuta a ritirare. Royce mangiò qualche boccone di lasagna, ma non parlò fino a quando la donna non si fu allontanata con i suoi contenitori.

"Sono stato assunto da re Eduardo per rifare le pareti e gli zoccoletti. Ma non è quello il mio compito principale."

Daniela lo osservò, prendendo nuovamente atto della cicatrice e poi della serietà della sua espressione. "Non sei davvero un pittore, vero?"

"La mia attività di pittore è assolutamente legittima. L'ho

creata dopo essere stato congedato. Tuttavia, non ho molti clienti. La uso come copertura quando mi è necessario per svolgere lavori nell'ambito della sicurezza."

La mente di Daniela prese il volo. Royce era nel settore della sicurezza?

Ciò avrebbe spiegato perché arrivava presto, ma rimaneva sempre fino a dopo che lei se n'era andata, anche quando lavorava fino a tardi. E perché aveva fatto tante domande riguardo a Helena Masciaretti e alle sorelle Roscha, domande che andavano al di là di cortesi interrogativi sul fatto che la loro presenza l'avesse disturbata o meno. E perché l'uomo le aveva tenuto segreta la sua identità.

Le lasagne, che fino a qualche istante prima avevano avuto un sapore delizioso, si trasformarono in argilla nella bocca di Daniela mentre lei assorbiva il significato delle affermazioni dell'uomo. Si costrinse a ingoiare il grumo di pasta, chiedendosi se avesse completamente frainteso la famiglia reale e la fiducia che riponeva in lei.

"Sei stato ingaggiato per sorvegliare l'appartamento della regina Aletta." Daniela vide la conferma nello sguardo dell'uomo prima che lui potesse rispondere e il suo cuore precipitò per la delusione. "Sei stato ingaggiato per sorvegliare me."

CAPITOLO 17

Royce prese nota della posizione di Basia per assicurarsi che fosse fuori portata d'orecchi, quindi disse a Daniela: "Il mio compito è sorvegliare l'appartamento, ma assolutamente non te. Non nel modo in cui pensi. Il re si fida al punto da farti passare in rassegna l'intimo della sua defunta moglie; se questo non significa che crede nella tua integrità, non so cosa possa farlo." Prese fiato, quindi aggiunse: "Il mio compito è farti da secondo paio d'occhi in modo che tu possa concentrarti sul tuo compito."

Il linguaggio corporeo di Daniela rimase attentamente neutro, ma Royce non mancò di notare il titubante barlume di speranza negli occhi della donna. "D'accordo. Perché non mi descrivi esattamente in cosa consiste il tuo compito?"

Nel momento in cui lei lo aveva chiamato Royce, lui aveva capito che avrebbe dovuto darle spiegazioni, ma aver avuto il tempo di riflettere sul da farsi non lo rendeva più facile. Si fece mentalmente forza. "Ti hanno informata dei furti che si sono verificati attorno al momento della morte della regina Aletta e del fatto che probabilmente il colpevole è qualcuno del palazzo?"

Trascorsero diversi istanti prima che Daniela rispondesse: "Sì."

D'accordo. Quello era un progresso. "Per quanto ne sa il re, il personale è all'oscuro dei furti. Tu sei stata ingaggiata su raccomandazione della regina Fabrizia, dopo che re Eduardo le aveva detto di voler evitare che fosse il personale del palazzo a occuparsi di quel compito, ma senza che la cosa suscitasse sospetti."

Royce appoggiò la mano sul tavolo e la fece scivolare verso il bicchiere fino a quando lo stelo non fu intrappolato fra il suo indice e il medio, ma tenne lo sguardo fisso su Daniela. "Il ragionamento dietro al mio ingaggio è simile al ragionamento dietro al tuo. Quando è stata presa la decisione di aprire le stanze della regina Aletta, la famiglia reale voleva che l'ultimo livello di sicurezza fosse indipendente, ma senza che Chiara, Miroslav o gli altri membri della squadra sapessero nulla. Dato che non c'era una regina Fabrizia che potesse giustificare l'assunzione di una persona esterna, il principe Federico ha avuto l'idea dei restauri, che hanno il beneficio aggiuntivo di tenere il personale regolare lontano dalle stanze del re mentre tu sei nella suite. Il fatto che io sono effettivamente in grado di fare i lavori mi ha aiutato a ottenere il lavoro. Federico mi ha coperto con il personale addetto alla manutenzione, assegnando loro altri incarichi."

"Miroslav e Chiara Ascardi non hanno idea che tu ti occupi della sicurezza?"

"No. Solo il re e i suoi figli lo sanno. E ora tu."

La donna si prese un momento per assimilare quelle parole, poi aggrottò la fronte. "Se non sei qui per sorvegliarmi, qual è il tuo ruolo? Assicurarti che non sparisca altro?"

"Sì." Royce sollevò una spalla, quindi la lasciò cadere. "Scoprire l'identità del ladro originale sarebbe un di più, ma non è quello su cui mi concentro. Francamente, dopo cinque anni, è irrealistico che succeda. Nel frattempo, il re si ritroverà con un salone rinnovato. A dire il vero, era molto contento di quella parte del piano."

Daniela ci pensò su. "Il mio primo giorno di lavoro, re Eduardo e io abbiamo avuto una colazione di lavoro per passare in rassegna i miei doveri. Lui mi ha detto che era entusiasta all'idea di avere un salone più chiaro e arioso mentre il camerino veniva riorganizzato. Ha persino descritto il colore della vernice. Non ha lasciato intendere nulla." Inclinò la testa. "Il re e il principe Federico credono che qualcuno della sicurezza possa… che possa aver–"

"Derubato la regina? No. Ma è palese che qualcuno lo ha fatto. Qualcuno di cui loro si fidavano." Royce si portò il bicchiere alla bocca, assaporando un sorso del liquido scuro e saporito prima di proseguire. Ovunque Safina si procurasse il vino della casa, il produttore sapeva il fatto suo. "Quando ci siamo conosciuti a Cancun, ti ho detto che speravo di entrare nell'intelligence militare. Temevo che, se tu ti fossi ricordata di me, avresti ripensato a quella conversazione e avresti indovinato il vero motivo per cui mi trovavo nella residenza del re."

"So tenere i segreti. E poi, l'unica persona con cui parlo che non siate tu e Miroslav è il principe Federico, e capita di rado."

"Mi fido di te." Royce tese il palmo della mano, sperando che il tono della voce trasmettesse la sua sincerità. "Ho discusso della situazione con il principe Federico e gli ho detto che sarebbe stato più facile se tu non avessi dovuto fingere che io fossi a palazzo solo per dipingere. Ne sono ancora convinto ed è per questo che volevo spiegarti tutto piuttosto che scusarmi e farlo lontano dal palazzo. Miroslav è bravo nel suo lavoro e lo stesso vale per Chiara Ascardi. Sono addestrati a individuare comportamenti fuori dall'ordinario. Un'occhiata di sottecchi o una parola di troppo basterebbero per far sì che sospettino che il mio ruolo non è quello che sembra. È già inusuale che la famiglia reale assuma qualcuno di esterno anziché fare affidamento sul personale addetto alla manutenzione. Non voglio che qualcuno indaghi sul mio passato più di quanto sia necessario perché io ottenga il permesso per dipingere."

Il rumore della porta del ristorante spinse Daniela a guardare nello specchio. Entrò un ragazzo con un casco appeso al braccio. Lui e Basia chiacchierarono del più e del meno fino a quando il cameriere non uscì dalla cucina con due grossi sacchetti. Basia guardò all'interno, ripeté una lunga ordinazione e diede uno dei sacchetti al ragazzo.

"È un cliente fisso," disse a bassa voce Royce. "Lavora dopo la scuola all'ufficio turistico e viene qui ogni tanto a prendere la cena per la sua famiglia."

"È molta roba da portare in moto."

"Ha uno scooter con una cassetta legata dietro. È il più grande di sette figli. Va bene a scuola, lavora sodo e riesce a tenere tutto in equilibrio senza perdere la testa."

Daniela spostò lo sguardo dallo specchio a lui. "Come fai a sapere tutte queste cose? Basia?"

Royce era tentato di annuire e lasciar perdere, ma sapeva che Daniela voleva conoscere tutta la storia. "Lei ci ha presentati mentre aspettavamo entrambi un'ordinazione. Ci siamo messi a parlare."

Il ragazzo strizzò gli occhi nell'oscurità, riconobbe Royce e sollevò una mano in un gesto di saluto. Royce ricambiò prima che Basia seguisse il ragazzo fuori dalla porta; ciascuno dei due portava un sacchetto, presumibilmente per caricarlo sullo scooter. A Daniela, Royce disse: "Ogni tanto gli do ripetizioni."

"Davvero? Di cosa?" C'era stupore nella voce di Daniela, ma non incredulità. Approvazione, piuttosto. A Royce non sarebbe dovuto importare, ma gli importava. Gli piaceva.

"Fisica. Più che ripetizioni, ci incontriamo per dare una ripassata a quello che studiano in classe. Sta per candidarsi all'università e quella è l'unica materia che gli dà problemi. Lo aiuta avere qualcuno con cui confrontarsi mentre prepara i resoconti di laboratorio e studia per gli esami. È per questo che so che lavora sodo e che non si agita."

"Buon per lui." Daniela fece una breve pausa. "È palese che ti piace lavorare con lui. E ti piace la fisica?"

"La adoro," ammise Royce. "Tornare a studiarla dopo anni mi ha fatto bene al cervello."

"Puoi godertela per quello che è. Senza verifiche."

"Esatto."

Un certo imbarazzo calò fra di loro. Royce mangiò ancora qualche boccone, cercando di concentrarsi sul cibo piuttosto che sulla donna dall'altra parte del tavolo. Aveva scelto la Trattoria Safina per più di un motivo. In primo luogo, per una questione pratica: di solito, i turisti preferivano i grandi ristoranti con i menu visibili in vetrina o in bacheca, anziché entrare in quel luogo piccolo e senza insegna, dove non si poteva sbirciare all'interno e dove non c'era un menu visibile. Ma il secondo motivo era il cibo. Da quando era tornato a San Rimini, Royce aveva provato quasi tutti i piatti offerti da Safina, compresi quelli del giorno. Era tutto buonissimo. Ma nonostante gli sforzi per concentrarsi sui sapori e le consistenze, l'imbarazzo rimase, almeno da parte sua.

Daniela bevve un sorso di vino e posò il bicchiere sul tavolo. Mentre lui la guardava allineare il bicchiere al coltello, disse: "Nemmeno tu ti agiti."

Daniela levò gli occhi al cielo. "Sono sempre agitata. Organizzo la vita di una delle donne più famose del pianeta. Se qualcuno dovesse descrivere il mio lavoro, direbbe 'assumersi una montagna di stress in modo che la regina Fabrizia non debba farlo.' Mi sforzo di non darlo a vedere."

"In tal caso, sei brava a dissimulare. Sei sempre stata così? Così tranquilla? In grado di mettere ordine in un mondo caotico?"

Daniela si scrollò di dosso il complimento – e la domanda – quindi la sua espressione si fece seria.

"Senti, Royce, non mi piace che tu mi abbia nascosto la tua identità. È difficile non sentirsi offesa. Ma capisco perché hai fatto quella scelta. Stai cercando di fare il tuo lavoro, proprio come io sto cercando di fare il mio. Se ti fa sentire meglio, sono più che capace di fingere di fronte a Miroslav o a chiunque altro passi dalla residenza."

"Lo so." Royce infilzò con la forchetta un boccone di lasagne. "Ho informato il principe Federico della cena di questa sera e del motivo. Per cui, lui sa che tu sai. Ciononostante, considerato che i muri del palazzo hanno le orecchie–"

"Non ne parlerò." Daniela attese che Royce avesse addentato un altro boccone di pasta prima di aggiungere: "Immagino tu abbia scelto questo punto in modo che parlassimo liberamente?"

Royce annuì. Aveva sperato che, dopo che lui fosse uscito allo scoperto, avrebbero potuto rilassarsi durante la cena. Immergersi nell'atmosfera, magari parlare di quello che aveva fatto Daniela dopo Cancun. Di musica e film e altri argomenti che non avessero nulla a che vedere con il palazzo. Ma la fronte della donna era ancora aggrottata e lei sembrava titubante a rivelare qualunque cosa fosse personale, osservazione che Royce mise da parte per il futuro mentre continuava a guardare nello specchio, attento all'avvicinarsi di eventuali membri del personale.

"Hai qualcosa in mente?" la pungolò lui.

"Non ho ancora avuto l'occasione di parlarne con il principe Federico." La mascella di Daniela si serrò per una frazione di secondo prima che lei lo fissasse negli occhi. "Oggi pomeriggio ho trovato qualcosa che potrebbe esserti utile. Non sono un'esperta, ma sono certa che almeno una delle borsette della regina è contraffatta. Ho il sospetto che anche altre lo siano, così come una sciarpa e due paia di scarpe. Sto indagando e facendo domande, ma con discrezione."

La rivelazione catturò l'attenzione di Royce come il rumore di uno sparo inaspettato. Non sapeva esattamente cosa o come, ma sapeva che quello poteva essere un dettaglio importante.

Non volendo influenzare Daniela, limitò la sua reazione a un sopracciglio inarcato. "Considerato il numero di capi richiesti per le attività della famiglia reale, immagino che non ci sia da stupirsi che qualche falso si intrufoli nei loro guardaroba."

"Nulla si intrufola nei loro guardaroba," insistette Daniela. Mentre Royce mangiava, Daniela gli spiegò che la famiglia reale si procurava la maggior parte dei propri indumenti tramite appuntamenti privati con stilisti e personal shopper. "Le probabilità che un articolo contraffatto finisca in un guardaroba reale sono pari a quelle di vincere alla lotteria," gli disse. "Ho trascorso il pomeriggio a cercare di capire come può essere successo. L'unica possibilità è che la regina Aletta abbia visto un articolo online o mentre era fuori e abbia chiesto a un assistente di acquistarlo. Mi è capitato di farlo per Fabrizia. Per esempio, qualche mese fa, stavamo andando a un evento in centro a Cateri. L'auto era ferma a un semaforo rosso e la regina notò un paio di occhiali da lettura nella vetrina di un piccolo negozio di ottica. Io tornai al negozio il giorno dopo, controllai il prezzo e lei mi chiese di comprare gli occhiali, ma senza che nessuno sapesse che erano per lei. Un falso può entrare in questo modo nel camerino di una regina. Può darsi che un distributore rifili a un negozio un articolo contraffatto, o che un cliente ne compri uno autentico e poi renda un falso e il commesso non se ne accorga. Ma come ho già detto, è come vincere alla lotteria."

"Non credi che possa essere andata così con la borsetta?"

"No. I membri della famiglia reale sono costantemente sotto i riflettori, sia in pubblico che per quanto riguarda la loro vita privata, ma anche ciò che indossano riceve parecchie attenzioni. Ci sono interi siti e riviste dedicati alla moda reale. Le borsette sono oggetto di attenta osservazione." Daniela piegò il gomito in modo da avere il braccio parallelo al tavolo, quindi si toccò la manica. "La loro posizione le fa risaltare nelle fotografie. Giusto la settimana scorsa, una principessa spagnola è andata in chiesa con una borsetta nuova. La borsetta è andata esaurita nel giro di poche ore. La domanda delle altre borsette di quello stilista è schizzata alle stelle. Fabrizia lo sa ed è per questo che fa attentamente le sue scelte. Lo stesso vale per me quando le faccio per conto suo. Per Aletta e il suo personale non può essere andata diversamente. Sarebbe stato un incubo se lei fosse stata fotografata con una borsetta contraffatta. Sembra meschino, con tutto quello che succede nel mondo, ma sarebbe finita sui giornali."

Royce non riuscì a nascondere lo scetticismo dalla voce. "Perché? Per eccesso di risparmio?"

Daniela scosse la testa. "Il vero problema è economico. Gli stilisti si infurierebbero e avrebbero ragione. Direbbero che la regina ha dato il cattivo esempio, lasciando intendere che indossare merce contraffatta sia socialmente accettabile. Avvertirebbero la necessità di difendere i loro prezzi e la qualità dei materiali e della manodopera che impiegano. Sosterrebbero che la regina mette a rischio le leggi che proteggono i loro sforzi creativi chiudendo un occhio quando gli imitatori rubano i loro disegni e ne traggono profitto."

Alle spalle di Daniela, tre clienti arrivarono contemporaneamente a ritirare le loro ordinazioni. "Sei certa che la borsetta sia contraffatta?"

"Ho parlato proprio oggi con un esperto della casa di moda – tenendomi sul vago, naturalmente – ma ho scoperto che le cuciture della maniglia sono del colore sbagliato. Simile, ma sbagliato. E anche la fodera della borsetta è sbagliata. Il disegno è corretto, per cui non si nota a un'occhiata superficiale, ma quando l'ho paragonata con la fodera di altre due borsette dello stesso stilista nella collezione della regina, ho sentito la differenza. È più ruvida. Il materiale è più scadente."

"Ah."

Un lampo di fastidio attraversò il viso di Daniela. "So che la moda non ti sembra importante, ma vestire una persona di alto profilo come una regina è un'opportunità di grande valore. Inoltre, gli effetti personali della regina Aletta hanno un grande valore economico. Fai una ricerca online: ti stupirà quanto abbiano fruttato all'asta oggetti appartenuti alla principessa Grace o alla principessa Diana. Un segnalibro. Una bottiglietta di profumo. Persino un portaspazzolino. Potrei mangiare per due mesi con quello che ha pagato certa gente. Ma qualcosa che è stato *indossato* da una regina? Che è comparso in fotografia? Quello sì che vale parecchio."

"E vale la pena rubarlo."

Daniela allargò le mani, avendo detto quello che doveva dire.

"D'accordo. Per cui, se dovessi scommettere su come abbia fatto un oggetto contraffatto a finire nel camerino della regina Aletta – diamo per scontato che gli oggetti contraffatti siano più di uno – cosa diresti?"

Una ruga comparve fra le sopracciglia di Daniela. "Sei tu l'esperto di sicurezza."

"Assecondami. Prima stavi pensando a dei modi innocenti in cui ciò può essere successo. Quali sono i modi non innocenti?"

Royce prese la caraffa e divise il vino rimasto fra di loro. Daniela seguì il suo movimento con lo sguardo. Rimase in silenzio a lungo, poi disse: "È improbabile che la regina o il suo personale abbiano acquistato un oggetto contraffatto, figurarsi più di uno. Per cui, se dovessi scommettere, direi che lei possedeva l'originale e che qualcuno lo ha sostituito con un falso."

Nella mente di Royce risuonò un nuovo sparo. Era lo scenario che era venuto in mente anche a lui, ma rimase in silenzio, rivolgendo a Daniela un cenno di incoraggiamento perché proseguisse.

"Circa nove mesi prima di venire a mancare, la regina Aletta ha portato con sé la borsetta a un pranzo all'aperto con dei terapisti professionisti, in occasione della Giornata Nazionale della Salute Mentale. Ci sono diverse foto scattate alla luce del sole. Naturalmente, non sono riuscita a vedere l'interno della borsetta, ma il manico sì. Le cuciture non erano le stesse che ho visto nel camerino. Il colore era a quello originale."

"Potrebbe essere colpa della luce. Non sto mettendo in dubbio le tue affermazioni; faccio solo l'avvocato del diavolo."

"Ho pensato la stessa cosa. Ma quella borsetta in particolare ha dei piedini che proteggono il cuoio. Come questi." Daniela sollevò la borsetta e gli mostrò quattro pallini metallici sul fondo. "Nelle fotografie, ho visto che i piedini della borsetta della regina erano segnati. Uno aveva una sbeccatura nella vernice che era visibile zoomando. La borsetta che al momento si trova nel camerino non ha nessun segno sui piedini. Sono immacolati. La prima volta in cui la regina Aletta è stata fotografata con la borsetta è stata sei anni prima della morte e io ho trovato delle foto che la raffigurano con la stessa borsetta in altre tre occasioni. Considerato l'utilizzo, i segni hanno senso. Credo che qualcuno che aveva accesso al camerino abbia scambiato l'originale con la contraffazione dopo la Giornata Nazionale della Salute Mentale. Ma non metterei a rischio il mio lavoro scommettendo se sia successo prima della morte della regina o nei giorni fra la sua morte e il momento in cui il re ha messo in sicurezza la stanza."

"Hai fatto molte indagini."

"Ma senza dimostrare nulla, purtroppo." Daniela sollevò una spalla. "Se volessi restringere la finestra temporale, potrei chiedere a Helena quando è stata l'ultima volta in cui la regina ha usato la borsetta, ma in questo momento non voglio incuriosirla."

Royce sorrise da sopra il bicchiere. "Saresti una discreta investigatrice."

"Sono meglio come assistente."

Un rumore proveniente dall'ingresso spinse Daniela a guardare nello specchio. Un uomo snello, con degli occhiali da aviatore e capelli del colore del lucido da scarpe nero entrò e disse qualcosa a Basia. La donna gli fece una domanda, forse per confermare il numero dell'ordine, quindi si incamminò verso la cucina. L'uomo tirò fuori un cellulare dalla tasca e controllò lo schermo mentre aspettava.

Daniela si assicurò che il cliente fosse fuori portata di orecchi, quindi disse: "Un'altra cosa che ho scoperto durante la telefonata è che quella borsetta è un pezzo unico. Un modello simile era in vendita al pubblico circa sette anni prima della morte della regina, ma solo nel Regno Unito e a un prezzo superiore alle mille sterline. Considerato il costo e la tiratura limitata, nonché il fatto che la regina è stata fotografata più volte con la sua versione della borsetta, deve essere molto preziosa. Forse una delle più preziose della collezione."

Royce passò le dita attorno allo stelo del bicchiere di vino, riflettendo. "Se la borsetta della regina è stata confezionata su misura, lo stesso deve valere per quella contraffatta. Non può essere stata comprata in mezzo a una strada e scambiata con la borsetta vera alla prima opportunità. Deve esserci un piano dietro."

Royce non riusciva a immaginare che qualcuno avesse fatto una cosa del genere. Sarebbero stati necessari troppi passaggi, troppi sforzi.

Daniela allargò le mani di fronte alla sua espressione dubbiosa. "Pensa ai ladri di opere d'arte. Spesso rubano e basta – arraffano un quadro e scappano – ma è capitato che abbiano commissionato dei falsi per coprire il furto di un originale al fine di ritardare la scoperta. Non è poi così diverso. Per molte persone, la moda è arte."

Royce doveva ammettere che Daniela aveva ragione. Non sarebbe stato facile, ma per la persona giusta, una persona che avesse accesso alle proprietà di Aletta, sarebbe stato fattibile.

"Se più di un articolo è stato sostituito, il profitto potrebbe essere dell'ordine dei milioni, a seconda della domanda. C'è un altro motivo per cui non ne ho ancora parlato con il principe Federico o con re Eduardo. Volevo fare altre ricerche e capire quanto è estesa questa rete." Un angolo della bocca di Daniela si sollevò. "E devo essere sicura. Il primo giorno, mi è sembrato che ci fosse anche un'altra borsetta contraffatta, ma quando ho ricontrollato ieri, mi sono resa conto che era perfetta. Non poteva che essere vera. E poi c'erano due collane e un anello che il re pensava fossero spariti, ma io li ho trovati in fondo a uno dei cassetti della regina."

Royce tranguggiò il resto del vino mentre parlava. Basia non era uscita dalla cucina con l'ordine del cliente, ma l'uomo sembrava più agitato di quanto avrebbe giustificato l'attesa, continuando a cambiare posizione mentre fissava la porta della cucina. Sbuffò, quindi si accovacciò e sbirciò attraverso la vetrina del ristorante, come se stesse controllando l'auto parcheggiata abusivamente, prima di voltarsi di nuovo verso la porta della cucina.

"C'è qualcosa che non va?" chiese Daniela, la voce poco al di sopra di un sussurro.

Royce rispose di no, ma l'istinto gli diceva di sì. Non qualcosa che non andava, necessariamente, ma qualcosa di strano. In via Vespri si poteva parcheggiare fino a due ore e non c'era parchimetro. Non aveva senso che quel tizio si preoccupasse di prendere una multa. Non c'erano idranti nei paraggi, il che significava che l'uomo non aveva lasciato l'auto dove avrebbe potuto bloccarne uno, e i parcheggi riservati ai disabili erano in fondo alla strada, dove c'era una larga rampa integrata nel marciapiedi.

Magari l'uomo aveva lasciato un animale in macchina.

Royce si scrollò di dosso i sospetti e guardò Daniela avvolgere del formaggio attorno alla forchetta. Per cambiare argomento, chiese: "Allora, sei andata a casa per il fine settimana?"

Vi fu uno scatto nei movimenti della donna, che però annuì. "Dovevo dare una mano a mia madre per alcuni lavori in casa. Per fortuna, il volo è breve."

"Sei tornata questa mattina?"

"Sì. Mia madre mi ha lasciato una pagnotta di pane alle

zucchine, ma non la mangerò questa sera. E nemmeno domani, forse. Sarò ancora piena."

Daniela sollevò la forchetta, ma prima di mettersi in bocca il boccone formaggioso, disse: "Soddisfa la mia curiosità. Dov'è che hai imparato a fare il pittore?"

"Non mi ancora visto pitturare. Chi ti dice che lo sappia fare?"

"Basta guardarti cinque minuti per capirlo. Sai quello che fai."

"Mi hai guardato?"

Le labbra di Daniela ebbero un guizzo, ma la donna non riuscì a controllare il sorriso.

"Lavori con metodo, una sezione alla volta," disse un attimo dopo. "Pulisci regolarmente. I tuoi strumenti di lavoro sono immacolati. Questo dimostra cura e pazienza."

"Dimostra un salutare rispetto per Miroslav. E per le sorelle Roscha. Non voglio sentirle su da loro."

Quelle parole strapparono un sorriso a Daniela. "Può darsi. Ma il palazzo è un luogo storico. Re Eduardo non ti avrebbe ingaggiato se non avesse avuto la certezza che avresti fatto un buon lavoro. Anche se il tuo compito principale è occuparti della sicurezza, il re non rischierebbe dei danni alle pareti. Inoltre, sei stato gentile con la storica."

Quell'osservazione lo colse alla sprovvista, ma non quanto il momento in cui Daniela si allungò e gli coprì la mano con la sua. Le dita della donna erano lunghe ed eleganti, il suo tocco delicato, ma nelle sue mani c'era una forza che indicava una persona abituata a lavorare sodo.

"Ti ho sentito mentre parlavi con lei. Ci voleva abilità per rimuovere la carta da parati senza danneggiarla. La maggior parte dei terzisti non avrebbe voluto o potuto farlo."

Royce ricambiò il sorriso, gratificato perché lei se n'era accorta. "Più che capacità, c'è voluta pazienza, ma grazie."

Daniela gli strizzò delicatamente la mano prima di mollare

la presa e prendere il vino. Lo stomaco di Royce si contrasse mentre la guardava. Adorava la sua compagnia, godersi semplicemente la cena e ascoltarla parlare. Forse non era esperto di moda, ma comprendeva la passione di Daniela e apprezzava la sua mente analitica.

Invidiava gli uomini che trascorrevano tutte le serate così, godendosi una cena tranquilla con le loro partner, scambiando idee e raccontandosi gli eventi della giornata. Guardando la scintilla di interesse negli occhi delle loro compagne mentre parlavano, ascoltando la cadenza familiare di una voce che avevano udito esprimere gioia, frustrazione e persino estasi.

Basia tornò dalla cucina, spedendo quel pensiero sul fondo della mente di Royce. La ristoratrice disse al cliente in attesa che stavano incartando il suo cibo e gli chiese se, nel frattempo, volesse pagare. L'uomo tirò fuori il portafogli e lo aprì, si fermò e sollevò gli occhiali da sole sulla testa in modo da vedere le banconote nella luce soffusa del ristorante. I suoi movimenti erano resi bruschi dal fastidio trattenuto a stento mentre contava il denaro.

Strano. A occhio e croce, l'uomo aveva ordinato per almeno tre o quattro persone, eppure pagava in contanti.

Daniela infilzò un fagiolino con i rebbi della forchetta. "Non hai risposto alla mia prima domanda, sai. Dove hai imparato?"

Royce si accigliò, ripercorrendo la conversazione fino a rendersi conto che Daniela si riferiva al lavoro da pittore.

"Quando ero piccolo, io la mia famiglia ci siamo trasferiti spesso, il che ha significato dipingere e restaurare diverse case. I miei genitori mi incoraggiavano ad aiutarli. Naturalmente, con 'incoraggiato' intendo che ci sarebbero state delle conseguenze se non avessi dato una mano. Con entusiasmo. Ho imparato qualche cosa."

Un barlume di complicità illuminò gli occhi della donna. "I miei genitori sono molto bravi in quel genere di incoraggiamento. Sono sicura che tu abbia aiutato in casa con il mio stesso entusiasmo."

Royce sorrise spontaneamente, anche se il cliente vicino alla porta continuava ad attirare la sua attenzione. C'era qualcosa di sospetto in quel tipo. A Daniela, Royce disse: "Quando mi sono trasferito a San Rimini, ho comprato un appartamento che aveva bisogno di lavori. Ho imparato parecchio con l'esperienza e ancora di più guardando video e leggendo. Provando... ah... sperimentando con–"

Gli si mozzò il fiato quando il cliente sollevò il mento. Royce conosceva quell'uomo. Lo avrebbe riconosciuto prima se non avesse portato gli occhiali da sole, che nascondevano i suoi occhi particolari e gli oscuravano gli zigomi. Daniela si accigliò, quindi sollevò leggermente la testa in modo da guardare nello specchio.

"Continua a mangiare e a parlare," disse Royce a Daniela, tenendo la voce bassa. "Non voltarti per nessun motivo. Devo fare una telefonata."

CAPITOLO 18

IL SORRISO rilassato di Royce rimase al suo posto, ma considerata la gravità con cui diede l'ordine, avrebbe potuto essere James Bond che le diceva di comportarsi con naturalezza mentre estraeva una pistola.

Daniela continuò a sorridere, ma bisbigliò: "Cosa c'è?"

"L'uomo vicino alla porta è ricercato dal governo canadese per il suo coinvolgimento in un caso su cui ho lavorato di recente. Devo informarli che è qui." Royce mantenne il corpo nella stessa posizione, sporto in avanti come se loro due fossero immersi nella conversazione, ma estrasse un cellulare dalla tasca.

Daniela colse l'imbeccata, tagliando il fagiolino e facendogli capire con lo sguardo che sarebbe stata al gioco.

"Sono Royce Dekker," disse al telefono l'uomo, la voce bassa, ma ferma. "Mi passi Jennifer Cavendish." Ci fu una pausa. "Michael Davis, allora. Lo chiami a casa, se necessario. È urgente."

Daniela continuò a mangiare e a lanciare occhiate furtive nello specchio mentre Royce attendeva al telefono. Chiunque li avesse osservati avrebbe pensato che andasse tutto bene, ma lei avvertiva la tensione che cresceva in Royce. Chiunque fosse l'uomo vicino alla porta, non era ricercato per taccheggio o per una multa non pagata. Royce lo considerava pericoloso.

Alle loro spalle, il garzone uscì dalla cucina con un grosso sacchetto, che posò sul bancone vicino a Basia. Basia lanciò un'occhiata all'interno, controllò il biglietto graffettato sul lato e guardò di nuovo nel sacchetto, questa volta con aria infastidita. Disse qualcosa al garzone, rivolse un cenno di scuse al cliente e riaccompagnò il garzone in cucina.

"Ottimo," bisbigliò Royce mentre Basia e il garzone lasciavano la stanza, anche se era rivolto più a se stesso che a Daniela. Al telefono, disse "Sì," quando chiunque fosse all'altro capo della linea rispose. A Royce non disse nulla, ma le rughe sulla sua fronte si approfondirono mentre ascoltava.

Daniela bevve un sorso di vino. Mentre riappoggiava il bicchiere sul tavolo, tenne il mento basso e guardò di sottecchi nello specchio per tenere d'occhio l'uomo. Questi aveva ancora gli occhiali sopra la testa e stava guardando nella loro direzione strizzando gli occhi. Di fronte a lei, Royce abbassò leggermente la testa.

"Subito. Immediatamente," disse, per poi dare l'indirizzo della trattoria. Daniela udì la persona all'altro capo chiedere con voce brusca se l'uomo fosse a piedi o fosse venuto in auto e cosa indossasse.

"Ignoto," disse Royce, la voce più bassa ora che l'uomo aveva rivolto l'attenzione verso di loro. "Jeans scuri. Maglietta a maniche corte grigia con logo nero sulla destra del petto, ma non riesco a leggere. Capelli più corti che nelle foto. Scarpe da ginnastica nere. Adidas."

L'interesse dell'uomo si spostò sul sacchetto di cibo appoggiato sul balcone. Prese il foglietto fissato alla sommità, come per controllare l'ordine, quindi sospirò pesantemente.

Poi si rimise gli occhiali, afferrò il sacchetto e se ne andò.

"Se n'è andato," disse Royce, rivolto tanto a Daniela quanto alla persona all'altro capo della linea. "Lo seguo fino alla porta nel caso si riesca a vedere la targa."

Con stupore di Daniela, l'uomo le mise il telefono in mano mentre si alzava. "Un funzionario dell'ambasciata di nome Michael Davis dovrebbe prendere a breve la linea. Digli che sei a cena con me alla Trattoria Safina e che credo di aver avvistato Delfino Del Prete. Di' a Davis che quell'uomo non ha aspettato che il suo ordine venisse completato prima di fuggire. Può darsi che mi abbia riconosciuto. Cercherò di leggere il numero di targa. Hai capito tutto?"

"Davis. Del Prete. Numero di targa."

Royce se ne andò prima che lei finisse di parlare, incamminandosi verso l'ingresso della trattoria più in fretta di quanto Daniela avrebbe creduto possibile in quello spazio ristretto. Lei si voltò e lo vide soffermarsi accanto alla porta, tenendosi fuori vista mentre guardava attraverso il vetro, la bocca serrata in un'espressione determinata.

"Parla Michael Davis."

Royce strinse gli occhi, quindi uscì in strada. Daniela si alzò e si incamminò lentamente verso la vetrina del ristorante mentre riferiva tutto a Michael Davis, per poi dirgli che Royce era uscito.

"Li vede?" chiese Davis.

"No." Daniela passò lo sguardo sul marciapiedi per quanto le era permesso dalla stretta vetrina. "Ma sono ancora dentro e ho la visuale molto ristretta."

"Resti dov'è. Sta arrivando aiuto. Ci sono altre persone da Safina?"

"Non ci sono clienti, solo il garzone, il cameriere e la direttrice. In questo momento, sono in cucina. Immagino che ci siano anche dei cuochi." Daniela si voltò a guardare il bancone, poi aggiunse che non c'erano ordini in attesa di essere evasi. "È da un po' che non sento la direttrice rispondere al telefono, per cui potrebbero aver finito di lavorare."

L'uomo meditò per un istante. "Dubito che Del Prete ritornerà, ma se dovesse farlo, dica ai membri del personale di andare in cucina e di restare lì. Dovete mantenere le distanze."

Vi fu una pausa, seguita da un fruscio all'altro capo della linea, come se Davis avesse incuneato il telefono fra l'orecchio e la spalla mentre si allungava a prendere qualcosa. Un uomo con una giacca di cuoio scuro e dei jeans si alzò da una panchina dall'altra parte della strada e il movimento attirò l'attenzione di Daniela. Lei non lo aveva notato prima, ma quando l'uomo passò sotto un lampione, guardò in entrambe le direzioni e attraversò fuori dalle strisce diretto verso la Trattoria Safina. Raggiunto il marciapiedi, l'uomo allungò il passo, oltrepassando il ristorante sparendo alla vista, diretto nella stessa direzione in cui era andato Royce.

Davis tornò in linea e la ringraziò per l'assistenza, dicendo che avrebbe richiamato se avesse avuto altre domande. Prima che l'uomo potesse mettere giù, Daniela chiese: "Royce è in pericolo?"

Davis attese un istante di troppo per rispondere. "Sa quello che sta facendo; è per questo che mi ha chiamato. Non corre rischi superflui."

Daniela lo ringraziò, quindi concluse la telefonata in modo che Davis potesse fare quello che doveva. Si infilò il telefono di Royce nella tasca posteriore dei pantaloni nello stesso istante in cui Basia tornò dalla cucina con un contenitore di zuppa. La direttrice fece per scusarsi per il ritardo, si rese conto che il cliente era sparito e si fermò.

"Doveva andare," disse Daniela, incerta su quanto fosse il caso di rivelare.

"Ha dimenticato il minestrone." La donna guardò la porta come per evocare il cliente, quindi sospirò. "Lo porto indietro e dico alla chef di tenerlo in caldo. Il cliente ha già pagato. Magari cambierà idea."

Basia svanì in cucina prima che Daniela potesse reagire. Lei decise che probabilmente era meglio così. A preoccuparla era il fatto che Royce non era ancora tornato. Controllare una targa avrebbe dovuto richiedere secondi, non minuti.

Di certo, se Del Prete era venuto a piedi, Royce non lo aveva seguito?

Una bottiglia di plastica rotolò sul marciapiedi di fronte alla porta come se qualcuno le avesse dato un calcio, poi l'uomo con la giacca di cuoio entrò prepotentemente, le labbra sottili circondate da rughe di rabbia. Royce era alle sue spalle, lo sguardo cupo e intenso mentre lanciava un'occhiata a Daniela. "Vai dietro il bancone e abbassati."

Daniela girò attorno al bancone e si accovacciò senza pensarci due volte. Incuneata fra la parete e il bancone, si sistemò in modo da dare le spalle alla strada e poter vedere i tavoli. Il bancone bloccava la luce del lampadario, dandole la sensazione di trovarsi in un tunnel. Il panico la avvolse, ma non era dovuto al tono autoritario di Royce o alla rabbia che irradiava dall'uomo con la giacca di pelle.

Respira, si disse. *Respira.*

Dall'altra parte del bancone, l'uomo imprecò contro Royce.

Daniela fece scivolare il posteriore fino al pavimento, quindi allungò le mani per stimare lo spazio. Fra bancone e parete c'era una distanza pari al doppio della larghezza della sua vita. Spazio in abbondanza. Trasse un altro respiro profondo e si rese conto di aver battuto il gomito mentre si accovacciava. Spostò lo sguardo di lato per vedere dove aveva sbattuto e si accorse di avere la mano infilata in uno scompartimento aperto. Come aveva immaginato, quel lato del bancone non aveva armadietti. Invece, c'erano delle sezioni aperte che contenevano dei menu, una calcolatrice e abbondanza di penne e taccuini. Posate avvolte in tovaglioli di stoffa occupavano le sezioni a mezzaluna di un vassoio di plastica. Una grossa borsa di pelle color rosso mattone scuro era incuneata accanto al vassoio. Doveva essere di Basia. Era solo parzialmente chiusa e un cellulare faceva capolino dall'apertura.

Daniela avvolse le dita attorno al bordo dello scaffale che conteneva le posate e cercò di escludere il rumore e l'oscurità concentrandosi sulla custodia decorata che proteggeva il cellulare di Basia, sul bagliore della cerniera dorata della borsa e la consistenza della pelle martellata.

Il sudore le partì dalla nuca, per poi espandersi alla schiena.

Un'ombra la coprì. Daniela sollevò la testa e si rese conto che Royce si era spostato all'estremità del bancone, bloccandole l'uscita. Lo sguardo dell'uomo rimase fisso sulla porta del ristorante. "Hai parlato con Davis?"

"Sì. Ha detto che sta arrivando un aiuto."

"Gli altri sono tutti in cucina?"

"Sì. Non… ah… non sanno niente."

Respira. Pensa alle nuvole. Al cielo. Allo spazio. Daniela deglutì, cercando di immaginare di essere all'aperto, in mezzo a un prato. Qualunque cosa pur di scacciare la sensazione soffocante del luogo in cui si trovava. Le pareti non si stavano muovendo. *Non* si muovevano.

Doveva rimanere lucida, non solo per la sua sicurezza, ma anche per quella di Royce.

Dall'uomo con la giacca di pelle giunse un nuovo grugnito, che attirò la sua attenzione. Sebbene lo zigomo sinistro di Royce fosse punteggiato di segni rossi e lui avesse la camicia sporca di terriccio, come se avesse strusciato contro un edificio o un'automobile sporca, Royce aveva immobilizzato le braccia dell'uomo, intrappolandogli i polsi dietro la schiena all'altezza della cintura. Per quanto Daniela volesse sapere che cosa era successo, la contrazione della mascella di Royce le fece capire che era meglio stare zitta e buona, che il pericolo non era ancora passato.

Non appena quel pensiero le entrò nella mente, l'uomo fece un brusco movimento all'indietro nel tentativo di colpire il mento di Royce con la nuca. Lo sfiorò appena, ma lo spostamento di peso costrinse Royce ad aggiustare la presa. L'uomo si lasciò cadere nel tentativo di liberarsi e nel giro di qualche istante, entrambi gli uomini rotolarono sul pavimento vicino all'estremità del bancone. L'uomo con la giacca sferrò un pugno al fianco di Royce, ma il suo secondo colpo andò a vuoto e Royce gli diede una gomitata al viso che produsse uno scricchiolio nauseabondo. Royce ribaltò l'uomo, bloccandolo a faccia in giù sul pavimento con entrambe le braccia dietro la schiena, questa volta fermate più strettamente. Royce cambiò posizione in modo da tener bloccato l'uomo e, al tempo stesso, avere la visuale libera sulla porta.

In italiano e in inglese, Royce ordinò al suo avversario di stare fermo; anche se, considerata la botta, Daniela dubitava che l'uomo dalla giacca di cuoio avesse ancora molta combattività.

Royce era sorprendentemente controllato quando si rivolse a lei. "È entrato o uscito qualcuno mentre ero fuori?"

Daniela scosse la testa, quindi si premette una mano sul petto per farsi forza. Respirare le faceva fisicamente male.

Sei una stupida, pensò. Era tutto nella sua testa. Nessuno l'aveva toccata. Si era mossa a malapena. I polmoni non avrebbero dovuto bruciarle.

"Daniela?"

Si rese conto che, con l'attenzione fissa sull'uomo e sulla porta, Royce non poteva vederla. "No," disse ad alta voce Daniela. "Non è entrato né uscito nessuno."

L'uomo sul pavimento gemette e il suono si trasformò in un'imprecazione quando l'ingresso del ristorante si aprì tintinnando. Daniela udì due uomini identificarsi come poliziotti, per poi chiedere "Chi è Dekker?"

"Sono io. Ho i documenti che lo dimostrano. La mia commensale è dietro il bancone," disse Royce, la voce bassa. "I dipendenti del ristorante sono in cucina, là in fondo. Non sanno cosa sta succedendo qui. Considerato il baccano, immagino che usciranno a breve."

"Ci hanno chiamato i canadesi," disse uno dei poliziotti. "Questo è Del Prete?"

"No. È un complice. Stava tenendo d'occhio la porta da una panchina qui di fronte mentre Del Prete ritirava la cena. Quando sono uscito per seguire Del Prete, lui mi ha tallonato, per cui ho fatto il giro."

Royce mollò la presa sull'uomo steso a terra, che non oppose resistenza quando uno degli agenti si chinò per arrestarlo.

"L'ha colpita?" chiese l'altro agente, apparendo nel campo visivo di Daniela mentre osservava Royce in viso. "Domani sarà viola."

"Si è reso conto che lo avevo individuato e si è nascosto nel portone di un negozio un po' più in là," disse Royce, con una sfumatura di fastidio nella voce. "L'ho visto, ma non sono stato abbastanza veloce da evitare che mi sbattesse contro un muro. L'ho portato qui per evitare di fare scenate in strada."

"E Del Prete?"

"È sparito, ma il suo amico dovrebbe esserci d'aiuto."

Daniela appoggiò la mano contro una delle nicchie mentre i poliziotti procedevano all'arresto, frugavano nel portafogli dell'uomo e comunicavano i suoi dati alla centrale.

Le posate, pensò Daniela. Poteva distrarsi con quelle. Si concentrò sui fasci e cominciò a contare.

Quando arrivò a ventisei, il tonfo della porta della cucina la interruppe e lei udì Basia chiedere cosa fosse successo. Royce si scusò per il disturbo, quindi spiegò che aveva seguito il cliente che aveva abbandonato parte dell'ordine ed era stato aggredito. "Per fortuna, la polizia ha tutto sotto controllo."

"È successo in via Vespri? No!" Basia emise un verso di disapprovazione, quindi chiese: "Sta bene?"

"Sì, sì," disse Royce, nello stesso momento in cui uno dei

poliziotti promise a Basia: "Adesso lo portiamo in centrale. Ci assicureremo che non torni."

"Serve una mano?" chiese Royce. Daniela impiegò più del dovuto a capire che la domanda era rivolta a lei.

"No, sto bene." Avvertì, più che vederla, la presenza di Royce in fondo al bancone. Distolse con uno sforzo lo sguardo dai fasci di posate e fece leva su uno degli scaffali per alzarsi da terra. Quando la sua testa oltrepassò la sommità del bancone, notò che Basia sembrava incuriosita dalla situazione caotica, ma non turbata.

Daniela dubitava di avere un aspetto altrettanto tranquillo. Il cuore le batteva così forte e così in fretta da spingerla a chiedersi se non si sarebbe illividito sbattendole contro l'interno del petto. Faticò a non appoggiarsi le mani sulle ginocchia e respirare affannosamente come un atleta olimpico che aveva appena tagliato il traguardo.

Royce discusse ancora per un minuto con la polizia, quindi gli agenti si allontanarono con l'uomo dalla giacca di pelle, facendolo salire su un furgone. Royce si voltò verso Basia, che era rimasta vicino alla porta della cucina. Doveva esserci un'espressione di scuse nello sguardo di Royce, perché la donna mosse una mano in un gesto di noncuranza.

"Non è colpa sua. E poi, in questo posto vediamo di tutto. Un arresto è una novità, ma non è successo nulla di male," disse la donna; poi le sue labbra si contrassero e lei afferrò il mento di Royce fra l'indice e il pollice. "Tranne che al suo viso. Serve del ghiaccio. Si sieda. Vado a prenderlo in cucina."

"Non è nulla. Non si disturbi."

"Come no. Stia tranquillo. Aveva detto di non essersi fatto male!"

"Basia—"

"Se vuole tornare a mangiare qui, si sieda e metta il ghiaccio. Nessuno lascia la Trattoria Safina con una faccia del genere.

Non riesco ancora a credere che quell'uomo l'abbia aggredita. Non avevo mai sentito di rapine in questa zona."

"Immagino sia l'eccezione che conferma la regola."

Basia strinse gli occhi per un istante, poi liberò il mento di Royce e lanciò un'occhiata in strada, dove un poliziotto chiuse il portellone del furgone mentre l'altro si sedeva al posto di guida. "Torneranno?"

"No."

"Allora siamo chiusi." La donna andò alla porta e fece scattare la serratura prima di abbassare la tendina sulla porta e sulla vetrina. "Ovaldo vi accompagnerà a casa. Nessuno di voi due dovrebbe camminare."

"Facciamo un compromesso. Io metterò il ghiaccio, poi andremo a piedi. La serata è tiepida e ho la pancia piena di lasagne. Camminare mi aiuterà a digerire."

Basia levò teatralmente gli occhi al cielo prima di attraversare la porta della cucina, lasciando Daniela e Royce da soli per la prima volta da quando lui si era alzato da tavola.

"Mi dispiace di averti spaventata," disse Royce, per poi indicare la propria guancia con il pollice. "Quel tipo ha tentato il tutto per tutto. Non è male come sembra."

Lei sorrise, ma si rendeva conto che era un sorriso debole. "Può darsi, ma sono felice che ti mettano il ghiaccio."

"Quando mi sarò congelato la faccia abbastanza a lungo da soddisfare Basia, ce ne andremo."

"Sembrerebbe che tu abbia una destinazione in mente."

"Vivo su una barca. A piedi sono quindici minuti. Potremo rilassarci sul ponte e goderci un po' di aria fresca prima che ti riporti al tuo albergo."

Royce doveva aver percepito la sua esitazione, perché aggiunse: "Hai bisogno di staccare da quello che è successo, o ci penserai per tutta la notte."

"Credi di sapermi leggere così bene?"

"Mi sbaglio?"

Royce non si sbagliava. E ora, una parte di lei voleva vedere il posto in cui lui viveva. Non si era aspettata che fosse una barca. Trasse un respiro profondo e ordinò al cuore di rallentare, lasciando che il silenzio del ristorante la riempisse. Un attimo dopo, disse: "Va bene. Basta che non facciamo tardi. Dobbiamo lavorare entrambi, domani."

"Dormirai meglio. Te lo prometto."

Basia uscì dalla cucina con il ghiaccio in mano. Il sorriso che Royce lanciò a Daniela prima di voltarsi a prendere il ghiaccio le fece accelerare di nuovo le pulsazioni.

CAPITOLO 19

Royce posò la bottiglia di acqua frizzante sul tavolino fissato alla destra di Daniela, quindi si sedette sulla sdraio alla sua sinistra, con una bottiglia della sua birra preferita che penzolava dalle dita. Tranne quando gli aveva restituito il cellulare, la donna era stata taciturna durante il tragitto dal ristorante, ma Royce sperava che il suo silenzio derivasse dal calo graduale dell'adrenalina piuttosto che dal disagio.

Daniela seguì con lo sguardo i suoi movimenti, quindi l'attenzione della donna si spostò sul ponte mentre esaminava l'ambiente circostante.

Nella frazione di secondo prima di accettare il sacchetto di ghiaccio da Basia, Royce le aveva lanciato un sorriso. Lo aveva fatto per rassicurarla, ma non era il risultato che aveva ottenuto. Nel momento in cui il suo sguardo si era posato su quei capelli arruffati e su quel viso arrossato, il desiderio si era diffuso dentro di lui. Il suo sorriso era passato dal rassicurante all'accalorato. Lei se n'era accorta, ma Royce non aveva accolto il resto della sua reazione prima di essere costretto a rivolgersi a Basia per tranquillizzarla.

Daniela aveva preso le sue cose dal loro tavolo ed era rimasta fuori vista, chiacchierando cortesemente con il personale, fino a quando Basia non aveva dichiarato che Royce poteva alzarsi.

Mentre uscivano dalla trattoria e raggiungevano il porto, Royce si era chiesto se non avesse rivelato troppo con quel sorriso. La cena si era fatta sempre più intima col procedere della serata. Avevano parlato della sua presenza a palazzo e lei era arrivata a fidarsi di lui al punto da parlargli della borsetta contraffatta. Daniela aveva ammesso di aver origliato mentre lui parlava con la storica di palazzo, poi aveva messo la mano sulla sua mentre gli faceva un complimento. Non era semplice gentilezza. C'era dell'attrazione in quel contatto.

Poi era arrivato Del Prete e tutto era cambiato.

Perdere quel momento con Daniela aveva attutito la soddisfazione di aver trovato una pista per il caso dell'ambasciata canadese; poi, il silenzio che si era protratto fra di loro mentre scendevano i gradini del porto e lui inseriva il codice al cancello lo aveva spinto a stringere i denti. Una camminata al chiaro di luna avrebbe dovuto essere spensierata, non carica di tensione. Un attimo dopo, quando lui e Daniela si erano avvicinati alla *Donati*, Royce le aveva offerto la mano per aiutarla a salire a bordo, quasi aspettandosi che lei rifiutasse. Ma invece che declinare l'invito, Daniela aveva messo la mano nella sua e aveva sorriso, dandogli un briciolo di speranza che non tutto fosse perduto. Anche se la donna lo aveva lasciato andare nel momento in cui i suoi piedi avevano toccato il ponte, la cosa gli era parsa naturale e ora che Royce era con lei sotto le stelle, con una bevanda fresca in mano, era teso come un ragazzino al primo appuntamento con la ragazza più bella della scuola.

Royce inclinò la birra e assaporò il liquido che gli scorreva sulla lingua, quindi lanciò un'occhiata di sottecchi a Daniela. La donna si stringeva la bottiglia d'acqua al petto mentre fissava il cielo. Le sue scarpe pendevano dalle punte delle dita; il resto dei piedi era sfuggito ai tacchi. Le sue spalle si fondevano con lo schienale della sdraio e il suo respiro era indistinguibile.

Royce non l'aveva mai vista così aperta da quando avevano riso insieme durante quella lunga camminata a Cancun. Era il modo in cui voleva farla sentire quando era con lui. Rilassata. Fiduciosa. Se stessa.

Daniela angolò la testa e lo colse sul fatto mentre la guardava. Royce si affrettò ad abbassare lo sguardo sulla bottiglia d'acqua. "Posso procurarti un bicchiere, se vuoi. O scambiarla con del vino."

"No, così va benissimo. Grazie."

Royce mormorò una risposta di cortesia prima che entrambi rivolgessero l'attenzione al cielo. Era una notte pacifica, proprio come quella che Royce aveva immaginato quando aveva comprato la barca. La *Donati* era piccola rispetto alla maggior parte delle imbarcazioni circostanti, buona parte delle quali serviva da luogo di svago per i ricchi e famosi quando non erano in una delle loro ville, ma serviva allo scopo. Royce non voleva e non aveva bisogno di un bar, di suite o di spazio per i clienti. Aveva dove dormire e mangiare, dove riporre i suoi vestiti e qualche libro e aveva il ponte, che era il suo sollievo dal mondo. Poteva riempirsi i polmoni di aria di mare, guardare il passaggio delle nubi temporalesche e assorbire l'energia della città mentre rimaneva felicemente separato da essa.

Era il luogo ideale per godersi una birra e riflettere sulla vastità dell'universo. Piuttosto che farlo sentire piccolo o solo, permettere alla sua mente di solcare il cosmo per meditare sui buchi neri, la materia oscura e la fisica dello spazio gli dava un senso di appartenenza. Di eternità. Lo stress della giornata si faceva gestibile, facilitando la transizione nel sonno.

Si chiese se fosse quello che sperimentava Daniela quando guardava verso il cielo, o se lei era il genere di persona che individuava una costellazione o due prima di farsi distrarre dalla lista delle cose da fare.

Bevve un altro sorso di birra mentre ci pensava su. Era uscito sporadicamente da quando era tornato a San Rimini, ma non aveva mai portato una donna lì. Non era una decisione conscia. Era solo più semplice portarle in discoteca o al ristorante, o incontrarle a casa loro se non avevano voglia di uscire. Più spazio, più comfort femminili. Invitarle alla *Donati* non gli era mai parso giusto.

Ma quella sera, con Daniela D'Ambrosio, era tutto giusto. Royce sperava che lei apprezzasse la barca quanto la apprezzava lui, per lo stile di vita semplice e la serenità che offriva, piuttosto che per la sua eleganza o per il contesto sfavillante.

Come se lei gli avesse letto nel pensiero, le sfuggì un sospiro soddisfatto. "I tramonti devono essere spettacolari, qui."

Royce sorrise fra sé, quindi puntò la bottiglia di birra verso il lato occidentale della baia a forma di mezzaluna di San Rimini. "Si allarga sulla cima delle montagne, ma è quasi altrettanto bello dalla parte opposta della baia, dove gli edifici riflettono la luce. Tutti quei bianchi e quei beige immacolati si trasformano in sfumature sconvolgenti di arancione e viola e le finestre scintillano. Quando le nuvole sono perfette, la chiesa in cima alla collina brilla di luce propria."

"Quella con la doppia cupola?"

"Proprio lei. È l'ultimo posto che il sole tocca prima di calare dietro le montagne. Poi arrivano le stelle."

Daniela mosse il bacino contro la sdraio per cambiare posizione, quindi tracciò un lungo arco nel cielo con l'indice. "Vedo la Via Lattea. Mi stupisce che non ci sia molto inquinamento luminoso."

"Ci sarebbe, ma da questa angolazione, il palazzo pubblico all'ingresso del porto blocca la maggior parte della luce dei lampioni. È un po' peggio quando i casinò accendono i riflettori nel fine settimana."

"Hai trovato una bella posizione."

"Ho avuto fortuna. Mi piace che il porticciolo faccia angolo, così non ho nessun vicino a tribordo. In quella direzione, ho la visuale libera sull'acqua. Ma non mi ero reso conto di quanto fosse fantastico questo punto fino a quando, poche settimane dopo che ero arrivato, mi hanno invitato a una festa su uno degli yacht nella zona esclusiva. I loro tramonti e la vista sulla città sono spettacolari, ma il cielo notturno... non lo è. Questo mi ricorda perché, all'università, ho scelto solo corsi di astrofisica per i crediti liberi."

Tacquero per diversi minuti, ammaliati dalle stelle. Quando Daniela riprese la parola, la sua voce era sommessa. "Da bambina, non portavo mai l'orologio o il telefono. Il tramonto era il segnale che dovevo lasciare la casa di un'amica nel villaggio o tornare a casa da dove stavo esplorando. Mi faceva capire che era giunto il momento di tornare dai miei genitori, finire i compiti – se ne avevo ancora da fare – e prepararmi per andare a letto."

Royce voltò la testa per guardarla, essendosi reso conto che Daniela aveva altro da aggiungere. Senza distogliere lo sguardo dalle stelle, la donna disse: "Davo per scontati quei tramonti. Non ho sentito molto la loro mancanza mentre ero all'università, ma quando ho cominciato a lavorare a palazzo e la sera ero sempre al coperto o circondata da edifici, sì. Bramavo la pace. Ora, quando ho l'occasione di guardare un tramonto o le stelle, di guardarli davvero, è come se..." Daniela esitò, come se stesse soppesando le parole. "... è come se l'universo spazzasse via le minuzie della giornata. Sai, tutti quegli eventi che sembrano una crisi, ma che sono solo temporanei. Mi ricorda il valore delle cose più semplici. Delle cose durature. Come la famiglia e i riti della cena e del coricarsi." Le sfuggì una risata leggera. "Non fraintendermi: adoro le striature del cielo e i colori cangianti delle colline e gli ulivi come tutti gli altri, ma per me, i tramonti sono sempre stati qualcosa di speciale."

"Gli umani sono fatti per stare vicino alla natura. O almeno, questo umano lo è." Royce gesticolò a indicare l'ambiente circostante. "Voglio dire, guarda dove vivo. Il tuo punto di vista mi sembra perfetto."

Non sapeva cosa ci fosse di speciale in Daniela, ma averla accanto gli faceva venire voglia di parlare. Bevve un lungo sorso dalla bottiglia, quindi la posò sul ponte prima di lasciarsi andare e giungere le mani dietro la testa. "Quando sono tornato a San Rimini, volevo un appartamento con vista sull'acqua, un posto dove potessi rilassarmi la sera e staccare dallo stress del lavoro. Ma gli immobili sono costosi qui, anche se sono dei monolocali che danno sulla parete di un altro edificio. Ho dovuto informarmi un po', ma ho trovato un posto con vista parziale sull'acqua a un prezzo che potevo permettermi perché era in condizioni terribili. Ho trascorso parecchi mesi a restaurarlo."

"E a padroneggiare l'arte del pittore."

Royce emise un divertito suono affermativo. Nell'ultima ora erano successe tante di quelle cose che lui si era dimenticato di averglielo detto. "Ho pitturato un sacco. Oltre a sverniciare legno, rifinire pavimenti, riparare armadietti e quant'altro. Ho persino imparato le basi del lavoro dell'elettricista e dell'idraulico. Quando ho finito, l'appartamento aveva davvero un bell'aspetto. Ho pensato di venderlo e di usare i profitti per trovare un appartamento con una vista migliore. Volevo vedere l'acqua senza dover stare per forza in un determinato punto del salotto. Guardare le stelle senza dovermi sporgere da una finestra. Ne ho parlato con i miei vicini, una coppia di pensionati tedeschi, e loro mi hanno detto che volevano vendere il loro appartamento e trasferirsi a Heidelberg per stare più vicino ai nipoti. Mi avevano chiesto se fossi interessato, dato che casa loro era all'ultimo piano e aveva una vista migliore. Sono andato a dare un'occhiata e ho notato delle foto che avevano fatto a bordo di una barca ormeggiata al porto. Ho detto loro che aveva un aspetto magnifico e la moglie mi disse che volevano vendere anche la barca. Nel giro di un mese, entrambi abbiamo venduto gli appartamenti e io sono diventato il nuovo proprietario di questa barca."

Daniela posò la bottiglia d'acqua sul tavolino. "È buffo come va la vita. Una conversazione, un incontro casuale, e tutto cambia."

Daniela non si riferiva a Cancun, ma fu quella a venirgli in mente. Quali erano le probabilità che loro si incontrassero fuori dalla discoteca, quella sera? O che si rivedessero anni dopo, in una residenza reale dall'altra parte del mondo? Che sedessero insieme su quella barca, quella sera, con le luci di San Rimini di fronte a loro e un milione di stelle sopra le loro teste?

"Per quanto sia bello, non sono sicura che potrei vivere su una barca," disse Daniela esalando il fiato. "Mi sembra… non lo so. Limitante."

"Viene da pensarlo quando la guardi dal marciapiedi, ma a bordo mi sembra di avere più spazio di quanto ne avessi nel mio appartamento. La maggior parte delle giornate mi siedo qui fuori a leggere o a mangiare. Quando ho un paio di giorni liberi, viaggio lungo la costa. In quei momenti, l'intero Mediterraneo è la mia casa. Non sento mai i vicini attraverso le pareti, come succedeva nella mia ultima casa."

"Non ci avevo pensato." Daniela spostò lo sguardo verso la cabina. "Non ti senti mai in trappola in uno spazio così ristretto? E se piove? O fa freddo?"

Royce si alzò e le prese la mano. "Vieni con me. Facciamo un giro."

"Oh, non è necessario–"

"Le stelle non scappano. Te lo giuro." Quando Royce le sfiorò la mano, si aspettava che lei si ritraesse. Invece, mentre Daniela si alzava, si presero per mano. Non fu Royce a spingere per il contatto più intimo e nemmeno lei. Accadde e basta.

Come per il portarla lì, gli sembrava la cosa giusta.

Daniela lo seguì attraverso il ponte, ma quando entrarono nella cabina e lui le mostrò la cambusa, il tavolo con le panche, la prora – sempre buono a sapersi – e la orientò verso il suo piccolo alloggio, l'espressione della donna era un misto di interesse e tensione. Era l'espressione che si vedeva nei film quando un bambino si trovava all'ingresso della grotta di un drago o della casa di un gigante e il suo desiderio di esplorare lottava contro il senso comune che lo spingeva a fuggire.

"La gente potrebbe considerarlo uno spazio ristretto," disse lui, prendendo a prestito la definizione usata da Daniela. "Ma io lo trovo efficiente. Ben progettato."

Daniela osservò la zona, prendendo atto del piccolo frigorifero e del microonde nella cambusa, della porta scorrevole della camera e degli armadietti lisci che lui aveva installato sotto le panchine. Il suo sguardo passò sul taccuino, sulla penna e sulla rivista sportiva che Royce aveva impilato a un'estremità del tavolo, per poi soffermarsi sulla finestra, come se la stesse immaginando con la tendina scostata e la luce del giorno che penetrava all'interno. Inarcò le sopracciglia. "Tieni molto pulito."

Royce fece spallucce. "Mi limito al minimo necessario. I miei abiti stanno tutti in un magazzino dietro la cuccetta. La toiletteria è in un armadietto a prua. Tutto fuori vista."

"Ah." Daniela gli lasciò la mano e prese un tascabile di Jim Butcher segnato dalle riletture dallo stretto scaffale che correva sopra le panchine, per poi voltarlo e guardare la quarta di copertina. Era uno dei suoi preferiti.

"Questo non l'ho letto, ma mio padre adora la serie di Dresden. Li ha letti tutti almeno due volte." Daniela passò lo sguardo sugli altri libri mentre rimetteva a posto quello di Butcher, trovando titoli di Lisa Gardner, Vince Flynn, Michael Connelly, Patricia Briggs e diversi altri. Inclinò il solitario volume di Jacqueline Winspear per controllare il titolo, disse che avrebbe voluto provare a leggere uno di quei libri, quindi rimise il libro al suo posto mentre dava un ultimo sguardo allo scaffale. Il suo sguardo corse ai classici in fondo alla fila: *L'amante di lady Chatterley. La valle dell'Eden. L'Odissea. I tre moschettieri.* Impilati all'estremità, a fungere da fermo, stavano gli unici tre volumi cartonati che Royce possedeva: una storia della Seconda guerra mondiale in due volumi e *La forza del singolo* di Bryce Courtenay.

Le sue labbra ebbero un guizzo di approvazione, anche se Royce vide che cercava di nasconderlo.

"Non hai la televisione?"

"La maggior parte dei miei passatempi sono digitali, per cui uso un tablet. Così, non devo trovare spazio per un televisore o conservare troppi volumi cartacei. È più facile tenere in ordine e c'è meno roba da spolverare. Che è l'ultima cosa che voglio fare dopo il lavoro."

Gli occhi di Daniela ebbero un guizzo di divertimento quando lui disse di non voler tenere molti libri, considerato che aveva un intero scaffale pieno dei suoi preferiti. Dunque, anche lei era una lettrice. Interessante.

"Niente souvenir di viaggio?" chiese la donna. "La maggior parte delle persone ha qualche oggetto dal valore sentimentale. Ce n'erano alcuni persino nel camerino della regina Aletta."

"Oh, non sono del tutto privo di sentimenti." Royce spostò lo sguardo verso la sua cabina. "Accanto al letto ho un quadro che ho comprato da un ambulante in Guatemala. E ho anche una bizzarra targa di legno che i miei genitori mi hanno comprato in Germania quando ero bambino, anche se la tengo appesa nella prora, più che altro per infastidire mia madre, che ritiene dovrebbe stare in un luogo più dignitoso."

Il divertimento sollevò gli angoli della bocca di Daniela. "Non ne dubito. Lei viene spesso qui?"

"Non direi. È più facile cenare a casa dei miei genitori. Cerchiamo di farlo una volta la settimana."

Toccandole delicatamente il fondo della schiena, Royce la sospinse verso la cambusa, poi aprì uno degli armadietti. "La maggior parte dei miei souvenir è di natura pratica; per questo non risaltano. La coperta sul mio letto è stata comprata in un mercato spagnolo. I miei piatti e le mie scodelle vengono dall'Egitto, dalla Turchia e dalla Grecia; per questo," aggiunse, gesticolando verso l'interno dell'armadietto, "non c'è nulla di abbinato. Ah, e il mese scorso ho comprato un paio di tazzine da caffè in Italia. Preferisco cose che posso usare piuttosto che soprammobili che accumulano polvere."

"È tutto bellissimo." Daniela fece capolino da dietro l'anta dell'armadietto. "Soprattutto quella scodella verde."

"Quell'esempio di perfezione è la scodella che uso per il gelato. L'ho trovata al Gran Bazaar di Istanbul. Quel posto è una trappola per turisti, ma non mi importa. Quella è la scodella migliore che sia mai esistita."

Daniela sorrise. "Fino a quando non si romperà."

"Ehi! Morditi la lingua."

Mentre chiudeva l'armadietto, Royce si voltò a guardarla. Era una situazione intima, ma gradevole.

Poi non fu così gradevole quando una scintilla di desiderio scoppiettò fra di loro.

Royce non avrebbe dovuto dire *morditi la lingua*. Pensarci gli faceva venire in mente altre parole. Gusto. Sapore. Godimento.

Quando si riprese a sufficienza da parlare, aveva la voce roca. "Ora che hai fatto il giro, ti sembra un ambiente ristretto?"

Daniela angolò il mento. Per una frazione di secondo, lui vide un'altra scintilla di desiderio nel suo sguardo. Poi lo avvertì, che sfrigolava fra di loro come qualcosa di fisico.

Fu colto dal dubbio. *La bacio? Se rimango perfettamente immobile, sarà lei a baciare me?*

Il bacio che si erano scambiati tutti quegli anni prima di fronte all'albergo di Cancun gli aveva fatto scoppiare la testa. Il tempo e la maturità non potevano far altro che migliorare la cosa. E l'espressione di Daniela gli fece pensare – sperare – che lei stesse per alzarsi in punta di piedi e dargli ragione.

Quando, finalmente, Daniela rispose, la sua voce era bassa, ma seria. "Ammetto di essermi chiesta perché tu abbia scelto di vivere in una bara galleggiante."

CAPITOLO 20

ROYCE SI RITRASSE e si portò una mano al cuore, simulando agonia.

Una *bara*? Daniela aveva comparato la sua gioia e orgoglio a una bara?

Un sorriso soppresso le sbocciò sul viso. "Considerato che sei un pittore, avrei dovuto capire che avresti avuto una buona illuminazione. Ritiro il *ristretto* e ti rubo *efficiente*."

"L'illuminazione è davvero buona. E per tua informazione, il bordo écru e azzurro che vedi ha sostituito un motivo verde e bordeaux piuttosto cupo." Le parole gli uscirono in tono difensivo – perdiana, era davvero sulla difensiva – ma in quel momento, non stava pensando davvero ai colori o alla luce. Né stava pensando al fatto che Daniela si sentiva a suo agio al punto da prenderlo in giro. Era ammaliato dalla curva del labbro inferiore di lei. Da quella singola ciglia in alto a destra che puntava nella direzione opposta delle altre. Dalla differenza di colore nelle ciocche dei suoi capelli.

E dalla propria stupidità nell'aver fatto una domanda riguardo alla decorazione della barca invece di chinarsi, circondarle lo splendido viso fra le mani e baciarla fino allo sfinimento.

Quello non succedeva in una bara, galleggiante o meno.

"Ne prendo atto, come del fatto che hai usato la parola *écru*. Sei un uomo dai molti talenti." L'attenzione di Daniela si spostò su un punto del braccio di Royce e la sua espressione cambiò. "E sanguini. O hai sanguinato. Sembra secco."

Royce si accigliò e abbassò lo sguardo sulle dita di Daniela mentre queste si posavano sul punto in questione.

"Non credo che sia mio," disse. Le braccia e le spalle non gli facevano male. Non come la guancia, che ogni volta che lui voltava la testa gli faceva sentire il pulsare sordo tipico dei pugni. L'indomani gli sarebbe spuntato un livido, nonostante Basia e il suo sacchetto di ghiaccio.

Daniela borbottò qualcosa fra sé mentre si spostava sul fianco di Royce per guardare meglio. Gli passò una mano lungo il braccio fino ad afferrarlo sopra il gomito. "Ci sono diverse macchie. È sicuramente sangue, ma c'è anche della sporcizia. Non ci sono strappi, ma dovresti immergere la camicia in acqua fredda. L'acqua calda fisserà le macchie."

"Capita spesso che la regina Fabrizia si macchi i vestiti di sangue?"

Daniela lo guardò con il divertimento negli occhi, anche se rimase concentrata sul suo braccio. "Al massimo si sporca con la salsa per l'insalata. Ogni tanto con del terriccio, se sta facendo una passeggiata in giardino e avverte l'impulso di potare qualcosa, ma è raro. La missione principale dei giardinieri è arrivare prima di lei."

"Immagino." Sorrise all'immagine di Fabrizia che si fermava a staccare un fiore avvizzito, per evitare che esso rovinasse il suo giardino perfetto, poi fece spallucce. "Il sangue non è un problema. Sono stato nelle forze armate. Ma la salsa per l'insalata è un nemico a me sconosciuto."

"Ah."

Daniela si colorì e gli lasciò il braccio. Royce si affrettò ad aggiungere: "Sono lieto che tu te ne sia accorta. Dubito che l'avrei notata prima di fare il bucato. O peggio ancora, l'avrei notata dopo, quando ormai sarebbe stata già fissata."

Era un'affermazione piuttosto vera. Tuttavia, Daniela parve momentaneamente incerta sul da farsi. Fece due passi indietro e il suo fianco sfiorò il bordo del tavolo. Per un attimo, la sua espressione si fece identica a quella che lui le aveva visto sul viso al ristorante, quando lei era rimasta accovacciata dietro al bancone di Basia anche dopo l'arrivo della polizia. Royce avrebbe dovuto cogliere subito i segnali: la mascella serrata, il conflitto interiore per mantenere il controllo nonostante un senso di paura crescente. Il ritardo fra quando lui le aveva parlato e lei aveva risposto.

Come per quanto riguardava la rimozione delle macchie di sangue, certe conoscenze derivavano dall'esperienza diretta.

Daniela si incamminò verso il ponte, dicendo qualcosa che lui non capì del tutto, qualcosa riguardo al guardare le stelle ancora per qualche minuto prima di tornare in albergo. Gli ingranaggi della mente di Royce si mossero, ricordando un altro tragitto fino a un albergo, un'altra fuga da un luogo affollato, e paragonando mentalmente il linguaggio corporeo di Daniela ora e allora.

"Sei claustrofobica." Il commento sulla bara, sebbene fosse stato pronunciato per provocarlo, aveva un fondo di verità.

Le spalle di Daniela si tesero involontariamente prima che lei si voltasse a guardarlo. "Cosa te lo fa pensare?"

"Non avevi voglia di vedere la cabina. Quello è stato il primo indizio." Royce fece un ampio gesto mentre si incamminava verso di lei. "Ti aspettavi di sentirti in trappola."

"Non riuscivo a immaginare che qualcuno volesse vivere a tempo pieno su una barca. Ora sì. Hai fatto delle buone scelte."

Rendendosi conto che la stava mettendo all'angolo in uno spazio ristretto, proprio quello che Daniela temeva, Royce la ringraziò per il complimento, quindi la invitò a tornare in coperta. Una volta che furono all'aria aperta, la guidò verso le sdraio, ma le passò un braccio attorno alla vita prima che lei potesse sedersi.

"Va tutto bene?" Royce riuscì a distinguere il sorriso delicato di Daniela alla luce della luna prima che lei annuisse. Rimasero in silenzio per un minuto buono, fianco a fianco, godendosi la tranquillità della notte, il delicato lambire dell'acqua contro lo scafo e il ronzio distante dalla città. Le luci in molte delle case e degli appartamenti sulla collina erano state spente.

Nei fine settimana, i casinò e le discoteche facevano di tutto per attirare le celebrità d'Europa. Turisti che avevano trascorso la giornata all'acquario o al Duomo riempivano i ristoranti adiacenti nella speranza di vedere una stellina di Hollywood o una Lamborghini personalizzata. I lunedì, tuttavia, erano i giorni più tranquilli della settimana a San Rimini, ideali per dare a Daniela un senso di riservatezza e di poter parlare.

Alla fine, Royce disse: "Sono felice che tu abbia accettato di venire qui invece di andare subito in albergo. Ti senti meglio di quando siamo usciti dal ristorante?"

"Lo chiedi a me? Sei tu quello che è stato picchiato."

"È l'amico di Del Prete quello che è stato picchiato."

Royce avvertì la risata di Daniela nel punto in cui la sua mano era appoggiata, in fondo alla schiena della donna. "Hai ragione. Ma per rispondere alla tua domanda, sto bene."

"Ottimo." Royce accarezzò con il pollice il tessuto della camicetta di Daniela. "Grazie per aver preso in mano la telefonata con i canadesi. Lavori bene sotto pressione. La regina Fabrizia deve essere molto contenta di te."

"Lo spero, o perderei il lavoro."

Royce azzardò un'occhiata di sbieco. Daniela aveva lo sguardo fisso sulle stelle e quel sorriso gentile le era rimasto sul viso.

"È uno dei motivi per cui mi sono resa conto che non ami gli spazi ristretti," disse, sperando che l'argomento non le avrebbe spento il sorriso. "Non eri turbata per la rissa da Safina. Quella potevi gestirla. È stato ritrovarti bloccata nello spazio fra il bancone e la parete a sconvolgerti. Ma non me ne sono reso conto subito. Lo hai nascosto bene."

Le ci volle un momento in più del solito per rispondere. "Lavorando vicino alla regina, ho dovuto prendere lezioni di autodifesa. Ci sono momenti in cui sono più vicino a lei delle sue guardie del corpo, il che significa che spetterebbe a me spingerla dietro a un bancone in una situazione di emergenza." Incrociò lo sguardo di Royce per un breve istante, quindi lo riportò sulla città e sulle sue luci ammiccanti. "Ma no, non amo gli spazi ristretti. Anche quando sono il luogo più sicuro in cui stare, considerata la situazione." Royce rimase in silenzio, lasciandole la possibilità di aggiungere altro, se Daniela voleva. Un attimo dopo, la donna chiese: "Ti sei mai ritrovato in una vecchia auto durante la rottamazione? Entrare in uno spazio ristretto mi fa sentire come se fossi intrappolata in una di quelle macchine, senza poter slacciare la cintura e scappare e senza poter fermare quell'enorme lastra di metallo che mi cala addosso. So che è irrazionale, per cui, quando mi ritrovo in una situazione come quella in cui mi sono ritrovata questa sera, mi dico che è temporanea. Che è tutto nella mia testa. Che non è *reale*. Poi cerco di trovare qualcos'altro su cui concentrarmi. Una mattonella del pavimento. Una lampadina. Qualunque cosa mi tenga occupato il cervello."

"Funziona?"

"Non sempre. Per fortuna, non capita spesso che sia un problema. Non è come la paura del buio, che ti tocca affrontare tutte le sere."

Royce continuò ad accarezzarle la schiena col pollice. Era colpito dal fatto che Daniela era riuscita a trovare un punto di vista ottimistico per una situazione difficile.

"È una paura comune," disse lui. "Non che ciò la renda meno

timorosa. Uno dei ragazzi della mia unità ha dovuto affrontare la claustrofobia e io ho visto personalmente quanto essa fosse limitante per lui. Crede di averla sviluppata quando era bambino e suo fratello maggiore lo ha chiuso per una notte in uno sgabuzzino, per fargli uno scherzo. Quando si è arruolato e si è reso conto che avrebbe dovuto trascorrere del tempo in spazi ristretti, ha fatto qualche seduta di terapia, e ti assicuro che è l'ultima persona sulla faccia della terra che ti aspetteresti vada volontariamente in terapia."

"Gli è servito?"

"Mi ha detto che non è guarito, ma ha sviluppato qualche trucco mentale per scacciare la sensazione. Penso che sia come quando tu ti dici che non è razionale. Quando lui me ne ha parlato, ha paragonato le sedute alla fisioterapia. Il consulente gli ha dato degli esercizi da fare e, sperimentando, lui ne ha trovati alcuni che funzionavano." Royce non riuscì a non sorridere al pensiero del nerboruto scozzese. "È un duro. Un gigante. I posti che per gli altri hanno dimensioni normali, a lui sembrano piccoli. Probabilmente, questo non l'ha aiutato."

Daniela lo stupì con un sorriso. "Immagino che suo fratello l'abbia pagata cara per quello scherzo."

"Sono sicuro che prima o poi lo abbia fatto." Royce sollevò una mano per accarezzarle la spalla. Daniela non si irrigidì né si staccò. "Hai idea di quale sia l'origine della tua claustrofobia?"

Daniela esitò, quindi scosse la testa. "Nulla di traumatico come per il tuo amico. Spero che un giorno passerà. Magari, esperienze come quella di stasera convinceranno il mio cervello che sono al sicuro. Come quei bambini che hanno paura di scendere dallo scivolo, ma dopo aver provato qualche volta e aver visto che non succede niente, non hanno più paura." Royce vide il suo sorriso nell'oscurità, anche se era un sorriso che copriva il disagio piuttosto che sostituirlo. "La tua barca è bellissima. Dubito che avrei potuto progettarla meglio se ci avessi pensato io."

"Questo sì che è un complimento."

Daniela si strinse a lui e il cuore di Royce accelerò i battiti in reazione. "Grazie per avermi portata qui. Avevi ragione riguardo alla necessità di pulire mentalmente il palato. Ma probabilmente dovrei chiamare un passaggio, considerato quanto presto dobbiamo essere a palazzo domani mattina."

"Ho un'auto al porto. Posso portarti io."

"Ti ringrazio, ma la regina Fabrizia ha ingaggiato un autista perché mi porti dove voglio. Gli manderò un messaggio. Dovresti dormire. Magari metti di nuovo del ghiaccio, o Miroslav avrà delle domande da farti." Daniela rivolse il viso verso le stelle. "Probabilmente ci vorranno dieci o quindici minuti perché arrivi l'autista. Possiamo guardare le stelle fino ad allora, se per te va bene."

"Mi piacerebbe."

Daniela prese il telefono, scrisse un messaggio veloce e tornò al fianco di Royce. Era abbastanza vicina da far sì che lui potesse facilmente circondarla con un braccio... oppure no. Royce lo fece.

Per i minuti successivi, parlarono delle stelle e delle diverse costellazioni visibili in estate e in inverno. Lei gli descrisse l'esperienza di scalare una collina rocciosa vicino alla sua casa d'infanzia ogni qual volta voleva vedere il mare e come avrebbe sempre voluto andarci di sera a guardare le stelle.

"Mia madre diceva sempre che non era un posto dove andare da sola, e aveva ragione, e che lei e mio padre non avevano alcun desiderio di rompersi una caviglia cercando di scalare al buio. La prossima volta che andrò a trovarla, prenderò una torcia dalla cucina e andrò. Mi sento ispirata."

"E le caviglie?"

"Conosco fino all'ultimo sasso di quella collina. Andrà tutto bene." Il telefono di Daniela trillò e lei esalò il fiato. "È la notifica dei cinque minuti."

"Ci vogliono due minuti per arrivare all'ingresso del porticciolo." Dalla barca, Royce riusciva a vedere abbastanza del parcheggio da scorgere le luci dei fari delle auto in avvicinamento. "Non parli molto dei tuoi genitori."

"Non c'è molto da dire. Sono separati da tempo, ma sono in buoni rapporti. Papà vive a Cateri; mamma vive ancora nella nostra casa in campagna."

"E tu la aiuti ogni tanto?"

"Quando ne ha bisogno." Royce percepì, più che vederlo, il cambiamento in lei. A quanto pareva, l'aiuto alla madre era un argomento delicato. Forse c'erano stati degli screzi durante la visita nel fine settimana.

"Dato che devo andare fra tre minuti – meno di tre minuti – preferirei non parlare dei miei genitori."

C'era una nota civettuola nella voce di Daniela, anche se Royce non era sicuro che fosse voluta.

Con prudenza, disse: "Non mi aspettavo che la serata andasse in questo modo, ma alla fine somigliava molto a un primo appuntamento."

"A parte l'omone con la barba in disordine che ti ha preso a pugni?"

"A parte quello." Royce si voltò verso di lei e la avvicinò a sé. Con la maggior parte delle donne che gli interessavano, passava dalle carezze ai baci al letto in rapida successione, purché lo volesse anche la donna in questione. Con Daniela, voleva fare con calma, evitare la rapida ebbrezza fisica e l'inevitabile spegnimento che seguiva. Voleva *conoscerla*.

Attese un attimo, poi disse: "Mi aspettavo di trascorrere la serata a spiegarti perché ti avevo ingannato, parlare dei nostri lavori e tornarmene qui con un contenitore di pasta avanzata. Da solo."

"Bugiardo. Non riesco a immaginare di avanzare qualcosa." Daniela dovette angolare la testa per incrociare il suo sguardo. Quando Royce la guardava attraverso una stanza, le sembrava sempre più alta. Più imponente. Ma ora, mentre la abbracciava, la loro differenza di altezza divenne palese.

Le mani della donna si posarono sulla sua vita. La gola di Royce si serrò per la consapevolezza che avrebbe avuto il bacio della buona notte che tanto voleva.

Come la sera in cui l'aveva lasciata all'albergo, quel bacio aveva una scadenza, ma questa volta, lui sapeva che l'avrebbe rivista. Poteva godersi lo scorrere delle dita di lei sulla camicia, il profumo dei suoi capelli mentre si muoveva, il delicato bagliore della sua pelle alla luce della luna.

"Ho mangiato avanzi della Trattoria Safina esattamente due volte. Ti avevo detto, quando abbiamo preso appuntamento, che avresti avuto la verità."

"È vero." Le dita di Daniela si allargarono sui fianchi di Royce, i pollici posati sopra il bacino. Fu un movimento rilassato, come se lei fosse perfettamente a suo agio, ma il respiro della donna si intensificò. "Non capita tutti i giorni che una donna si senta dire che uno dei ricordi più cari di un uomo è una passeggiata che hanno fatto insieme qualche anno prima."

"Mi hai messo all'angolo, questo pomeriggio. Avevo paura che Miroslav arrivasse a momenti, o non lo avrei mai ammesso. Ma è la verità."

"E quando hai detto che ti ho dato speranza?" C'era una nota sarcastica nella voce di Daniela quando pronunciò l'ultima parola, una nota che diceva che lei credeva all'affermazione secondo cui quello di Royce era un caro ricordo, ma non alla speranza. Che erano parole troppo sdolcinate o paracule e che lui aveva esagerato nel suo tentativo di disinnescare la situazione.

Il tempo stava scivolando via, ma Royce non osava spostare lo sguardo sul parcheggio per cercare i fari. Sottovoce, disse: "È buffo quello che ti passa per la testa quando sei in una zona di guerra. Soprattutto quando stai percorrendo il perimetro di un ospedale da campo, guardando i genitori fare lunghe file per ottenere aiuti medici o un passaggio sicuro fuori dalla zona per loro stessi e i loro figli. Vedi un gesto familiare come un bambino che si morde le unghie e la madre che gli dice di smetterla e ti rendi conto che quelli potrebbero essere la tua famiglia, tua moglie, tuo figlio. Capisci che al mondo ci sono molte persone che fanno cose brutte e spingono quelle famiglie alla disperazione. Quando una persona si trova in una situazione del genere, con la sabbia negli occhi e il sudore che le scorre lungo la schiena, un ricordo romantico è un promemoria del fatto che il mondo, nel complesso, è un bel posto. Che la bellezza esiste ancora."

Daniela tacque a quelle parole.

Lui le sfiorò la guancia. "Mi piacerebbe molto darti il bacio della buona notte."

Il desiderio lampeggiò negli occhi di Daniela, che tuttavia finse di prendere in considerazione l'idea. "In effetti, mi hai offerto una bella cena."

"Non voglio un bacio in cambio della cena. Non sono quel tipo di persona."

"Forse io sì."

Royce aveva appena mosso la testa quando lei precisò: "*Io* voglio qualcosa in cambio."

"Oh?"

"Muoio dalla voglia di sapere una cosa: perché *Donati*? Hai scelto tu quel nome, o era quello vecchio?"

Non era ciò che Royce si aspettava. "L'ho scelto io e abbiamo trenta secondi prima di doverci mettere in cammino."

"Cosa significa *Donati*?"

"Ventinove, ventotto–"

Lo sguardo di Daniela si incupì. Si mossero nello stesso momento, allineando il bacino, la camicetta di Daniela che sfiorava la camicia di Royce. Lui colse un soffio delicatissimo del suo fiato prima che le loro labbra si incontrassero.

Il primo bacio fu lieve, dedicato più a prendersi le misure

che al piacere. Poi le dita di Daniela si contrassero, tirando il tessuto della camicia di Royce, e la tensione che era cresciuta durante una serata a base di carezze e adrenalina si dispiegò con lo scatto di una vela sollevata da un vento forte.

Baciare Daniela aveva tanto il brivido dell'inesplorato quanto l'intimità del familiare. Non aveva senso: Royce l'aveva baciata una sola volta, cinque anni prima. Negli anni trascorsi da allora, lui si era goduto molto più che baci sotto le stelle con donne incredibili. E tuttavia, mentre la bocca di Daniela incontrava la sua e la testa della donna si angolava leggermente, permettendogli di intensificare il bacio, fu come se lui stesse rivivendo un ricordo – o un bisogno – impresso a fuoco nella sua anima.

Le dita di Daniela gli sfiorarono il bicipite nello stesso istante in cui lui la attirò a sé. Royce sentì il sapore leggermente aspro dell'acqua frizzante che Daniela aveva bevuto sul ponte e, sotto di esso, il vino. Poi giunse lei. Calda, deliziosa e accogliente.

Accidenti, quanto lo faceva soffrire.

Daniela si allungò, facendo scivolare entrambe le mani fino alle sue spalle. Royce avvertì il bisogno impellente di accentuare la presa sulla sua vita e sollevarla da terra, per poi portarla nella sua cuccetta. Il suo corpo lo implorò di farlo, ma il cervello sapeva che era troppo, troppo in fretta. Presto ci sarebbe stata un'auto ad aspettarla nel parcheggio del porticciolo, se non era già lì.

Ancora trenta secondi, pensò.

E li sfruttò fino all'ultimo prima di concedersi un ultimo, lungo bacio e una rapida stretta dell'abbraccio. Poi, con rammarico, diede un bacio sulla tempia di Daniela e sciolse la presa su di lei.

"L'auto deve essere già arrivata," disse la donna. "Ho perso il conto. Tu lo hai tenuto?"

Royce rise fra i suoi capelli. "No." Daniela gli passò una

mano sul petto – un gesto delicato, romantico – mentre faceva un passo indietro e infilava la borsetta a tracolla in modo che potessero andare al parcheggio. Royce le passò un braccio attorno alle spalle, stringendola a sé, e lei gli prese la mano. Erano a metà strada quando le luci dei fari tipiche di una berlina Mercedes attraversarono il campo visivo di Royce e si fermarono.

"Bella macchina," disse lui.

"La regina Fabrizia mi tratta bene. Re Eduardo mi aveva offerto un autista, ma Fabrizia ha insistito. A quanto pare, la ditta è di proprietà di un caro amico del suo capo della sicurezza." Daniela gli lanciò un'occhiata e aggiunse: "Mi fa sentire molto viziata. E grata per il mio lavoro."

"Ho visto quanto duramente lavori. Sono certo che anche la regina Fabrizia è grata di averti alle sue dipendenze."

Daniela non disse nulla, ma Royce capì dal movimento delle sue spalle che apprezzava l'osservazione. Un attimo dopo, disse: "A proposito del palazzo, non voglio sminuire questa cosa," disse, flettendo le dita intrecciate a quelle di Daniela, "ma preferirei che nessuno sapesse che ci siamo visti. Quella della Trattoria Safina è stata una scelta consapevole."

"Vuoi essere sicuro che nessuno, a palazzo, sappia che siamo più che semplici conoscenti."

"Esatto. Soprattutto Miroslav o Chiara Ascardi. Non sospetto di loro, per cui potrebbe non essere un problema se sapessero che ci siamo visti a cena, ma–"

"Meglio evitare che facciano domande. Il tuo segreto è al sicuro con me." Daniela rallentò il passo quando si avvicinarono all'ingresso del porticciolo. La Mercedes aveva smorzato i fari, ma l'autista era sul chi vive e stava passando lo sguardo sul parcheggio. Da quell'angolazione, loro potevano vederlo, ma lui avrebbe avuto difficoltà a individuarli.

Daniela smise di camminare. "So che avresti preferito tenere il tuo segreto al sicuro anche da me, ma sono lieta di sapere. E poi, è stato bello vederti senza la salopette."

Royce sorrise. "Ci stai provando?"

"Può darsi."

Royce la baciò velocemente. "Mi piacerebbe rifarlo."

"Credo che troveremo il modo. E Royce?"

"Sì."

"Quando torni alla barca, togliti subito la camicia."

"Adesso mi dici che ho bisogno di acqua fredda?"

Il sorriso della donna si fece malizioso, poi lei sparì, oltrepassando il cancello del porticciolo e incamminandosi verso la Mercedes.

CAPITOLO 21

DANIELA AMPLIÒ la foto sullo schermo del computer, la osservò per diversi istanti e ritagliò l'immagine. Soddisfatta di aver catturato la superficie pitonata delle eleganti scarpe basse, digitò una descrizione e salvò il file prima di collegarlo a una foto che le aveva mandato Helena Masciaretti, una foto che raffigurava la regina Aletta che indossava quello stesso paio di scarpe mentre saliva a bordo di una barca per un tour di Copenaghen assieme al Primo Ministro di Danimarca.

Mentre una parte del cervello di Daniela rifletteva sul modo migliore per sfruttare le foto nel catalogo dell'asta, un'altra parte si chiedeva se Royce fosse mai stato Copenaghen. La città vantava un'architettura stupefacente, soprattutto vista dall'acqua. Doveva trasudare romanticismo al tramonto, con i suoi particolarissimi edifici illuminati dall'interno mentre le stelle comparivano in cielo.

Daniela brontolò fra sé quando quell'immagine sentimentale entrò nella sua mente. Era bastato un bacio di Royce Dekker e ora era cotta e stracotta.

La sera prima era stata sorprendente. Non solo l'uomo le aveva rivelato la verità riguardo al mistero del suo nome, ma aveva descritto in maniera molto lucida la sua esperienza in Turchia, l'arrivo di Del Prete e i momenti tumultuosi in cui il palo di Del Prete era entrato nella trattoria seguito da Royce. Nonostante la zuffa, a risaltare nella mente di Daniela era ciò che aveva scoperto riguardo alla personalità di Royce. L'uomo aveva ascoltato attentamente e le aveva fatto domande pertinenti mentre lei parlava della borsetta contraffatta. Aveva lodato la dedizione al lavoro del ragazzo che era venuto a prendere la cena per la sua famiglia, ma non era a suo agio con il fatto che Daniela sapeva che lui dava una mano negli studi a quel giovanotto. Da come ne aveva parlato Royce, sembrava che fosse lui a fargli un favore, concedendogli di esprimere il suo amore per la fisica.

Daniela dubitava che chiunque non ne facesse un mestiere scegliesse di trascorrere il tempo libero pensando alla fisica, ma considerato il fascino di Royce per il cielo notturno, probabilmente la cosa aveva un certo senso. L'uomo aveva una mente curiosa, che si rifletteva particolarmente nella sua eclettica scelta di letture. In pochi avevano uno scaffale di libri preferiti che includeva l'*Odissea* e *L'amante di lady Chatterley* assieme a una sfilza di thriller e a quella che pareva una storia della Seconda guerra mondiale letta e riletta.

Oltre a intravedere le sue passioni, Daniela aveva scoperto che, una volta che Royce si dava un obiettivo, lo perseguiva con una dedizione assoluta. Lei lo aveva visto mentre lavorava alla residenza del re e indietreggiava con le mani sui fianchi per osservare la stanza e organizzare mentalmente i compiti da svolgere, ma ora sapeva che quella determinazione andava oltre il lavoro. Un pacato orgoglio si era irradiato da Royce quando aveva parlato del restauro del suo appartamento, quando le aveva fatto fare il giro della barca e quando aveva passato una mano sugli armadietti che aveva installato. Era un genere di orgoglio molto maschile. Dovevano aver richiesto progettualità e concentrazione per realizzarli in breve tempo.

Daniela si recò al tavolo dove aveva posato le scarpe pitonate e le scambiò con degli eleganti tacchi neri, angolandoli per eliminare le ombre mentre rifletteva sull'uomo al lavoro nella stanza accanto.

Royce era abbastanza tradizionalista da dare valore alle cene settimanali con i suoi genitori, ma invece che vivere come loro, in un appartamento in città, aveva scelto una sistemazione che gli permetteva di trascorrere il suo tempo libero in acqua, di sentire il vento sulla pelle mentre esplorava posti nuovi. Poi c'era la sua carriera. Prima nelle forze armate e ora nella sicurezza, dove il rischio era parte del mestiere. Quell'uomo sapeva il fatto suo in una rissa.

Nessuno poteva possedere quella combinazione di tratti senza godere anche di un innato senso dell'avventura. La maggior parte degli uomini con la passione per il brivido la palesava. Royce non lo faceva e questo la affascinava.

La sua anima riconosceva uno spirito affine.

Daniela poteva anche non sapere come guidare una barca attraverso l'Adriatico e fino al Mediterraneo, e di certo non era il genere di persona che faceva la lotta con i criminali, ma nel profondo di sé aveva sempre avuto un lato intrepido, sufficiente a spingerla ad arrampicarsi su qualunque albero reggesse il suo peso o ad allontanarsi furtivamente per scalare le colline di campagna molto prima di essere grande abbastanza per poterlo fare insicurezza. Più tardi, in Michigan, aveva girovagato per gli angoli nascosti dell'immenso arboreto dell'università, creando percorsi che le richiedevano di premere le mani sulle cosce per fare progressi su per le colline. Occasionalmente, aveva scalato gli alberi giganteschi che si ergevano lungo i sentieri più ampi, sbucciandosi le mani e gli stinchi mentre si protendeva molto più in alto di quanto fosse possibile a casa. Trovava una biforcazione da usare come trespolo e guardava dall'alto il fiume Huron che scorreva lungo il confine dell'arboreto. Gli studenti passavano nelle vicinanze a fare jogging, parlando delle lezioni o dei progetti per il fine settimana, ignari della sua presenza in alto. Quelle esplorazioni solitarie le davano l'opportunità di respirare, di schiarirsi la mente e di avvertire una scarica di adrenalina nelle vene mentre provava al tempo stesso un senso di pace.

Le era sempre piaciuto quel suo lato ardito, un tratto segreto nascosto in un animo altrimenti pratico.

In qualche modo, Royce riusciva a tirarglielo fuori. Prima, quando Daniela aveva detto di sì quella sera a Cancun, accettando l'offerta dell'uomo di accompagnarla alla fermata successiva e poi fino all'albergo. Royce l'aveva fatto di nuovo la sera prima, quando Daniela aveva civettato con lui. Lei non era un tipo civettuolo, nemmeno quando trovava un uomo al tempo stesso attraente e che ci stava. Per lei, civettare significava osare e il suo genere di osare non prevedeva mai la presenza di testimoni.

Si spostò alla finestra della regina Aletta e aggiustò la tendina, lanciò un'occhiata alle scarpe e abbassò ancora leggermente la tendina. Perfetto.

Ora che ci pensava, aveva persino fatto la prima mossa quando aveva toccato la mano di Royce a cena. Oh, poteva mentire a se stessa e dire di averlo fatto per amicizia o per far capire a Royce che stava ascoltando le sue parole, ma non era assolutamente così. Mentre Royce parlava di famiglia, di viaggi e di dovere, lei si era ritrovata sempre più attratta da lui. Aveva avvertito l'urgenza di assorbire e memorizzare tutto di lui, dal sorriso caldo che rivolgeva a Basia, ai dettagli di cui colmava le sue storie, alla posizione delle sue dita sulla base del bicchiere di vino. Quando Daniela gli aveva appoggiato la mano sulla sua, aveva continuato ad ascoltare, ma aveva anche notato la consistenza della pelle dell'uomo e i sottili peli scuri che coprivano il dorso delle mani. Aveva avvertito la forza nascosta nelle sue lunghe dita e preso nota dei muscoli snelli degli avambracci.

Royce Dekker era costruito con un'efficienza pari a quella della sua amata barca.

Quando la mano dell'uomo si era posata in fondo alla sua schiena nel passaggio dalla cabina al ponte, quello che avrebbe dovuto essere un semplice contatto aveva pulsato di significato. C'erano stati istinto di protezione, guida... e attrazione. Il ricordo le provocò un brivido.

Daniela imprecò sottovoce, quindi prese la macchina fotografica da una sedia vicina, si accovacciò di fronte ai tacchi neri e scattò una foto. Le scarpe. Doveva concentrarsi sulle scarpe.

Helena le aveva indicato quel paio il giorno della sua visita a sorpresa, osservando che erano state acquistate per un ricevimento formale in onore di alcuni dei musicisti più importanti di San Rimini. Le suole erano immacolate, cosa che aveva spinto Daniela a chiedersi se Aletta le avesse più indossate in altre occasioni. Di certo non erano state indossate all'aperto.

Daniela girò attorno al tavolo e scattò diverse altre foto, per poi ripetere il procedimento di prima, controllando le foto sul computer e scrivendo una descrizione prima di mettere da parte le scarpe. Le sostituì con un paio di tacchi color garofano provenienti da una piccola, ma antica casa di moda italiana; le scarpe erano di un modello che la casa di moda aveva prodotto per decenni e che la regina Fabrizia possedeva in molteplici colori.

Quel compito ripetitivo rendeva fin troppo facile che i pensieri di Royce si aggirassero nella mente di Daniela, per quanto lei cercasse frequentemente di scacciarli. Immaginare il profumo della pelle dell'uomo, la sensazione delle sue mani sulla vita e lo sguardo affamato nei suoi occhi mentre lei si alzava in punta di piedi per baciarlo e lui abbassava la testa per incontrarla a metà strada. I muscoli sodi che Daniela aveva trovato quando gli aveva allargato le dita sulle braccia.

Esalò bruscamente il fiato e fissò le scarpe rosa.

Aveva capito che Royce l'avrebbe baciata diversi istanti

prima che ciò accadesse. E aveva capito che lei stessa avrebbe ricambiato, ma considerato il ricordo del loro primo bacio, aveva temuto che la realtà si sarebbe rivelata al di sotto delle sue aspettative.

Non era andata così. Il bacio della sera prima l'aveva sconvolta e aveva smosso un desiderio profondo e primordiale dentro di lei.

Un lampo dorato all'interno della scarpa sinistra attirò la sua attenzione quando abbassò la macchina fotografica. Sicura che fosse un'illusione ottica, Daniela prese la scarpa e si rese conto che quel paio non era proprio identico a quelli nella collezione della regina Fabrizia. L'iniziale della regina Aletta era goffrata in foglia d'oro nella soletta. Un complesso motivo floreale circondava le lettere. Daniela passò un dito sulla superficie e stava per mettere le scarpe accanto ai tacchi neri quando uno strano intreccio nella foglia d'oro la spinse a esitare.

"Whoa," esclamò, per poi portare la scarpa alla finestra per guardare meglio. I fiori e i rampicanti attorno alle iniziali non erano disposti a caso. Si intrecciavano a formare un motivo a cuori e la lettera E.

Eduardo.

Le venne un groppo alla gola. Non era una romantica, ma quella cosa la stese. Dopo aver fissato il disegno per un altro lungo istante, mise da parte il paio, lontano dalle altre scarpe che aveva fotografato. Avrebbe chiesto a Eduardo quale fosse l'origine di quel paio e cosa avesse intenzione di farne.

Cercò di immaginarle all'asta. I collezionisti privati avrebbero pagato una cifra astronomica per quel paio, una benedizione per le opere buone che Eduardo voleva sostenere. D'altra parte, sembrava un peccato vederle sparire per sempre nell'armadietto di una miliardaria di Manhattan o Hong Kong. Eduardo avrebbe potuto preferire che venissero messe in mostra assieme ad altri pezzi dal valore storico, come l'abito nuziale della regina o il mantello che lei aveva indossato all'incoronazione.

D'altra parte, era possibile che il re volesse tenere quelle scarpe per sé o per i suoi figli.

Daniela raccolse le scarpe che aveva fotografato e le portò nel camerino per sostituirle con un nuovo gruppo. Scattare fotografie nel salotto della regina richiedeva più sforzi e ingombrava lo spazio, ma la luce era migliore di quella nel camerino. L'obiettivo della giornata era arrivare a metà della collezione di scarpe della regina, per poi continuare a fare telefonate riguardo alle borsette dall'autenticità dubbia.

Daniela avrebbe dovuto stare molto attenta nel fare le telefonate, considerata la delicatezza della situazione.

Tornò nel salotto, passando lo sguardo sulla porta che collegava la suite della regina alla zona principale. Quella mattina era entrata nella residenza e aveva scoperto che – come sempre – Royce era arrivato presto. L'uomo aveva disposto dei ventilatori nella stanza in preparazione alla sverniciatura dei battiscopa ed era già al lavoro per rimuoverli dalle pareti. Alle sue spalle, le poche finestre della stanza erano aperte per consentire il massimo della ventilazione. Royce si era dondolato sui talloni, aveva indossato gli occhiali protettivi e aveva usato il dorso del braccio per asciugarsi la fronte mentre le augurava il buongiorno. Una delle sue guance era segnata da un livido viola, anche se nessuno che non sapesse dove cercarlo lo avrebbe notato.

Daniela aveva dato un'occhiata ai ventilatori e aveva detto: "Ti sei dato da fare."

"Lo sai cosa si dice delle mani inoperose."

"Che il diavolo trova loro lavoro."

"Esatto. E sotto un tetto reale non sono ammesse diavolerie." Sebbene il tono di voce di Royce fosse neutro, il suo sguardo conteneva una briciola di malizia.

"E se non fossimo sotto un tetto reale?"

Royce aveva fatto per rispondere, ma al rumore della porta del vestibolo aveva indossato gli occhiali protettivi per nascondere il segno sullo zigomo, per poi adottare un tono professionale nel consigliarle di tenere chiusa la porta fra i due ambienti per evitare che i fumi impegnassero le stanze di Aletta. "Vorrei sverniciare tutto in una volta e tenere accesi i ventilatori durante la notte. Probabilmente, lavorerò anche durante la pausa pranzo."

"Io penso di andare a prendere un panino e portarlo qui. Se vuoi che prenda qualcosa anche per te, fammelo sapere." Daniela aveva lanciato un'occhiata alla pila di carta vetrata e lana d'acciaio sul bordo del telo. "Buona fortuna."

Miroslav era entrato nel salone mentre Daniela parlava. Aveva augurato il buongiorno a entrambi mentre lanciava un'occhiata ai battiscopa che erano già stati rimossi e disposti sui teli. Aveva chiesto quali fossero le intenzioni di entrambi per il resto della settimana, li aveva invitati a contattarlo nel caso avessero bisogno di qualcosa e aveva fatto un rapido giro dell'intera residenza prima di andarsene.

Royce aveva sorriso nella direzione della porta del vestibolo dopo che essa si era chiusa, per poi lanciare un rapidissimo sorriso nella direzione di Daniela – decisamente più caloroso – e dire che un panino al prosciutto gli sarebbe piaciuto molto. Quattro ore più tardi, Royce era accovacciato sopra un battiscopa, che le dava le spalle, quando lei era entrata nella suite con un sacchetto della paninoteca. Nonostante i ventilatori che ronzavano tutto attorno a lui, Royce avvertiva sempre i movimenti all'interno della stanza e aveva sollevato la testa quando lei si era avvicinata e aveva posato il panino vicino ai suoi attrezzi. Il sudore gli imperlava la fronte e gli circondava l'orlo del sottile berretto da imbianchino, e le sue braccia erano coperte da spruzzi di polvere e lacca vecchia. Royce aveva sorriso in segno di ringraziamento prima di riportare l'attenzione sul battiscopa mezzo sverniciato che aveva di fronte.

Daniela aveva chiuso la porta della suite, aveva appoggiato il sacchetto con il suo pranzo sulla scrivania della regina e aveva sospirato prima di aprire il portatile in modo da rileggere quello che aveva scritto mentre scartava il panino. Ora che era tornata dal camerino con un altro carico di scarpe da fotografare, decise che era stato meglio mangiare separatamente da Royce. Non solo aveva ottenuto più risultati lavorando durante il pranzo, ma se avesse mangiato con lui avrebbe avuto una nuova conversazione da sognare poi a occhi aperti.

Posò le scarpe accanto al tavolino da esposizione, quindi controllò l'orologio. Nei novanta minuti successivi, approfittò al massimo della luce che penetrava dalla finestra. Quando le ombre diventarono troppo ingombranti, riportò le scarpe nel camerino, prese nota del punto a cui era arrivata e tornò nella suite per fare le sue telefonate.

Tre bussate risuonarono provenienti dalla porta al suo ingresso. "Royce?"

"Roy."

L'odore di sverniciatore la colpì quando aprì la porta e guardò alle spalle dell'uomo per assicurarsi che fossero soli. Nello stesso momento in cui lui disse "Via libera," Daniela fece una smorfia e gli disse: "Scusa. Non succederà più."

"Capita." Le spalle di Royce si alzarono e si abbassarono quando lei trasse un respiro profondo, del genere che si faceva dopo un lungo periodo di lavoro fisico. "I battiscopa e le modanature sono sverniciati. Sto per passare l'aspirapolvere e il mocio. C'è parecchia polvere, per cui ci vorrà del tempo. Credo che Miroslav ripasserà più o meno quando avrò finito."

Daniela allargò la porta, osservando il legno spoglio steso sui teli. Sembrava che Royce avesse già riparato e lisciato i butteri lasciati da decenni di occupanti del palazzo. "Hanno proprio un bell'aspetto."

"Grazie."

"Tu, invece, no." Nel corso della giornata, il segno sullo

zigomo di Royce si era scurito, passando dal viola a un brutto porpora. Daniela strinse gli occhi per guardare meglio. A bassa voce, disse: "È palese che sei stato picchiato."

"Miroslav non se n'è accorto."

"Che tu sappia. Hai detto che è un tipo che osserva."

"Quando è arrivato durante il pranzo, io stavo sistemando un telo e avevo la testa abbassata. Farò la stessa cosa domani e terrò gli occhiali a portata di mano. Se il livido dovesse peggiorare, lo coprirò con del trucco."

"Ti fa male?"

Royce inarcò un sopracciglio con aria divertita. "No, e non ho bisogno di ghiaccio."

"Tanto, ormai è troppo tardi per il ghiaccio. Ma se tu avessi ascoltato Basia e avessi tenuto un po' più a lungo l'impacco, ieri sera, forse il livido non sarebbe così evidente."

Un sorriso a pieno titolo fece spuntare una fossetta nella guancia di Royce, roba da far svenire una donna. A giudicare dallo sguardo, l'uomo sapeva di quell'effetto e lo aveva creato di proposito.

"A proposito di ieri sera, pensavo che potremmo provare un'altra cena, questa volta con meno agitazione, ma questa sera devo occuparmi del caso per l'ambasciata canadese e domani ho in programma di uscire con degli amici. Ti piacerebbe uscire giovedì? Conosco alcuni posti fuori mano dove è improbabile incontrare personale di palazzo."

"Giovedì ho una videochiamata con Sarcaccia. Durerà fino a tardi."

"Venerdì?"

Daniela lo fece aspettare un attimo, poi due. Adorava il lampo di incertezza nello sguardo cupo di Royce, anche se entrambi sapevano cosa avrebbe detto. "Venerdì sarebbe fantastico."

Royce si sporse in avanti, avvicinandosi al punto da farle sentire la nota mascolina di quello che doveva essere il suo shampoo o il suo deodorante sotto l'odore di sverniciatore e segatura. Nonostante il rischio, la bocca di Daniela formicolò, pregustando un altro bacio.

Royce le appoggiò un dito sulle labbra e bisbigliò: "Sarà il nostro segreto."

Poi uscì indietreggiando dalla stanza, chiudendosi la porta alle spalle.

CAPITOLO 22

DANIELA AFFERRÒ la ciocca di capelli che le era finita davanti agli occhi e usò l'indice per agganciarsela dietro l'orecchio mentre Royce apriva il cancelletto del porticciolo. Una volta che l'ingresso si fu chiuso alle loro spalle, la mano dell'uomo si posò fra le sue scapole e lui la guidò lungo la passerella di assi che portava alla *Donati*.

Se Daniela avesse saputo, quando si erano dati appuntamento, che sarebbero venuti lì dopo cena, avrebbe trascorso gli ultimi giorni fra il nervosismo e la pregustazione. Ma ora, mentre percorrevano la lunga fila di barche, il calore la colmò nonostante la fredda brezza marina.

Era soddisfacente. Non nella maniera comoda che era rilassarsi alla fine di una giornata dura, ma come quella sensazione rinvigorente e ravvivante che provava quando organizzava alla perfezione un evento complesso per la regina Fabrizia o guardava il Mediterraneo dopo una dura arrampicata.

Royce abbassò il braccio sulla sua vita, avvicinandola a sé mentre camminavano. La sua espressione pacifica rispecchiava l'ambiente circostante.

Negli ultimi tre giorni avevano pranzato insieme nel salone.

Daniela avrebbe tanto voluto saperne di più riguardo al caso canadese di Royce e sapeva che lui avrebbe voluto chiederle delle scoperte che aveva fatto nel camerino, ma avevano lasciato in sospeso quegli argomenti per quando avrebbero potuto discuterne in un luogo riservato. Invece, avevano tenuto una vivace conversazione sulla cultura popolare, sulle elezioni imminenti in Germania e la scoperta accidentale di un'antica catacomba cristiana fuori Roma. Ciascuna interazione confermava l'impressione che lei si era fatta durante la lunga camminata a Cancun: la compagnia di Royce Dekker era piacevole. Ogni scambio era un'avventura e ogni giorno che passava, lei imparava di più riguardo alle sue peculiarità e alla sua visione del mondo. Stranamente, traeva da lui anche un senso di calma. Sebbene vederlo le facesse impazzire il cuore e il suo sorriso le procurasse scariche di adrenalina, parlare con Royce era come rinnovare il rapporto con un caro amico. Non aveva mai la sensazione di essere giudicata. Lui chiedeva la sua opinione sul lavoro, le mostrava i campioni di vernice per le pareti e gli aggiustamenti che aveva fatto ai battiscopa in modo che si adattassero meglio attorno ai vecchissimi caloriferi della stanza. Ascoltava le sue opinioni, le faceva domande e la trattava come una confidente di fiducia. La faceva sentire a suo agio nel fare lo stesso.

In maniere sottili, l'aveva persino spinta a chiedersi che cosa volesse dalla vita.

Quel giorno, mentre si godevano la pizza di un ristorante a conduzione familiare vicino al palazzo, Royce le aveva descritto la nuova ossessione di sua madre per l'ornitologia, per poi confidarle del piano di suo padre per una visita a sorpresa in Zimbabwe per il loro anniversario. "Mio padre ha studiato quel Paese per quasi un anno. Lo scorso fine settimana era già tutto prenotato. Cominceranno con un safari, poi visiteranno un parco nazionale dove lui ha prenotato un tour di osservazione degli uccelli e concluderanno con un albergo romantico vicino a

Victoria Falls. Mia madre rimarrà sconvolta. Avevano sempre parlato di fare un safari, ma è stata la possibilità di portare mia madre a guardare gli uccelli con un esperto a dare a mio padre l'impulso definitivo."

"Sembrerebbe proprio la vacanza perfetta per loro. Sono invidiosa. Un giorno, mi piacerebbe visitare Victoria Falls," gli aveva detto Daniela, ripensando a un documentario che aveva visto anni prima. "Sono i percorsi escursionistici ad attirarmi. Sono diversi da qualunque cosa si possa sperimentare in Europa. Ma è un impegno notevole."

Royce l'aveva guardata mentre finiva di mangiare il bordo della pizza, con un'espressione che riconosceva l'impegno economico e logistico di prendersi del tempo dal lavoro per fare un viaggio del genere, riconoscendo al tempo stesso l'attrattiva di una zona così unica per le escursioni. "Sei fortunata a poter vedere il mondo con la regina Fabrizia, ma le condizioni sono quelle della sua famiglia. Non le tue. Fare un'escursione a Victoria Falls è un buon obiettivo, se davvero lo vuoi."

Daniela aveva annuito. Era davvero un buon obiettivo e nel profondo di sé, lei lo voleva. Più tardi, mentre frugava fra i registri di palazzo alla ricerca di informazioni su uno dei cappotti della regina Aletta, si era resa conto che Royce aveva individuato un lato negativo del suo lavoro che nessuno aveva notato prima di allora. I viaggi con la regina Fabrizia, per quanto lussuosi, spesso si verificavano nel vuoto. Per quanto fossero incredibili le viste di cui lei era testimone e per quanto fossero impressionanti i dignitari che incontrava, si trattava di viaggi di lavoro. Daniela non poteva scegliere cosa vedere o fare e non aveva nessuno con cui condividere l'esperienza a fine giornata.

Inoltre, ciò significava anche che, quando lei andava in ferie, era riluttante a salire su un aereo. Preferiva trascorrere le giornate sdraiata sulla spiaggia con le sue amiche o in una delle enoteche di Cateri.

Quel giorno, mentre si vestiva per l'appuntamento con un

abito rosa e bianco e dei sandali beige con la zeppa, aveva immaginato di esplorare uno dei sentieri dal lato dello Zambia di Victoria Falls, muovendosi in silenzio per osservare gli animali e fermandosi occasionalmente per esaminare alberi e piante poco familiari. Riusciva persino a immaginare Royce al suo fianco, che si stupiva della bellezza del mondo, disposto – letteralmente – a imboccare il sentiero meno battuto solo per vederlo.

Nel bagno dell'albergo, Daniela si era sporta verso lo specchio e si era guardata le ciglia per vedere se ci fosse bisogno di un altro strato di mascara, quindi si era soffermata a guardarsi male da sola. Le fantasie riguardanti Royce erano appunto quello: fantasie. Non importava quanto la settimana trascorsa a pranzare insieme paresse una settimana di appuntamenti intimi, la cena di quella sera non era un'escursione romantica attraverso l'Africa.

Daniela aveva fatto un passo indietro dallo specchio e aveva esalato il fiato. Forse stava mettendo a rischio il suo stesso cuore, ma la vita era breve. Era trascorso molto tempo da quando era uscita con qualcuno – uscita sul serio – e meritava di divertirsi, anche solo per una sera.

"È un buon obiettivo," si era detta ad alta voce. Si era messa il suo rossetto preferito, lo aveva lanciato nella borsa e si era incamminata verso l'ascensore.

Come previsto, Royce era venuto a prenderla a un isolato dall'albergo. Aveva scoccato uno sguardo di apprezzamento al suo abbigliamento mentre percorrevano il breve tragitto attraverso il confine con l'Italia e fino a un ristorante indiano isolato. Mentre leggevano i menu, avevano condiviso le storie delle loro visite ad altri ristoranti indiani. Tuttavia, una volta ordinato da mangiare e dopo essere rimasti soli, la loro conversazione si era spostata sull'ambasciata canadese. Royce si era proteso verso la sua bevanda mentre parlava, il gesto gli aveva scoperto i polsi nascosti dalla camicia a maniche lunghe e Daniela aveva dovuto costringersi a concentrarsi sulle sue parole. Chi sapeva che i polsi di un uomo potevano essere così attraenti?

"Il padre di Del Prete era italiano – è morto in un incidente d'auto quando Del Prete era ancora in fasce – e sua madre è coreana," aveva spiegato Royce. "Del Prete è cresciuto vicino a Seul ed è una famosa spia nordcoreana, proprio come la madre."

Daniela aveva immaginato che il caso di Royce non riguardasse un parcheggio in divieto di sosta, dato che le aveva passato un funzionario dell'ambasciata canadese al telefono, ma aveva pensato di aver ecceduto nell'immaginazione quando aveva sospettato che si trattasse di spionaggio. La conferma era servita a distrarla dai polsi di Royce.

L'uomo aveva proseguito: "L'intelligence canadese aveva saputo che Del Prete aveva ricevuto l'incarico di catturare un disertore nordcoreano che era diretto a Washington passando per Ottawa. Dato che i canadesi avevano intenzione di far passare il disertore da San Rimini, io sono stato ingaggiato per sorvegliare la zona nei pressi dell'ambasciata alla ricerca di attività inusuali nei giorni precedenti l'arrivo del disertore. Nessuno si aspettava che accadesse qualcosa, ma la sera prima dell'arrivo previsto del disertore, ho individuato un gruppo di uomini che sorvegliavano a loro volta l'ambasciata. Per farla breve, stavano cercando di installare delle microspie nella struttura, in modo da apprendere i dettagli del trasferimento e rapire il disertore lungo la strada. I canadesi hanno colto sul fatto due degli uomini e li hanno arrestati, ma gli altri due sono fuggiti: Del Prete, che dirigeva l'operazione, e un uomo la cui identità ci era ignota."

"Fammi indovinare: l'uomo che ti ha colpito?"

Un lato della bocca di Royce si era sollevato. "Avrei detto 'Fammi indovinare: l'uomo che hai coraggiosamente immobilizzato e fatto arrestare?' ma sì. I canadesi lo hanno identificato subito dopo averlo preso in custodia. È un pesce piccolo, ma ha lavorato con individui pericolosi. È ricercato dai tedeschi dopo aver lavorato con un agente russo. Con quell'accusa sopra la testa, ha accettato di dare l'indirizzo dell'appartamento che lui e Del Prete avevano preso in affitto qui a San Rimini. Del Prete era già fuggito quando sono arrivate le autorità, ma i canadesi lo hanno rintracciato e lo hanno arrestato questo pomeriggio."

Era apparso un cameriere con i loro curry e un cesto di naan fatto in casa, così fresco che fumava ancora. Per diversi minuti, Daniela e Royce si erano goduti il cibo, lasciandosi avvolgere dai profumi intensi e dai sapori complessi. Alla fine, Royce aveva chiuso gli occhi e mormorato qualcosa riguardo al fatto che il cibo era divino e la sua espressione di piacere aveva fatto mancare un battito al cuore di Daniela.

Mentre finivano di mangiare, la conversazione si era spostata sul palazzo. Le sorelle Roscha avevano fatto altri due tentativi di entrare nella residenza durante la settimana, sostenendo di voler verificare le condizioni del salone, ma Royce era stato presente in entrambe le occasioni e le aveva cacciate.

"Credi che una di loro o entrambe potrebbero essere il ladro?" aveva chiesto Daniela.

"Può darsi. Avevano l'accesso e sono territoriali quando si tratta delle stanze private del re. Sono venute ripetutamente nonostante fosse stato detto loro di non pulire con i restauri in corso. La prima volta, hanno trascorso parecchio tempo a ficcanasare e continuavano a lanciare occhiate alla porta della suite della regina Aletta. Ti hanno vista andare in farmacia. Dopo che se ne sono andate, io sono andato a riempire il secchio e Tetyana è rientrata nella suite, sostenendo di aver perso un bottone."

"Me lo ricordo. Avevi infilato la testa nella suite per chiedermi da quanto tempo ero tornata e se l'avessi vista."

"Giusto. Tu mi hai detto di no, ma quando sono uscito con il mio secchio, lei era accovacciata vicino ai divani, per cui sarebbe stato facile non notarla. Ho chiesto al principe Federico di controllare gli orari degli ingressi. Ieri mi ha mandato un messaggio dicendo che tu sei tornata dalla farmacia grosso-modo cinque minuti dopo l'ingresso di Tetyana. Non credo che abbia avuto molto tempo per accedere alla suite della regina. Non che questo esoneri l'una o l'altra, ma–"

"Credi che siano soltanto…" Daniela impiegò qualche istante a trovare la parola giusta. "Eccentriche?"

"Lo sono che abbiano preso o meno le cose della regina," disse Royce, inclinando la testa alla sua descrizione. "A questo punto, le terrò d'occhio, se non altro come deterrente.

Avevano saltato il dolce, optando invece per una passeggiata attraverso il quartiere collinoso vicino al ristorante. Avevano seguito un marciapiedi che offriva una vista sull'Adriatico e guardato le luci muoversi sull'acqua scura molto più in basso, trasportando persone festanti in crociere serali. Royce le aveva preso la mano, facendole palpitare il cuore quando le loro dita si erano intrecciate. Lei gli aveva chiesto degli altri sospettati. Samuel Barden, lo chef, era tuttora un mistero. Lavorava a palazzo durante i furti, ma all'epoca era il capo del catering, che si occupava di banchetti, feste in giardino e altri eventi. Royce aveva detto a Daniela: "Non aveva accesso regolare alle stanze private dei sovrani, né il genere di conoscenze che possedeva il ladro, soprattutto se quest'ultimo ha sostituito gli oggetti rubati con versioni contraffatte. È lo chef privato di re Eduardo da soli sei mesi. Ha preso il posto del vecchio chef, che è andato in pensione."

"E il vecchio chef? Qualcuno ha controllato?"

Royce aveva annuito. "Vive in Grecia con la figlia. Dorme fino a tardi, cura il giardino della figlia e gioca a carte due volte alla settimana in un circolo locale. Il principe Federico dice che quell'uomo non ha il minimo interesse nella moda e probabil-mente non conosceva nemmeno il valore delle cose della regina. Vive per le sue erbe, le sue carte e la sua famiglia."

Daniela ci aveva riflettuto su mentre camminavano. "Samuel Barden ha detto che preparava dolci per Aletta. Ti ricordi quel vassoio che ha portato il giorno del suo compleanno? E ha detto di essere stato nella suite."

"Ho chiesto al principe Federico. Barden porta dolci alla residenza nelle occasioni speciali, ma l'unica volta nota in cui è entrato nella suite della regina è stato quando hanno progettato il menu per il matrimonio di Federico. Ci sono stati diversi incontri, ma Federico sostiene che è improbabile che Barden sia mai rimasto solo nella suite."

"Dunque è possibile, ma improbabile."

"Esatto." Royce le aveva lanciato un'occhiata di sbieco. "C'è dell'altro. Chiunque abbia rubato quelle cose aveva un fegato d'acciaio. Anche se un ladro dubita di essere colto sul fatto, ci vuole un certo ardire per entrare nel camerino privato della regina. Il possesso di un tratto della personalità non è una prova concreta come delle impronte digitali, ma da quel poco che ho visto di Barden, lui non corrisponde alla descrizione. E lo stesso vale per il vecchio chef."

Daniela era d'accordo. Barden le sembrava un tipo mite e ansioso di compiacere. "E il personale addetto alla sicurezza? L'ardire è il loro mestiere e il principe Federico ha detto che preferiva tenerli all'oscuro del tuo ruolo. Ma l'altra sera, tu mi hai detto che non sospetti di Chiara Ascardi né di Miroslav."

Si erano avvicinati a un punto panoramico, ma avevano continuato a camminare quando avevano visto diversi ragazzini seduti sul muretto. Ancora una volta, Royce aveva detto a Daniela che Chiara aveva visitato la residenza quel giovedì, aveva chiacchierato un po' e aveva accennato che Miroslav era andato dal dentista. "Chiara e Miroslav hanno sempre avuto l'accesso e conoscevano bene la regina. Entrambi avevano le risorse e l'intelligenza per fare una cosa del genere, per cui la decisione di Federico ha senso. Ma l'istinto mi dice di no, soprattutto per quanto riguarda Chiara."

L'uomo aveva fatto altre osservazioni riguardo a Chiara e alla personalità di lei, quindi aveva detto: "Helena è ancora fra i sospettati. È venuta nella suite questa mattina. Era una visita programmata?"

"Diciamo così. Sapevo che sarebbe passata, ma non quando. Mi ha spedito una serie di foto di sua sorella con abiti diversi. C'erano parecchie note e lei voleva essere certa che io capissi tutto."

"Eravate nel camerino?"

"Sì, ma siamo state insieme tutto il tempo. C'erano due cappelli di cui non sapevo nulla e aveva bisogno di sapere se fossero stati disegnati per abbinarsi a indumenti particolari. Lei mi ha indicato i vestiti corrispondenti. Tornerà lunedì mattina per aiutarmi con alcune delle sciarpe. Ha tenuto degli appunti su quando la regina le ha indossate, ma aveva bisogno del fine settimana per ritrovarle."

Mentre proseguivano la passeggiata, Daniela aveva raccontato a Royce delle scarpe italiane con le solette personalizzate e aveva aggiunto: "Non ne ho parlato a Helena. Ho pensato di chiederle delle sue origini, ma mi sembrava più appropriato rivolgere quella domanda al re."

"Credi che possano essere un suo regalo?"

"Non sarebbe inaudito che una casa di moda abbia creato un articolo monogrammato come sorpresa per un cliente importante, ma ho la sensazione che questo non sia uno di quei casi. Il disegno era troppo–"

"Romantico. E personale," aveva concluso Royce quando Daniela aveva faticato a trovare la parola giusta.

Lei aveva annuito. "Helena ci è passata di fronte due volte durante la sua prima visita, senza dire nulla, e le aveva davanti quando è stata nel camerino questa mattina, ma niente. Dato che aveva molte cose da dire riguardo alle altre paia, dubito che sappia delle solette."

Avevano raggiunto l'auto di Royce e avevano preso posto. Prima di allacciare la cintura, l'uomo aveva incrociato il suo sguardo. "Ti riporto in albergo? O vuoi guardare le stelle da me, per un po'?"

Daniela aveva guardato fuori dal finestrino, poi aveva riportato lo sguardo su di lui e preso nota dell'intensità nei suoi occhi, anche se Royce cercava di mostrarsi noncurante. Lei meritava di godersi la vita, no? Aveva fatto spallucce. "Il tempo è bellissimo e il cielo è limpido. Dovremmo approfittarne."

"Approfittarne," aveva ripetuto Royce, ridacchiando mentre avviava il motore. "Se fossi io a usare quella frase, dubito che tu la interpreteresti allo stesso modo."

Il sorriso di Daniela si era allargato mentre Royce imboccava la strada che li aveva portati oltre il confine e poi al porticciolo di San Rimini. L'uomo aveva acceso la musica e avevano viaggiato con la colonna sonora di Otis Redding e i Temptations, i finestrini abbassati e l'aria che scorreva all'interno della cabina. Ora che stavano salendo a bordo della *Donati*, la paura che Daniela aveva provato in occasione della visita precedente sembrava una sciocchezza. La barca sembrava più grande, quella sera. Più aperta. Certo, erano sul ponte e non nella cabina.

Daniela si sedette su una delle sdraio mentre Royce prendeva una bottiglia d'acqua e due bicchieri dal fondo spesso. Li riempì, ne mise uno sul tavolino alla destra di Daniela e poi avvicinò la seconda sdraio al lato opposto e vi si lasciò cadere, posando il bicchiere sul ponte accanto alla sedia. Entrambi rivolsero il viso verso l'alto.

"Vuoi una coperta?" chiese Royce quando si sollevò il vento, soffiando ancora una volta ciocche di capelli ribelli sul volto di Daniela.

Lei si ravviò i capelli. "Se la vuoi anche tu."

"Io sto bene. Se cambi idea, fammelo sapere. Ti prometto che sono pulite."

Ciò la spinse a chiedergli come faceva il bucato e, mentre guardavano le stelle, parlarono degli aspetti pratici della vita sull'acqua. Daniela si godette la conversazione. Si godette *lui*. Il suo amore per i libri, il raccoglimento in cui viveva, la sua capacità di leggere le persone che lo circondavano... persino il suo rispetto per l'opinione di Daniela, che fossero d'accordo o meno su un determinato argomento. Tutto ciò la faceva vibrare dentro.

Quando l'uomo sollevò una mano e indicò la stella polare, Daniela si disse che anche le sue spalle non erano male.

Quando si erano baciati all'ingresso del porticciolo, lei aveva scoperto delle braccia gonfie di muscoli. Ora bramava esplorare i contorni nascosti sotto il tessuto della camicia, seguire ciascun movimento di quelle spalle e imparare le curve e le rientranze costruite da anni di duro lavoro.

Si voltò leggermente sulla sdraio per vedere meglio.

Quando lui le chiese: "Qual è il tuo segno zodiacale?" lei rise.

"Cosa c'è di buffo?"

"Non mi sembri un tipo superstizioso."

"L'oroscopo non c'entra niente."

"Ottimo, perché quello di questa mattina diceva che avrei litigato fortemente con un vicino." Daniela lasciò che lo scetticismo trapelasse nella sua voce prima di aggiungere: "Vergine."

"Beh, sei fortunata, perché la Vergine è visibile. Sai dove trovarla?" Quando lei disse di no, Royce indicò il Grande Carro. "Vedi la maniglia? Seguila fino alla struttura e prosegui ad arco. Vedi quella stella molto luminosa?"

Lei seguì la linea del suo braccio lontano dall'Orsa Maggiore. "Sì."

"Quella è Arcturus. Ora prosegui fino alla stella blu, quella che sembra al centro di una Y rovesciata."

Ancora una volta, Daniela seguì il movimento di Royce. Impiegò qualche istante a trovare la strada blu e ancora di più a individuare il resto della Y rovesciata. "Trovata."

"Quella Y è la Vergine."

Daniela fissò per un momento la costellazione. "Non sarei mai riuscita a trovarla."

"Certo che sì, se avessi voluto farlo. Ci sono delle applicazioni che ti permettono di puntare il telefono verso il cielo e identificare le stelle."

"Credo di preferire il vecchio sistema."

"Anch'io, ma la tecnologia è d'aiuto quando non sei sicura." Royce mosse una mano a indicare il cielo intero. "Non c'è nulla come una notte buia e l'immaginazione. Ti dà una sensazione di eternità pensare che Copernico e Galileo hanno studiato le stelle nello stesso identico modo."

Caddero in silenzio, godendosi la pace della reciproca compagnia, i rumori sommessi dell'acqua e del ronzio lontano della città, e il ritmo rilassato dei loro respiri. Quando una nube sottile si mosse di fronte alla Vergine, coprendola momentaneamente, qualcosa serrò prima il petto e poi la gola di Daniela.

Royce le piaceva. Molto. Lei non dava fiducia facilmente, ma nel breve tempo che avevano trascorso insieme era arrivata tanto a fidarsi di lui quanto a bramare la loro connessione. *Quella* connessione. Quando aveva pranzato al bistro con sua madre, Daniela si era detta di essere pronta a frequentare persone... ma ciò era accaduto prima che lei si rendesse conto che Roy era Royce. Aveva pensato alle frequentazioni come a un processo graduale. Ma con Royce non c'era nulla di graduale. L'affinità che provava nei suoi confronti era ciò che aveva sperato di trovare dopo una serie di appuntamenti con una persona speciale... e dopo una lunga serie di appuntamenti discreti o scadenti con molti uomini non speciali.

Le venne in mente un pensiero: se fosse stata a casa sua a Sarcaccia, provare quel livello di affinità l'avrebbe terrorizzata. Avrebbe avuto le normali preoccupazioni che si provavano all'inizio di una nuova relazione: la paura di soffrire, di aprirsi con una persona nuova. E poi ci sarebbero stati i problemi personali che lei aveva evitato per anni. L'uomo avrebbe capito sua madre? Avrebbe pensato male di suo padre perché se n'era andato? E avrebbe giudicato Daniela per il modo in cui affrontava la questione? Comprendere la sua situazione familiare era molto da chiedere a un partner e spiegarla era una sfida che le avrebbe creato difficoltà.

Ma Royce non era un partner. La sua vita era lì e quella di Daniela era laggiù. Nel giro di qualche settimana, lei sarebbe tornata a casa, a organizzare il viaggio di dieci giorni in Sudamerica di Fabrizia, e Royce avrebbe inseguito spie o protetto clienti ricchi o qualunque altra cosa facesse nella sua attività di sicurezza.

Daniela aveva creduto che il senso di benessere derivasse da Royce stesso, ma forse era dovuto al fatto che una parte profonda e primitiva di lei capiva che il loro tempo insieme era limitato. Non ci sarebbero stati lieti fini, non importava quanto rara fosse la loro connessione. Per quanto vicina lei si sentisse a lui, non c'era bisogno di prendere in considerazione il lungo termine e tutte le sue complicazioni.

Prese l'acqua, decidendo che tanto l'uomo quanto la situazione avevano un loro peso.

Mentre riponeva il bicchiere, il suo sguardo si spostò dalla Vergine oscurata all'Orsa Maggiore. Poi tornò a Royce e a quelle spalle larghe e protettive. Una profonda esalazione mascolina gli sfuggì mentre incrociava le gambe, per poi giungere le mani dietro la nuca. Quel movimento spinse verso di lei un altro filo del profumo dell'uomo, che fuggì via sul vento prima che lei potesse crogiolarvisi completamente, e portando via qualunque pensiero lei avesse avuto sulle cause dell'attrazione.

Avvertì un impulso scatenato di tuffare il viso nell'incavo del collo dell'uomo, di vedere se la sua pelle avesse un sapore divino e selvatico quanto era il suo profumo.

Per distrarsi, chiese: "E tu? Qual è il tuo segno zodiacale?"

"Cancro. In questo momento, è sotto l'orizzonte. Ma quando

è visibile, è uno dei più difficili da individuare. Un telescopio aiuta."

"Tu ne hai uno?"

"Non ancora. Presto," disse Royce. "All'ultimo anno di università ho seguito un corso di strumentazione astronomica. Abbiamo imparato a usare i telescopi avanzati, i metodi migliori per raccogliere e analizzare dati, tutti aspetti dell'astrofisica che farebbero sbadigliare la maggior parte delle persone. La docente era fantastica. La sua ricerca si concentrava sull'effetto della gravità di Nettuno sugli oggetti della cintura di Kuiper–"

"L'effetto su... che?"

"Hai presente la cintura degli asteroidi fra Marte e Giove?" Quando Daniela confermò, Royce spiegò: "C'è una cintura simile che si estende dall'orbita di Nettuno. Ma è molto più grande e ha una massa maggiore. È la cintura di Kuiper."

Daniela chiuse gli occhi, tornando mentalmente a scuola. "Quando ci hanno insegnato il sistema solare, abbiamo guardato il video di un'intervista con un astronomo delle Hawaii. Lui ha accennato alla cintura di Kuiper mentre parlava di Plutone. Ma il nome mi sfuggiva."

"Mi stupisce che tu te lo ricordi. La maggior parte delle persone non ne ha sentito parlare. La sua esistenza è stata ipotizzata negli anni Trenta, ma confermata solo nei primi anni Novanta. L'astronomo che hai visto, probabilmente, stava parlando del dibattito sulla riclassificazione di Plutone come pianeta nano per via del suo rapporto con la cintura."

"Può darsi," disse ridendo Daniela. "Ricordo solo che ero seduta all'ultimo banco a pensare che il povero dio Plutone era rimasto fregato ancora una volta, considerato che Giove e Nettuno avevano dato il nome a pianeti giganteschi."

"La vita è ingiusta, soprattutto nel mondo della mitologia."

"È vero, ma Plutone si ritrovava già con l'oltretomba. Non è granché, rispetto al governo dei cieli o dei mari."

"Dai, aveva Persefone."

"Che era stata rapita."

"La vita era ancora più ingiusta con le donne mitologiche che con gli uomini."

Daniela sorrise, anche se dubitava che Royce potesse vederlo. Con la folla del venerdì sera che si muoveva per i casinò e i ristoranti di San Rimini, la città brillava e pulsava con una vivacità assente durante la sua prima visita, anche se la loro posizione li teneva relativamente al buio. "Comunque… dicevi di quella docente?"

Royce impiegò un secondo a ritrovare il filo del discorso. "Il primo giorno di lezione, la professoressa Hart invitò qualunque studente lo desiderasse a visitare l'osservatorio nelle sere in cui lei faceva ricerca. Più volte, io sono stato l'unico ad andare. Lei mi diede accesso al telescopio dell'Università. Non capivo sempre il suo lavoro – la matematica era un livello più alto di quella che conoscevo io – ma adoravo guardare da quel telescopio. Era come ascoltare un brano commovente, che ti penetra e ti espande l'anima."

Royce si schiarì la voce, come se descrivere un'emozione lo avesse messo in imbarazzo. "Comunque, dopo aver comprato la *Donati* ho cominciato a mettere da parte i soldi per comprare un telescopio decente. Sarà il mio prossimo acquisto. Voglio uscire in mare, lontano dalle luci, e divertirmi un po'."

"Sei spaventosamente intellettuale," disse Daniela. "Sai, vero, che la maggior parte degli uomini single usa i soldi liberi da impegni per birra e auto sportive?"

"Io non sono poi così diverso. Ho optato per birra e una barca." Royce mosse la mano nella direzione del parcheggio. "D'altra parte, guido una Toyota vecchia di un decennio."

"La tua barca non è un vezzo. È casa tua."

"Dipende dai punti di vista. Nei fine settimana, la *Donati* è una mia passione. Non è diversa dall'auto sportiva di un altro uomo."

"Conosci qualche uomo che viva in un'auto sportiva?"

"No, ma ne ho incontrato qualcuno che lo farebbe, se potesse."

Il Grande Carro era appeso nel cielo, con la maniglia alta. Daniela riusciva a immaginare Royce in piedi sul ponte che puntava il telescopio in quella direzione. Nonostante quello che sosteneva, la barca significava più per lui dei balocchi della maggior parte degli uomini. "Non mi ha mai detto perché si chiama *Donati*."

"No, non l'ho fatto."

La sdraio di Royce grattò sul ponte, muovendosi fino a toccare quella di Daniela, e l'uomo si girò su un fianco per guardarla. Lei riusciva a distinguere i contorni della sua fronte e la curva del suo orecchio, poi il bagliore lunare dei suoi zigomi, ma le ombre della notte rendevano impossibile decifrare il suo sguardo.

Ma se Daniela inalava nel modo giusto, poteva respirare il suo profumo. Rischiava di diventare ossessionata.

"Credo di aver contato i secondi in attesa della tua domanda," disse l'uomo. La sua mano sfiorò quella di lei, poi le prese le dita e attirò la sua mano verso di sé. Si soffermò, prolungando il momento. Il suo fiato le accarezzò le nocche, dopodiché lui diede un delicato bacio sul dorso della sua mano.

"Stai cercando di distrarmi."

"Funziona?"

Sì che funzionava, per la miseria. Le faceva venire voglia di scivolare fino alla sedia di Royce, in modo che tutto il suo corpo seguisse la bocca.

Fletté le dita in quelle di Royce. "Dimmi perché hai battezzato *Donati* la tua barca e io ti dirò se funziona."

CAPITOLO 23

Un basso mormorio di protesta giunse dal petto di Royce. Daniela diede un sottile strattone con la mano, ma l'uomo accentuò la presa e disse: "È cominciato tutto molto, molto tempo fa–"

Daniela sbuffò. "Mi stai prendendo in giro."

"Vuoi sentire o no?"

La voce di Royce era bassa e sexy nel pronunciare la domanda. Dopo aver finto di pensarci su, Daniela usò la mano libera per mimare una cerniera che si chiudeva sulle sue labbra.

Royce tossicchiò in maniera esagerata e il suo tono di voce si trasformò in quello di un bardo che raccontava una storia epica. "È cominciato tutto molto, molto tempo fa, nell'anno del Signore mille e ottocento cinquantotto, da un semplice uomo italiano di nome Giovanni. Giovanni lavorava nell'ombra all'osservatorio di Firenze, trascorrendo le ore a mappare le stelle. Una sera di giugno, mentre fissava i cieli, il suo sguardo si fissò nei pressi della costellazione del Leone. Laggiù, vide uno splendido oggetto simile a una nebulosa, che non aveva mai visto prima. Per diverse notti continuò la sua osservazione, colmo di meraviglia per quel punto strano e luminoso, e presto si rese conto che era una cometa. Giovanni era entusiasta e condivise la sua scoperta con altri astronomi. Anche loro voltarono i telescopi in quella direzione, ansiosi di vedere la splendida sfera di gas brillante che solcava lo spazio. Ogni sera, la cometa si fece più grande nel cielo, sino a diventare visibile a occhio nudo. Nel tempo che le foglie estive impiegarono ad assumere il colore del rame, la cometa si era già allontanata dal Leone per attraversare l'Orsa Maggiore. Divenne visibile in tutto l'emisfero settentrionale, anche ai non astronomi, e con il suo avvicinarsi alla Terra apparve una coda scintillante. La scoperta di Giovanni era sulle bocche di tutti. Fu soprannominata la Grande Cometa del 1858 e divenne la prima cometa a essere fotografata. Gli artisti la raffigurarono con colori a olio e carboncino e si dice addirittura che Abraham Lincoln l'abbia guardata dalla veranda del suo hotel nell'Illinois la sera prima di uno dei suoi famosi dibattiti in Senato."

Daniela sorrise della stravaganza di Royce, affascinata da quel lato di lui. Sul lavoro, l'uomo era metodico e accorto, ma sotto la superficie si nascondeva un'anima creativa.

Era un narratore straordinario.

"E che ne è stato del tuo umile italiano di nome Giovanni?" chiese Daniela. "Aspetta... fammi indovinare. Il suo cognome era Donati."

Il pollice di Royce si mosse lungo l'esterno della sua mano. "Dieci e lode, signorina D'ambrosio. La Grande Cometa del 1858 fu in seguito ribattezzata Cometa di Donati. Oggi, gli astronomi credono che si tratti di una delle più luminose mai viste. Rimase visibile a occhio nudo per tutto il mese di ottobre e svanì alla vista degli astronomi dell'emisfero meridionale nella primavera del 1859."

"Ti ricordi tutte le date?"

"Quando battezzi la barca con il nome di una cometa, ti ricordi i dettagli."

"Che cosa assurdamente romantica," disse Daniela, per poi chiedere: "Tornerà? Come la cometa di Halley?"

Voci confuse e musica giunsero all'orecchio quando uno yacht entrò nel porticciolo e il livello del rumore aumentò quando si spostò alle spalle della *Donati*, dirigendosi verso gli scivoli più in là. Dando per scontato che i festanti avessero intenzione di visitare i casinò e i bar per prolungare i festeggiamenti del venerdì sera, sarebbero passati accanto a Royce e Daniela nel raggiungere il cancello.

Il pollice di Royce continuò ad accarezzare quello di Daniela. Una volta che il frastuono si fu ridotto a un livello tollerabile, l'uomo disse: "Tornerà, ma noi non ci saremo. A meno che tu non abbia in programma di vivere fino al 3050 o giù di lì."

"Faccio del mio meglio per mangiare sano e tenermi in forma, ma il 3050 mi sembra un po' ottimistico."

"È la maledizione delle comete di lungo periodo. Non passano spesso quanto dovrebbero. Intere generazioni se le perdono. D'altra parte, ogni giorno vengono fatte nuove scoperte. Chissà cosa vedremo nel corso della nostra vita?"

Tacquero per diversi lunghi istanti, il silenzio colmato dal lambire dell'acqua e dall'occasionale scricchiolio proveniente dalla passerella e dalle barche circostanti. Poi il pollice di Royce si fermò e lui sollevò l'altra mano per accarezzarle le dita, il polso, l'avambraccio. Quel semplice gesto fece vacillare la mente e il corpo di Daniela. Come sarebbe stato se Royce avesse fatto la stessa cosa alle sue spalle? Alla sua schiena?

Daniela scacciò quel pensiero per concentrarsi sul presente, prendendo atto della ruvidezza delle dita dell'uomo, dell'alzarsi e dell'abbassarsi del suo petto e, finalmente, del battito costante del cuore nelle orecchie. Royce Dekker era davvero inaspettato e assolutamente allettante.

Quando, alla fine, Daniela parlò, la sua voce suonava più meditabonda di quanto avrebbe voluto. "Ho un'altra domanda per te."

"Non annunciarla. Chiedi e basta."

"Tu lavori nella sicurezza, ma esattamente cos'è che fai tutto il giorno? Sorveglianza?"

La mano di Royce si immobilizzò per una frazione di secondo. La domanda lo aveva colto alla sprovvista, ma quando rispose, lo fece in tono pacato.

"A volte. Faccio anche ispezioni in loco – segnalando le vulnerabilità ai proprietari delle strutture – e parecchie ricerche su Internet e telefonate per controllare il passato dei dipendenti. La sicurezza sembra chissà che cosa, ma è piuttosto semplice. A volte, è davvero noiosa. È tutta questione di prevenzione, per cui richiede pazienza e doti di osservazione. Avere il talento per l'organizzazione aiuta." Royce voltò le loro mani giunte, come se stesse ispezionando le dita di Daniela alla luce della luna. "Non è molto diverso da quello che fai tu, anche se immagino che i tuoi incarichi siano più interessanti. La regina Fabrizia è una donna affascinante."

Royce aveva il dono per spostare la conversazione lontano dagli argomenti scomodi. Per il momento, Daniela glielo permise. Ma Royce non sarebbe arrivato lontano.

"È vero. Quando vedo tutto quello che fa per migliorare Sarcaccia – per migliorare il mondo – e penso a come il mio lavoro aiuta a renderlo possibile, provo una soddisfazione profonda." Daniela attese una frazione di secondo, quindi aggiunse: "I canadesi e re Eduardo si fidano di te. Avevano molta scelta riguardo a chi assumere. Devi essere molto bravo nel tuo lavoro."

"Non sono male, nonostante abbia solo pochi anni di esperienza. Il mio passato militare mi è d'aiuto."

"Ti piace?"

"Sì." Lentamente, Royce si avvicinò. "È buffo che tu me lo chieda. Negli ultimi tempi, sto pensando parecchio al mio lavoro. Sono arrivato a un punto della mia carriera in cui devo prendere delle decisioni."

"In che senso?"

Il pollice di Royce ricominciò a muoversi lungo l'esterno della mano di Daniela. "Lavoro da solo, ma ho tanti di quegli impegni che dovrò allargarmi per mantenere il passo. Sta diventando troppo difficile gestire tanto gli incarichi quanto il lato amministrativo. Ma non voglio assumere dipendenti fino a quando non avrò la certezza di poter offrire posizioni a lungo termine."

"Temi che il lavoro possa calare?"

"Da quel punto di vista, sono a posto. È la direzione della mia carriera che mi fa esitare." Royce cambiò posizione. "Mio padre vuole che entri nella sua agenzia di sicurezza."

Un ricordo scosse il cervello di Daniela, ma non era completamente formato. "Mi sembra – quando eravamo a Cancun – che avessi detto che lui voleva che tu andassi a lavorare per lui dopo aver lasciato il Guatemala. Non mi ero resa conto che fosse nella sicurezza."

"Ha una ditta sua. Dà lavoro a tempo pieno a sei specialisti, oltre che a un personale di supporto." Royce si stiracchiò le dita, quindi le strinse attorno alle sue. "Ha una buona reputazione e una clientela fissa, ma vorrebbe iniziare a lavorare part-time e un giorno andare in pensione, in modo che lui e mia madre possano viaggiare più spesso. Il suo lavoro tende a essere più fisico del mio – è più probabile che i suoi specialisti abbiano incontri come quello che si è verificato da Safina – ma io conosco i suoi collaboratori. Lavorerei bene con loro. Accettare la sua offerta sarebbe la cosa più intelligente che potrei fare. Mi risparmierei la fatica di ingaggiare del personale mio e potrei fondere la mia clientela con la sua. Inoltre, questo gli eviterebbe di dover ridimensionare la sua attività."

"Sembra che farebbe felice tuo padre."

"Sì."

Daniela attese il proseguimento. Si sentiva addosso lo sguardo di Royce, come se l'uomo stesse valutando come proseguire e come lei avrebbe reagito. Quando Royce parlò, c'era una nota di durezza nella sua voce. "Quando sono tornato dalle forze armate, mio padre ha capito che volevo realizzarmi separatamente, provare quella carriera senza avere la pressione di essere il suo erede. Non era felice, ma ha contenuto la sua reazione, almeno con me. Chissà cos'ha detto a mia madre quando io non c'ero. Ma ora che la mia attività è giunta al punto in cui devo scegliere se espandermi o fondermi con la sua ditta, beh... Lui sta cercando di non farmi pressioni, ma la sua vita e quella di mia madre sono in pausa nell'attesa che io prenda una decisione. Non voglio farmi aspettare ancora a lungo."

Dal suo tono di voce, Daniela sospettava che Royce non avesse discusso con nessuno della questione. La sua natura familiare la rendeva troppo personale. "Mi sembri il tipo di persona che ha già preso in considerazione i pro e i contro."

"E non sono più vicino di prima a prendere una decisione. Vacillo giorno dopo giorno. Anzi, ora dopo ora. Ho la sensazione che non ci sia una risposta giusta."

"Il che significa che, nonostante tutti i benefici del fonderti con l'agenzia di tuo padre, sapendo che un giorno potrai assumerne il controllo e gestirla come vuoi tu, qualcosa ti trattiene. Qualcosa che non è solo la preoccupazione di vivere nella sua ombra."

Trascorse una frazione di secondo prima che Royce ridesse. "Sei perspicace. Te l'avevo già detto?"

"Una o due volte."

Passò un lungo istante prima che Royce riprendesse la parola. "Quello che è successo in Turchia mi ha cambiato. Non ho mai amato le armi o la violenza, ma le tollero quando è necessario. So difendermi in uno scontro e so che quello che faccio aiuta il mondo in generale, rendendolo un posto meno violento. Ma non provo scariche di adrenalina o un senso di soddisfazione quando fermo una persona come Del Prete. Mi basta fissare le stelle per un'ora per rendermi conto di quanto piccole siano quelle azioni nello schema generale delle cose. Mi chiedo se ci sia dell'altro, per me. Qualcosa di più grande, di più sfidante." Gli sfuggì una risata. "E… palesemente ho trascorso troppo tempo a fissare lo spazio, questa sera. Di solito sono un tipo più pratico."

Royce si sollevò su un gomito. L'atmosfera fra di loro cambiò. Stava per baciarla. Tutto, nel corpo di Daniela, lo desiderava, ma se non avesse parlato ora, avrebbe perso l'occasione.

Lo doveva a Royce.

Deglutì, si fece forza e adottò la stessa voce da narratore che l'uomo aveva usato in precedenza. "C'era una volta un uomo che decise che, dopo l'università, avrebbe potuto compiere delle opere buone in Guatemala."

"Sei proprio perfida." Ridendo, Royce aggiunse: "La regina Fabrizia lo sa?"

"Vuoi sentire o no?"

Nel buio, Royce incrociò lo sguardo di Daniela e si passò pollice e indice sulle labbra, imitando il gesto che lei aveva fatto prima.

"C'era una volta un giovane uomo che decise, dopo l'università, di lavorare in Guatemala. Era un ottimista. Amava l'aria aperta e amava il lavoro che faceva, riparando strade rurali per prevenire danni alla giungla e rendere gli spostamenti più facili per i locali. Fece un breve viaggio in Messico, dove conobbe una donna a un incrocio della sua carriera. Lei stava per laurearsi e si chiedeva se prendere la strada sicura, fare un colloquio per un lavoro ben pagato e rispettato che probabilmente avrebbe ottenuto, o correre un rischio e inseguire quello che avrebbe potuto essere il lavoro dei suoi sogni. Le tempistiche le impedivano di fare entrambi i colloqui; doveva prendere una decisione. Il giovane uomo la incoraggiò a seguire il sogno. Le spiegò che, se la strada del cuore l'avesse delusa, avrebbe potuto ricominciare qualche mese dopo e fare un nuovo colloquio per la posizione sicura. Ma se non avesse colto l'opportunità di una vita, se non avesse corso il rischio, si sarebbe chiesta per sempre cosa avrebbe potuto essere. Il giovane uomo aveva ragione. La donna corse il rischio e ne trasse guadagno. Se non lo avesse fatto, se ne sarebbe pentita, anche se avesse fallito. Anche se avesse dovuto impiegare mesi di lavoro per imboccare nuovamente la strada sicura."

"Hai davvero una bella memoria." Royce le ravviò dietro l'orecchio una ciocca di capelli smossa dal vento, si fermò e le infilò lentamente le dita fra i capelli.

"Ho anche ragione."

"La mia scelta non è esattamente come la tua."

"Tu vedi la scelta fra due strade sicure: espandere un'attività di successo o prenderne in gestione un'altra. Non sei indeciso per via dei pro e dei contro delle due opzioni. Sei indeciso perché, nel profondo del tuo cuore vorresti una terza scelta: seguire la tua passione. Inseguire il lavoro dei sogni. Ci sono dei rischi, ma se non lo fai adesso, una parte di te teme che ti guarderai alle spalle e ti chiederai come sarebbero potute andare le cose. E una parte di te sa che potrai sempre tornare alla strada sicura, anche se farlo potrebbe significare ricominciare daccapo."

Daniela non si aspettava la risata tonante che sfuggì a Royce. "Tu dai per scontato che io abbia un lavoro dei sogni e che sia diverso da quello che sto facendo adesso. Sai qualcosa che non so?"

"Quello che so, Royce Dekker, è che quando mi hai detto che i tuoi genitori andranno in Africa, mi hai fatto pensare a quello che voglio davvero e ai sacrifici che sono disposta a fare per ottenerlo. Ti ho detto che mi piacerebbe molto fare un'escursione vicino a Victoria Falls e tu mi hai spinto a chiedermi se sono disposta a fare i passi necessari. Hai fatto sì che mi rendessi conto che non è possibile, se ho un piano. La tua situazione non è diversa. È difficile quando ti preoccupi di deludere la tua famiglia o di venire meno a dei clienti. So che per andare a fare quell'escursione dovrò sospendere i contatti con la regina Patrizia e confidare nel fatto che non la abbandonerò a se stessa. Ma è la mia vita e si vive una volta sola. Nulla mi impedisce di fare un lavoro fantastico per lei – che mi soddisfa molto – ed esplorare il mondo. Lo stesso vale per te."

Daniela trasse un respiro profondo, quindi proseguì. "Hai detto che la Turchia ti ha cambiato, che ha ucciso l'adrenalina che si accompagna al lato avventuroso della tua carriera. Ma credo che ti abbia cambiato anche in altri modi. Ti ha reso prudente. Ha fatto sì che tu ti preoccupassi di deludere gli altri. Ma questa non è una questione di vita o di morte. Le stelle sono là fuori. Tu vuoi studiarle. Lo hai fatto all'università, per divertimento, e lo fai anche adesso. Stai risparmiando per comprare un telescopio. Perché non farlo come lavoro?"

Mentre Daniela parlava, la sua voce si fece più appassionata e lei percepì che Royce era sempre più pensieroso. Le dita dell'uomo si mossero fra i suoi capelli, quasi come se stesse grattando la superficie di un tavolo mentre si rigirava un dilemma nella mente. Alla fine, l'uomo disse: "Non ci avevo mai pensato."

Questa volta, fu lei a ridere. "Dai. Hai battezzato la tua barca *Donati*."

"Giusto."

Royce si spostò fino a quando solo i braccioli della sdraio separarono i loro corpi. "A proposito della *Donati*, io ho risposto alla tua domanda riguardo al modo in cui ha ottenuto il suo nome. Ho persino risposto a una domanda extra riguardo al mio lavoro. Ora tu devi rispondere alla mia, di domanda."

Daniela lo guardò perplessa. "Che era?"

Le punte delle dita di Royce si mossero contro il suo scalpo, avvicinandole la bocca a un soffio da quella di lui. "Funziona?"

CAPITOLO 24

DANIELA LO SCRUTÒ in viso nella luce soffusa. Il petto di Royce si contrasse prima ancora che le parole "Tu che ne pensi?" le uscissero di bocca.

Era esattamente la risposta in cui lui aveva sperato. Un "sì" sarebbe stato troppo semplice; un "no" sarebbe stato... Beh, Royce sapeva che non sarebbe stato un no.

Dal momento in cui Daniela era salita sulla sua auto, quella sera, rivolgendogli un ampio sorriso prima di allacciarsi la cintura e lisciarsi il tessuto del vestito bianco e rosa, avevano condiviso una consapevolezza al tempo stesso rilassata e colma di tensione sessuale. Una volta rimasti soli sul ponte della barca, la cosa era diventata magica. Il respiro di Daniela era accelerato quando lui le aveva preso la mano. Royce aveva capito con certezza assoluta che lei lo voleva. Ciononostante, Daniela lo aveva tenuto a distanza abbastanza a lungo da chiedergli della *Donati* e, ascoltando la sua risposta, da distinguere ciò che giaceva nascosto nelle parti più remote del suo cuore. Poi, da dire la sua opinione al riguardo. Riguardo al futuro di Royce. Riguardo alle possibilità.

Per quanto Royce avesse desiderato stringere a sé il corpo

magnifico di Daniela e crogiolarsi nelle sue curve e nel suo sapore sensuale, aveva avuto bisogno di sentirselo dire.

Per la prima volta in vita sua, si sentiva *capito*.

Le sue dita si allargarono sulle guance e la mascella di Daniela come se lui avesse in mano una delicata e preziosa opera d'arte. In un raggio di luce lunare, vide gli occhi di lei chiudersi lentamente. Trasse un respiro profondo, incidendosi quell'immagine nella memoria, poi abbassò la testa in modo che la sua bocca incontrasse quella di Daniela con la stessa delicatezza con cui le sue mani le cullavano il viso.

La risposta di Daniela fu devastante; ogni carezza delle sue labbra contro quelle di Royce fu dolce ed esploratrice, e tuttavia non gli lasciò alcun dubbio sul fatto che lei voleva di più. Molto di più.

Un profondo senso di soddisfazione si diffuse in lui mentre Daniela gli passava la mano attorno al fianco. Rimase appoggiato su un gomito mentre le sue dita scivolavano più in basso. Quando il suo palmo le raggiunse la clavicola, si chiese per un attimo se le desse fastidio la superficie ruvida delle sue mani callose contro la pelle liscia, ma se anche era così, lei non gli diede alcun segno. Invece, gli accarezzò il fianco, esercitando una pressione crescente mentre il loro bacio si faceva più appassionato.

La struttura metallica delle sdraio adiacenti gli impediva di avvicinarsi, ma diede a Daniela lo spazio per allargare una mano sul petto della sua camicia. Nel giro di pochi istanti, il tepore della pelle della donna penetrò nel tessuto. Gli sfuggì un respiro brusco, la sua mano tornò ai capelli di lei e lui le fece schiudere le labbra con la lingua. Una fitta di calore lo attraversò, colpendolo dritto al centro del suo essere.

Al diavolo quelle sedie. La voleva nuda e voleva avere le sue mani addosso.

Un gridolino giunse dalla passerella, lontano alle spalle di Daniela, seguito da urla e risate. Con riluttanza, Royce trascinò la bocca fino alla pelle di fronte all'orecchio di Daniela, dove stampò un lungo bacio prima di districare le mani dai capelli di lei.

Altre risate ubriache aleggiavano nell'aria notturna. Era arrivata la barca della festa e, a giudicare dal suono, l'intero gruppo era diretto verso il cancello del porticciolo.

Senza parlare, Royce si raddrizzò, tese una mano e aiutò Daniela ad alzarsi dalla sdraio. Intrecciò le dita con quelle di lei mentre la conduceva verso la cabina. Una volta entrato, chiuse la porta, usando due mani in modo che il suono non raggiungesse la passerella. L'oscurità li avvolse, ma lui si protese verso la parete dietro il lavandino e premette l'interruttore delle luci sotto gli armadietti. Nella fioca luce gialla, scrutò negli occhi di Daniela nello stesso istante in cui le portò le mani alla vita.

"Va bene?"

Si riferiva tanto all'ambiente ristretto quanto alla sua presa su di lei e vide nel suo sguardo che lei aveva capito.

"Benissimo."

Daniela si sporse, poi chiuse gli occhi. Royce vide nel dettaglio lo sbattere delle sue ciglia mentre si chinava a rivendicare la sua bocca con la propria. La dolcezza che avevano condiviso sul ponte svanì quando la sua lingua incontrò quella di lei. Royce le afferrò il posteriore e si premette contro di lei, i baci che si facevano più appassionati mentre Daniela affondava le dita nella sua schiena, stropicciandogli la camicia.

"Ti voglio, Daniela D'Ambrosio," mormorò Royce fra un bacio e l'altro. "Tantissimo. Ma se non sei pronta, è–"

"Dekker." Era un ordine di tacere. Daniela si ritrasse per cominciare a sbottonargli la camicia. "Se non sono stata abbastanza chiara, ti voglio anch'io. Ti voglio nudo e affamato che mi baci dappertutto. Il prima possibile."

Daniela deglutì rumorosamente verso la fine, come se le sue stesse parole la sconvolgessero, anche se non tanto per la loro veridicità, quanto per il fatto che le aveva pronunciate ad alta voce.

Royce non aveva mai udito frasi così perfette in vita sua.

Con frenesia, le circondò un seno con una mano, quindi abbassò la testa fino al tessuto sottile del vestito. Daniela sussultò e la sensualità di quel suono per poco non lo disfece. Royce la baciò e la strinse ancora per un attimo, quindi passò le dita sulla chiazza umida che la sua bocca aveva creato sul vestito prima di passare all'altro seno.

Uno strillo ebbro, seguito da risate sguaiate, riecheggiò dall'esterno. Daniela gli afferrò il bordo della camicia e lo sfilò dei pantaloni. Le sue mani scivolarono sotto il tessuto. Nel sentir grattare le unghie corte sui lati della spina dorsale, Royce gemette. Ce l'aveva così duro che gli faceva male.

Con un'ultima carezza sul seno, Royce si costrinse a portarle le mani sui fianchi e tuffò il viso nei suoi capelli. Entrambi respiravano affannosamente, ora, ma cercarono di contenersi, di prolungare l'esperienza. Inoltre, Royce sapeva di doversi elevare al di sopra del suo cervello da cavernicolo e di dover procedere con cura, o c'era il rischio che tutto implodesse.

Nei capelli di Daniela, disse: "Se esagero o se la cabina ti sembra troppo stretta o soffocante, dimmelo–"

"Sto. Bene." Daniela indietreggiò quanto bastava per guardarlo in viso, sottolineando ciascuna parola.

"So che ti senti bene. Adesso." Royce aveva già assistito a una scena simile: era la sicurezza di un soldato bene addestrato, certo di aver sconfitto la claustrofobia o di aver imparato a gestirla, seguito dallo shock quando essa si ripresentava improvvisamente nel bel mezzo di una sessione di addestramento all'interno di un carro armato o di una trincea. Le menti erano insidiose, anche quella di Daniela, e le fobie imprevedibili. "Ma le cose possono cambiare. E se dovesse succedere, prometti che me lo dirai subito."

Le voci lungo la passerella si allontanarono. Daniela gli mise una mano sul petto. "Lo farò. Te lo prometto."

La mano di Royce coprì quella di lei e la pressione aggiuntiva trasmise al palmo di Daniela il battito super accelerato del suo cuore. Abbassò la fronte fino a quando non furono tempia contro tempia, i respiri che si mescolavano. Daniela si mosse per prima, tenendo la testa contro quella di Royce, ma portando le mani dietro la schiena per iniziare ad aprire la cerniera del vestito.

Royce si chinò su di lei, permettendole di sentire la durezza del suo membro mentre le scostava le mani e abbassava la cerniera fino alla base. Quando il vestito scivolò via e lui passò le dita lungo i lati della sua spina dorsale, la combinazione della pelle morbida di Daniela e del sospiro che le sfuggì gli fece serrare lo stomaco dalla voglia.

I baci vicino al lavandino diventarono baci nella cuccetta. Royce rotolò subito per metterla sopra di sé, offrendole tutta l'aria e lo spazio possibili mentre le afferrava il posteriore, tenendola ferma. I suoi abiti furono calciati via, tutto tranne il lenzuolo con gli angoli spinto nella direzione opposta, e poi Daniela gli fu a cavalcioni, esplorandolo con le mani e la bocca e spingendolo tanto vicino al limite quanto lui poteva sopportare. Riuscì a malapena a mettere il profilattico prima di essere dentro di lei e il primo colpo d'anca fu così squisito che entrambi si inarcarono. Una sfilza di imprecazioni in italiano a malapena distinguibili lasciò le labbra di Daniela quando lei esalò il fiato, poi la donna si fletté e si strinse attorno a lui.

Così. Era l'unica parola che il cervello di Royce riusciva a processare. *Così. Così, così, così*.

Rallentarono contemporaneamente, muovendosi con reverenza. La luce penetrava nella cuccetta dalla cambusa, dando a Royce visibilità sufficiente a leggere l'espressione di Daniela, incrociare il suo sguardo velato e vedere la sua bocca formare le parole "Sì, Royce, sì," prima che lei si chinasse a baciarlo. Royce le tenne il bacino con una mano, le scostò i capelli dal viso con l'altra e lasciò, per quanto possibile, che fosse lei a controllare il movimento dei loro corpi.

Daniela era bellissima. Calma e capace quando ciò aveva importanza, che fosse al servizio della regina Fabrizia o nel bel mezzo di un arresto in una trattoria. Era focosa quando si trattava di fare l'amore, permettendo alle sue emozioni di risalire in superficie e – ironia della sorte – far sentire *lui* al sicuro, protetto e libero.

La voleva così tanto che persino i polmoni gli dolevano.

C'era una maturità, in lei, ma non il tipo di maturità che la separava dalle altre persone della sua età. Era la sua volontà di affrontare le proprie paure per diventare una persona migliore e più forte e la sua determinazione ad aiutare Royce a fare lo stesso.

Lo spingeva a volere di più. Per entrambi.

La pressione crebbe dentro di lui, la sua mascella si serrò, i suoi muscoli si tesero. Poi Daniela cambiò posizione, si contrasse, e l'orgasmo fu strappato da Royce, facendogli scoppiare il cuore mentre tutto il corpo si lasciava andare. Le dita di Daniela affondarono nelle sue spalle mentre lei continuava a muoversi, prolungando il piacere intenso che la attraversava. Un attimo dopo, lui sentì il fiato di Daniela che si mozzava, il grido sommesso dell'estasi, e la abbracciò mentre lei si contraeva attorno a lui. In seguito, stanco e sudato e sazio, la cullò a sé, non desiderando altro che ricominciare, sapendo di aver solo sfiorato la superficie di tutto ciò che c'era da esplorare con lei.

Farlo con Daniela era stata un'esperienza grande e dal fascino infinito come l'universo. Il suo unico pensiero mentre si addormentava fu *così, così, così.*

DANIELA SI SVEGLIÒ con il viso premuto contro un cuscino a lei sconosciuto. Con gli occhi cisposi, ma con un senso di allarme crescente, cercò di raddrizzarsi, poi sussultò quando trovò un peso non familiare attorno alla vita.

Il peso si spostò, quindi Daniela sentì un tocco sulla spalla. Un tocco fermo, ma tranquillo, di mani abili in momenti di emergenza. "Daniela? Vuoi che apra una finestra? Che accenda la luce?"

Il tono di Royce non era condiscendente o ansioso, nonostante lui biascicasse a causa del sonno. L'uomo era pacato. Rispettoso. La paura improvvisa che aveva fatto sì che Daniela fosse pronta a saltare giù dal letto si attenuò. Loro due condividevano un mondo piccolo, ma non erano in trappola.

"Era solo uno spasmo involontario. Va tutto bene," bisbigliò Daniela. Ed era la verità. Il piccolo spazio era colmo di Royce: i suoi cuscini, le sue lenzuola, il suo corpo sodo contro la schiena di Daniela mentre si rilassava. Il petto di Royce si sollevò e si abbassò in un lungo respiro profondo e lei si mosse contro di lui. "Eri già sveglio?"

Lui mormorò di no, poi le fece scivolare ancora una volta il braccio attorno alla vita. La sua mano si posò sull'addome nudo di Daniela, muovendosi in una lenta carezza. Poi disse: "Ancora un minuto e sarò sveglissimo. È meglio che mi fermi."

Si incastravano davvero bene, pensò lei, la curva della sua spalla contro i piani solidi del petto di Royce. E anche prima… mentre le linee della bocca di Royce si muovevano contro le sue e il rigonfiamento del seno di Daniela riempiva il palmo della mano di lui.

La fitta emotiva fu altrettanto forte. Più forte.

Daniela si allungò verso la coscia di Royce, passando la mano sulla pelle calda e la spolverata di peli che coprivano i muscoli sodi.

"Royce?"

"Mmh?" Royce tracciò una lenta linea verso l'alto, passando in mezzo ai seni di Daniela, fino al nodo alla base della clavicola.

"Vai avanti."

Royce si fermò. Lei gli concesse un momento per carburare.

"Non fermarti," chiarì Daniela.

Di fronte al gemito carnale e mascolino di Royce, lei sorrise.

CAPITOLO 25

Royce si svegliò in un letto caldo e profumato di donna.

Gli occhi chiusi e i muscoli languidi, rimase immobile, godendosi quel momento di pace assoluta.

Aveva voluto Daniela con tutto se stesso, velocemente e duramente e senza esitazioni. Aveva voluto affondare nel profondo di lei, essere circondato da lei, respirare con lei e sentire il suo cuore accelerare i battiti, sentire le sue dita che affondavano profondamente nei muscoli della schiena fino a quando lei non si contraeva attorno a lui e gemeva il suo nome.

Era successo molte volte. Per la maggior parte, tuttavia, il suo più profondo senso di soddisfazione – l'intimità – si era verificato durante le pause: confrontarsi con Daniela, assicurarsi di indossare il profilattico, concentrarsi sui dettagli piuttosto che correre verso il traguardo.

Quando Royce le aveva abbassato la cerniera lungo la schiena e le aveva sfiorato la pelle con le dita... beh, quel momento era stato quasi fatale. Era valsa la pena prendersi il giusto tempo.

Più tardi, mentre Daniela giaceva stravaccata accanto a lui, senza il minimo imbarazzo e con il respiro affannoso, e aveva appiattito una mano contro la sua coscia, un senso travolgente di giustezza aveva preso possesso di lui.

Una volta, parlando di donne, suo padre gli aveva detto: "Lo saprai quando lo saprai." Royce aveva trovato quell'affermazione di una banalità spaventosa. Ma quando la schiena di Daniela si era fusa contro il suo petto e lui si era premuto il posteriore di lei contro il bacino, aveva capito. Aveva capito prima ancora che lei dicesse "Vai avanti." Quando si era addormentato con la testa di lei sotto il mento, aveva provato una felicità maggiore di quella che aveva mai provato alle tre del mattino.

Era stato più felice di quanto si fosse mai sentito in vita sua.

E il merito non era del sesso. Per quanto fosse stupefacente, il sesso era il meno.

Consapevole che gli stava formicolando il braccio, cambiò posizione. Le lenzuola erano calde, ma la cuccetta era vuota. Royce socchiuse gli occhi e inalò lentamente, come solo una persona a malapena cosciente poteva fare. Daniela non poteva essersi allontanata da molto. Probabilmente, era a prua. Chiuse gli occhi e si spostò, in modo che la donna quando fosse tornata, non avrebbe dovuto scavalcarlo.

Si risvegliò nel freddo. Per una frazione di secondo, Royce temette che Daniela avesse chiamato l'auto e fosse tornata in albergo, ma l'aroma del caffè appena fatto lo raggiunse un attimo prima che una parolaccia passasse dal cervello alla bocca.

Dopo aver passato lo sguardo sulla cabina, Royce indossò un paio di boxer e si recò alla finestra. Daniela era seduta sul ponte, con addosso l'abito che aveva indossato a cena, ma con una coperta sul grembo e una tazza fra le mani. Le dita dei suoi piedi nudi facevano capolino dall'estremità della coperta e la sua testa era appoggiata sullo schienale della sdraio a un'angolazione che le consentiva di vedere l'alba. Un nodo contorto di capelli puntava verso il cielo. Ondeggiò quando lei si portò la tazza alle labbra.

Il cuore di Royce spiccò un balzo a quella vista.

Aveva creduto che il suo cuore fosse ben isolato. Si era sbagliato.

Lo sapeva. Una notte, una dozzina di notti. Una dozzina di anni e lo avrebbe saputo comunque. La voleva nella sua vita.

Saperlo era *orribile*.

Vivevano ai lati opposti della penisola italiana. In pochissimo tempo, Daniela sarebbe tornata al fianco di Fabrizia, al lavoro dei suoi sogni. Non avrebbe mai lasciato quella posizione e lui non avrebbe mai voluto che lo facesse. Ma la vita di Royce era lì. La sua famiglia, i suoi amici, il suo lavoro.

Fu il pensiero del lavoro a farlo esitare.

Si passò una mano sulla mascella ruvida di barba mentre Daniela assaporava il caffè.

Ciò che Daniela aveva detto la sera prima riguardo al seguire la sua passione riecheggiò dentro di lui. Dentro di sé, Royce sapeva che avrebbe provato lo stesso profondo senso di soddisfazione maggiore di quello che aveva scoperto lavorando per la famiglia Barrali. Sapeva anche che, se si fosse impegnato duramente, sarebbe riuscito a cambiare carriera. Studiare gli veniva naturale. E tuttavia, non era una decisione che potesse prendere sulla base di una singola conversazione ispiratrice, soprattutto considerato ciò che era accaduto nel corso della serata.

Non era giovane come lo era stata Daniela quando aveva giocato d'azzardo con quel colloquio a palazzo. Aveva un'attività bene avviata. Cambiare avrebbe richiesto qualcosa di più che optare per un colloquio piuttosto che un altro; avrebbe significato rivoltare completamente la sua vita.

E lui non *odiava* il suo lavoro attuale.

Aveva bisogno di tempo per riflettere. Per soppesare i pro e i contro. Per pensare al processo di chiusura della sua attività.

Il problema era che nessuna delle opzioni a sua disposizione avrebbe fatto sì che Daniela rimanesse nella sua vita.

Si stropicciò gli occhi per scacciare i rimasugli del sonno, quindi osservò i raggi del sole incoronare lo chignon disordinato di Daniela.

C'erano troppe incertezze. Se lui fosse rimasto dov'era, una relazione a lungo termine sarebbe stata impossibile. Ma se avesse cambiato strada, ci sarebbero voluti almeno due o tre anni per ottenere il diploma di specializzazione, a seconda di quanti crediti gli avrebbero riconosciuto. Non c'era alcuna garanzia che gli sarebbe stato possibile lavorare mentre studiava e nessuna garanzia di trovare lavoro dopo la laurea, figurarsi lavoro a Sarcaccia.

A quel punto della sua vita, Daniela meritava più del frequentare uno studente. Per quanto allettante potesse essere una carriera nuova e per quanto lui potesse essere disposto a investire il tempo e il denaro necessari a far sì che ciò accadesse, Royce non poteva chiederle una cosa del genere, non importava quanto desiderasse un futuro trascorso a svegliarsi accanto a lei. Imparare tutto su di lei. Conoscerla e lasciarsi conoscere.

Forse, era proprio quello ciò che desiderava di più.

Prese una tazza, la riempì di caffè e aggiunse un pizzico di panna.

Durante tutta la cena aveva avvertito l'attrazione fisica di Daniela nei suoi confronti. Non aveva mancato di notare il modo in cui lo sguardo di lei aveva esitato sulle sue mani o i sorrisetti che le avevano teso le labbra. Quando si erano messi comodi sul ponte, lui si era accorto che lei lo guardava tanto quanto guardava il cielo notturno.

Tuttavia, nonostante l'attrazione, Daniela aveva ritenuto importante in quel momento porgli una sfida, posticipare l'intimità fisica che entrambi bramavano per spingerlo a correre un rischio per perseguire ciò che amava.

Royce bevve un lungo sorso di caffè, poi lo posò sul tavolo mentre tornava alla cuccetta alla ricerca di un paio di jeans. Tornò a tavola, abbottonandosi mentre camminava, e raggiunse la finestra appena in tempo per vedere un brivido scuotere Daniela.

Freddo? O claustrofobia?

Contenendo l'ansia, Royce afferrò la sua tazza e la caffettiera piena a metà e raggiunse Daniela, assicurandosi di far abbastanza rumore da non coglierla alla sprovvista.

"Buongiorno, dormiglione."

"Buongiorno." Royce posò la tazza sul tavolino, quindi sollevò la caffettiera.

"Oh, sì, ti prego," disse lei, tendendo la tazza.

"Vuoi altra panna e zucchero?"

"No. Più nero è il caffè, meglio è." Daniela soffiò sulla tazza mentre lui prendeva posto accanto a lei. "E il tuo è ottimo."

"Sei stata tu a prepararlo. Non riesco a credere di aver continuato a dormire."

"Eri esausto. È normale, dopo aver trascorso la giornata lavorando sulle pareti e i battiscopa."

Royce inclinò la testa. "Sì, sono certo che sia colpa del lavoro."

Dopo aver preso posto sulla sdraio accanto a quella di lei e aver bevuto un altro lungo sorso di caffè, Royce disse: "Temevo che stessi avendo un attacco di claustrofobia. Se è così, lo copri bene."

Daniela fece spallucce. "C'è stato un momento in cui mi sono svegliata e non sapevo dove fossi, ma in generale, no. Non ho provato quella sensazione di schiacciamento e di soffocamento che a volte mi capita di provare. Ho solo pensato di uscire con il caffè a guardare l'alba. Di lasciarti dormire ancora un po'."

Royce resistette all'impulso di chiedere che genere di situazione scatenasse la sensazione di schiacciamento. Invece, chiese: "Posso offrirti la colazione? Ho cereali e farinata d'avena. Sono bravissimo a preparare entrambi. Posso persino tostare del pane, se non è scaduto. Ma non garantisco nulla."

"A me va bene tutto. Hai dello zucchero di canna?"

"Ehm–"

Daniela rise. "Come non detto. Del miele?"

"Quello sì."

"Vada per la farinata, allora. Mentre tu la prepari, io metto su dell'altro caffè."

Quando lei fece per alzarsi, lo chignon si sciolse. Prima che lei potesse sistemarlo, Royce le mise una mano dietro la nuca e le guidò la bocca verso la sua.

"Ho l'alito pesante e ho bevuto caffè," disse lei, trattenendosi.

"Non mi importa."

"Potresti pentirtene."

"Ne dubito."

Royce le diede un bacio lungo e profondo. Daniela aveva davvero l'alito pesante e sapeva di caffè. Ma aveva anche gli odori delicati dell'aria dell'oceano all'alba, del detersivo per il bucato di Royce e dello shampoo. Il tutto si mescolò nella coscienza di Royce mentre lei ricambiava il bacio, portandogli le mani alle braccia per poi farle scivolare verso l'alto fino a circondargli le guance.

Quando, finalmente, lui si staccò, assimilò la splendida visione delle labbra schiuse di Daniela, per poi passarle il pollice sulla mascella. "Sei tutta irritata. Avrei dovuto radermi prima di uscire."

"Non mi importa."

"Potresti pentirtene."

"Ne dubito."

Royce sorrise e la baciò di nuovo prima di prendere la caffettiera e la sua tazza. "Ti accompagno in albergo dopo la colazione. Questa volta, non ti lascio portare via dall'autista."

Con sua gratificazione, Daniela non obiettò. Lavorarono amichevolmente insieme nella piccola cambusa mentre lui preparava la farinata e lei sciacquava la caffettiera, la rimetteva su, dopodiché trovò il miele e apparecchiò il tavolo.

"Non sono abituato a tutti questi lussi," disse Royce, guardandola mentre piegava ciascun tovagliolo di carta.

"È quello che faccio per la regina Fabrizia, sai. Solo il meglio." Daniela mostrò due cucchiai. "E non dirmi che non sei abituato ai lussi. Hai i cucchiai abbinati."

Una volta che furono sistemati, ciascuno con una scodella di farinata guarnita con miele di fronte, Royce disse: "Grazie."

"Sei tu quello che ha preparato la colazione. Io ho solo versato del caffè macinato in un filtro e premuto il pulsante."

"Per ieri notte." Royce attese che Daniela sollevasse lo sguardo. Voleva che lei sapesse che le sue parole avevano un significato preciso.

Di fronte al tenero sorriso della donna, aggiunse: "Grazie per la cena e per essere rimasta e perché ti importa abbastanza da parlare della mia carriera. Non ho idea di quello che farò, ma non avevo mai pensato all'astrofisica. Sentire un'opinione neutrale è stata una boccata d'aria fresca. Mi hai dato di che ragionare."

Il sorriso di Daniela si allargò. "Non direi che sono neutrale. Per definizione, una persona a cui importa non è neutrale."

"Ah, ma tu non sei mio padre, che ha un interesse finanziario."

"Vero. Interessi finanziari o meno, i genitori possono essere… categorici."

Royce la guardò passare il cucchiaio lungo il bordo della ciotola, spostando la farinata in modo che si accumulasse al centro.

"Non mi hai parlato molto dei tuoi. Quando eravamo a Cancun, mi avevi detto che avete viaggiato molto insieme."

"Facciamo sempre delle gite in estate. Ho visto parecchia Europa dal sedile posteriore dell'auto. Ai miei genitori piaceva vagabondare, andare dove li portava la strada." Daniela mangiò una cucchiaiata di farinata mentre la sua espressione si faceva pensierosa. Un attimo dopo, disse: "Erano insegnanti. Beh, mio padre insegna ancora. Mia madre lavora come guida turistica privata a Sarcaccia. Entrambi amano lavorare con le persone, condividere la conoscenza. È gratificante."

Daniela gli puntò il cucchiaio contro per un attimo prima di affondarlo nella farinata. "In parte, è per questo che ti avevo chiesto della tua carriera. A te non piacciono soltanto la fisica e l'astronomia. Quando hai parlato delle ripetizioni che dai a quello studente che abbiamo visto al ristorante, avevi la stessa espressione che avevano i miei genitori quando parlavano dei loro studenti. Sono riuscita a immaginarti che insegnavi, almeno part-time, e provavi quello stesso senso di realizzazione e scopo."

Royce ci pensò su mentre finiva il caffè. In qualche modo, Daniela riusciva a usare lo stesso caffè macinato, la stessa acqua e gli stessi filtri che lui usava tutte le mattine, ma i risultati che otteneva erano molto migliori. Le lanciò un'occhiata per farle vedere che stava ascoltando, poi si spostò fino al piano per riempirsi la tazza. Voltando la testa, disse: "Non aveva preso in considerazione l'insegnamento."

"Hai parecchie opzioni."

Royce stava cominciando a rendersene conto. Sollevò la caffettiera e guardò la tazza di Daniela, ma lei scosse la testa.

Dopo che lui fu tornato a tavola con la tazza di nuovo piena, Daniela disse: "Ti ho accennato al fatto che i miei genitori non stanno più insieme. Si sono separati più o meno quando io mi sono laureata."

"Deve essere stato difficile per te." Daniela non sembrava il tipo da vivere con serenità una separazione, soprattutto quando questa si era verificata mentre lei era lontana da casa.

"Si amavano. Credo che si amino ancora, ma non possono vivere insieme."

Daniela aveva altro da aggiungere, ma faticava. Royce attese mentre lei grattava via una cucchiaiata di farinata dal lato della scodella. Dopo aver inghiottito, si raddrizzò e lo guardò.

"Mia madre è un'accumulatrice compulsiva." Daniela esalò il fiato. "Nel senso clinico del termine. Ha paura di aver bisogno di qualcosa in un momento non meglio specificato del futuro e di non averlo, per cui ne compra sei. Io la amo con tutto il cuore. È affettuosa e intelligente e mi ha incoraggiata a ottenere l'istruzione migliore possibile e poi a farne quello che volevo. Ma casa sua è spaventosa. Quando vedi una persona come lei in televisione, ti viene da pensare che sia tutto finto, che nessuno potrebbe vivere in condizioni del genere, ma è la verità. Dopo essere entrati dalla porta, si fa fatica a muoversi. Mio padre ha cercato per anni di rendere vivibile quel posto. Quando sono arrivati al punto da non poter più invitare gli studenti a casa, lui ha cercato di procurarle un aiuto professionale. Lei ha rifiutato. Anzi, è diventata ancora più protettiva delle sue cose. Ha smesso di insegnare e ha cominciato a fare la guida turistica perché le permetteva di nascondere meglio la sua malattia e al tempo stesso di continuare a trascorrere del tempo con la gente. È stato devastante. Mio padre non poteva vivere laggiù e non poteva aiutarla."

"Ma lei ti ha chiamata per darle una mano, lo scorso fine settimana?"

Daniela emise un suono di conferma, quindi bevve un lungo sorso di caffè per farsi forza prima di proseguire. "Una vicina è venuta a bussare alla porta per lamentarsi dei topi. Ha minacciato di chiamare le autorità se mia madre non se ne fosse occupata. La vicina è una brava donna – la conosco da tutta la vita – e non hai idea di come sia la situazione all'interno della casa. Ho detto a mia madre che sarei andata a dare un'occhiata, il che in realtà significava che sarei andata a pulire e a mettere delle trappole. Ho trascinato fuori un quintale di spazzatura e ci siamo occupate dei topi, ma è una soluzione temporanea."

"Gestisci la vita di una delle donne più famose del mondo *e* acchiappi topi? Sono tutto un fremito."

Daniela fece una smorfia e gli lanciò contro il tovagliolo appallottolato, ma Royce lo prese al volo.

Royce sorrise, quindi lasciò cadere il tovagliolo accanto alla ciotola. "Deve essere molto pesante per te. Che ne pensa a tuo padre?"

Daniela fece spallucce. "Parlare di lei lo intristisce, per cui, quando siamo insieme, parliamo di argomenti più allegri. I nostri lavori. Una mostra che credo gli piacerebbe. Cose che ho fatto con i miei amici. Nelle rare occasioni in cui accenno al fatto di essere andata a trovare mia madre, lui esprime diplomaticamente la preoccupazione che io la incoraggi." Un lato della bocca di Daniela si sollevò. "E che i miei sforzi siano, come dicevi tu, molto pesanti per me. Che probabilmente dovrei smettere."

Daniela trangugiò il resto del caffè, quindi appoggiò la tazza vuota accanto alla scodella. Lanciò un'occhiata fuori dalla finestra, e disse: "Non ha torto. Mi sono detta la stessa cosa e in maniera molto meno diplomatica di mio padre. Tuttavia, credo che questa volta mia madre abbia fatto davvero progressi. A differenza delle altre volte, non ha avuto una crisi quando le ho svuotato la dispensa e gli armadietti della cucina e non mi ha inseguito fuori per vedere cosa avevo buttato nella spazzatura. Inoltre, siamo uscite a mangiare e abbiamo fatto una passeggiata in uno dei villaggi locali. Sembrava contenta di essere fuori all'aria fresca, senza pesi o aspettative. Si è goduta il cibo e ha parlato con delle persone che conosce da anni. Sa che, se vuole vivere in quel modo, avere quel tipo di relazioni in cui gli amici passano a trovarla e non semplici interazioni temporanee con dei turisti, deve cambiare le cose. Spero che arriverà al punto da chiedere aiuto. Un vero aiuto, non una cosa raffazzonata per evitare che i vicini la denuncino."

"Sarà difficile per lei."

"È difficile ammettere che la tua vita non è perfetta." Una luce giocosa illuminò gli occhi di Daniela. "Ad esempio, dicendo a qualcuno che hai dei dubbi sulla tua carriera. O che soffri di claustrofobia."

Senza averlo programmato, Royce le rivolse un ammiccamento civettuolo. "Sono felice che tu ti sia trovata a tuo agio, ieri notte."

Daniela lo guardò teatralmente. "Eccome."

"Mmm." Royce si alzò per sparecchiare e lei lo seguì fino al lavandino. Una volta che ebbe deposto la ciotola, appoggiò la mano sulla schiena di Royce, poi scese per un attimo prima di sciacquare il fondo di caffè dalla caffettiera.

"Quando mi hai chiesto della claustrofobia la prima volta che mi hai portata alla barca, io non volevo ammetterlo. E di sicuro non volevo ammettere il perché. È imbarazzante."

Royce riempì il lavandino di acqua calda mentre Daniela si spostava per asciugare la caffettiera, lasciandogli spazio per lavorare.

"Sai quale sia l'origine?"

Lei scosse la testa. "Non c'è un evento specifico che posso indicarti, come essere rimasta chiusa in uno sgabuzzino. Mio padre dice che da bambina sostenevo che mi abbracciassero troppo forte, per cui potrebbe essere parzialmente innata. Ho avuto anni per sviluppare gli strumenti per gestirla e, quando ero giovane, non era un grande problema. Ma negli ultimi tempi, visitare la casa di mia madre, avere la sensazione che tutto stia per cadermi addosso – e intendo letteralmente – peggiora il problema. Sono certa che l'esperienza da Safina mi abbia fatto quell'effetto perché ero appena stata da mia madre."

Dopo aver tratto un respiro profondo, Daniela aggiunse: "A dirlo mi sembra di tradire la mia famiglia. È come se stessi andando in giro a dire di aver avuto una cattiva madre, quando lei è stata fantastica."

Royce mise ad asciugare le scodelle pulite prima di voltarsi verso di lei.

"Tu non stai tradendo nessuno."

"No, ma questo non mi impedisce di sentirmi come se lo stessi facendo."

Royce ammirava il fatto che Daniela era disposta ad ammettere le proprie difficoltà personali e ad affrontarle con razionalità, invece che cercare compassione o inventare scuse.

Quella forza interiore gliela faceva volere ancora di più.

Il pensiero doveva essere visibile sul suo volto, perché Daniela gli mise le mani sulla vita e sorrise. "Non è diverso dal modo in cui tu senti di tradire i tuoi genitori prendendo in considerazione un'altra carriera. Una carriera nella sicurezza è valida. Hai talento, hai dato prova di te e ne hai tratto momenti di gioia. Ma anche una carriera nella fisica è valida, così come l'insegnamento. Dobbiamo fare quello che è meglio per noi stessi, non quello che soddisfa le aspettative degli altri. Anche se è difficile."

Royce le prese il volto fra le mani, poi le passò i pollici sugli zigomi.

"Posso aspettarmi sempre tutta questa saggezza con il caffè e la farinata?"

"Se ti va," disse Daniela, gli occhi che brillavano di fronte alla potenzialità di future mattinate trascorse insieme. "Ma ora come ora, questa mattina sto pensando a quello che è meglio per me."

"Ah sì?" chiese Royce, per poi abbassare lentamente la testa sulla spalla di lei e tracciare un sentiero di baci verso il suo collo. La presa di Daniela si accentuò e il suo respiro si fece rapido. Quando Royce raggiunse la curva dell'orecchio, bisbigliò: "Guarda caso, mentre ascoltavo la tua saggezza pensavo a slacciarti il vestito."

In risposta, Daniela si inarcò contro di lui.

Le dita di Royce trovarono la cerniera e, mentre lui la abbassava, Daniela cambiò posizione per baciarlo.

E lui si perse.

CAPITOLO 26

DANIELA GUARDÒ FUORI dal finestrino mentre Royce guidava la macchina attraverso il centro affollato di San Rimini. Passarono di fronte all'acquario, dove i turisti si erano messi in coda per entrare all'orario designato, poi una serie di boutique, ristoranti e parchi.

Avevano trascorso la mattinata a fare l'amore, poi avevano fatto a turno a usare la minuscola doccia della barca. Quando erano saliti nell'auto di Royce, le campane della cattedrale battevano mezzogiorno. Ora, Royce aveva una mano appoggiata sulla coscia di Daniela. Le dita di lei erano sopra le sue, anche se Daniela manteneva il tocco leggero nel caso Royce avesse bisogno di usare la mano per guidare.

Lo desiderava e al tempo stesso si sentiva profondamente soddisfatta.

Quella cosa poteva essere seria. E ciò la spaventava.

Tanti anni prima, quando aveva spedito Royce nella direzione del Westin con lo scherzoso ammonimento a stare attento agli ubriachi, aveva avuto la certezza di aver fatto la cosa giusta. La cosa saggia e decorosa. I suoi genitori l'avevano cresciuta con l'idea che i bar nelle città sconosciute non erano luoghi sicuri per conoscere uomini. Percorrere il Boulevard Kukulkan quella sera con Royce le era parso scabroso; baciarlo era stato quasi incauto.

Tuttavia, col passare dei mesi e degli anni, c'erano state delle occasioni – di solito a tarda notte, quando la sua mente rifiutava di dormire e insisteva per vagabondare – in cui Daniela aveva fantasticato su ciò che sarebbe potuto accadere se lei avesse aspettato a entrare nell'albergo. Se invece avesse invitato il misterioso e sexy Royce Dekker a fare una passeggiata in spiaggia. Se si fossero fermati a condividere un secondo o un terzo bacio sulla sabbia, lontano dalle luci degli alberghi. Se lei, più giovane e più ingenua, avesse osato mettergli una mano sul petto per sentire il battito del suo cuore.

Quella Daniela più giovane e ingenua non aveva avuto idea che seguire il consiglio di Royce di approfittare dell'occasione offerta dalla regina Fabrizia le avrebbe cambiato la vita.

Quei "se" covati nel profondo l'avevano spinta a civettare con lui sulla barca, dopo la loro cena alla Trattoria Safina, e poi a sporgersi quando lui le aveva passato un braccio attorno. Le avevano dato la sicurezza per fare un'osservazione provocante e togliergli la camicia prima di voltarsi verso l'auto in attesa.

Non c'era stata alcuna esitazione, in lei, quando Royce l'aveva invitata a cena e poi a restare a bordo della *Donati*.

Approfittare.

Era l'espressione che lei e Royce avevano usato lungo il tragitto dal ristorante al porticciolo, la sera prima. Beh, era proprio quello che avevano fatto. Il problema era che lei voleva più di quello che avevano condiviso la sera prima e ciò la turbava.

Poteva amare Royce Dekker. Profondamente. L'uomo aveva una mente e uno spirito che la affascinavano. La faceva *pensare*. Inoltre, Daniela non aveva mai provato quel genere di chimica con un uomo. Nemmeno lontanamente.

Royce mise entrambe le mani sul volante mentre imboccava

una rotonda. Quando la sua mano tornò al punto sopra il ginocchio di Daniela, lei notò l'allentarsi della tensione nelle sue spalle, come se il gesto di toccarla gli sciogliesse i muscoli.

La sua mano tornò a quella di Royce. Le dita dell'uomo si sollevarono per intrecciarsi alle sue e lui le rivolse un sorriso senza distogliere lo sguardo dal traffico cittadino. Daniela si rilassò e permise agli occhi di chiudersi, godendosi il tepore delle dita di Royce attraverso il tessuto del vestito.

Mentre era fuori a pranzo con sua madre, Daniela aveva deciso di migliorare la sua vita personale. Di perseguire l'amore, nonostante i rischi al cuore o le difficoltà che ci sarebbero state nel rivelare i problemi della sua famiglia.

Non si era aspettata che l'opportunità si presentasse così presto, né tantomeno di trovare un uomo a cui fosse pronta a confidare la verità riguardo alla sua famiglia. Poteva approfittare di quel momento, ma non poteva avere quello che desiderava davvero. Non permanentemente.

Royce aveva una vita a San Rimini. La sua carriera era lì. Anche se quella carriera era in un momento fluido, la sua famiglia era lì. Avrebbe potuto stabilirsi ovunque dopo il servizio militare, ma restare vicino ai suoi genitori era stato importante al punto da fargli scegliere San Rimini, nonostante l'alto costo della vita. Royce li rispettava al punto da prendere fortemente in considerazione l'idea di prendere in gestione l'attività di suo padre e teneva abbastanza ai suoi clienti da far sì che, dopo averla lasciata all'albergo, avesse intenzione di andare in ufficio per fare una ricerca per un cliente che aveva delle domande riguardo ad alcuni punti del curriculum di un dipendente.

Nel frattempo, la carriera e la famiglia di Daniela si trovavano dalla parte opposta dell'Italia, a Sarcaccia.

Anche se entrambi l'avessero voluta, una relazione seria non era prevista. Le difficoltà erano troppe.

Royce rallentò a un incrocio. Mentre un gruppo di turisti

attraversava sulle strisce, lui chiese: "Quali sono i tuoi programmi per la giornata?"

Daniela allungò il collo per vedere il tetto del suo albergo, che distava ancora diversi isolati. "Ieri pomeriggio, re Eduardo mi ha detto che ha in mente di scrivere un'introduzione per il catalogo dell'asta. Vuole sottolineare la dedizione della regina Aletta alle sue attività benefiche e la sua speranza che esse continuino a prosperare dopo la sua morte."

"Immagino che sarà dura scriverlo."

"È un compito che non gli invidio, anche se, se c'è una persona che può farlo bene, quella è re Eduardo. Ho fatto parecchie fotografie del camerino della regina, il primo giorno. Erano per la mia consultazione, in modo che avessi un'indicazione di come era organizzato prima di cominciare a spostare le cose, ma gli ho detto che le avrei passate in rassegna questo fine settimana per vedere se ce ne fosse qualcuna da abbinare all'introduzione. Offrirebbero una dimostrazione visiva del fatto che le proprietà della regina sarebbero più utili nel mondo che chiuse in un camerino. Inoltre, un'occhiata dietro le quinte nella zona privata del palazzo potrebbe migliorare le vendite del libro."

Un gruppo di adolescenti oltrepassò correndo l'incrocio, cercando di battere in velocità il semaforo. Distratta, Daniela li guardò rincorrersi prima di proseguire. "Dopo aver guardato le foto per il re, voglio rileggere le descrizioni che ho scritto per il libro. Sono già a metà, per cui credo che sia un buon momento per fermarsi a fare una revisione. Poi dovrò cominciare a fare la cernita delle foto che voglio includere nel libro."

"Sei contenta di quello che hai fatto finora?"

Daniela annuì. Il semaforo cambiò e Royce attese che gli ultimi pedoni finissero di attraversare l'incrocio prima di partire.

"Le foto, da sole, potrebbero fare la fortuna del libro," gli disse Daniela. "In aggiunta agli scatti che ho fatto, ne ho alcuni fantastici che mi ha dato Helena e alcuni di re Eduardo che non sono mai stati pubblicati. Sarà dura decidere quali usare."

"Ti attende un pomeriggio impegnato."

"Già," concordò Daniela. "Poi, questa sera, ho una chiamata con Sarcaccia. La regina Fabrizia andrà a fare una visita in Spagna alla fine del mese e devo fornire il mio parere sul programma."

Royce svoltò un angolo, lanciandole un'occhiata mentre lo faceva. "Il tuo lavoro qui è quasi finito, allora?"

"Dovrei finire questa settimana. Volevo informare il principe Federico e re Eduardo lunedì."

Royce rimase in silenzio un attimo in più di quanto lei si fosse aspettata prima di dire: "Questo significa che anch'io finirò alla fine di questa settimana. Ora che i battiscopa sono fatti e le pareti sono pronte, il lavoro di pittura in sé procederà spedito. Dovrebbe volerci meno di un giorno per riposizionare i mobili e pulire."

"Avrà un aspetto favoloso."

"Lo spero. Anche se sono certo che le sorelle Roscha mi criticheranno comunque." L'esalazione di Royce suonò come una risata. "Immagino che la regina Fabrizia sarà contenta di riaverti. Quando parti?"

"Non ho ancora prenotato il volo."

L'aria fra di loro si fece più densa. Le dita di Daniela ebbero un guizzo in quelle di Royce. Lui non disse nulla, ma una frazione di secondo più tardi, diede alla mano di Daniela una strizzata rassicurante.

"Voglio essere sicura che re Eduardo sia soddisfatto, ma è probabile che me ne andrò sabato," disse infine.

Royce accostò vicino al punto in cui era venuto a prenderla per l'appuntamento e mise in folle. "Il che significa che ci restano sette giorni."

La gola di Daniela si serrò. Invece che rispondere ad alta voce, annuì seccamente.

Royce si slacciò la cintura e chiuse lo spazio che li separava per accarezzarle una spalla. I suoi occhi si chiusero per un attimo e quando lui li riaprì, Daniela vide un mondo di emozioni al loro interno. "Forse è troppo e troppo presto, ma ieri notte è stata importante per me. So che hai dei doveri nei confronti della regina Fabrizia e che, quando avrai finito qui, dovrai tornare indietro. Ma voglio approfittare al massimo del tempo che ci rimane prima di allora."

"Anch'io."

Il bacio di Royce la lasciò distrutta. Quando, finalmente, Daniela scese sull'auto, fu dopo la promessa di vedersi a colazione il mattino dopo.

Percorse frastornata i due isolati che la separavano dall'albergo ed era a un tiro di voce dall'ingresso quando un veicolo accostò accanto a lei. Royce aveva abbassato i finestrini e le stava gesticolando di tornare in macchina. Dietro di lui, un motociclista si fermò di colpo. Daniela gli fece cenno di girare attorno all'auto, quindi si sporse verso il finestrino del passeggero di Royce, chiedendosi cosa lo avesse spinto a parlarle lì, dove chiunque poteva vederli. Non era stato proprio lui a sottolineare la necessità di non essere visti?

"Qual è il numero della tua stanza?"

Daniela esitò di fronte al suo tono brusco. "Sei zero tre."

"Comincia a lavorare sulle foto per re Eduardo. Io mi libero dell'auto e torno fra mezz'ora."

QUANDO UDÌ un bussare leggero alla porta, Daniela si era cambiata d'abito e aveva trasferito le foto iniziali che aveva fatto al camerino della regina Aletta dal telefono al computer. Accennò silenziosamente a Royce di entrare e chiuse la porta, aspettando che fosse lui a parlare per primo.

"Non voglio scombinarti i piani, ma mi è venuta in mente

una cosa dopo che sei scesa dalla macchina." Royce la oltrepassò e gesticolò verso il portatile di Daniela, che lei aveva lasciato aperto sulla scrivania. "Sono queste le foto che hai fatto il primo giorno?"

Daniela confermò subito. "Non sono della stessa qualità delle foto che ho fatto dei singoli oggetti. Come ti ho detto, erano solo per mio riferimento. Sarei stata più attenta se avessi saputo che il re avrebbe voluto usarne una per la sua introduzione. Perché?"

Royce si sedette alla scrivania e, dopo averle lanciato un'occhiata per chiedere il permesso, cominciò a passare in rassegna le immagini, ingrandendone alcune mentre proseguiva. Daniela, incuriosita, prese posto su una vicina poltrona.

Royce angolò lo schermo per compensare il riflesso della grande finestra della stanza. "Quando le ingrandisci, si vedono parecchi dettagli. In alcune, sono visibili il marchio e le cuciture."

Daniela si sporse in avanti. Royce aveva ingrandito la foto di una giacca in modo che l'etichetta apparisse all'interno del triangolo della gruccia.

"È di Christian Dior. Cosa stai cercando?"

Royce strizzò gli occhi, muovendo la foto in modo che lo scaffale sopra la giacca fosse visibile. "Avevi accennato a una borsetta che avevi visto il primo giorno e che pensavi fosse falsa. Ma più tardi, quando hai ricontrollato, ti sei resa conto che era a posto. Quella borsetta compare in qualcuna di queste foto?"

Daniela si raddrizzò sulla poltrona. Aveva compreso il ragionamento di Royce. "Può darsi. Spostati che do un'occhiata. Non era su quello scaffale."

Daniela cominciò a far scorrere le foto. Royce le si mise accanto, una mano posata sullo schienale della sedia e una sulla scrivania.

"Ti stai chiedendo se qualcuno possa aver sostituito un oggetto contraffatto con uno vero?"

"È improbabile, ma volevo verificare."

Daniela si soffermò su una foto scattata due file più in là rispetto alla giacca di Dior, poi la ingrandì per concentrarsi sulla borsetta che aveva notato il primo giorno. "È questa, ma la visuale è parzialmente ostruita dalla borsetta da sera che si trova accanto."

"Non riesci a capire nulla così?"

"Forse. Ma credo di avere una foto scattata da un'angolazione migliore. Dammi un attimo." Daniela trascinò la foto su un lato dello schermo e ne aprì un'altra. Mentre cercava, aggiunse: "Il problema è che, con le borsette contraffatte, di solito è l'interno a tradirle."

"Comunque—"

"Vale la pena controllare," concluse Daniela.

Un attimo dopo, trovò la foto che aveva in mente. Scattata dall'estremità opposta della fila, mostrava la parte frontale della borsetta e offriva una buona visuale sulla fibbia d'argento e il manico. Daniela zoomò, rendendo visibili quanti più dettagli possibili prima che l'immagine diventasse troppo sfocata, poi si morse il labbro.

"Cosa c'è?"

Daniela aprì il file che conteneva le foto che aveva scattato dei singoli articoli da mettere all'asta, usando il tavolino da esposizione nella suite della regina Aletta, e passò in rassegna gli scatti fino a trovare un gruppo di cinque che raffigurava la stessa borsetta. Zoomò sulla maniglia immacolata, quindi spostò la visuale per includere la fibbia d'argento.

Osservò per un momento, quindi trascinò accanto all'immagine la foto scattata nel camerino, si alzò e gesticolò verso la sedia. "Dimmelo tu."

"Cos'è, *Trova le differenze*?" Royce si sedette, quindi passò lo sguardo da una foto all'altra. Impiegò un minuto ad accigliarsi.

"Nella prima foto c'è un bottone al centro della fibbia d'argento – è quello che si preme per aprire la borsetta?" L'uomo attese che Daniela annuisse, quindi disse: "Quando paragoni le dimensioni del bottone a quelle della fibbia, nella prima foto è più piccolo che nella seconda."

"Che altro?"

"Credo – ma non ne sono sicuro – che il manico non sia lo stesso. Nella seconda foto il colore sembra, come dire, più profondo. Ma magari è colpa della luce. Oppure qualcuno l'ha lucidata."

Come aveva già dimostrato diverse volte, l'uomo aveva occhio. "Il manico è quello che, in origine, mi aveva fatto pensare che la borsetta fosse contraffatta. Ma quando ho ricontrollato – il giorno in cui ho scattato la seconda foto – ho notato la qualità del cuoio e ho messo in dubbio quello che credevo di aver visto il primo giorno. I colori sono praticamente identici, ma è la qualità del cuoio a dare profondità. Non ho pulito né lucidato la borsetta prima di fare le foto in salotto. Non c'era bisogno."

Royce si appoggiò allo schienale della sedia e si premette il ponte del naso. Quasi fra sé, borbottò: "Ho già visto quella borsetta. Dammi un attimo."

Daniela attese, sapendo cosa lui avrebbe detto, perché anche lei aveva riconosciuto quella borsetta al braccio di una persona che era entrata nel camerino sotto i suoi occhi.

Royce incrociò il suo sguardo un attimo dopo e i suoi occhi lampeggiarono. "Helena Masciaretti."

CAPITOLO 27

"Helena Masciaretti," ripeté Daniela.

Royce la guardò come se non riuscisse a crederci. "Aveva la stessa borsetta – o una molto simile – il primo giorno in cui è venuta nella residenza del re. Ci ha messo una mano sopra mentre mi spiegava che aveva alcuni oggetti di sua sorella da darti per l'asta."

"Ed era vero." Daniela si passò le mani sui capelli. Le ciocche mostravano ancora una traccia di umidità dalla doccia che aveva fatto a bordo della *Donati*. "Ci ho messo un po' a notare la sua borsetta, quel giorno. Ero abbagliata dal suo tailleur. Era molto rosa. Il genere di rosa che solo una persona incredibilmente ricca o di alto profilo può permettersi di indossare, e comunque solo in occasioni particolari."

Royce incrociò le braccia. La sua espressione chiariva come lui fosse del tutto ignorante in materia di completi femminili. "Mi è tornata in mente la borsetta solo perché, mentre le parlavo, ho pensato che sembrava di alligatore. Non so perché – non sono un esperto di pelletteria – ma è successo."

Lo sguardo di Daniela corse allo schermo. "La pelle di alligatore ha un motivo molto particolare. La regina aveva due borsette con quel motivo stampato, provenienti dalla stessa casa di moda. Entrambe le furono donate."

"Stampato?"

"Il disegno viene stampato o inciso nel cuoio per farlo sembrare pelle di alligatore, anche quando non lo è. Ho letto da qualche parte che la regina Aletta non amava l'idea di indossare una borsetta di vero alligatore. Ma le due che possedeva erano ben fatte e probabilmente costavano quanto un originale."

"Non ne avevo mai sentito parlare." Royce si acciglio. "È possibile che Helena avesse una borsetta identica a quella della sorella?"

"In teoria, sì. Non è un modello raro." Daniela ripensò alle sue ricerche. "Sono piuttosto sicura che quella della regina Aletta fosse dono di un amministratore delegato americano che era stato ospite del palazzo. La spedì circa una settimana dopo la sua visita."

"Alla faccia del regalo."

"Tieni conto che era l'amministratore delegato del conglomerato che possiede la casa di moda. Ciononostante, anche se Helena avesse comprato una borsetta simile per sé, credo che sarebbe una coincidenza eccessiva che l'abbia portata con sé in occasione della sua prima visita. E che si trattasse proprio della borsetta che al mio arrivo sospettavo essere falsa."

Royce riportò l'attenzione sullo schermo. "Anche con le fotografie, sarebbe difficile dimostrare lo scambio. E poi, non ha senso. Perché Helena avrebbe dovuto rubare una borsetta, sostituirla con un falso e poi scambiarla di nuovo?"

"Solo i parenti più stretti della regina sanno dei furti. Ma se un falso venisse messo all'asta, i furti potrebbero venire alla luce in maniera molto pubblica. Probabilmente, sarebbe necessaria un'indagine."

Royce ci pensò su. "Nel qual caso, lei avrebbe difficoltà a giustificare il possesso dell'originale o il fatto di essersene liberata. Non potrebbe semplicemente dire di averlo preso in prestito o che si tratta di un regalo della regina, perché ciò non spiegherebbe la presenza del falso nel camerino."

"Esatto."

"Ma perché rubare? Helena Masciaretti è ricca sfondata, no?"

"Immagino di sì. Frequenta gente ricca da tutta la vita." Daniela lanciò un'occhiata fuori dalla finestra, osservando il paesaggio elegante. "Il fatto è che è famosa per la sua lealtà, tanto nei confronti della sorella quanto degli amici. C'è qualcosa che non torna."

Discussero della faccenda per diversi altri minuti. Alla fine, Royce si mise le mani sulle ginocchia e si alzò in piedi. "Non c'è altro che possiamo determinare da qui. Ti lascio lavorare. Nel frattempo, contatterò il principe Federico. Se Helena è il ladro, magari confesserà se verrà messa alle strette. Oppure, se ha intenzione di sostituire altri oggetti, magari c'è un modo per coglierla sul fatto."

"Intende tornare a trovarmi lunedì, ma non credo che..." Daniela sospirò, lasciando il pensiero in sospeso. "È la zia del principe Federico. Ti senti a tuo agio a riferirgli i tuoi sospetti?"

"A mio agio? No. Ma è il mio lavoro e ho dovuto dire di peggio alla gente. In questo caso, come tu stessa hai fatto notare, nulla è stato segnalato alle autorità. Se lei è davvero il ladro, potranno risolvere la cosa in famiglia."

"Spero per loro che non sia lei."

"Sono d'accordo, ma nessuna famiglia è perfetta." Royce si chinò a baciarla sulla tempia, quindi si soffermò a tracciare con l'indice una sensuale linea lungo il suo fianco prima di appoggiarle la mano sul bacino. "Spero che la chiamata con la regina Fabrizia vada bene, questa sera. Ci vediamo domani a colazione?"

"A domani."

Royce le diede un rapido bacio, quindi se ne andò.

ROYCE SCATTÒ sull'attenti nell'udire il rumore della porta. Aveva appena finito di controllare i teli e stava frugando nella cassetta degli attrezzi alla ricerca di un rotolo di nastro. Si pulì le mani sulla salopette mentre Daniela entrava nella stanza e si guardava attorno con espressione prudente.

"Siamo soli," disse lui, tenendo la voce bassa.

La colazione del giorno prima non era andata come lui aveva immaginato. Dopo aver lasciato Daniela, aveva inviato un breve messaggio al principe Federico, informandolo che c'era stato uno sviluppo. Il principe aveva organizzato un incontro all'ufficio di Royce prima di partecipare a una cerimonia a mezzogiorno, per l'apertura di una nuova sezione del mercato agricolo di San Rimini. Su suggerimento di Royce, Federico aveva accettato che Daniela li raggiungesse.

Federico aveva ascoltato, cupo in viso, mentre Daniela e Royce spiegavano ciò che avevano appreso. Federico si era alzato, aveva camminato avanti e indietro nel piccolo ufficio per un lungo, doloroso minuto, poi si era voltato verso di loro. A voce bassa e calma, aveva detto: "Ho un piano."

Era semplice, ma non sarebbe stato facile. Daniela sembrava già nervosa. Si prese un attimo per lasciare la tracolla con il materiale di lavoro nel salotto della regina, quindi raggiunse Royce nel salone. La sua attenzione si spostò immediatamente sulle latte di vernice e mestica che Royce aveva portato di sopra dal furgone.

"È il progetto di oggi?"

"Darò una rapida aspirata e spolverata alla stanza, quindi comincerò con la mestica. Posso fermarmi in qualunque momento."

"Va bene."

"Comportati come se fosse un giorno qualunque." Royce le diede una rapida strizzata al braccio, quindi disse: "Ho visto Samuel Barden mentre entravo dal cancello. Mi ha detto di aver preparato delle crostatine al limone per un ricevimento, ieri, e che gliene sono rimasti due vassoi; più di quello che riesce normalmente a smaltire nella sala relax dello staff. Ha insistito per portarcene qualcuna, questa mattina. L'ho ringraziato, quindi gli ho chiesto se poteva aspettare fino all'ora di pranzo, così da informare Miroslav."

"Ottima idea. Non vorrei che arrivasse nel bel mezzo della visita di Helena."

"Sei sicura che verrà questa mattina?"

"Sì." Daniela controllò l'orologio, quindi incrociò lo sguardo di Royce con aria nauseata. "Fra una quindicina di minuti. Ieri sera mi ha scritto un messaggio per dire che aveva radunato gli appunti sulle sciarpe di Aletta e mi ha chiesto se fossi pronta a guardarli."

"Allora ti lascio fare."

"Ho un ruolo semplice, sempre che riesca a comportarmi normalmente. Tu sei pronto?"

"Prontissimo. E tu te la caverai benissimo." Royce diede a Daniela una lunga occhiata, osservando il suo abito azzurro, i delicati orecchini d'oro, lo chignon e – soprattutto – il suo volto brillante ed espressivo. "Come sempre."

Daniela doveva aver capito ciò che lui provava, perché gli afferrò l'avambraccio e si alzò in punta di piedi per baciarlo sulla guancia, soffermandosi quanto bastava per mandargli un'onda di desiderio lungo la spina dorsale prima di lasciargli il braccio, dare una rapida pulita al punto che aveva baciato per cancellare eventuali tracce di rossetto e svanire nella suite della regina.

***

DANIELA SI ALZÒ quando udì un rumore di passi vicino all'ingresso del salotto.

"Buongiorno, Daniela."

Helena era acconciata alla perfezione, come sempre. Indossava una giacca blu navy di sartoria, pantaloni marrone chiaro e una camicetta bianca con il colletto la cui forma richiamava il bavero della giacca. Piccoli orecchini di diamanti le scintillavano nelle orecchie e portava con sé una grossa tracolla di cuoio dello stesso marrone scuro dai tacchi. Non una singola ciocca di capelli sfuggiva al nodo sulla nuca. Sebbene la donna sorridesse, la sua attenzione corse al pannello della suite mentre oltrepassavano la soglia. "Ha lasciato la porta aperta?"

"Roy ha intenzione di dare la base per la pittura, più tardi. Fuori fa così bello che ho pensato di aprire le finestre e lasciare circolare l'aria, finché ne avevo la possibilità. Lui ha promesso di avvertirmi prima di cominciare."

Come se l'avessero chiamata, un'averla si posò sul davanzale, saltellando tre volte e sprimacciandosi le piume prima di angolare la testa per sbirciare dentro.

Il divertimento illuminò il volto di Helena. "Spero che faccia con calma. Anch'io trascorrerò il resto della giornata e domani al chiuso, per cui apprezzo l'aria fresca."

L'uccellino si mosse, quindi prese il volo. Helena lo guardò allontanarsi, poi sospirò mentre posava la borsa sul pavimento, accanto all'ottomana, e si chinava a recuperare un taccuino. Fogli volanti caddero fuori. "Ho trovato i miei appunti sulle sciarpe, ma non sono eccezionali. Avrei dovuto digitalizzarli anni fa, ma quando Aletta si è ammalata, le mie priorità sono cambiate e quel compito è rimasto in sospeso."

"È assolutamente comprensibile," disse Daniela. Guardò nella direzione del camerino. "Sfortunatamente, ho tirato fuori tutte le sciarpe venerdì sera prima di uscire, per cui sono ancora nel camerino. Spero che non le dispiaccia."

La gola di Daniela si serrò mentre aspettava la risposta di Helena. Fino a quel momento, avevano trascorso la maggior parte dei loro incontri nel salotto, soprattutto quando rivedevano appunti e foto. Helena avrebbe subodorato qualcosa?

L'altra donna esitò, come se per una frazione di secondo

fosse rimasta sbilanciata dal cambiamento, ma sorrise e fece cenno a Daniela di precederla, dicendo: "No, certo che no."

Arrivate che furono al centro del camerino, Daniela mosse una mano a indicare le poltroncine vicino al grande specchio a paravento e alla piattaforma. Diverse sciarpe erano stese sugli schienali delle poltroncine, mentre quasi una dozzina era ancora piegata e impilata sulla piattaforma ricoperta da moquette. "Qualunque cosa possiate dirmi su queste mi sarebbe di grande aiuto."

Helena appoggiò la tracolla dietro una delle sedie, poi passò le dita su un riquadro di seta color pesca. "Dimentico sempre quante ne aveva. Sembrava che gliene regalassero di nuove una settimana sì e l'altra no. Per lei era importante indossarle, per rispetto nei confronti del donatore, ma era difficile incorporarle nel guardaroba quotidiano."

"Immagino." Daniela si chinò per raccogliere le sciarpe sulla piattaforma, dando le spalle a Helena. Era scomodo, ma riuscì a trovare un'angolazione che rendeva impossibile vedere Helena nello specchio. Fece con calma, quindi si alzò lentamente e si voltò, appoggiando una pila su una poltroncina.

Helena tirò fuori ancora una volta il taccuino dalla borsa e lo tenne sollevato. "Vediamo cosa riusciamo a identificare. Ha il suo computer?"

"L'ho spostato in salotto. Torno subito." Mentre si allontanava per andare a prendere il computer, Daniela gesticolò verso la sedia accanto a Helena. "Ne scelga una che attira la sua attenzione; cominceremo da lì."

Trascorsero la mezz'ora successiva passando in rassegna le sciarpe una alla volta, con Helena che faceva riferimento al suo taccuino e Daniela che abbinava gli articoli a foto e date. Helena fu di grande aiuto, rispondendo a domande che Daniela non aveva pensato di porre e raccontando persino di un'occasione in cui Aletta aveva quasi fatto cadere una delle sciarpe nel gabinetto durante un ricevimento a Buckingham Palace.

"Questa lasciamola fuori dalla descrizione, d'accordo?"

"Ma certo," promise Daniela. "Solo per le mie orecchie."

"Ha lavorato duramente per onorare l'eredità di mia sorella. Ogni tanto, è d'uopo una bella risata," disse ammiccando Helena.

Mentre continuavano a lavorare, Daniela dovette costringere la sua mente a concentrarsi sul compito. Helena voleva davvero essere d'aiuto. Come poteva una persona – una sorella – essere così devota, ma anche una ladra?

Quando arrivarono all'ultima sciarpa, Daniela la piegò e la mise in cima al mucchio. Helena si alzò, dandosi una scrollata per aggiustarsi la giacca, anche se tanto i pantaloni quanto la giacca erano privi di grinze nonostante il tempo trascorso seduta.

Quella donna aveva un vero e proprio talento per la presentazione.

Lo sguardo degli occhi scuri di Helena corse verso la sezione del camerino lontana dal bagno privato della regina. "Nel suo messaggio, aveva accennato a delle domande riguardo a uno dei cappotti di lana di mia sorella. È appeso assieme agli altri?"

"Sì. Me ne ero dimenticata; per fortuna che ve ne siete ricordata voi."

"Sarò lieta di darvi un'occhiata prima di andarmene."

Helena raccolse gli appunti, quindi si mise la tracolla in spalla e seguì Daniela fino alla zona in cui erano riposti i cappotti, vicino al piccolo guardaroba che conteneva l'abito nuziale della regina. Daniela era quasi arrivata quando si rese conto che Helena si era fermata. Quando si voltò, vide che Helena si era spostata in un'altra fila e stava passando la mano su uno scaffale.

Daniela tornò indietro per vedere cosa avesse attirato l'attenzione di Helena. L'anziana sorrise mentre ispezionava la manica di un abito lungo fino al polpaccio di seta floreale, uno degli articoli previsti per la messa all'asta. Tre diverse cinture coordinate pendevano da un appendiabiti vicino.

"È difficile non farsi prendere dai ricordi quando sono qui. È come tirare fuori un album fotografico con l'intento di trovare uno scatto specifico. È inevitabile soffermarsi sugli altri."

"Quel vestito è bellissimo," disse Daniela.

"Sì. Mia sorella lo ha indossato durante una messa di Pasqua al Duomo, qualche anno prima di venire a mancare." Helena distolse a forza lo sguardo dal vestito. C'era un'espressione bizzarra sul suo viso e Daniela si chiese se Helena avesse sentito quello che aveva sentito lei. Un movimento alle sue spalle, nel bagno della regina.

Daniela incoraggiò Helena a proseguire. "Venite; vi mostro il cappotto. Non voglio farvi arrivare in ritardo al vostro appuntamento."

Si avvicinarono a una sbarra da cui pendevano diversi cappotti. Daniela scostò gli appendiabiti per rivelare un cappotto di lana nera a tre quarti dalla silhouette aderente. "Ho frugato fra le foto delle visite della regina nei paesi del Nord, ma ho visto questo soltanto in quelle del viaggio in Canada. Lo ha indossato altrove?"

Elena si accigliò prima di staccare il cappotto dall'appendiabiti e osservare le etichette interne. "Oh, ora ricordo. Lo ha indossato solo in Canada. In precedenza, possedeva un cappotto di lana nera diverso, ma lo stile era ormai datato, per cui lo donò prima di acquistare questo." Helena ripose il cappotto, poi disse, a mo' di scuse: "Non ero con lei in Canada e mia sorella non indossava spesso cappotti pesanti."

Daniela la ringraziò, ma l'istinto le disse che Helena si chiedeva perché lei avesse aspettato tanto a chiederle di quel particolare indumento.

Sfortunatamente, era la scusa migliore che le era venuta in mente per dare a Helena l'opportunità di percorrere il camerino in lunghezza.

"Chiedo scusa."

La voce profonda e familiare giunse dalle loro spalle. Un'e-spressione allarmata attraversò il volto di Helena, che tuttavia si affrettò a nasconderla quando Daniela si allontanò dagli appendiabiti per entrare nella zona aperta e vedere Royce che si avvicinava. Sentì Helena portarsi alle sue spalle.

"È ora della mestica?"

"Sì. Sentiti libera di lasciare le finestre aperte, ma adesso chiudo le porte dal salotto al soggiorno principale."

"È entrato passando dal bagno?" Una nota di imperiosità risuonava nella voce di Helena, ma Daniela la riconobbe all'istante per quello che era: difesa e paura.

"Sì."

"Pensavo che la porta che dà sulla suite del re fosse bloccata."

"Ho il codice." Il volto e la voce di Royce erano taglienti come la lama di un rasoio.

Daniela lanciò un'occhiata di sottecchi a Helena, le cui nocche strinsero la presa sulla cinghia della borsa che portava in spalla. "Re Eduardo le ha dato il codice per entrare in questo camerino dal suo bagno privato? Sembrerebbe—"

Helena inarcò le sopracciglia, aspettando che Royce concludesse il ragionamento.

"Un rischio per la sicurezza?"

Helena si limitò a inclinare la testa.

"Al contrario. Gli oggetti in questo camerino sono molto preziosi, come sono certo voi sappiate. Il re mi ha chiesto di tenere gli occhi aperti mentre Daniela lavora. Di assicurarmi che nulla venga preso mentre la sua attenzione è concentrata altrove."

"Capisco."

"Non credo che si aspettasse che degli oggetti venissero aggiunti alla collezione."

Royce si mosse di qualche passo, quindi infilò una mano

nella fila dov'era contenuto l'abito di seta a fiori. Tirò fuori l'attaccapanni che conteneva le cinture.

Elena si irrigidì, poi rise. "Non so chi o cosa lei pensi di stare proteggendo, ma è stata Daniela a invitarmi ad aiutarla. Cosa che ho fatto." Lanciò un'occhiata carica di significato a Daniela, poi aggiunse: "Ieri sera mi sono resa conto che una delle cinture nel mio armadio apparteneva in realtà ad Aletta. Ci scambiavamo spesso gli accessori. Non la indosso mai, per cui mi sono limitata a rimetterla nella sua collezione."

La donna si voltò e guardò Daniela. "Mi dispiace molto di non averle detto che l'avevo nella borsa. Me ne ero dimenticata fino a quando non ho visto l'abito di quella Pasqua, dato che la cintura è coordinata con esso. Non è nulla. Non serve che lei la cataloghi, dato che si è già occupata del vestito."

Il sorriso che Helena rivolse a Royce grondava condiscendenza. "Apprezzo che lei prenda tanto sul serio il suo lavoro e che tenga gli occhi aperti. Sono certa che anche il re lo apprezza. Ma Aletta era mia sorella. Io non costituisco un rischio."

Royce rimise a posto l'appendiabiti. In tono neutro, disse: "C'è anche la questione delle due sciarpe che avete aggiunto alla collezione mentre lavoravate. Le avete fatte catalogare a Daniela come se ci fossero sempre state, ma le avete portate con voi."

"Chiedo scusa?"

Royce tirò fuori una sfera delle dimensioni e della forma di una mozzarella fresca dalla tasca della salopette e la mostrò nel palmo della mano, con una piccola lente puntata verso Helena. "È tutto registrato."

CAPITOLO 28

IN QUEL MOMENTO, l'atteggiamento di Helena cambiò completamente.

La donna si voltò verso Daniela con un'espressione dura come la pietra. Prima che Helena potessi chiederglielo, Daniela disse: "Sì, sapevo della telecamera. Speravo che sarebbe stata inutile, soprattutto per quanto riguardava voi."

Le rughe agli angoli degli occhi dell'anziana si approfondirono mentre lei rifletteva sulla sua posizione per un istante, poi due. Il suo labbro inferiore ebbe un guizzo. "Capisco."

Fece un passo indietro, quindi spalancò la borsa. Daniela vide chiaramente il taccuino da cui ancora sporgevano i foglietti volanti, un elegante portafogli di cuoio, una custodia per occhiali e diversi tubetti di rossetto costoso. Un telefono e una penna si annidavano in una tasca interna aperta.

"Non c'è altro," disse Helena. Si voltò a puntare la borsa verso Royce, anche se probabilmente lui non poteva vedervi dentro, da quella distanza. "Non stavo rubando nulla. Stavo semplicemente restituendo degli oggetti che un tempo erano appartenuti a mia sorella."

"Ma li avevate rubati. Non erano un prestito."

Il tono di Royce non lasciava spazio per argomentare a Helena. La donna stata sorpresa con le mani nel sacco.

Mentre si rimetteva la borsa in spalla, Daniela riuscì quasi a vedere i calcoli che si svolgevano nella mente di Helena. La donna esalò il fiato, le spalle curve per la sconfitta. "No, non erano un prestito, ma Aletta avrebbe capito. Vi chiedo di non dire nulla a Eduardo o ai miei nipoti. Tutto è stato restituito. Dirlo non farebbe altro che farli soffrire."

"Loro e voi."

"Io ho già sofferto." Helena sbatté le palpebre e Daniela si rese conto che la donna stava cercando di trattenere lacrime di tristezza, non di rabbia per il fatto di essere stata scoperta. "Voi sapete che sono stata sposata. Mio marito veniva da una famiglia ricca. Guadagnarono milioni con l'industria automobilistica quando essa nacque in Italia. Alla scomparsa di suo nonno, il mio ex, Davide, ereditò una forte somma di denaro. Essa era vincolata in una serie di investimenti, che lui avrebbe dovuto gestire e condividere con i suoi germani. Tuttavia, mentre eravamo sposati, mio marito investì in un fondo sportivo ad alto rischio. Per farla breve, il fondo collassò e lui perse quasi tutta l'eredità. Voleva rimpinguare il fondo prima che i suoi germani sapessero."

"Aveva usato il denaro senza il loro permesso?"

"Dal punto di vista legale, il testamento gli dava la piena possibilità di investirlo. Ma dal punto di vista morale? Non era quella l'intenzione di suo nonno. Quando Davide mi raccontò ciò che aveva fatto, avemmo una discussione."

Il tremito tornò al labbro inferiore di Helena, che però serrò le labbra per un istante prima di proseguire. "Il mio matrimonio era già in crisi e quella fu l'ultima goccia. Aletta sapeva che la situazione era grave, per cui, quando la chiamai per chiederle di consigliarmi un avvocato divorzista la cui discrezione fosse affidabile, lei trovò un nome. Mi disse anche che sarei potuta tornare al mio appartamento a palazzo e alla mia posizione di sua assistente."

"Deve essere stato un duro colpo per il vostro cuore e il vostro orgoglio."

Helena fece per dire qualcosa, poi forse si rese conto che l'affermazione di Daniela voleva essere di solidarietà, non di accusa. Inclinò la testa. "Sì. È difficile anche adesso parlarne, ma voglio che capiate cosa è successo e perché non voglio che lo diciate a Eduardo."

Royce incrociò le braccia e inarcò un sopracciglio. Daniela si chiese se fosse davvero così scettico o se stesse semplicemente facendo il poliziotto cattivo.

Helena non si lasciò intimidire. La sua voce rimase calma mentre parlava. "Il mio ex sapeva che la sua famiglia lo avrebbe ripudiato una volta scoperto l'ammanco. Era disperato, era furbo ed era calcolatore. Mi ricattò. Se non gli avessi procurato denaro sufficiente a salvare il suo investimento, disse, avrebbe reso pubbliche certe informazioni che mi riguardavano. Facendolo, avrebbe trascinato Aletta ed Eduardo nel fango."

"Così, avete derubato vostra sorella?"

Helena incrociò lo sguardo duro di Royce. "Sì. Non avete idea di quanto abbia detestato farlo. Se avessi creduto che ci fosse un'altra soluzione, avrei fatto diversamente."

"Un momento," disse Daniela, scuotendo la testa. "Se avete rubato le proprietà di Aletta per procurare denaro al vostro ex, com'è possibile che ora abbiate restituito tutto? O manca ancora qualcosa?"

"Non manca nulla," disse Helena, ricomponendosi. "Mio marito venne salvato da un'altra eredità. Suo padre venne a mancare prima che io potessi vendere le cose di Aletta. Quell'eredità, per fortuna, era meglio strutturata, per cui mio marito aveva accesso soltanto alla sua porzione individuale. I suoi germani avevano cominciato a fare domande, per cui lui sfruttò una parte della sua nuova eredità per rimpinguare il fondo originale. Non aveva più disperatamente bisogno di denaro e io minacciai di denunciarlo ai suoi germani se avesse continuato a infastidirmi, per cui lasciò perdere. Ma ormai, era troppo tardi perché io raccontassi a mia sorella quello che era accaduto. Aletta era moribonda. E poi, Eduardo chiuse a chiave le sue stanze."

"Avevate progettato tutto nei minimi dettagli," ribatté Royce. "Avete creato articoli contraffatti per sostituire almeno una parte di ciò che avevate rubato."

Lo stupore lampeggiò negli occhi di Helena. "Tre borse e due paia di scarpe. Lo sapevate?"

"Eravamo certi riguardo a una borsa," disse Daniela.

"Allora siete molto bravi nel vostro lavoro. Ho cercato di prendere cose di cui Aletta non avrebbe notato la mancanza. Ma alcune… beh, quelle ho cercato di coprirle." Il tono di Helena era rassegnato. "Quello che ho fatto era sbagliato e non ho parole per dire quanto mi dispiace per le mie azioni. Ma tutto ciò che ho preso è stato sostituito. Tutto, persino un anello e due collane che ho trovato dentro una delle borse. Lo avrei fatto prima, se avessi avuto accesso alla stanza. Per favore, vi imploro, non ditelo a Eduardo. Non capirebbe mai."

"Voi non credete?" chiese Daniela.

"No." Quella singola parola aveva il suono di qualcosa passato su carta vetrata.

"Sono certa che–"

"No. Lei non conosce Eduardo." La durezza della voce di Helena penetrò nella sua espressione. "Per anni sono stata tormentata dalla stampa per aver difeso i miei amici e i miei conoscenti quando venivano accusati di comportamenti meno che esemplari. Alla fine, le mie scelte si sono sempre rivelate giuste. In nessuna di quelle circostanze le persone accusate erano colpevoli. D'altra parte, nessuno è perfetto. Io li avrei difesi comunque. In primo luogo, perché sono miei amici. In secondo luogo, perché so com'è vivere sotto i riflettori. La stampa adora gli scandali e ogni tanto li costruisce a tavolino. Inoltre, ci sono molte persone pronte ad approfittarsi della fama altrui. Ho sempre dato per scontato che, se i miei amici erano colpevoli di qualcosa, la loro colpa era lasciare che altri si approfittassero di loro, proprio come mio marito si era approfittato di me. Eduardo non ha mai capito. Diceva sempre che avrei dovuto essere più prudente, non mettere in dubbio il buon nome della sua famiglia. Non ha idea di quanto io sia stata attenta a *non* rovinare la reputazione di Aletta. Ho preso quello che ho preso nel tentativo di proteggerla."

Helena aveva accumulato un nervosismo che contrastava fortemente con la sua eleganza. Daniela si costrinse a non fare un passo indietro quando la donna si avvicinò per sottolineare il concetto.

"Se non fossi una buona zia per i miei nipoti, Eduardo avrebbe ignorato tutto quello che ho fatto per Aletta. Nel migliore dei casi, lui mi vede come un fastidio. Sempre seconda rispetto ad Aletta, mia sorella minore. Sapete, io l'ho avuto per primo."

"Pensavo che voi e re Eduardo foste amici. Compagni di scuola..." Daniela si interruppe, pentendosi di aver aperto bocca.

Helena strinse gli occhi come se le avesse letto nel pensiero. "Abbiamo partecipato ad alcuni eventi scolastici insieme. Eravamo giovani. Non c'era nulla di formalizzato. Ma persino a quell'età era prestigioso accompagnarsi al futuro re. E la natura di quegli eventi non c'entra nulla coi *sentimenti*. Aletta sapeva che provavo qualcosa per Eduardo. È piombata come un falco per prendersi-"

"Il mio cuore apparteneva ad Aletta, Helena. È sempre stato così."

Quella voce, calma e regale, giunse dalle spalle di Royce, vicino all'ingresso del camerino. Tutti si voltarono e videro Eduardo che si stagliava sulla soglia. Il re si fece avanti, il completo di lana grigia e la camicia e la cravatta azzurre a dargli l'aspetto del monarca potente e sicuro di sé. Una spilla a forma di bandiera all'occhiello metteva in mostra i colori di San Rimini.

Royce si fece da parte quando re Eduardo guardò Helena con un misto di disprezzo e compassione. "Tu e io siamo sempre stati amici, Helena, ma nient'altro. Aletta ha posseduto il mio cuore dal momento in cui ci siamo conosciuti e io non ho avuto occhi che per lei fino al giorno della sua morte."

"Eduardo–"

"Ti ho dato una casa. Aletta ti ha dato la sua fiducia. Tu dici di volerla proteggere; non capisco." Lo sguardo del re si fece penetrante e Daniela capì, un attimo prima che lui parlasse, che Eduardo aveva ragione ed Helena no. "Dimmi, dunque, in modo che io possa capire. Che informazioni usava Davide per ricattarti? Cosa hai fatto di così terribile da temere che venisse rivelato?"

Helena sbiancò nel rendersi conto che Eduardo aveva sentito più di quanto lei avesse immaginato. "È passato. Non importa."

"Dimmelo."

Quella parola era un comando talmente potente che Helena non osò rifiutare. "Ho avuto una breve relazione extraconiugale, quando il mio matrimonio era in crisi. Davide voleva rivelare le prove."

Eduardo assimilò quella rivelazione. "Tu ne saresti rimasta danneggiata più di Aletta."

"È successo a Villa Alfieri."

Il re si fermò, abbassando leggermente il mento mentre la osservava. "Aletta era presente? Lo sapeva?"

"Non ne aveva idea. Ma aveva organizzato un evento alla villa il giorno prima ed era partita solo poche ore prima del mio arrivo. Sarebbe parso che lei sapesse del mio arrivo e, forse, che avesse persino condonato le mie azioni. Quanto meno, sarebbe stato necessario dare spiegazioni."

"La tua relazione – la tua scelta egoistica – avrebbe recato danno ad Aletta, se fosse emersa alla luce. E tu che chiedi perché lei ti ammonisse costantemente a pensare prima di agire."

Daniela deglutì a fatica, incredula nell'assistere a una tale manifestazione di sentimenti da parte di quel re così discreto.

Come se si fosse reso conto a sua volta della cosa, Eduardo assunse un atteggiamento professionale. "Sono venuto a discutere della prefazione del catalogo con Daniela. Immagino che anche la tua visita avesse uno scopo, Helena."

Helena si erse in tutta la sua altezza. "Ho aiutato con alcune delle sciarpe. Daniela aveva delle domande riguardo a quando la regina le ha acquisite e indossate."

"Hai finito?"

"Sì."

"In tal caso, le devi delle scuse. L'hai messa in una posizione difficile. Tu e io parleremo più tardi. Risolveremo questa faccenda fra di noi e tu non rivelerai a nessuno ciò che è accaduto oggi. Farò in modo che anche Daniela e Roy mantengano il segreto. È tutto chiaro?"

Elena annuì bruscamente.

"Dillo, Helena."

"È tutto chiaro." Le lacrime colmarono gli occhi della donna, ma non scorsero. Helena fece come aveva ordinato il re, offrendo le sue scuse, quindi rivolse un cenno del capo a Eduardo e uscì dal camerino.

Cadde il silenzio. Royce disse: "Metto in sicurezza il bagno e il salone," poi svanì nella direzione da cui era venuto. Il re fece segno a Daniela di seguirlo fino alle poltroncine vicino allo specchio di sua moglie e la invitò a sedersi. Si chinò in avanti, i gomiti sulle ginocchia, e giunse le dita prima di esalare un lungo respiro.

"Re Eduardo? Va tutto bene?"

"Speravo che lei si sbagliasse, anche se sapevo che non era così." Il re sollevò lo sguardo a incrociare quello di Daniela e le offrì un sorriso autoironico, che le ricordò Cary Grant o George Clooney all'apice della loro fama. "È stata una giornata stressante."

Daniela si rese conto che il monarca non si aspettava una risposta, per cui tacque. Un attimo dopo, re Eduardo disse: "Negli ultimi tempi, sono sempre esausto. Credevo che ciò fosse dovuto ai miei impegni, ma a quanto pare non è così. Soffro degli stessi problemi cardiaci di cui soffriva mio padre e nei prossimi mesi dovrò sottopormi a un'operazione." Eduardo si raddrizzò, tenendo lo sguardo su Daniela, ma qualcosa nel suo sorriso vacillò. "Non l'ho ancora detto ai miei figli. Il mio cardiologo mi ha raccomandato di ridurre lo stress e io temevo che mi avrebbe ordinato di posticipare l'asta. O di smettere di viaggiare."

Daniela non riuscì a trattenere un sorriso. "Potrebbe."

"Allontanare Helena da palazzo ridurrà il mio stress più di qualunque altra cosa. Ora che tutto è uscito allo scoperto, potrò occuparmi di lei una volta per tutte." Il re mosse una mano nella direzione del salone. "E dopo essermi operato, avrò una splendida stanza nuova in cui riprendermi."

"Royce ha svolto un ottimo lavoro."

"Sotto tutti i punti di vista," rispose il re. "Devo a entrambi i miei ringraziamenti. E devo ringraziare anche la regina Fabrizia. Ho il sospetto che sapesse esattamente quello che stava facendo quando l'ha assunta."

Delle voci giunsero dalla direzione del salone. Erano indistinte, ma Daniela ebbe la sensazione di conoscerne una.

"Ah, Olena e Tetyana Roscha. Se Royce non ha cacciato Helena dalla mia residenza privata, di certo ci avranno pensato loro." Il re si alzò dalla sedia, quindi tese la mano a Daniela. Era un sovrano moderno, ma credeva nella galanteria del passato.

Entrarono nel salone e videro Olena e Tetyana che ficcavano

il naso fra le vernici di Royce. Entrambe le donne si raddrizzarono e si affrettarono ad abbassare la testa all'ingresso del re.

"Il signor Dekker sta facendo proprio un buon lavoro, vero?" disse Eduardo, che non riuscì a tenere il divertimento fuori dalla voce mentre si rivolgeva alle sue sconvolte governanti, che risposero con cenni di assenso. Il re augurò loro una buona giornata e si congedò. Si udirono delle voci nel vestibolo, quindi la porta si chiuse. Entrò Samuel Barden, splendente in viso dopo aver incrociato re Eduardo in quella che credeva essere una zona tranquilla. Miroslav lo tallonava.

"Ha delle crostatine," annunciò il serbo.

"Sufficienti per tutti, anche per lui," disse lo chef, lanciando un'occhiata a Miroslav mentre posava il vassoio su uno dei tavoli coperti dai teli. Poi notò le sorelle Roscha e sospirò. "Anche per voi."

"Festeggeremo la conclusione dei lavori," disse Daniela, sorridendo a Royce. "Oggi la mestica e domani la vernice. Giusto?"

"E dopo tornerà tutto alla normalità?" chiese Tetyana, guardando accigliata Royce.

"Tutto tornerà alla normalità."

Le due sorelle si guardarono a vicenda, fecero spallucce e presero due crostatine ciascuna.

CAPITOLO 29

GLI ULTIMI GIORNI di Daniela a San Rimini trascorsero in un lampo. Mercoledì, due giorni dopo aver confrontato Helena riguardo ai furti, re Eduardo convocò una conferenza stampa. I giornalisti rimasero sbalorditi nel vedere tutti e quattro i figli del re entrare nella stanza, assieme alla moglie di Federico, Lucrezia, e prendere posto in ultima fila. Daniela osservò dall'anticamera mentre, pochi istanti dopo l'ingresso dei figli, re Eduardo saliva sul podio affiancato da Helena Masciaretti. Il re salutò i presenti, poi annunciò che un'asta di articoli selezionati fra gli indumenti, i gioielli e gli accessori della regina Aletta si sarebbe tenuta due mesi dopo a Villa Alfieri, proprietà che per quasi due secoli era appartenuta alla famiglia della defunta regina. Dopo l'asta, disse il re, sarebbe stata creata una mostra itinerante di alcuni fra i più famosi degli outfit della regina Aletta, fra cui il suo abito da sposa. Date e luoghi della mostra sarebbero stati annunciati nelle settimane a venire.

Il re si rivolse a Helena, che prese il microfono per parlare del profondo senso di soddisfazione che la regina Aletta aveva tratto dal lavorare con i suoi enti di beneficenza preferiti e indicò diverse organizzazioni, nello specifico, a cui sarebbe stato devoluto il ricavato dell'asta e della mostra. Quindi, Helena presentò un ospite a sorpresa: l'ex-marito Davide Carosso, che era seduto a un'estremità della prima fila. L'italiano dai capelli scuri si alzò e si avvicinò a Helena, fra mormorii sconvolti. La baciò su entrambe le guance, quindi prese il microfono con mano esperta e osservò il pubblico con un'espressione di finto sbalordimento.

"Molti di voi sembrano stupiti di vedermi qui."

La sua fu una pausa abile e il suo sorriso sbarazzino strappò una risata rombante ai giornalisti assembrati.

"Nel corso degli anni, alcuni hanno sostenuto che la fine del mio matrimonio con Helena sia stata turbolenta, ma spero che oggi quelle storie vengano smentite. Sebbene sia vero che il nostro matrimonio non è durato, il nostro rispetto reciproco non è mai stato messo in discussione, così come il mio riguardo nei confronti della sua famiglia. A tal proposito, la fondazione della famiglia Carosso ha deciso di sponsorizzare pienamente l'intero primo anno della mostra dedicata alla regina Aletta. È il minimo che possiamo fare per onorare una donna che ha dato tanto a tutti noi. È stato un onore essere suo cognato."

Davide si produsse in altre lodi sperticate di Helena, Aletta e della famiglia reale, poi cedette il microfono a re Eduardo.

"Ho un ultimo annuncio," disse il re. "Come sapete, mia moglie adorava Villa Alfieri. La lasciò ai nostri figli, perché potessero usarla come meglio ritenevano opportuno. Loro hanno concordato all'unanimità che, considerato il valore sentimentale della proprietà per la famiglia Masciaretti, la loro zia Helena dovrebbe avere il diritto di utilizzarla fin quando lo desidera. Mia cognata ha deciso di trasferirsi laggiù dopo l'asta." Eduardo sorrise nella direzione di Helena e aggiunse: "È stata una fortuna, per me e per i miei figli, averla alla Rocca per così tanti anni."

Vi furono mormorii fra i presenti, che si chiedevano se non ci fosse dell'altro, ma Helena interpretò la sua parte, ricambiando il sorriso di Eduardo quando il re fece l'annuncio, per poi lanciare un'occhiata di gratitudine nella direzione dei suoi nipoti.

Daniela sospettava che la gratitudine fosse sincera. Helena adorava i figli della sorella. Tuttavia, quando il re, Helena e l'ex-marito di lei si trasferirono nell'anticamera e la porta si chiuse alle loro spalle, l'atmosfera amichevole fra di loro svanì.

L'espressione del re si raffreddò mentre osservava lo sposo precedente di Helena. "Il mio assistente contatterà i suoi legali riguardo alle spese. Verranno pagate in anticipo e pienamente."

Il tono del re non lasciava dubbi: le conseguenze di un eventuale pagamento mancato sarebbero state rapide e gravi.

Un muscolo guizzò nella guancia dell'italiano, che tuttavia non disse nulla. Invece, attese che re Eduardo se ne andasse prima di lanciare un'occhiata furiosa alla ex moglie.

Lei si limitò a voltare la testa e a sollevare una mano, il palmo rivolto verso l'esterno, come per ripararsi dalla luce del sole. "Non sprecare energie. Il tuo accompagnatore ti aspetta di fuori. Lo noterai. È un serbo gigantesco. È armato e sarà felice di accompagnarti alla tua auto."

Davide Carosso si lisciò la giacca, gonfiò il petto e uscì. Prima che la porta si chiudesse alle sue spalle, entrò Chiara Ascardi, che salutò Helena. "Re Eduardo mi ha chiesto di accompagnarvi a Villa Alfieri questo pomeriggio. Ha detto che le vostre cose sono già state spostate, ma se gradite passare dal vostro appartamento o usare la toilette, possiamo–"

"Sono pronta." Il sorriso di Helena era tutto zucchero. "La ringrazio, Chiara. È gentile ad accompagnarmi personalmente alla mia nuova casa."

Daniela esalò il fiato, poi tornò in sala stampa per vedere se qualcuno dei giornalisti avesse delle domande. Per fortuna, fu facile rispondere a queste ultime e il resto del pomeriggio rimase libero da drammi.

La notte la trascorse con Royce a bordo della *Donati*.

Approfittandosi di lui, Daniela lo osservò mentre le sfregava il naso contro un punto sensibile sotto l'orecchio.

"A ogni opportunità," aveva risposto Daniela, per poi voltarsi e inchiodarlo al letto.

Dopo una romantica colazione all'alba, i due raggiunsero il palazzo. Royce pitturò le pareti di un elegante color perla, mentre Daniela trascorse la mattinata impegnata in incontri con gli addetti alle relazioni pubbliche e con l'assistente di re Eduardo. Parlò loro degli articoli più importanti da mettere all'asta, quindi discusse i piani per la mostra itinerante. Dopo l'annuncio del giorno prima, due musei di New York, uno di Milano e uno di Berlino avevano chiesto la possibilità di ospitare la mostra.

Daniela bloccò Royce tra una mano di vernice e l'altra per un pranzo veloce prima che Miroslav arrivasse con due membri più giovani degli addetti alla sicurezza per aiutare Daniela a spostare gli articoli da mettere all'asta dal camerino in contenitori sicuri. Chiara Ascardi aveva organizzato una stanza climatizzata dove riporli e una scorta armata per trasportare il tutto a Villa Alfieri qualche giorno prima dell'asta. Daniela lavorò fino a tardi giovedì, incontrando i membri del personale che avrebbero allestito le bacheche per l'asta. Finalmente, dopo che il sole fu svanito dietro le montagne occidentali, Daniela camminò attraverso le stanze della regina. Si soffermò al centro del camerino, una mano su uno scaffale vuoto mentre guardava verso la fila di finestre. Con l'eccezione di alcuni articoli che la principessa Isabella aveva intenzione di passare a prendere la settimana dopo, al ritorno da un viaggio in Egitto, l'intero camerino era vuoto.

"È surreale, vero?" chiese una voce sommessa alle sue spalle.

Daniela sorrise quando Royce si avvicinò e le mise una mano sulla spalla. "Pensavo che fossi tornato alla barca. I tuoi strumenti e i teli non ci sono più da ore." Si rilassò contro di lui e gli sfiorò le dita con le labbra prima di aggiungere: "Avrei dovuto sapere che saresti rimasto."

"Ho aspettato che si asciugasse l'ultima mano di vernice, nel caso fosse stato necessario ritoccare qualcosa. L'ultima latta di vernice è appoggiata sopra un asciugamano accanto al caminetto."

"Domani rimetterai a posto i mobili?"

Royce mormorò una conferma. "Eduardo ha accettato di attendere qualche giorno prima di appendere lo specchio e le altre opere d'arte. Dice che ci penserà il personale di palazzo."

"Le sorelle Roscha hanno fatto la loro ispezione?"

"Naturalmente. Dopo dieci minuti pieni trascorsi a camminare qua e là e strizzare gli occhi alle pareti, Tetyana ha dichiarato che il colore è adeguato e ha detto che il mio lavoro è 'molto soddisfacente.' Olena – che tu ci creda o no – ha sorriso."

Daniela lanciò un'occhiata di stupore a Royce. "Ha sorriso?"

"E senza nemmeno che le si crepasse il viso." Royce le accarezzò la spalla, quindi fece correre la mano lungo il suo braccio per catturarle la mano. "Lei e sua sorella amano Eduardo come se fosse uno di famiglia. Non vogliono dirlo, ma hanno riconosciuto i restauri per quello che sono."

"Un nuovo inizio."

"E ne sono felici."

"Anch'io lo sono." Daniela sospirò e diede un'ultima occhiata in giro. "Farò colazione con lui, domani mattina. Poi saluterò Miroslav, Chiara e Samuel Barden, quindi andrò in aeroporto. Il mio aereo parte poco dopo mezzogiorno."

"Ti ci porto io."

Daniela non obiettò. Mentre uscivano, si soffermò accanto alla scrivania della regina. La Montblanc d'argento che aveva notato il primo giorno era appoggiata sulla superficie. Daniela la prese in mano per un momento, quindi la mise nel cassetto, sopra la cancelleria. Mentre chiudeva il cassetto, disse: "Spero di essermi comportata come avrebbe voluto la regina Aletta."

"Nessuno avrebbe potuto fare di meglio."

Invece di trascorrere la notte a bordo della *Donati*, Royce insistette per accompagnare Daniela in albergo. Mentre prendevano posto in auto e si allacciavano le cinture, l'uomo disse: "Devi fare le valigie. Nel frattempo, io ordinerò la cena."

"Vuoi tornare alla barca, vero?"

"Hai bisogno di riposo. Domani ti attende un'altra giornata lunga."

"Resta." Quando Royce esitò, Daniela osservò: "Altrimenti rimarrò sveglia tutta la notte a pensarti."

Royce chiuse lo spazio che li separava per darle un breve bacio. Portando la mano all'accensione, disse: "D'accordo, ma solo perché so che farei lo stesso. E solo se prometti di dormire."

Daniela sorrise, ma non fece promesse.

IL MATTINO DOPO, Daniela si alzò presto per incontrare il re Eduardo a colazione nella sala da pranzo privata del re. Discussero del catalogo, che sarebbe stato stampato dalla tipografia reale, e del modo migliore in cui il curatore avrebbe potuto contattare Daniela per porle eventuali domande. Nonostante l'argomento principale della colazione fosse il lavoro, l'atmosfera era leggera. La luce del sole penetrava dalle finestre, facendo scintillare i bicchieri di cristallo, e ogni tanto giungeva alle orecchie di Daniela la musica di un pianoforte. A un certo punto, quando lei inclinò la testa nel tentativo di distinguere la melodia, Eduardo accennò con il mento alla direzione da cui proveniva la musica. "È la moglie di Federico, Lucrezia. Suona spesso per i loro due figli. Spera che scoprano il fascino della musica classica."

"Non sembrate ottimista."

"Nelle giornate come questa, i bambini preferiscono giocare in giardino. E non posso certo biasimarli."

Il re sembrava felice e rilassato, il che spinse Daniela a esitare ad affrontare l'argomento delle scarpe speciali della regina Aletta; ma lei tirò dritto, accennando alla sua scoperta. "Non sapevo esattamente come comportarmi. Non mi sembra giusto metterle all'asta, ma non ero sicura che voi voleste esporle. Le ho lasciate fuori dall'inventario e le ho messe nell'armadio in fondo al camerino della regina."

Gli occhi di Eduardo si illuminarono quando lei descrisse le scarpe. "Erano un dono per il nostro ventesimo anniversario di matrimonio. Avevo pensato che sarebbe stato bello donare a mia moglie qualcosa che potesse indossare in pubblico, ma che contenesse un segreto noto solo a noi due."

"Sono molto romantiche."

"Lo pensava anche Aletta." Il sospiro del re era felice. "Possono essere incluse nella prima mostra con una semplice targa descrittiva, ma senza alcuna descrizione nei materiali a stampa né alcuna menzione nei comunicati. Quando la collezione inizierà a viaggiare, deciderò se includerle o meno. Sono arrivato al punto in cui le cose di Aletta mi suscitano ricordi felici e calorosi, piuttosto che senso di perdita, ma non sono certo che lo stesso valga per i miei figli. Quando sarò sicuro che Isabella ha raggiunto quel punto, le offrirò le scarpe. Potrebbe volerle indossare in occasioni speciali."

Era una rivelazione molto intima per un monarca. Daniela annuì, onorata dalla fiducia di Eduardo.

Nel corso del pasto, Samuel Barden entrò più volte nella stanza, perché aveva insistito per servirli di persona. Alla fine del pasto, lo chef offrì a Daniela una scatola di cartone legata con dello spago. "Ho pensato che potesse volere qualche scone per il viaggio," disse mentre la posava sul tavolo. "Resistono bene al viaggio. Se le piacciono, me lo faccia sapere. Sarò lieto di condividere la ricetta."

Una volta che lo chef ne fu andato, Eduardo osservò: "È raro che condivida le sue ricette. Lei lo ha colpito."

"È stato lui a colpire me. È un uomo gentile e di talento."

"È vero. Anch'io apprezzo quello che lei ha fatto. Ora attendo con piacere l'asta e la mostra. Saranno celebrative piuttosto che tristi ed è tutto merito suo." Il re infilò una mano nella tasca interna della giacca, estrasse un astuccio rettangolare e lo appoggiò accanto al piatto di Daniela con un sorriso. "Sarebbe un piacere per me se lei la usasse di tanto in tanto e pensasse che il lavoro che ha fatto qui è molto stimato."

Incuriosita, Daniela aprì l'astuccio e rivelò la Montblanc d'argento della regina Aletta. Il dono la lasciò ammutolita.

"Il principe Federico stava parlando con Royce nel salone quando ha guardato nelle stanze di Aletta e l'ha vista che la ammiravate. So che ne farà buon uso."

Daniela lo ringraziò, anche se la sua premura la costrinse a scacciare le lacrime.

Dopo la colazione e dopo aver promesso la sua disponibilità nel caso il re avesse avuto bisogno di lei prima dell'asta, Daniela passò dall'ufficio della sicurezza per salutare Miroslav e Chiara. La discussione si rivelò più emotivamente carica di quanto Daniela avesse previsto. Miroslav e Chiara avevano entrambi conosciuto e adorato la defunta regina e il lavoro di Daniela aveva una grande importanza per loro.

"È stata una buona regina e un buon essere umano. La beneficenza che faceva era davvero importante per lei," disse Chiara prima che Miroslav prendesse il pass di Daniela e la accompagnasse al parcheggio dei dipendenti. Lì incontrarono Royce, che aveva trascorso la mattinata rimettendo a posto i mobili del re. Prima che Daniela salisse sul sedile del passeggero dell'auto di Royce, Miroslav la sorprese con un abbraccio.

"L'ho già ringraziata per il lavoro che ha fatto per la regina," disse l'uomo. "Ma quello che ha fatto per re Eduardo è altrettanto importante. La regina Fabrizia è fortunata ad averla."

Quella cascata di gratitudine sembrava sproporzionata rispetto ciò che Daniela aveva fatto, ma lei resistette all'impulso di dirlo. Invece, ringraziò Miroslav per le sue attenzioni e gli promise di venire a salutarlo quando sarebbe tornata per l'asta.

I saluti più duri della giornata furono gli ultimi.

Erano a metà strada per l'aeroporto prima che uno di loro prendesse la parola. Daniela si costrinse a parlare oltre il groppo alla gola. "Questa settimana è trascorsa troppo in fretta. Non voglio che finisca."

"Nemmeno io." Royce la guardò e l'emozione nei suoi occhi per poco non la distrusse. "Mi mancherai. Ti chiamerò. Ti scriverò. Ma non sarà lo stesso."

"Non posso lasciare il mio lavoro."

"Oh, potresti. Qualunque capo di Stato ti assumerebbe in un minuto. Ma *non dovresti*. Hai uno splendido lavoro con la regina Fabrizia e le sei leale; è uno dei molti motivi per cui mi sono innamorato di te."

Le lacrime le bruciarono negli occhi. Daniela coprì la mano di Royce con la sua e strinse. Attese che l'uomo incrociasse nuovamente il suo sguardo prima di dire: "Anch'io ti amo." Attese qualche istante prima di aggiungere: "Sarebbe infinitamente più facile se avessi scoperto qualcosa di male in te."

La risata di Royce colmò l'auto, sparpagliando la tensione ai quattro venti. "Nessuno è perfetto. Sono certo di avere qualche difetto orripilante."

Daniela sorrise e si appoggiò allo schienale. "Vediamo. Bari a carte? Mangi la pizza con le acciughe? O hai una ragazza segreta dall'altra parte del mondo?"

"No a tutto. Sul serio? Le acciughe sulla pizza?"

"Mi sto attaccando a tutto, lo so."

Si immisero sulla strada che portava all'aeroporto, poi Royce disse: "Beh, non sono il migliore al mondo per quanto riguarda l'aspetto amministrativo del mio lavoro. Il mio sistema di fatturazione è per metà digitalizzato e per metà appunti scribacchiati. Ah, e ho rubato dei soldi. Ho mentito per ottenerli e ho mentito per coprire il furto."

Daniela si accigliò, quindi liquidò l'affermazione con un gesto. "Non ti credo."

"Non sul lavoro. In passato."

"Continuo a non crederti."

Royce scrollò una spalla. "Ti ho detto che, da giovane, mi sono trasferito spesso. Una delle scuole che ho frequentato aveva una mensa di tipo tradizionale, di quelli con i vassoi di plastica divisi in sezioni che fai scivolare lungo una griglia metallica mentre le addette ti danno un piatto di carne, un piatto di verdura, un contorno e un dolce. Non mi era mai capitato, per cui sono stato entusiasta fino alla terza o quarta settimana di scuola, quando ho scoperto che esisteva un'altra opzione."

"Un'altra opzione? Sembra una cosa scandalosa."

"Oh, lo era. Potevi pagare di più e prendere la pizza, invece. Due fette su un piatto di plastica e latte normale o al cioccolato. I miei genitori mi davano il denaro per pagare il pasto normale e io non avevo soldi miei per pagare la differenza. Per cui, un paio di volte la settimana, fingevo di aver perso una parte dei soldi e i miei amici o gli insegnanti mi regalavano quello che bastava per coprire la cifra che dicevo di aver perso. Io intascavo i soldi e qualche giorno dopo li usavo per pagare la differenza e prendere la pizza." Royce sorrise al ricordo. "Mi sembrava importante attendere qualche giorno, in modo da non suscitare sospetti."

"Diabolico. Quanti anni avevi?"

"Otto o nove. La cassiera se ne accorse e lo disse alla mia insegnante, che chiamò i miei genitori. Quella sera, mangiammo la pizza a cena e i miei genitori mi chiesero se avessi mai preso la pizza a scuola. Io credevo di essere troppo intelligente per essermi fatto scoprire e mentii spudoratamente. Dovetti restare a scuola anche il pomeriggio per una settimana, dopodiché mi hanno tenuto in punizione a casa per tre settimane. Una settimana per aver mentito ad amici e insegnanti per farmi dare i soldi, un'altra per aver usato quei soldi per comprare qualcosa che non avrei dovuto comprare e una terza per aver mentito ai miei genitori. Inoltre, oltre ad aiutare in casa come al solito, dovetti pulire il garage per guadagnare i soldi per ripagare tutti e dovetti scrivere dei biglietti di scuse. È stato assolutamente umiliante."

Daniela gli lanciò un'occhiata mentre Royce parcheggiava accanto al marciapiedi fuori dal terminal. "Questa storia dovrebbe rendermi più facile salire su quell'aereo?"

"Ha funzionato?"

"Assolutamente no."

Alcuni poliziotti percorrevano la zona di discesa dei passeggeri, invitando le auto a spostarsi per fare spazio. Royce lanciò un'occhiata a un agente in avvicinamento, quindi si tolse la cintura e girò attorno all'auto per recuperare la valigia di Daniela.

Prima di darle la valigia, la attirò a sé per un bacio. Quando, alla fine, si separarono, Royce disse: "Mi mancherai. Mi chiamerai quando atterri?"

"Sì. Nel frattempo, attento agli ubriachi la sera."

Royce le ravviò una ciocca di capelli dietro l'orecchio, quindi le diede un ultimo bacio. "Lo farò."

Daniela tenne sotto controllo le lacrime fino a quando l'aereo non decollò, quindi si premette un fazzoletto sugli occhi per non vedere il porticciolo mentre il velivolo si dirigeva nella direzione di Sarcaccia.

CAPITOLO 30

ROYCE GUARDÒ col cuore che galoppava mentre Daniela scendeva le scale che portavano a via Vespri. Persino da quella distanza la sua sagoma elegante risaltava nella folla. La presenza di due poliziotti che pattugliavano la base della scalinata significava che non c'era nessuno a fare acrobazie in skateboard, come capitava spesso, ma il sole brillante di mezzogiorno aveva attirato sia i locali che i turisti all'aperto e c'erano diverse persone appoggiate al muretto con in mano coppette di gelato o bevande ghiacciate mentre guardavano verso la superficie scintillante della baia di San Rimini. Quando Daniela arrivò in fondo alla scalinata e uscì dalla folla, Royce fu entusiasta nel constatare che indossava lo stesso vestito rosa e bianco che aveva usato la sera in cui erano andati a cena in Italia.

Royce aveva adorato slacciare quel vestito.

Invece di voltarsi verso la Trattoria Safina, Daniela attraversò la strada, quindi seguì il marciapiedi verso il parco dove Royce aspettava. Lui era stato così distratto dal vestito che solo quando Daniela raggiunse il cancello di ferro del parco e sollevò il saliscendi lui notò la scatola piatta che teneva in equilibrio contro il fianco.

La sera prima, quando avevano parlato, lei aveva detto che il suo volo sarebbe arrivato a San Rimini alle dieci e mezza di mattina. "Avremo tempo in abbondanza per pranzare insieme, se sei libero," aveva detto la donna. "A Villa Alfieri non mi aspettano prima delle due."

Royce non era potuto venire a prenderla in aeroporto per via di un impegno mattutino, ma le aveva chiesto, viste le previsioni del tempo, se le andasse di incontrarlo al parco. Daniela aveva accettato, a condizione di poter portare lei il pranzo.

Royce aveva riso di quell'offerta. "Fammi indovinare—"

"No, non si indovina," aveva detto lei, zittendolo.

Royce si era aspettato dei panini del loro ristorante preferito. Mentre Daniela seguiva il sentiero per raggiungerlo, intravedendolo nell'avvicinarsi, lui lanciò un'occhiata incuriosita alla scatola. Il sorriso con cui lei rispose era colmo di birbanteria.

Quando Daniela lo raggiunse, Royce prese la scatola, la appoggiò su una panchina in ombra, dopodiché le circondò la vita con le braccia e la sollevò per baciarla. Con l'eccezione di un fine settimana trascorso troppo rapidamente, quando Royce era andato a Sarcaccia, non si vedevano da due mesi.

Le video chat e i messaggi non bastavano.

Royce si era addormentato di notte immaginandosi fra le braccia di Daniela, sognando di tuffare il viso contro la pelle liscia del suo collo prima di addormentarsi con lei. Di inalare il suo profumo e di svegliarla con un bacio.

La realtà era molto meglio delle sue fantasie notturne.

"Mi sei mancato," disse Daniela.

Royce la posò a terra e le diede un altro bacio prima di incrociare il suo sguardo. "Anche tu mi sei mancata. Mi manchi di più tutti i giorni." Quando Daniela sorrise, lui aggiunse: "Così... pizza? In una giornata calda? Non lo avevo previsto."

"Dopo che mi hai raccontato di aver rubato dei soldi per la pizza, pensavo avresti gradito."

Royce la lasciò andare con una risata sguaiata. "Sapevo che non avrei dovuto raccontarti quella storia."

"La vuoi la pizza o no?"

"Assolutamente." Royce indicò un sacchetto di carta marrone posato all'estremità della panchina dove si era seduto ad aspettarla. "Ho portato da bere e i tovaglioli, come richiesto."

Mentre mangiavano, parlarono del viaggio di Daniela in Spagna con la regina Fabrizia, poi lui le raccontò di un lavoro che aveva completato la settimana precedente, durante il quale aveva gestito la sicurezza del trasferimento di un'opera d'arte medievale da un museo di San Rimini all'altro. Finalmente, la conversazione si spostò sui loro amici e le loro famiglie. Royce le parlò di quando aveva portato un gruppo di amici in barca il fine settimana precedente, quindi le mostrò le foto che i suoi genitori gli avevano mandato quella mattina dal safari. Daniela gli raccontò di un film che aveva visto con i suoi amici e di un fine settimana in cui era andata a trovare sua madre.

"Sta facendo progressi," disse Daniela fra un boccone di pizza e l'altro. "Chiunque avesse il coraggio di guardare dentro casa sua inorridirebbe, ma non ha aggiunto nulla dalla mia ultima vista. Persino la dispensa è rimasta relativamente pulita. Mi ha permesso di buttare via tutti i giornali e le riviste vecchie e non ho visto tracce di topi. Almeno non al chiuso."

"I vicini non si sono più lamentati?"

Daniela tamburellò sullo schienale di legno della panchina. "Non ancora." In seguito, la discussione si spostò sull'asta. L'assistente del re aveva chiamato Daniela diverse volte con il procedere dei piani, per assicurarsi che fosse aggiornata e per chiedere l'occasionale input. Lei aveva spiegato che gli ospiti sarebbero prima entrati in una stanza che metteva in mostra diversi oggetti che avrebbero formato la base dell'esibizione itinerante. In seguito, sarebbero entrati nella sala dell'asta, che avrebbe ospitato i pezzi più importanti della regina.

"La squadra lavora da giorni per assicurarsi che le informazioni siano facilmente leggibili, in modo che il traffico nella zona della mostra proceda di buona lena. È difficile, considerata la pianta di Villa Alfieri, ma credo che andrà tutto bene. Poi, il ricevimento all'aperto – l'evento più importante – comincerà alle nove."

Tanto i beneficiari quanto i membri dei consigli di amministrazione di molti degli enti di beneficenza della regina erano stati invitati al ricevimento che avrebbe seguito l'asta, così come diverse celebrità e funzionari governativi di San Rimini e dei paesi vicini. L'intera famiglia reale diTalora sarebbe stata presente, assieme a membri della famiglia reale norvegese, che si trovavano nel Paese in occasione di un viaggio diplomatico.

"Immagino che le fondazioni della regina affronteranno il prossimo anno fiscale a cuor leggero," disse Royce.

"Diverse lo stanno già facendo. Il re ha messo anticipatamente in vendita alcuni articoli speciali, solo per coloro che avevano un rapporto speciale con la regina Aletta. Una cugina della regina ha comprato la sciarpa che Aletta ha indossato in occasione di un battesimo di famiglia e una sua cara amica dai tempi della scuola ha comprato una collana che Aletta indossava sempre da ragazza. Verranno messi in mostra fuori dalla sala dell'asta. Si spera che vedere quegli articoli e leggere le loro storie ispirerà gli invitati a fare offerte elevate."

"È un'ottima idea."

Daniela strinse gli occhi. "Stai sorridendo. Che succede?"

"Per puro caso, anch'io ho un biglietto per l'asta, per cui vedrò tutto personalmente."

"È arrivato? Non me l'avevi detto!" Daniela afferrò l'avambraccio di Royce in preda all'entusiasmo. Aveva chiesto un biglietto per l'asta all'assistente del re, ma poiché lo spazio a Villa Alfieri era limitato, non molte persone avrebbero trovato posto nella sala dell'asta. Royce le aveva lasciato credere di aver avuto accesso solo al ricevimento.

"Volevo sorprenderti."

"È meraviglioso! Posso venirti incontro vicino all'ingresso. C'è un architrave dopo–"

Lui la interruppe scuotendo la testa. "Ho un incontro di lavoro, per cui arriverò un po' in ritardo. È meglio che tu faccia un giro della mostra quando aprirà o qualunque altra cosa tu debba fare. Ti troverò prima che inizi l'asta in sé. Magari potremmo vederci vicino agli oggetti che sono stati venduti in anticipo, se non ci sarà troppa folla."

"Promesso?"

Royce le coprì la mano con la sua, quindi si chinò a baciarla. "Nessuna forza dell'universo potrebbe impedirmelo."

A Daniela si serrò la gola mentre osservava la copertina del grosso catalogo dell'asta. La fotografia ritraeva Aletta in un tailleur con pantaloni, seduta sul pavimento di una stanza per la fisioterapia di un ospedale, gli occhi spalancati dalla gioia. Si era tolta le scarpe e aveva uno spesso elastico per esercizi attorno alle caviglie. Un ragazzino, l'oggetto del suo sguardo splendente, era in piedi di fronte a lei con un enorme sorriso sul volto. Era all'ospedale che imparava a usare la sua nuova gamba dopo che un'operazione chirurgica aveva rimosso l'arto originale, devastato da un tumore osseo, e Aletta gli aveva chiesto di mostrargli i suoi esercizi. Il ragazzino era scoppiato a ridere quando lei era caduta, non riuscendo a stare in piedi proprio come era successo a lui all'inizio.

Quella foto informale, scattata dalla madre del ragazzino, era diventata una delle più famose raffiguranti la defunta regina. Il tailleur era parte degli oggetti all'asta e l'ospedale – soprattutto le unità di oncologia pediatrica e di fisioterapia – era fra i beneficiari dell'evento.

Eduardo aveva scelto l'immagine perfetta per evidenziare tanto il cuore di sua moglie quanto l'importanza dell'asta.

Daniela sorrise, quindi consegnò il volume a un membro del personale, che si era offerto di posarlo sulla sua sedia nella sala dell'asta. Daniela aveva visto il libro due settimane prima, quando l'assistente di re Eduardo le aveva spedito una copia fresca di stampa, ma rivederlo quella sera, con l'adrenalina della folla che le scorreva dentro, era al tempo stesso epico e soddisfacente.

Daniela si passò una mano sulla vita dell'abito da cocktail verde smeraldo, quindi osservò lentamente la stanza.

Aveva trascorso il pomeriggio a Villa Alfieri, ma era rimasta seduta a una scrivania in uno dei saloni sul retro, a rivedere ogni singola targa prima che il personale la attaccasse, per poi controllare la scaletta del banditore per assicurarsi che non ci fossero errori. Non aveva avuto molto tempo per osservare l'organizzazione vera e propria dell'evento. Ora, circondata com'era dalle luci, dallo splendore e dal chiacchiericcio felice, era lieta che quella fosse la sua prima, vera occasione di farlo.

Alla sua destra, gli ospiti attraversavano la sicurezza all'ingresso della villa prima di essere accolti con delle copie del catalogo. Miroslav e altri due addetti alla sicurezza si trovavano nelle vicinanze degli scanner, attenti a qualunque cosa sembrasse fuori dall'ordinario, mentre Chiara e diversi altri membri del personale occupavano una stanza al secondo piano della villa, monitorando l'intera proprietà tramite telecamere. Daniela mosse la mano nella direzione di una delle lenti nascoste, nel caso Chiara la stesse guardando, poi si unì al flusso del traffico diretto verso il grande foyer della villa.

Il suo cuore spiccò il volo quando lei raggiunse l'ingresso ad arco, dove una targa incorniciata recava la scritta *Aletta: La mostra*. L'aria era colma di entusiasmo palpabile. Quando Daniela entrò, il volume aumentò mentre gli ospiti indicavano e fissavano a bocca aperta. Un pesante cordone di velluto guidava gli invitati in un giro del foyer in modo che vedessero le grandi teche, ciascuna delle quali conteneva un manichino con addosso uno degli outfit più iconici di Aletta. La prima teca, che conteneva l'abito da sposa e le scarpe della regina, aveva attirato una folla nutrita. Daniela rimase in disparte mentre attraversava la mostra, permettendo agli altri di avvicinarsi alla teca. Dopo il vestiario del matrimonio si trovavano il mantello e l'abito delicatamente ricamati che Aletta aveva indossato in occasione dell'incoronazione del marito, poi il vaporoso abito azzurro del matrimonio del principe Federico. Lei e re Eduardo avevano deciso che quei tre pezzi avrebbero formato il nucleo della mostra itinerante. Su richiesta del re, Daniela aveva scelto altri pezzi che sarebbero stati inclusi a rotazione, per creare ulteriore interesse. Considerata la cornice della serata e la presenza dei sovrani norvegesi, aveva scelto un cappello e un abito rossi che Aletta aveva indossato in occasione di un matrimonio reale in Norvegia, un abito giallo acceso di Christian Dior indossato sul tappeto rosso del Festival del Cinema di Cannes e un abito cinturato blu scuro dal battesimo del figlio maggiore della regina, il principe Antony. Accanto a ciascuna teca, dei cavalletti contenevano delle gigantografie della regina con gli abiti addosso, assieme a delle informazioni sulla provenienza di questi ultimi e sugli eventi in occasione dei quali la regina li aveva indossati.

Il traffico scorreva discretamente bene, considerato il numero degli invitati. Il soffitto alto e i lampadari scintillanti evitavano che il foyer sembrasse troppo affollato e lo stesso valeva per l'atmosfera festiva. Gli ospiti furono entusiasti di vedere un outfit che la regina aveva indossato durante la settimana della moda di Parigi e che aveva suscitato settimane di polemiche: un bustino di Miu Miu che molti avevano considerato eccessivo per una regina e la lunga, classica gonna a fiori con la quale Aletta lo aveva abbinato. Persino quella sera, anni dopo, Daniela udì diversi invitati chiedersi se fosse stato appropriato o meno, anche se tutti, ora che avevano modo di vederlo di persona, consideravano bellissimo quell'abbigliamento.

Daniela udì il brusio attorno all'ultima teca prima ancora che potesse avvicinarsi abbastanza da vederla.

"Il re le ha disegnate come dono per un anniversario," sentì dire in tedesco da una voce maschile nei pressi della teca; probabilmente, qualcuno stava leggendo la descrizione.

Contemporaneamente, una donna disse in inglese: "Guarda com'è nascosto! Lo sapevano solo Eduardo e Aletta."

L'amica della donna rispose: "Molto meglio dell'ennesimo paio di orecchini. Che cosa romantica!"

"Ma Mark riuscirebbe a ordinare la taglia giusta?" chiese la prima donna. Entrambe scoppiarono a ridere, senza dubbio grazie anche ai bicchieri di champagne che entrambe avevano in mano.

Daniela sorrise fra sé. Era felicissima che le scarpe avessero ottenuto la reazione da lei sperata.

Due uomini sulla quarantina se ne stavano in disparte rispetto alla teca, ascoltando in silenzio la conversazione fra le donne mentre aspettavano il loro turno di vedere le scarpe. Il più alto dei due diede delicatamente di gomito all'altro, che lanciò un'occhiata allo spesso l'orologio d'argento che portava al polso sinistro prima di ricambiare la gomitata con un'occhiata bollente. Daniela era certa che anche l'orologio avesse un'incisione all'interno e la complicità della coppia fece fare un piccolo salto mortale al suo cuore.

Mentre i due si allontanavano, Daniela pensò a Royce. Passò lo sguardo fra la folla, ma considerata la lunga fila prima dei controlli di sicurezza e ciò che l'uomo aveva detto riguardo al suo arrivo in ritardo, dubitava che sarebbe arrivato prima della messa all'asta dei primi oggetti.

Daniela avanzò assieme alla folla e si disse che doveva essere paziente. La regina Fabrizia l'aveva invitata a prendersi due o tre giorni in più a San Rimini, in modo che potesse godersi un po' di tempo libero prima di tornare a casa, e lei aveva accettato di buon grado il suggerimento della regina. Lei e Royce avevano in programma un'uscita sulla *Donati* il giorno dopo. Considerato l'entusiasmo con cui Royce aveva parlato del mare aperto, quando la terra era fuori vista, lei non vedeva l'ora. Aveva deciso di mettere da parte le sue paure riguardo al potenziale a lungo termine della relazione e di concentrarsi sul presente e aveva messo in valigia un costume nuovo, un cappello protettivo e crema solare in abbondanza; inoltre, aveva ordinato che un cesto di cibo e vino venisse consegnato al porticciolo il mattino dopo.

Quella sera sarebbe stata divertente. L'indomani sarebbe stato paradisiaco.

Una volta che gli ospiti arrivavano in fondo al giro, concludendo la mostra con le scarpe personalizzate, il cordone di velluto li guidava verso il centro della stanza, dove circolavano dei camerieri con vassoi di champagne. Molti degli invitati sembravano conoscersi e fecero capannello per chiacchierare e scambiare baci soffiati. All'estremità della stanza opposta rispetto all'ingresso ad arco, un cartello indicava la sala dove si sarebbe tenuta l'asta. Daniela schivò i capannelli di ospiti felici per dirigersi in quella direzione. Il lungo corridoio che collegava il foyer alla sala dell'asta conteneva gli oggetti già venduti. Quelle teche erano più modeste di quelle nella zona della mostra, ma erano state tenute separate per lasciare agli ospiti spazio in abbondanza per avvicinarsi e leggere le descrizioni. La maggior parte degli ospiti non era ancora arrivata laggiù, facendo sì che il corridoio fosse affollato.

Daniela si avvicinò a una teca montata sul muro per leggere la descrizione che aveva scritto lei stessa per la sciarpa che la regina aveva indossato in occasione del battesimo del figlio minore di sua cugina, dopodiché notò che il nome dell'acquirente era proprio la cugina in questione.

Alla teca successiva, un membro del personale rispose alla domanda di un ospite riguardo all'orologio in mostra. Esso era stato acquistato da uno degli amici d'infanzia di Aletta, così come la collana nella teca accanto. Mentre Daniela oltrepassava quegli oggetti, una teca più in là attirò la sua attenzione. Accigliandosi, Daniela ne saltò altre due e si avvicinò. La borsetta di finto coccodrillo che Helena aveva rubato era appoggiata su un piedistallo, il ricco cuoio che brillava sotto la lampadina.

Eduardo non aveva detto che la borsetta avrebbe fatto parte degli oggetti venduti anticipatamente. D'altra parte, il re aveva preso la decisione basandosi sulla sua idea di quali oggetti sarebbero stati ritenuti più preziosi dagli amici dei parenti più intimi di Aletta. Doveva averla aggiunta dopo che Daniela era tornata a Sarcaccia, anche se lei non aveva visto la descrizione per correggerla. Chissà chi se n'era occupato.

Il suo sguardo si posò sulla piccola targa posta sotto la borsetta, che dichiarava che quest'ultima era un dono fatto alla regina dall'uomo d'affari e filantropo Darius Weathers dopo una visita di quest'ultimo al palazzo di San Rimini. L'acquirente era indicato come un certo R. Dekker.

Cosa?

Daniela si chinò a rileggere la targa. Non poteva esserci un altro R. Dekker legato al palazzo, no?

"Mi stavo chiedendo quando saresti arrivata qui."

Daniela si voltò nell'udire la voce di Royce. Il sorriso soddisfatto dell'uomo fu la prima cosa che attirò la sua attenzione – faceva emergere quella fossetta da svenimento che appariva nelle occasioni speciali – quindi Daniela fece un passo indietro per guardarlo meglio. La giacca da smoking nera immacolata e la camicia bianca gli calzavano alla perfezione, mettendo in mostra l'ampiezza delle sue spalle e la lunga linea del torace.

Daniela prese bruscamente fiato. "Come sei arrivato fin qui?"

"A piedi."

"Senza essere fermato da ogni singola donna che respirasse?"

Il sorriso di Royce si allargò. "Che paracula."

"Ma è la verità."

"Questo, d'altra parte," disse Royce, muovendo una mano di fronte a lei a indicare il suo vestito da cocktail, "è devastante. Stai benissimo."

Si avvicinò per darle un bacetto sulla guancia, come si conveniva al contesto, quindi indicò la teca. "Hai letto la targa?"

"Davvero hai comprato quella borsetta?"

"Re Eduardo mi ha detto che stava pensando di includerla nell'asta anticipata e io gli ho detto che mi interessava. Volevo che l'avessi tu. L'ho fatta mettere qui in modo da stupirti."

Daniela sentì la mascella ammorbidirsi. "L'hai comprata… per me?"

Gli occhi di Royce si illuminarono. "Considerato il numero di eventi a cui partecipi con la regina Fabrizia, immagino che troverai occasione di usarla."

Daniela si premette una mano sul petto. "Royce, è… Grazie. Non so cosa dire. È bellissima. E mi farà pensare sempre a te."

"Beh, quello è il motivo per cui il mio ego voleva che l'avessi." Royce lanciò una rapida occhiata lungo il corridoio, poi la guardò. "C'è dell'altro."

In quel momento, Miroslav apparve da un'alcova vicina con una scatola avvolta in carta argentata lucida, sormontata da un fiocco della stessa identica sfumatura di smeraldo dell'abito di Daniela. Il capo della sicurezza porse la scatola a Royce, sorrise a Daniela e si recò in fondo al corridoio per porsi vicino alle porte chiuse della sala dell'asta.

"Anche questo è per te." Royce le offrì il dono con entrambe le mani. "Miroslav mi ha detto cosa avresti indossato. È stato lui a trovare il nastro."

Daniela lanciò un'occhiata in fondo al corridoio. Miroslav li stava osservando, ma fingeva di essere concentrato sugli ospiti, che si stavano spostando in numero sempre maggiore dal foyer al corridoio, man mano che si avvicinava l'ora dell'asta.

"Non ho mai sentito parlare di coordinare il colore dei doni a quello dei vestiti del ricevente."

"Volevo che fosse qualcosa di speciale. Ma farai meglio ad aprirlo prima che la gente finisca lo champagne e venga qui."

Daniela rimosse con cura il nastro – porgendolo a Royce dopo averlo liberato dalla scatola – quindi passò l'indice sotto lo scotch per sollevare la carta. Sollevò lo sguardo quando vide il logo stampigliato sulla scatola. "Scarpe?"

"Non puoi avere la borsetta senza le scarpe."

Daniela ricambiò il suo sorriso. "Adesso sei esperto di moda?"

"Assolutamente no. Sbrigati."

Daniela sollevò il coperchio della scatola. Riconobbe subito le scarpe. Le vennero le lacrime agli occhi. "Sono dello stesso stile di quelle che re Eduardo aveva disegnato per Aletta."

"Le ho fatte realizzare di un colore abbinato alla borsetta. Guarda dentro."

Daniela esalò lentamente fiato, sforzandosi di controllare le emozioni. Quello era l'ultimo luogo in cui volesse piangere. Ma quando vide le solette e si rese conto di cosa aveva fatto Royce, capì che il suo controllo non era poi tanto solido.

Una mappa in miniatura della penisola italica occupava l'arco, con San Rimini a est e Sarcaccia a ovest. Al di sopra della mappa, vicino al tallone, scintillava il Grande Carro.

"Segui la maniglia."

Daniela lo fece. Ed eccole. Più fioche del Grande Carro, ma visibili.

"Arcturus," bisbigliò. "E la Vergine."

"Mi hai chiesto quale fosse il mio segno zodiacale la sera in cui abbiamo trovato la Vergine." Royce indicò. "Ho barato e sono sceso sotto l'orizzonte. Quei puntini sono il Cancro."

Daniela non riusciva a parlare. Non riusciva a immaginare un dono più perfetto e più carico di significato.

Per fortuna, Royce capì. La prese per il gomito e la condusse lungo il corridoio, verso la sala dell'asta. Senza che nessuno glielo chiedesse, Miroslav li fece entrare, quindi chiuse la porta alle loro spalle.

"Abbiamo qualche minuto prima che Miroslav faccia entrare gli invitati," disse Royce. Il banditore e l'assistente di re Eduardo erano in fondo alla stanza, vicino a un leggio, ma erano immersi nella conversazione e non sembravano aver notato il loro ingresso.

Daniela annuì, quindi usò un dito per tamponare le lacrime che le erano scivolate lungo le guance. Non stava grondando lacrime, ma la sensazione era quella. Doveva essersi rovinata il trucco.

"Royce, questa è la cosa più gentile e romantica che chiunque abbia mai fatto per me."

Royce sorrise, quindi le sfiorò la spalla con una mano prima di lasciarla cadere, come se si fosse reso conto che un contatto più intimo avrebbe aperto le cataratte. "È reciproco. Tu hai fatto per me più di quanto tu possa immaginare."

Daniela fece per protestare, ma l'espressione schietta di Royce la zittì. "È ora che io segua ciò che è più importante per me. Cioè tu e una carriera diversa."

Trasse un respiro profondo prima di proseguire. "Ho parlato con mio padre e gli ho detto che non entrerò nella sua ditta. Quando gli ho spiegato il perché, lui ha capito. Mia madre sembrava persino sollevata. Sapeva che non ero entusiasta dell'idea. Ho il sospetto che lo sapesse da anni. Nel mentre, ho fatto domanda per entrare nei corsi post-laurea di astronomia di diverse università. L'Università di Cateri ha uno dei migliori al mondo ed è la mia prima scelta. Non so se tu o il corso mi accetterete, ma tu mi hai ricordato l'importanza di correre dei rischi. Ho studiato come un pazzo per l'esame di ammissione e l'ho dato la settimana scorsa. Credo che sia andato bene, per cui sono sicuro che riuscirò a entrare da qualche parte. Una volta fatto, ridurrò il mio carico di lavoro. È probabile che mio padre venderà l'attività a due suoi dipendenti, per cui indirizzerò i miei clienti da loro."

Giunsero delle voci dal corridoio, con l'avvicinarsi dell'ora dell'asta. Non avrebbero avuto molto tempo prima che Miroslav aprisse la porta.

"Sono… sono sconvolta," disse Daniela.

La voce di Royce conteneva un adorabile misto di sicurezza e nervosismo. "La borsa e le scarpe sono un ringraziamento. La vita è imprevedibile. Lo dimostra il fatto che Eduardo ha organizzato un'asta delle cose della sua defunta moglie, se non altro. Non importa cosa ne sarà di noi, sei stata *tu* a spingermi a fermarmi e a pensare a come voglio trascorrere il mio tempo. Non me ne dimenticherò fino al giorno della mia morte. Tu hai cambiato in meglio il corso della mia vita."

Daniela si sporse verso Royce, stringendo la scatola da scarpe fra di loro. "E tu hai cambiato la mia. Non avrei mai lavorato per Fabrizia – e non avrei mai lavorato per re Eduardo – se non fosse stato per te."

Royce la abbracciò, incoraggiandola a rilassarsi contro la sua spalla. Come ogni volta in cui la stringeva, lei si stupì della forza e della calma che emanavano da lui. Quando Royce parlò nei suoi capelli, le parve di essere tornata a casa.

"Non ho mai creduto in quella scemenza dell'anima gemella. L'idea che esista una sola persona perfetta per noi al mondo è ridicola." Royce si ritrasse in modo da guardarla negli occhi. "Ma credo nell'idea che ci siano persone con cui ci sentiamo a nostro agio, ma che non hanno paura di porci una sfida quando ne abbiamo bisogno. All'interno di quel gruppo, ci sono alcune persone speciali che ci fanno *venire voglia* di migliorare. Che ci fanno pensare. E fra di esse – e ormai siamo a un numero molto ristretto – ce ne sono alcune che troviamo innegabilmente sexy. Quando troviamo una persona del genere, vogliamo una relazione. Non qualcosa di magico dove stare insieme non richieda sforzi e tutto è rose e fiori, ma una persona talmente irresistibile da farci fare uno sforzo tutti i giorni, perché ne vale la pena."

Era al tempo stesso il ragionamento più razionale e più appassionato che lei avesse mai sentito. "Sei davvero uno scienziato."

"Nel migliore dei modi possibili."

"Sei davvero uno scienziato nel migliore dei modi possibili," si corresse Daniela. "E varrai sempre, sempre la pena."

Le braccia di Royce si irrigidirono mentre la osservava. "Vuol dire che andrebbe bene che io mi trasferissi a Cateri?"

"Altroché. Farai meglio a entrare in quel corso."

"Dando per scontato che ci riesca, avrò bisogno che tu sfrutti le tue conoscenze a Sarcaccia per aiutarmi con una cosa."

"Qualunque cosa."

"Mi serve un attracco."

Una risata risalì nel petto di Daniela, ma lui la interruppe con un bacio profondo e bollente che le mozzò il fiato. Era un bacio pieno di promesse, amore e uno splendido futuro.

Royce la stava ancora abbracciando quando una campanella suonò nelle vicinanze.

"Stanno per aprire le porte," bisbigliò Daniela. "È ora di trovare i nostri posti e guardare mentre viene fatto un po' di bene."

Royce le diede un ultimo, lungo bacio, poi disse: "Che possa essere la prima di molte, molte serate."

EPILOGO

Nel complesso, fu un matrimonio bellissimo.

Non bello come il suo, naturalmente, nonostante si fosse tenuto nello stesso luogo. Eduardo si era reso conto tempo prima che, se eri fortunato al punto da scambiare i voti con la donna più incredibile che avesse mai camminato sulla faccia della terra, nessun altro matrimonio poteva essere paragonabile.

Sorseggiò dalla sua flûte di champagne, rilassandosi alla sensazione delle bollicine che gli scorrevano lungo la lingua e giù dalla gola. Aletta lo aveva amato come nessuno aveva mai fatto. Il loro matrimonio non era sempre stato facile, ma in quei momenti difficili, quei momenti in cui non andavano d'accordo, lei si era impegnata duramente per dargli il beneficio del dubbio e trattarlo con rispetto. Era il modo in cui trattava tutti.

Imparare dal suo esempio aveva fatto di Eduardo un re e un uomo migliore. Inoltre, aveva tenuto vivo lo spirito di Aletta nel suo cuore e nei cuori dei loro figli.

Offrì un brindisi mentale al vescovo, che aveva fatto un'eccezione alle regole del Duomo e permesso che venissero serviti alcolici nell'anticamera durante il ricevimento. Era un'altra differenza rispetto al matrimonio di Eduardo, ma andava bene così. Mentre la sua celebrazione era stata una colossale faccenda di mezzogiorno, che aveva riempito il Duomo ed era stata osservata in televisione da milioni di altre persone, la cerimonia di quella sera era molto più intima. Meno di cinquanta invitati si erano radunati per l'evento, compresi i parenti più stretti degli sposi, gli amici più intimi, il re e la regina di Sarcaccia e la famiglia di Eduardo.

La coppia appena sposata si trovava dalla parte opposta dell'anticamera, la mano di Royce posata protettivamente in fondo alla schiena della sposa mentre parlavano con il testimone, che era stato commilitone di Royce in Turchia. Eduardo non riusciva a non sentirsi sollevato da quella scena felice. Per diverse settimane, ormai, aveva temuto che vedere due persone scambiarsi i voti di fronte allo stesso altare dove si erano trovati un tempo lui e Aletta gli avrebbe provocato malinconia. Così non era stato. Nel momento in cui Eduardo si era alzato assieme agli altri ospiti per guardare la sposa percorrere la navata al braccio del padre, il volto luminoso mentre guardava Royce, un profondo senso di gioia e di soddisfazione aveva permeato tutto il suo essere. Si rese conto che sempre più spesso i suoi pensieri di Aletta si concentravano sulla felicità che avevano condiviso, piuttosto che sulla perdita da lui subita.

Chissà se Fabrizia aveva previsto anche quello.

Eduardo bevve un altro, lungo sorso di champagne, poi lasciò che il suo sguardo spazzasse l'anticamera, soffermandosi per un istante sulla targa dedicata ad Aletta. La mattina del suo matrimonio, Eduardo si trovava a palazzo, ad ascoltare il personale della sicurezza che discuteva la scaletta definitiva degli eventi della giornata mentre il suo valletto controllava e ricontrollava l'uniforme di gala di Eduardo e gli sistemava i polsini. Aletta si era vestita lì. Il sole splendeva, quel giorno. Eduardo immaginava che scorresse dalle alte finestre, dando ad Aletta una buona illuminazione mentre lei si osservava nella specchiera che era stata portata per lei. Quelli erano stati i suoi ultimi momenti da popolana.

I suoi ultimi momenti di vera intimità.

Eduardo si chiese se Aletta avrebbe preferito un matrimonio come quello di Daniela e Royce. Era probabile. Ma aveva abbracciato le opportunità che la vita le aveva offerto, facendo buon viso anche nei momenti di incertezza.

Era una buona lezione.

La regina Fabrizia apparve al fianco di Eduardo mentre suo marito, re Carlo, andava a parlare con i genitori di Daniela e con il vescovo.

"È stata una cerimonia bellissima, Eduardo. Grazie per aver concesso l'uso del Duomo," disse la regina.

"Mi pare che sia stata tu a suggerire al vescovo che si sarebbe potuto chiudere per due ore di martedì sera per accogliere un evento speciale senza creare troppo disturbo ai programmi della struttura."

"È così." Fabrizia sorrise. "Non capita spesso che io chieda favori alle organizzazioni a cui faccio donazioni, ma in questo caso… beh, non sono riuscita a trattenermi."

"Non credo che il vescovo fosse contrariato," rispose Eduardo. "Non capita spesso che celebri matrimoni, soprattutto per un pubblico così ristretto. Sembra essersi divertito."

Fabrizia aveva offerto l'uso del giardino del palazzo o quello della cappella privata della famiglia reale di Sarcaccia, ma Daniela aveva voluto sposarsi a San Rimini, dove lei e Royce si erano ritrovati. "Lui ha una barca qui," aveva spiegato Daniela alla regina. "Pensavamo di sposarci a San Rimini e di navigare fino a Sarcaccia per la luna di miele."

Quando la regina le aveva fatto notare che un viaggio di due giorni sembrava piuttosto breve come luna di miele, Daniela era arrossita violentemente. "Ecco, speravamo di trascorrere diverse notti in mare in modo da guardare le stelle. C'è pochissimo inquinamento luminoso nel bel mezzo del Mediterraneo."

Eduardo si era quasi strozzato quando Carlo gli aveva raccontato la storia, aggiungendo che sua moglie aveva fatto un commento piuttosto piccante riguardo all'interpretazione dell'espressione "guardare le stelle."

"Così, ho avuto l'opportunità di vedere l'interno del Duomo di sera," proseguì Fabrizia. "Un matrimonio in un luogo così antico e sacro, illuminato dalla luce delle candele, è un evento magico."

"È proprio così." Eduardo rimase stupito dall'emozione che lo colmò al pensiero. "Credo proprio che la loro sia una relazione che supererà la prova del tempo."

Fabrizia emise un suono di assenso, poi disse: "Non ho mai saputo se Royce ha concluso i lavori nel tuo appartamento. Quando Carlo ha cenato con te durante il summit dell'Unione Europea, il mese scorso, gli ho chiesto di indagare, ma naturalmente, trattandosi di Carlo, si è dimenticato. La ristrutturazione di un appartamento non è un argomento al centro dei suoi pensieri, soprattutto quando è impegnato a discutere di politiche economiche."

"Lo stesso vale per me," ammise Eduardo. Dopo aver dato un'occhiata discreta alla stanza per assicurarsi che nessuno potesse sentire, rispose: "Quando Royce ha scoperto i furti di Helena, mancavano due giorni alla fine del lavoro di copertura. Gli ho detto che avrei potuto chiamare un altro terzista e giustificare il cambiamento alla sicurezza senza che nessuno se ne accorgesse, ma lui ha insistito per lavorare anche negli ultimi due giorni. Ha detto che ciò avrebbe assicurato che la sua attività di pittore rimanesse legittima e che ormai era arrivato a un punto tale che voleva concludere il lavoro. Credo che lo avrebbe fatto anche se Daniela non fosse stata in dirittura d'arrivo con il suo compito."

"Non c'è da stupirsi che lei lo ami. Daniela non lascerebbe mai un compito a metà. La farebbe impazzire."

"Che tu ci creda o meno, Royce ha svolto un ottimo lavoro.

Ha persino rifinito i battiscopa e le cornici del soffitto prima di dipingere le pareti e ha usato particolare cura nella protezione degli oggetti di valore storico. Non avrei potuto ingaggiare uno specialista migliore."

"E ti piace?"

Eduardo sapeva che la domanda di Fabrizia non riguardava solo l'estetica. Modificare l'ambiente principale dell'appartamento che lui e Aletta avevano condiviso alla Rocca significava, in un certo senso, lasciarsi alle spalle il passato che avevano condiviso. Innumerevoli momenti privati si erano svolti all'interno di quei confini. Sebbene Eduardo avesse aperto regali di Natale, giocato a innumerevoli giochi e cenato in famiglia lì durante la sua infanzia, quando l'appartamento era occupato dai suoi genitori, i suoi ricordi più intensi erano quelli che aveva condiviso con Aletta. Un bicchiere di cognac a tarda sera di fronte al caminetto mentre ripercorrevano gli eventi della giornata. Giocare a carte. Fare l'amore. Crescere i loro quattro figli.

Nella sua mente, tutti quei ricordi meravigliosi erano legati a quello spazio.

"Mi sto abituando. Il lavoro è magnifico, ma è difficile non sentire la mancanza di quello che è stato."

Fabrizia passò un dito lungo l'esterno della flûte di champagne. "I cambiamenti richiedono sempre degli adattamenti, che siano avvenuti per scelta o che siano stati imposti dalle circostanze. Tu e io abbiamo vissuto la nostra parte di entrambe le cose."

Fabrizia e Carlo avevano affrontato dei gravi momenti di difficoltà nel corso del loro matrimonio. Alcuni erano di pubblico dominio, altri noti solo alla loro cerchia interna. Eduardo poteva solo immaginare che altri ancora fossero noti solo ai due. Quelle sfide avevano richiesto adattamenti da parte di entrambi.

"Non è sempre facile mantenere l'ottimismo di fronte al

cambiamento," proseguì Fabrizia, il tono contemplativo. "Sono felice che tu ci stia riuscendo."

Lo sguardo della regina si spostò sugli sposini. Eduardo la imitò. Più indietro, i genitori di Daniela se ne stavano coi volti vicini, a condividere un momento intimo. Fabrizia gli aveva raccontato che i due si erano allontanati, ma che progettare il matrimonio di Daniela aveva riacceso l'amore fra di loro.

"Molte cose attendono tutti noi," disse Fabrizia, la voce a malapena al di sopra di un sussurro. "Chissà quale gioia potrebbe portare il futuro?"

Ancora una volta, le voci allegre che riempirono la stanza parvero prendere dimora nell'animo di Eduardo, elevando il suo umore. In quel momento, Daniela si voltò e si chinò leggermente per aggiustare l'orlo posteriore dell'abito da sposa. Il suo sguardo incrociò per caso quelli di Eduardo e Fabrizia. La sua bocca si curvò per essere stata colta sul fatto.

Eduardo e Fabrizia sollevarono ciascuno il bicchiere. Il sorriso di Daniela si allargò prima che il testimone dicesse qualcosa che la spingesse a riportare l'attenzione sulla conversazione.

"Agli sposi," disse Eduardo.

Con un gesto aggraziato e talmente delicato che Eduardo non udì il tintinnio, Fabrizia gli toccò il bicchiere con il proprio. "E all'abbracciare il futuro, qualunque cosa esso porti."

Il tepore lo invase mentre beveva un sorso di champagne. Era un brindisi molto condivisibile.

Fu un matrimonio bellissimo.

Un bellissimo inizio per tutti.

NOTE

CAPITOLO 8

1. In italiano nell'originale (ndt).

CAPITOLO 12

1. In italiano nell'originale (ndt).
2. In italiano nell'originale (ndt).

CAPITOLO 16

1. In italiano nell'originale (ndt).

IL PROSSIMO EPISODIO

Grazie per aver letto *Degno di una regina*. Il prossimo episodio della serie "Scandali Reali: San Rimini" è già in vendita. Continuate a leggere per un'anteprima.

ANDARE AL CASTELLO

Prologo

NOTIZIE REALI
   Di V. Dempsey, 9 settembre

FESTA GRANDE PER IL PRINCIPE EREDITARIO DI SAN RIMINI

A 34 anni, Antony stabilisce un nuovo record

La Rocca di Zaffiro, SAN RIMINI – Più di trecento ospiti attentamente selezionati si sono radunati ieri sera in questo Paese del nord dell'Adriatico per celebrare il trentaquattresimo compleanno del principe Antony Lorenzo diTalora nella famosa Sala da Ballo Imperiale del palazzo reale.

Nel corso della serata, la conversazione si è concentrata non sull'imminente visita di Stato in Cina del principe, prevista in settimana, ma sulla sua età e stato civile. La famiglia diTalora può vantare il regno consecutivo più lungo d'Europa e tale longevità si può attribuire – almeno in parte – alla tradizione di sposarsi giovani.

Antony è ora il principe sanriminese più anziano a non essersi ancora sposato e a non aver generato un erede.

Nonostante i pettegolezzi bisbigliati nella sala da ballo, il principe Antony non è sembrato ansioso di accasarsi nel futuro prossimo. Alcune indiscrezioni lo hanno recentemente collegato alla ricca esponente dell'alta società Bianca Caratelli, ma ieri sera il principe è stato all'altezza della sua reputazione di playboy sudeuropeo, accompagnandosi alla supermodella tedesca Frida Heit, discendente della regina britannica Victoria.

Nel corso della serata, il principe è stato visto ballare con Caratelli, ma ha scelto di cenare con Heit e sua sorella, la principessa Isabella. Heit ha lasciato presto la serata, sostenendo di avere delle prove l'indomani di prima mattina. Antony, tuttavia, non è sembrato dispiaciuto e ha lasciato l'evento molto dopo la mezzanotte, in compagnia di un gruppo di amici della sorella, per recarsi a una festa privata in un luogo riservato.

Notevole è stata l'assenza dai festeggiamenti di re Eduardo, la qual cosa ha aggiunto peso alle voci secondo cui la salute del monarca non sarebbe buona come dichiarato. Un comunicato stampa ufficiale del palazzo sostiene che il re fosse "impegnato in importanti affari di Stato." Tuttavia, fonti vicine alla famiglia reale sostengono che il re non avesse attività ufficiali in agenda e che abbia trascorso la serata nella sua residenza a palazzo.

Il re non è stato visto impegnato nella sua corsa mattutina per diverse settimane, anche se il palazzo non ha fatto commenti riguardo a questo cambiamento nella routine.

Se le voci dovessero rivelarsi fondate, il principe Antony potrebbe non restare ancora per molto il principe playboy. Stando a diverse fonti interne, la salute di re Eduardo potrebbe costringerlo a prendere in considerazione un matrimonio combinato per il figlio maggiore.

"Sembra antiquato, ma da un certo punto di vista ha senso," ammette il conte Giovanni Sozzani, amico di lunga data del re, in risposta a una domanda riguardante questa possibilità. "Re

Eduardo antepone i propri doveri ufficiali a tutto ed è convinto che sia suo dovere primario garantire il proseguimento della dinastia diTalora. Se Antony non si sposerà presto, re Eduardo si convincerà di essere venuto meno al popolo di San Rimini."

Antony ha rifiutato di fare commenti riguardo a piani di questo genere.

———

La latrina minacciava di strabordare entro un'ora al massimo.

Jennifer Allen si appoggiò alla vanga e bevve profondamente dalla sua borraccia ammaccata. Le dolevano le braccia e la schiena dopo un pomeriggio trascorso a scavare sotto il sole estivo e il sudore le scorreva negli occhi, facendole bruciare le lenti a contatto, ma non poteva arrendersi ora.

Se lei e gli altri volontari non avessero finito di scavare presto il buco per la nuova latrina, c'era il rischio che i residenti del campo profughi Haffali optassero per scaricarsi nel vicino fiume. Sfortunatamente, il fiume forniva anche l'acqua per le docce del campo e per lavare i panni.

Jennifer lasciò cadere a terra la borraccia, quindi riprese il suo polveroso lavoro. Mentre sollevava la vanga per scavare, intravide un furgone bianco sorprendentemente pulito che scendeva lungo la montagna accidentata, diretto verso il campo. Appoggiò la vanga alla parete della fossa. Aveva già visto quel furgone. Apparteneva a una rete televisiva americana.

"Ehi, Pia." Attese che la vicedirettrice del campo le rivolgesse la propria attenzione, quindi gesticolò verso la strada piena di buche. "Hai idea di cosa vogliano?"

La guerra civile imperversava a Rasovo da oltre sei mesi e poche reti americane avevano visitato il campo, persino durante i primi giorni della guerra, quando l'interesse americano negli sfollati rasovari aveva toccato l'apice... ossia, la notizia era stata data alle tre del mattino dalla rete televisiva del furgone bianco.

Dato che, di recente, non c'erano stati bombardamenti in zona, Jennifer non aveva idea del perché i giornalisti avessero scelto proprio quel giorno per una visita a sorpresa.

Tuttavia, se il Progetto Soccorso ai Rifugiati, per il quale lavorava, voleva tenere aperto il campo Haffali per coloro che fuggivano dai combattimenti, c'era bisogno di più donazioni. E soprattutto – Jennifer lanciò un'occhiata alla lunga fila per l'unica latrina funzionante – c'era bisogno di lavoratori competenti e di volontari disposti a venire in Rasovo a dare non una, ma due mani. Forse avrebbe potuto approfittare di quell'intrusione.

"Ah, diamine," brontolò Pia mentre usciva dalla buca mezza completata per dare un'occhiata migliore al furgone. "Devono aver sentito quella voce riguardo al principe Antony. Spero che non dispiaccia loro parlare con noi mentre lavoriamo."

"Quale voce?" Jennifer non riusciva a immaginare cosa c'entrasse il protagonista delle copertine dei tabloid d'Europa con il campo Haffali. Con l'eccezione del fatto che tanto il Rasovo quanto la San Rimini del principe occupavano l'estremità settentrionale della penisola balcanica, lei non vedeva alcun collegamento.

Pia inarcò un sopracciglio. "Non te l'avevo detto? Alcuni dei residenti della Tenda B hanno sentito alla radio che il principe Antony ha intenzione di visitare il campo domani. Sono venuti a chiedermi conferma, dato che io sono sanriminese. Ma non ho mai avuto alcuna notizia dal palazzo, per cui ho detto loro che era solo un pettegolezzo."

Nulla era giunto nemmeno sulla scrivania di Jennifer.

"Sono sicura che tu abbia ragione. Il principe Antony ha centinaia di altre opere di beneficenza più pulite altrove in Europa da usare per le relazioni pubbliche. Perché rovinare un buon completo venendo qui?" La defunta madre del principe, la regina Aletta, era stata famosa presso le organizzazioni per i diritti umani e di beneficenza per il suo coinvolgimento profondo e appassionato. Sebbene Antony e i suoi germani avessero sostituito la madre al momento della morte di lei, cinque anni prima, Antony non aveva il tocco materno. Alcuni, nel settore non profit, erano convinti che stesse ancora cercando di orientarsi, mentre altri sostenevano che le sue apparizioni fossero calcolate per migliorare al meglio l'immagine pubblica della famiglia. Nessuno si lamentava, perché quelle comparsate creavano interesse, ma scelte come quella davano sempre fastidio a Jennifer.

Scosse la testa, pensando allo sfarzo del palazzo sanriminese. Il campo Haffali distava a un singolo giorno di marcia dal confine di San Rimini, e tuttavia, la vita facile sul lato sanriminese della montagna lo faceva sembrare un altro mondo rispetto al Rasovo devastato. Sfortunatamente per i residenti di Haffali, alla maggior parte dei sanriminesi andava bene così.

Si levò un coro di voci quando diversi rifugiati videro il furgone della televisione.

"Cosa vuoi fare?" chiese Pia. "Non abbiamo tempo per questa roba."

Jennifer si ravviò un ricciolo ribelle dietro il berretto dei Colorado Rockies, quindi sollevò la vanga. "Continuiamo a scavare. Quando i giornalisti mi troveranno e scopriranno che non c'è alcuna visita reale in programma, la buca sarà già finita. Poi, proverò a convincerli a realizzare un servizio sul campo. A diffondere la voce che abbiamo un bisogno disperato di personale."

Pia sbuffò mentre saltava di nuovo nella buca per continuare a scavare. "Bella idea, Jen, ma perché dovrebbero occuparsi di un campo profughi affollato e deprimente quando il loro compito sarebbe mandare qualche foto di un Principe Azzurro disgustosamente ricco e meravigliosamente bello sugli schermi della gente?"

Jennifer assentì in silenzio, ma si ripromise di convincere i giornalisti a rendere pubblica la necessità di ulteriori volontari.

E poi, se ricordava bene la storia, il Principe Azzurro non si era mai sporcato le mani aiutando Cenerentola nei lavori di casa. Ballava alle feste di palazzo e aveva la passione per le scarpette di cristallo. Lei aveva bisogno di gente vogliosa di aiutare. Gente che aveva la passione per gli stivali da lavoro. Non del Principe Azzurro.

SCANDALI REALI: SAN RIMINI

Degno di una regina

Andare al castello

La tutrice del principe

Il bacio del cavaliere

Innamorarsi del principe Federico

Baciare un re

Iscriviti qui alla newsletter in italiano di Nicole. Gli abbonati ricevono materiale bonus e informazioni sulle prossime uscite. Puoi annullare l'iscrizione in qualsiasi momento.

L'AUTRICE

Nicole Burnham è la premiata autrice di oltre venti romanzi.
Per saperne di più riguardo ai suoi libri, visitate nicoleburn ham.com.

www.ingramcontent.com/pod-product-compliance
Lightning Source LLC
Chambersburg PA
CBHW031301210726
48287CB00005B/1378